啖枝绿 一 著

江苏凤凰文艺出版社
JIANGSU PHOENIX LITERATURE AND ART PUBLISHING

图书在版编目（CIP）数据

荒腔：全二册 / 咬枝绿著. -- 南京 : 江苏凤凰文艺出版社, 2024. 10. -- ISBN 978-7-5594-8955-5

Ⅰ. I247.5

中国国家版本馆CIP数据核字第20246P2P41号

荒腔：全二册
咬枝绿　著

责任编辑	白　涵	
特约编辑	关　耳	
装帧设计	Opt 醋溜鱼	
出版发行	江苏凤凰文艺出版社	
	南京市中央路165号，邮编：210009	
网　　址	http://www.jswenyi.com	
印　　刷	三河市九洲财鑫印刷有限公司	
开　　本	670毫米×980毫米　1/32	
印　　张	18.75	
字　　数	470千字	
版　　次	2024年10月第1版	
印　　次	2024年10月第1次印刷	
书　　号	ISBN 978-7-5594-8955-5	
定　　价	69.80元（全二册）	

江苏凤凰文艺版图书印刷，装订错误，可向出版社调换，联系电话 025-83280257

目 录
Contents

HUANG QIANG
上册

第一章　唐菖蒲 / 001

第二章　文殊兰 / 026　　　第七章　冬日白 / 148

第三章　无事牌 / 052　　　第八章　昌平园 / 170

第四章　佛头青 / 081　　　第九章　欲雪夜 / 193

第五章　笼中雀 / 104　　　第十章　宿命感 / 217

第六章　红豆饼 / 124　　　第十一章　苦艾酒 / 256

第一章

唐菖蒲

八月初，大暑末梢，州市连日高温。

陵阳山旧寺修葺，钟弥的妈妈带着她去捐香油钱。天不亮，钟弥就被章女士从空调被里拖了起来，洗漱出门，八九点在佛殿前见了住持。

行合十礼的空当，钟弥溜去后厢水池旁洗去一脸热汗。

石槽里淌出沁凉的水，静心宁神，立竿见影，叫人长舒一口气，比什么佛家箴言都管用。

周遭不少人，皆打扮朴素。

可钟弥知道，祈檀寺这周不对外开放售票，开法会，做布施，恭敬三宝，只邀香客来谈经论道。

钟弥望望当头炎日，这热得吓人的高温，非富即贵的善人们不辞辛苦地来殿前捐钱磕头，很难说不是极致心诚了。

不心诚的钟弥，还在山下就已经被妈妈说了。章女士叮嘱她："今天是观音成道日，诚心些，不许谤佛。"

清早雾气未散，山间风还有凉意。

钟弥穿着一身艾绿色的及膝棉麻裙，一双如玉细腿，踩着好走山路的白色帆布鞋，立时面向山上的金身大佛，听话地闭眼，双手合十。

风拂裙角，她安静虔心的模样，似一株得天地滋养化为人形的仙草精灵。

"我佛慈悲，保佑您今日大赚！"

章女士一时气到发笑："胡言乱语，谁保佑？你倒是比菩萨还像菩萨了！"

钟弥见缝插针地挽起章女士的胳膊，歪头卖笑撒娇道："我要是菩萨，就第一个保佑我美丽的妈妈！"

午饭过后，气温升至巅峰。

满山苍绿被日头照得泛着晕眼白光，高温蒸腾，这时候遣客下山绝对有中暑后患，于是师傅在偏殿又讲了一场经。

钟弥歪坐在蒲团上打盹，檀香幽幽，隐隐听到师傅讲着禅语。

一觉睡饱，钟弥迷迷糊糊地睁眼，法会已到尾声，诵经声戛然而止。她扭了扭不大舒服的膝盖随众人站了起来，人云亦云合上双手，感谢师傅今日讲说佛法。

黄昏时，母女下山，章女士问她临了去殿里敬香，求了什么。

飞速行驶的车窗外，是火球一样的赤红落日。

钟弥用湿纸巾按着额头，给自己降温："我求佛祖显灵，赶紧让州市下一场雨吧，又热又闷的。"

钟弥在京市读舞校，六月底结束了大三课程，本应该忙起实习事宜，却一声不响地收拾东西回了州市。

自己的女儿自己了解，宁折不弯的性子，章女士猜她在京市可能遇到了麻烦，只是钟弥一贯有主见，章女士也不好问得太贸然。

话到嘴边，换了又换，章女士想了想这一天的行程已经够折腾了。

迎着夕阳，一张岁月不败的面孔端庄温柔，透着一股子慈悲佛性，章女士替女儿将一缕鬓角碎发别到耳后。

钟弥外貌像她，性子却不知道随了谁。

最后章女士只挑了个轻松的话题讲："你之前参加的那个选美大赛，不是说要来戏馆借景拍杂志吗？同老戴说了没有？"

老戴是戏班管事，也拉胡琴，快七十岁了，戏馆里进进出出的人，大大小小都管他叫一声"老戴"。

"说了，后天来。"钟弥在手机上看天气预报，数着哪一天方便佛祖显灵，"老戴说那天不唱戏了，把那些家伙事儿都借给杂志社那边用。"

雨就下在钟弥拍杂志的这天。

因这场突如其来的滂沱大雨，不仅钟弥被耽搁了拍摄进度，化好妆，换了衣服，等着场工取补光灯来拍最后一组图，下高速路的十字路口也因

雨天路滑，发生了一起不大不小的车祸。

车祸暂无人员伤亡，交警冒雨疏通着路况，湿泞路面，车尾红灯连成长河。

一辆京牌的黑色A6被阻行在其中。

车内的人正津津有味地聊着一桩陈年八卦新闻。

蒋骓本来坐的是后面那辆双色的宾利慕尚，在服务区认出沈弗峥的车牌，要是只有沈弗峥在车上，他过来打声招呼也就走了。

不料他敲下车窗，就见副驾驶座上坐着盛澎，那厮装模作样地推了推墨镜，上下打量着他："呦，蒋少爷，这荒郊野岭的，够巧啊，您这是去哪儿？"

蒋骓趴在副驾驶座的窗上，扫完车后座，没瞧见人："我四哥呢？"

盛澎抬下巴，眼往前睇："抽烟呢。"

那会儿天刚阴，起了风。

服务区的樟树受尽风沙，养得青黄不接，独一根高树干立着。抽烟的男人穿着白衬衫，似闷热阴天里唯一一抹清冷亮色，就潇洒地站在树下，一手接电话，一手弹烟灰。

"听说州市那项目批下来了，你们这是去州市办事儿？"

蒋骓的妈是沈弗峥的小姑姑，到底沾了半个沈字，盛澎没避讳跟他谈公事："倒也不是专门为这事儿，动工还早，关键这事儿现在有点儿麻烦，"盛澎往沈弗峥那边使眼色，"搞得四哥最近不高兴，懂吧？"

蒋骓再朝沈弗峥那儿看过去，细瞧了瞧，沈弗峥是有点儿不高兴的意思。

沈家近来的确不安生。

盛澎问蒋骓："你也是去州市吧？"

蒋骓说："替我妈去给章老先生送点儿礼。"

这一趟公事倒是次要，主要是沈弗峥想去拜访章载年。盛澎只晓得这位章老先生几十年前是个能写会画的红顶商人，盛名、才气一样不缺，后来在京几乎销声匿迹。

"你们家跟姓章的也有渊源？"

看着沈弗峥走近，蒋骓喊了声"四哥"，忽地弯起嘴角，笑容蔫儿坏："那渊源可大了，我跟你们坐一辆车吧，好好跟你讲讲！"

之后有蒋骓扬家丑,车内气氛热闹许多。

盛澎从后视镜里瞥了一眼后座——小小一块方镜,除了绘声绘色的蒋骓,还映着另一张稍显霁色的面容。

盛澎松了一小口气,专心扎进八卦里,细听头尾。

蒋骓的亲爹跟章老先生的女儿曾是青梅竹马,门当户对,又情投意合,两家甚至有过口头婚约,只是二十多年前的一场变故,章载年退了下来,章家举家离京,搬至州市,这桩婚事自然也就不了了之了。

"我爸这么多年,对这位章阿姨可以说是念念不忘。七八年前吧,这位章阿姨丧夫,我妈差点儿以为我爸要跟她离婚,可惜啊,人家思念亡夫,又诚心礼佛,压根没打算再嫁。"

"没道理啊,"盛澎接话说,"她跟你爸青梅竹马,少说今年也四十多岁了,就算年轻的时候再漂亮,现在也没看头了,你爸之前可是搞文化的人哪,什么美人没见过,有什么可念念不忘的?"

蒋骓也头一遭过来,没见过章清姝本人,就看过一张褪了色的老照片,还是他从他爹那儿偷拍的。

蒋骓从盛澎那儿收回手机,猜着:"现在科技发达,或许章阿姨是保养得好吧,反正我妈特紧张,明明是送给章老先生的礼,非要我把东西给章阿姨转交,搁这儿点人呢。"

盛澎来了兴趣,想一睹芳容,从副驾驶坐上扭身望向沈弗峥:"四哥,咱们也一块儿吧?听说那儿还是个老戏馆,没准挺有意思的。"

车子顺着导航开到了粤剧馆,匾额题着"馥华堂",雨已经停了,天光半晴,门口停了两辆运器材的面包车,两个场工打扮的男人正搭手运着东西。

黑漆木牌上写着明日戏目,一场《斩经堂》,一场《虹霓关》,国仇家恨、儿女情长都演足了。

人一进门,便可见挑高的梁枋天花板上绘着清式彩画,将空间纵向拉伸,传统建筑的细部装饰,与正中央空寂的戏台呼应,有古今交错之感。

管事打扮的老头迎上来说:"不好意思,我们戏馆今天不营业。"

蒋骓手上提着礼,道明来意。

老戴没敢收东西,见三人打扮体面,客客气气地将他们引到了二楼的

004

茶座。

"您三位慢坐,我叫人上壶茶水。章老板可能这会儿在忙,我这就去通知一声。"

茶水很快被穿粗布马褂的跑堂小哥端上来,配着一碟带壳花生,茶壶龙嘴倒出一线清茶,香雾袅袅。

盛澎正趴在栏杆上,望着底下那些黑漆漆的拍摄器材,一帮人进进出出也不知道在忙什么。

忽地,戏台下灯光大亮。

刹那而起的仪式感,仿佛是什么宝玉现世,石破天惊。

鼓风机在四面八方吹着,花瓣纷飞,烘托着一张毫无表情的脸。

改良的旦妆依旧浓艳,缎子般的黑长发半束半落,风一吹,长鬓发英气飞舞,能让人瞧清脸,两抹上挑的桃红眼线无须任何表情,自生冶艳气质。

这人看着眼熟。

盛澎瞧出点儿什么,再一定睛细看,猛拽起旁边的蒋雅,怪叫道:"你过来看!你确定这是阿姨保养得好?这是成精了吧?"

沈弗峥手里捏着白瓷茶杯,坐两个人对面,那是一个更便于观察的视角,自上俯视,一览无遗。

摄影师调着角度,叫钟弥仰头往上看,脸上再多点儿情绪。

绿袖粉衫的背景里,花影重重,她就那么眺来一眼,像是机械地完成指令,并没有实际看什么东西,浓墨重彩的一双眼,虚而空灵。摄影师非常满意,一直喊着"很好很好",又叫她试着闭眼保持姿势。

十数秒时间里,她在沈弗峥眼里仰面合眸,静止不动,如一幅隔着四方玻璃垂置的美人丹青,精美绝伦,又不可碰触。

盛澎和蒋雅正在争四十多岁的人能保养成什么样,一旁倒茶的跑堂小哥路过听了发笑,解释说:"没有四十多岁,这是我们老板的女儿,今儿拍杂志。"

那天钟弥没瞧清。

待她注意到二楼有人盯着她,回望过去时,那三个人已经起身款款下楼。

室内镶宝瓶柱的木梯修修补补,也是老古董了,朴素衬无华,也最显光华。那人穿着最简单的白色衬衫,由老戴引路走在前头,只留一道断断续续的侧影。

因歇业下雨,二楼放了风帘。

近傍晚,天色再无晴透的机会,晚霞光薄弱返照,雨后风潮润穿堂。

停了拍摄的临时影棚里,姗姗来迟的下午茶将大拨人引到了偏厅里。

风帘的玉坠在动,磕碰到木栏瓷瓶,周遭寂静,能听到"叮当"的清脆声响。

钟弥目送他的背影消失在门口,心里只有一句评价:这人穿白色衣服很正。

是她词穷了。

很快她捧起一碗沁凉的绿豆百合汤,就听到了杂志社员工更专业到位的评价。

钟弥本来没注意听,戴玳瑁眼镜的女化妆师一提白衬衫,钟弥触电般反应迅速,耳聪目明,抿着百合,想起那人来。

"一看就知道,这人肩背线条绝对好!关键是腰短,还窄,这种上身,高个子配长腿才叫绝!

"我跟你们说,外行人看不出来门道,男人真的很看腰的!那娱乐圈里的谁谁谁,又谁谁谁,身高也没虚报,平时也练肌肉,身材就是不行,输在腰上啦。

"这种白衬衫想穿出味道,就得比例好,还得腰细,腰一长,五五分,就容易像卖保险的。

"气质也重要啊。

"男装不像女装,没有那么多扬长避短的设计,越是基础款越是拼硬件。"

钟弥津津有味地听着,觉得这帮人不愧是专业的,一针见血,说得很有道理。

卸完妆出来,碰上老戴,钟弥已经换回自己的衣服,问刚刚楼上那三个人来干什么。

老戴面相和蔼,一笑一脸褶子,擦完汗又把毛巾搁回脖子上:"给你外公送礼的,你妈妈今天又不在。"

"通知外公那边了吗?"

荒腔

钟弥的外公好雅静，如今上了年纪身体不大好，生活简单朴素，戏馆这种闹腾的地方他待半个上午就要头疼，也很少见客了。

这些年，时不时有高档轿车停在戏馆门口，来人自称不是外公以前的下属，就是早年的门生，想来拜访外公。

这些人打了电话，外公那边照料起居的蒲伯传话，总是很客气地回绝，意思都是一个：有些人能不见就不见了。

但总有人是例外，譬如——

"京市来的，他姓沈。"

一夜狂风骤雨，钟弥夜半惊醒，按亮了床头灯，拉开窗帘一角往外头瞧去，窗缝里钻进来的风，比室内空调还湿冷，摧枯拉朽，似要将一整个暑夏翻过去。

钟弥关了空调，当时就想，完了。

外公养的半院子娇气兰花，准又有陶盆摔碎，再添新伤员。

第二天早上，钟弥起来洗漱。章女士有早睡早起多运动的习惯，自律多年，这不仅是绝佳的抗老妙方，也总使她们母女在早上很难碰面。

钟弥先去戏馆蹭了一顿早饭，戏馆的菜单一目了然，除了各色茶水以及瓜子、花生这类干碟，主食只有阳春面。

很多年前，章家在京，淑敏姨掌勺，水陆毕陈的宴席信手拈来，如今依旧手艺好，就是暑工难找，后厨人手不够，忙不过来，才将菜单一再缩减。

戏馆下午才营业，一般从早上八点就开始热闹，人见人打招呼，声音不断。

练早功的戏班武生穿着厚底靴从外头回来，擦着一脑门子的汗，见钟弥端着一只蓝花瓷碗，正喝面汤。

钟弥巴掌大的脸，给大碗挡得严严实实，身上穿着灰色棉质无袖T恤，搭宽松短裤，细细白白的两只胳膊撑在桌上，似瓶中瘦樱。

明明她是男生气的打扮，远远看着却能叫人脑补一身清冷香气，不看脸，便知道这是老板沉鱼落雁的女儿无疑。

"弥弥，今天怎么这么早过来？外头有个开玛莎拉蒂的男生找你，我还说了你不在。"

碗沿露出一双乌瞳。

钟弥由"玛莎拉蒂"这个关键词猜到了来人，不由得心烦，将碗一放，餍足地擦了擦嘴说道："说得好！以后也这么说，那我就从后门走啦！"

戏馆附近就有一家花鸟市场，早上是贸易高峰时间，摊位前散客熙来攘往，各家的小喇叭赛声似的较量。

东家新鲜花卉通通打八折，西家红鲤鱼、绿乌龟一律进货价，人挤人，货挤货，时不时各种嗓门见缝喊着借过。

钟弥逛了一圈，最后花五十块钱买了三个小花盆，老板给用青色的尼龙绳网兜着。

绳子太细，半道勒得她手疼，她从公交车上下来，将花盆抱在怀里，走进了丰宁巷。

这地方偏僻，有一处名人故居已经划作文保单位，周边住的几乎都是老人，还有一些压根不是为了赚钱开设的文艺工作室。

巷子里种着刺槐，绿树参天，四五月落花如下雪。

外公住在一间两进的小院子里，身边只有蒲伯照顾，偶尔淑敏姨会过来帮忙打扫。

院子麻雀虽小五脏俱全，尤其垂花门修得漂亮。

钟弥在门口的树下看见一辆挂京牌的黑色A6，捧着花盆愣了愣，扭头朝自己走过来的青石窄路看去，目光再度落到车上，脑子里有两个想法。

这人肯定是第一次过来。

但凡来过的人不可能把车开进来，磕磕碰碰不好开就算了，还不好掉头。

这人的司机有点儿东西。

以丰宁巷的复杂路况，四轮车开进来的刺激程度堪比赵子龙救阿斗，七进七出，可这人不仅开过来了，车漆还安然无恙，半点儿没掉。

司机很有本事。

门里传来愈近的脚步声，钟弥在蒲伯身边见到了这位高手。她讲不清是什么特征，第一眼就觉得这个中年男人应该当过兵，看着很寡言正派。

"弥弥来了啊。"蒲伯介绍身边的二人，"这是沈先生的司机，正要

008

送这位花艺老师出去。"

钟弥还在想沈先生是谁,由着蒲伯的话又去打量那位花艺老师。那也是中年男人,平头方脸,戴眼镜,手里拎着一只灰绿的大帆布包。

这位花艺老师取出一张名片递给蒲伯:"有事的话,打这个电话,我随时过来。"

钟弥的脑子里又多了一个问题——外公能有什么问题,需要一个花艺老师随时过来?

送走人后,钟弥进了垂花门。

半院子的兰,没似钟弥昨晚脑补的那般狼狈潦倒,一盆盆在长木台上摆得整齐,地上落了一层碎叶,切口整齐,显然不久前有人精心修理过。

可就算这么精心打理过,那些兰摆得品貌端庄,一丝不苟,也架不住新来的那盆艳压群芳。

钟弥拿不准,毕竟也没亲眼见过:"素冠荷鼎?是吗?"

蒲伯答:"是。"

"谁送的?"

钟弥面上的惊讶之色如水纹漾开。

素冠荷鼎是莲瓣兰的一种,却特殊到需要单单起这么一个名字去区分。

白素无下品,外公养的兰,绿素偏多,最好的两盆永怀素,还是钟弥上大学时托朋友买的。

而素冠荷鼎稀少到早年每每出现都伴随着天价竞拍,甚至传言一度拍出一株千万元的价格,是兰中帝王。

"是京市来的沈先生。"

"又姓沈。"钟弥喃喃。

外公少见外客,更少收礼,大多时候肯摆开茶台与人会面,多与这个"沈"字挂钩。

据说京市有一位德高望重的沈老先生是外公的故交。

"这位沈四公子不一样。"蒲伯解释道,"他是沈老先生的第四个孙子,也是沈老先生最器重的孙子。"

钟弥心想,大概是不一样的吧。

那位沈老先生从没来过,倒是他才俊辈出的子孙们,每年寒暑都会来看望外公。

每次来的人，除了姓沈，也都不同，仿佛看望外公是他们沈家的一个规矩，轮一轮，每个人都要来。

才俊们打扮得光鲜体面，与外公并不亲近，格外恭敬拘谨，每次送来什么稀罕玩意儿，外公脾性温和，只招待茶水，不收东西，对方连一句客套话也不敢多说。

而这位据说"不一样"的沈四公子，送来的这样昂贵的兰花，却可以堂堂正正地摆在外公的院子里。

"弥弥。"

听到熟悉的声音喊自己，钟弥转过头，看见了檐下站着的穿着一身白色府绸的外公，以及外公身边那位沈先生。

那人意外的年轻俊美。

钟弥想起了他，那个晦雨返晴的傍晚，那道风帘翠幕后的侧影，与此同时一并想起的还有杂志社那些女员工说的话，视线一不注意就从他的脸上朝下移去。

他今天穿了一件烟灰色衬衫，质地偏软，领口开了两粒扣子，比之前那些打着领带的才俊放松得多，袖子折到小臂上，衣摆严整地收进了黑色西裤里。

钟弥还是那句话，他穿白色衣服太正，有种木秀于林的惹眼感觉。

比之白色，烟灰色有压制锋芒的折中感，显温润文气，人站在外公灰墙黛瓦的院子里，也更加合衬。

腰，的确很窄。

钟弥移开目光，自感脸灼，喊了一声"外公"，再装坦然，将目光重新投向那位沈先生，分秒间，已然有了淑女仪态。

"外公，这位是谁啊？"

不待外公介绍，男人伸出手："沈弗峥。刚刚才听你外公提了你。"

那只手修长瘦削，指甲修得干净圆润，一时越过檐阴，暴露在阳光之下，手背青筋若隐若现，暑气未消的近午时分，指端白皙，有种凉玉的光泽。

钟弥的手同他的短暂交握，那手是温热的。

小孔雀般的淑女仪态有点儿装不住了，她眉头微皱，有不好的预感：

"刚刚提到我了？我有什么可讲的啊？"

外公笑。

他也淡淡一笑："钟小姐琴棋书画样样精通，怎么会没有可讲之处？"

唰的一下，钟弥脸红起来，用眼瞄旁边收扫碎叶的蒲伯，小声问："我的飞行棋没有收吗？"

蒲伯笑着说："忘了。今早沈先生过来，你外公好容易有了棋搭子，一去书房，你那些彩旗、色子全都散在案上，还是沈先生帮忙收起来的。"

沈弗峥说："小事而已。"

钟弥想纠正一下"琴棋书画样样精通"，刚开口："其实我……"话没说完，他似就猜到她的后文，先开了口："飞行棋也是棋，很有道理。"

钟弥彻底无声。

肯定是他收棋的间隙，外公把她小时候的耍赖事讲出来了！

飞行棋也是棋，出自钟弥之口。

琴棋书画倒是都学过，可她打小就肯动手，脑子却懒，章女士一叫她看棋谱，她立马奶声奶气地嚷着不要，章女士再说一句，就挤到外公怀里可怜巴巴地掉两滴眼泪。

外公惯她，来来回回几次也就算了。

她那会儿小，淑敏姨逗她，说"那以后出去就不能说咱们弥弥琴棋书画样样精通喽"。

钟弥可不干，白嫩小手一投色子，六方数点飞转。

"飞行棋也是棋，我就是琴棋书画样样精通。"

她打小就漂亮得像朵花，精致雪白，章女士精精细细地养着她，小姑娘扎小辫儿，说什么话都可爱，叫人心化成一摊水，宠着纵着，恨不得什么都由着她来。

她小时候的趣事长大就成了黑历史。

一个曾经大言不惭"飞行棋也是棋"的人，陪坐着看他们黑白子纵横捭阖，多多少少有点儿不好意思。

她看不懂啊，就很无聊。

谁看她，她就奉送一抹甜笑。

解救钟弥的是一通电话，手机意外振动，她草草告别，说自己还有事，就出了垂花门。

她没走远，就站在大门口的阴凉下，手机亮度不够，她蹙了蹙眉，缓了片刻，才瞧清来电显示。

徐子熠，早上开玛莎拉蒂来找钟弥的那个人。

钟弥跟他是高中同学，属于不同班，彼此联系方式都没有的那种高中同学。

今年六月份，钟弥从京市打道回府。

本地的启泰地产联合文化办搞了一个城市选美大赛，然后就是最俗的那个剧情。

那天钟弥陪闺密去选拔现场找人，当时安保说非参赛人员不放行，钟弥就随随便便填了一张报名单，后来随随便便拿了第一名。

徐子熠的父亲是启泰地产的副总，徐子熠在亲爹的公司挂职实习，说是负责文化宣传这块，主要还是负责跟狐朋狗友游手好闲。

钟弥也因此跟他碰上了。

老同学见面寒暄两句就算了，偏偏这人得知她现在单身，对她展开了一发不可收拾的追求行动。

钟弥烦得现在见了他都要绕道。

想着速战速决，钟弥深吸一口气，按了接听键，问他要干什么。

对面的人一迭声地说对不起，说自己的朋友那天就是喝多了嘴贱，什么门当户对，他不在意这些。

钟弥觉得好笑："我们之间什么时候到了需要你在意这种问题的程度啊？我答应你什么了吗？"

那天去参加徐子熠的生日会也是因为他喊了不少高中同学，弄成半个同学会的样子，钟弥实在推不掉。

徐子熠很伤心："弥弥，你这是彻底拒绝我了吗？"

钟弥更想笑了："我什么时候给过你机会？我说了好几次不合适，你都没有听到吗？"

"我以为你是担心我们之间的差距，可我不在意那些……"似乎意识到自己说错了话，徐子熠又道歉，"弥弥对不起，我不是那个意思。我绝对没有看不起你的意思，是我配不上你，我就是嘴笨！"

他是什么意思都不重要了。

钟弥挂了电话。

现在八月，钟弥大学读的国内最好的舞校，班里的同学很多已经开始实习。九月中秋，十月国庆，各大剧院舞团都紧锣密鼓地在排节目，她本来也应该是其中一员，有一分光发一分热，而不是被家里人问及怎么不留在京市，明明心情低落，嘴上却犟着说，京市一点儿都不好，自己一点儿都不喜欢。

黑色A6依旧停在门口的树下，挂京A牌照。钟弥折返，看着那株有市无价的素冠荷鼎。

京市多好，多风光，人才辈出，卧虎藏龙。

是她在京市待得一点儿都不好。

将暮未暮时，钟弥回了家。

一栋中式独立小楼，前有院子，后有荷塘，离戏馆十几分钟的路程，曾是她父母的婚房，花了钟弥的父亲小半生的所有积蓄。

钟弥的父亲是粗人，没念过什么书，从小跟着戏班走南闯北。

老天赏饭，他生得高大英俊，有把好嗓子，很能吃苦，练就一身武生绝活，背长靠，跨马持刀，威风凛凛，年纪轻轻就演得了圣贤戏。

除此之外，他还有一样本事——会开车。

二三十年前在州市，有本驾照的人还是挺稀罕的。

章小姐去馥华堂捧场看了几出戏，他在台上耍枪花，台下的章小姐不吝掌声。

年年封箱戏，他都扮青衣，唯独那年她在台下，他绣鞋踩得难受，小嗓也唱得别扭。

可章小姐说他扮得好，送来花篮，夸他面相英气，扮旦角也别有风采。

登台唱了十几年戏的人，因她寥寥几句话，一生的鼓点都乱了。

他长枪拿不稳，丢了千里驹，勤勤恳恳地给章小姐开起车来。

老戴痛心疾首，骂他不务正业，荒废一身好本事。章小姐轻轻问他："是不务正业吗？"

他也不狡辩，低着头说："我是鬼迷心窍，我知道。"

章小姐就笑。

他慌忙解释:"我不是说你是鬼,没有这样好看的鬼。"

她便笑得更开心了。

后来他继续当他的台柱子,还娶了漂亮老婆。他宠妻如命,章小姐临晚靠窗弹琵琶,不知忆起什么旧事,有些伤感地停了弦说,要是这会儿外头有片荷塘,吹来点儿凉风就好了。

荷塘嘛,他亲自挖了,只为年年夏末,送妻子一阵心仪的晚凉风。

钟弥上楼,琵琶声将将停了。她走到门口,就看见妈妈抱着琵琶坐在窗边,静吹晚风的侧颜。

八月,还有最后一簇荷,微燥晚风里夹着宜人清香。

钟弥喊了一声"妈妈"。

章清姝转过头:"回来了,饿了吗?"

"还好,我在外头吃了点儿东西。"钟弥走近,"在楼下听淑敏姨说,刚刚表姨和表姐来了,来干什么?"

看她紧张的样子,章清姝笑道:"不干什么,之前借了条项链,来还。"

打肿脸充胖子,表姨一家的常规操作。

钟弥拖长音:"哦。"

章清姝起身,走到高案前,擦了火柴,火光一明一灭,几丝檀烟飘出,细长线香被插进了相片前的香坛中。

黑白照里的男人还是年轻时的英俊模样,戏行出身,又是背长靠的武生,单是半身照都能窥见身姿挺拔如松,黑眸炯炯有神。

"你总担心以后年轻人不爱听这个了,戏馆要倒,没营生,这几年州市大兴旅游,草台班子换了两批,从昆曲唱到京剧,生意越做越红火,养得起我们娘儿俩,你那个穿裙子、梳小辫儿、脚底不沾灰的小娇娇,现在也有本事了,单枪匹马敢上门问人要账。"

钟弥打断她的话:"哎,这就不要跟爸爸讲了吧。"

要账这事儿,想起来也叫钟弥心里不舒服,细论起来,州市是钟弥已经过世的外婆的祖籍,外婆嫁去京市多年,再回来可想而知,他们与这边的亲戚也亲不到哪里去了。

年前,有位远房到不能再远房的亲戚办喜事,大摆宴席不算,还非要请戏班去唱戏充场面。

老戴手下没有接外活的规矩，他本来不愿安排，架不住这位亲戚上门求了章女士三四回，到底是亲戚，章女士不好回驳。

老戴答应了，按规矩定了出堂会的价钱，折上又折，好彩头给足了，八千八百八十八，下午、晚上各一场。

红布一扯，喜事风风光光地办了，那位亲戚却推三阻四地不肯给这笔钱。老戴气得不轻，要找人理论，章女士是不喜喧闹的性子，自掏腰包垫了这笔钱，安抚了几句，事情就算过了。

那天正巧，那位亲戚又来戏馆办事，老戴见着人就骂。那位亲戚也恼火了，脸红耳赤地说起章女士来。

"摆什么谱，现在还当自己是什么大小姐呢？！"

生意还要做，吵吵嚷嚷对戏馆影响不好，淑敏姨把人劝散了，也是忍着气，扭头见着钟弥，忍不住说："你妈妈就是脾气太好了！"

钟弥不是脾气好的人，隔天就带着片区民警上门把钱要回来了，十指纤纤，当着那一家人的面哗哗地点红钞，留下了几张零票。

钟弥笑得漂亮又无害："您看，我外公从小教我，人要有来有往，互相尊重，您的真虚伪我替我妈收了，我这点儿假客气您也笑纳。"

一家子人气到跺脚，说钟弥缺家教。

钟弥冷眼回他们："占不到便宜就说别人缺家教，你们缺什么？缺良心吗？！"

钱拿回来，章女士担心女儿受了委屈，边哄边教育着，下回不许这样，为一点儿钱，跟这种人撕破脸皮不值当。

钟弥却不听。她不是那种为了一点儿面子肯受人欺负的性格，抠着自个儿的手心，嘀嘀咕咕："我没事，反正我本来就没脸没皮的。"

章女士一时又气又笑，被女儿鼓腮嘟囔的样子可爱坏了："有这么说自己的？"

现下，章清姝插好香，斜斜觑了钟弥一眼，说现在已经管不住她了，叫她爸爸托梦来管她。

"好好在京市读着舞校，说不想待了就往家里跑，现在是不是连毕业证也不打算拿了啊？"

在京市被某个死缠烂打的人逼到没了立锥之地，这糟心事，钟弥回来没讲,不想妈妈和外公替她操心。

她知道,有些体面是旁人抬举出来的,被架得越高,越如泡影,真要办事还是得求人。外公大半辈子活得光风霁月,哪里能为了她的一点儿小事摧眉折腰?

钟弥读高一时,有位制片人来拜访,搞影视拍电影的,当时正在筹备一部献礼片,约人写海报上的字,备上了厚礼前来。

外公一早封笔,便推辞说人老了,写不好了。

那人曾大惊钟弥倾城之色,想请她拍戏,认为她应该到更大的舞台上发光。

那时候钟弥还小,浮华光鲜生活多少有些令人心动。

外公瞧出她的心思,问她想不想去。

沉默了一会儿,钟弥摇头,还是拒绝了。

那位制片人的话,几分真假且不用辨,娱乐圈里头水太深,她年纪小,仗着一张好皮相,又托外公的面子,自然能被捧着亮相。

可名利场里出将入相哪里是容易事,日后她想要全须全尾地退出来,家里必要四处张罗费神。

她安安生生地过日子已经很好。

她没有特别想出的风头,也无须谁来替她搏一搏。

所以处处被人为难,在京市待不下去的事,她不讲,只糊弄着说,自己本来就不喜欢京市,到哪儿都乌泱泱的全是人,出门堵车,还不如待在州市好呢。

妈妈提到毕业,钟弥小声说:"毕业证还是要的,这不是马上也要实习了嘛,我在州市这边实习也一样。"

"不一样!州市到底不能跟京市比,州市你无论什么时候都可以回来,你现在年轻,有些机会错过了就没有了。"

就譬如她学舞,在京市实习有最好的剧院和舞团,那些橄榄枝伸不到州市来。

不同的选择,人生会很不一样。

章清姝说:"你爸爸要是还在,也不会希望你二十刚出头就留在老家。"

很久没梦见过爸爸了,钟弥住了声,记忆里的面容越发模糊。她朝相片看去，不作声，乖乖地听妈妈絮叨。

说到今年入夏钟弥看着瘦了些，章清姝叫她记着这两天去宝缎坊试旗袍，尺寸不合适还可以叫裁缝师傅再收一收腰身。

以前章家在京，每年一冬一夏，女士们都要做两身旗袍。到钟弥这一辈，家里就她一个女孩儿，她性子里缺点儿文静气，不爱穿这处处约束举止的窄衣，实在没这雅嗜。

就算如此，章清姝也坚持每年夏天给她做一身，钟弥不穿也不要紧，过季便封箱留存，只当个纪念。

钟弥去了楼下一趟，看晚饭准备得怎么样，没见到淑敏姨，回了楼上，洗完澡出来时，淑敏姨正替她换着新被套。

钟弥上去搭手，两个人扯着四方被角抖了抖。

估计钟弥没回来的时候，错过一场好戏，这会儿说到表姨一家，淑敏姨还尽是鄙夷的语气。

"之前你外公生病住院，明明请了护工，你表姐她们跑得比你们娘儿俩都勤，巴不得你外公撑着这三病两痛，桃李登门，在医院给她搭戏台呢。"

钟弥没听懂："在医院搭什么戏台？"

淑敏姨"哼"一声，蹦出四个字："鹊桥相会！"

钟弥立马懂了。

表姨一家眼高于顶，从女儿过了婚龄就开始筹谋着怎么才能嫁个好人家。

外公的客人非富即贵，自然都是最佳人选。

可惜上了年纪的男人，不是有老婆，就是有过老婆，甚至有过不止一个老婆。

她的脑子里忽然浮现檐下那张脸，炎炎夏日不生一丝燥意，气质高远，似松间雪。

钟弥轻叹了一声。

淑敏姨开始收拾她的梳妆台，瓶瓶罐罐码得整齐，扭头问她叹什么。

"她今天没去。"

这倒可惜了。

今天有个顶好的人选，又年轻又好看，手上干净，没有戒指。

沈——弗——峥——钟弥趴在新换的床铺上，鼻息间都是阳光晒透的水莲清香，无声而缓慢地念着这个名字。

沈字她知道，fúzhēng是哪两个字？

说到表姐今天没去外公那儿，淑敏姨哼笑着说："她跟着她妈，去别处撒网了！"

淑敏姨说话总格外有意思，钟弥笑问："什么撒网哪？"

"又是什么贵妇聚会吧，之前还跟你妈妈借项链来着，说得好听，往上数两代哪个不是面朝黄土背朝天地放牛耕地呢，哪儿端来的摆谱架子？还贵呢，小小一个州市，再富贵泼天，也不过就那样。"

钟弥捧场："淑敏姨见过大世面。"

淑敏姨笑："我哪里见过大世面，给你外公做了几十年饭，见过一些人罢了。"又说，"你外公多朴素的人，总有贵客登门，知道为什么吗？贵不在此，人贵自重！"

她这是拐弯抹角骂不自重的人了。

对目标明确，又行动果决的人，钟弥向来有一分敬佩。

"人各有志嘛。"

"你呢？可有志？"刚说完，淑敏姨连忙逗趣摆手说，"可别了，都是上了年纪的，老男人！"

钟弥又想到那人，弯起的嘴角又一瞬滞然。

他一点儿也不老。

可他多大呢？

气质瞧着挺沉稳，下棋还能赢外公，那人怎么着也该三十出头了吧？可他的皮相又太年轻了。

宝缎坊离戏馆有一段路。

吃过早饭，钟弥先去了一趟舞蹈培训机构面试。毕业证要拿，她不管在哪儿待着，大四得混个实习证明回校交差。

面试过程简单，舞蹈机构的老板知道她是京市舞校的应届生，怕庙小容不下大佛，提到薪资不高，钟弥倒是很无所谓，不过就是图离家近，到时候工作轻松。

她从有点儿偏僻的商业楼里出来，外头是水汽蒙蒙的青灰天，正

下雨。

路上不好打车，早上出门急也没带伞，钟弥加紧了步子跑到站牌下等公交车。

窄窄的遮阳板形同虚设，雨急风大，她等同于一半站在外头，四肢很快袭来一股股寒气。

明明说好十五分钟一班车，她等了二十分钟，马路上连半个公交车的影子都没有。

只有这种时候，钟弥才会觉得妈妈说得对，州市比不上京市！

她也不是那么喜欢州市了。

公交车经常不准时真的很烦哪。

就在这时，漫天雨雾里驶来一辆黑色轿车，车速不快，最后稳稳地停在公交车站牌旁边。

后座的车窗降下，淅沥水雾后，一张并不陌生的面孔映进钟弥的眼底。

那人不陌生，但也不熟。

也就两天前，她在外公那儿见过一面，只是这张脸好厉害，有叫人过目不忘的本事。

仪表、气度都不是凭空生出来的东西，有些人，一眼就能辨出身份不凡。

更何况那天钟弥听蒲伯说了，他姓沈，是从京市来的。

钟弥怔然片刻，车里的沈弗峥已经先出了声："雨天不好打车，这是去哪儿？"

钟弥回："去取一件衣服。"

沈弗峥说话时，他的司机已经撑起一把伞下车来迎她。

黑伞如庇护一般伸到面前来，钟弥站在潮湿风雨里，没动步子。

她望着车里的男人，微微发愣："沈先生还没问我去哪儿，就要送我吗？"

沈弗峥轻笑："去哪儿都送。上来吧。"

钟弥上了车，身上还有细碎水珠往下坠。她没坐实，沈弗峥察觉到，将一旁搁置的西装外套递给了她。

钟弥的目光从那只手上移至那双眼上，目光仓促交会，短暂如擦燃一支火柴，焰光微弱，她潮润的眼皮闪避开，一敛就熄。

她接过衣服，却没穿，垂着眼，两头看看，一时分辨不出是小牛皮的车具贵，还是手上这件定制西装更贵，弄湿哪个算值当？

车里冷气足，钟弥受了凉，头不受控地朝前一磕，打了个喷嚏："阿嚏——"

"小心感冒。"

一旁的男声似乎微微含笑，钟弥顿觉窘迫，吸着鼻子，这才乖乖把手里的西装披至自己的肩头，说了一句"谢谢"。

"不用客气。"

车子压过前方的减速带，由主道切进绿植茂盛的小路，行过低矮的居民小区，停在一栋颇有年头的木楼前。

木楼是歇山顶样式，往前拨朝代，一百多年前还曾是位廉官的私人府邸，几经风雨周折，多番修葺，如今依旧覆黛瓦，撑木窗。

梁枋有古朴的雕刻装饰，正门挂匾，题的字是钟弥刚刚跟司机说过的地址。

"沈先生、钟小姐，宝缎坊到了。"

刚刚在车上简单聊了几句，钟弥才知道，他初来州市，住酒店，这种天气出门没急事，只是赏雨，看看新鲜。

章清姝是宝缎坊的老主顾，一年四季的衣服大半是在这儿定做的，宝缎坊穿长袍的老板认识钟弥，一见她进门便笑着说："刚刚才说到你呢，说下这么大雨，今天你怕是不会过来了。"

钟弥俏皮道："再不来，我妈妈就要骂我啦。她说我瘦了，叫我来试试尺寸。"她介绍沈弗峥，"这位是沈先生，今天下雨我没带伞，要不是路上遇见沈先生送我，我可能真过不来了。"

沈弗峥颔首。

长袍老板微笑着打过招呼，叫徒弟取了衣服来，将钟弥送进试衣间。

这是一家三代传承的做衣工坊，从钟弥外婆那一代起，章家就在这里做衣裳。店内还保留着老布庄的陈列格局，裁衣台上，随便一把乌木尺子都年深月久包了浆。

钟弥去试衣。

店里的学徒很客气，虽是专做女装的老店，但来者是客，给沈弗峥倒来一杯热茶，靛蓝花纹的平口碟子上放了两块白糕配两块酥糖，都是州市本地的糕饼小食。

茶汤里，沉着无芽无梗的六安瓜片，雨前茶，清热消暑，最宜夏饮。

没等茶放凉，帘布被一只纤细的玉白手臂从内撩起，换上旗袍的钟弥娉婷现身，走到了镜子前。

白底青花的衣料，行动间微有光泽，似洇得恰到好处的水墨，称极了这湿漉漉的潮湿雨天。

钟弥左右各侧身端看了一番。

她自我欣赏，正沉浸其中，冷不防从落地镜里看到身后一双清冷的眼，似雨时的窗，晦中生明，拂来一身凉意。

男人骨节分明的一只手端着青瓷杯轻转着，不知他是在品茗，还是在看人。

对视那一瞬，钟弥睫毛一沉，心口倏然短了半口气。她很快藏住自己眼中的窘态，心想：你看我，我也看你。她大大方方一转身，由镜中的虚，直面他本人的实。

"沈先生，觉得怎么样？"

窗角的灰瓦盆里养着一株次第开花的唐菖蒲，秋芳依翠萼，她站在旧窗前，微微仰着下巴。

旗袍的最后一粒扣子定在锁骨中央，他往上看，肩线优美，脖颈修长，下颌秀致内收，再往上，连五官也皮骨相宜，挑不出半分瑕疵。

唐菖蒲开花，渐开渐败，而她的次第开花，处处都是最好的。

"很好看。"

往年章女士替她定做的旗袍，从宝缎坊拿回来就搁进柜子里，等换季，淑敏姨就会帮她收起来，钟弥基本不会再看。

就像景区购回的装饰项链，有几个人日常会往脖子上戴？用作纪念的东西，到手就已经完成"纪念"本身的仪式感了。

可今年不同。

晚上洗了澡出来，吹干头发，钟弥穿着一身淡蓝色碎花边的吊带和短裤，绵绸质地，布料单薄，方便她坐在椅子上，架一只腿换一只腿地涂身体乳。

乳液稍显黏腻，在胳膊上机械地来回涂抹均匀，钟弥走了神，隔着一面圆镜，看见身后的衣橱那儿挂着的新旗袍。

按上身体乳的盖子，她起身走过去，连着衣架将旗袍取下，裙摆刚过小腿的长度，配一米六九的个子正好。

她往全身镜前一站，衣服比在身上，手指抓着衣料收腰身，稍稍歪着脖子，垂着眼，自下往上，若有所思地打量着自己。

"很好看吗？"

晚上卧室的灯光过于昏黄，不似那个雨天宝缎坊里的场景。

灰中泛青的天色，檐下湿雨，窗角的花，和轻靠在桌前持葵口杯打量人的沈弗峥，都与这件旗袍相配。

她望着镜子，试图解释自己待这条旗袍不同以往的原因。

想了许久，她说道："这个刺绣和花纹好像的确挺雅致的。"

欣赏够了，甚至越看越满意，钟弥本来打算提着旗袍去章女士的房间卖一下乖，感谢妈妈的好品位，偏偏这时候手机轻振了一声。

她拿起手机看，是闺密发来微信。

"他答应了，明天晚上酒吧见面，到时候我就找个理由先走。"

钟弥："那我们明天下午先见一面？"

那头的人应好，随即约了碰面时间。

说起来，钟弥会参加这个城市选美大赛，拿了第一名又拍了本不温不火的杂志，全赖这位闺密。

当时闺密要介绍自己的男朋友给钟弥认识，见面地点就在选拔现场。

闺密一边拉着钟弥往人堆里挤，一边解释："他现在的工作是艺人的经纪人，小传媒公司，干主播的，今天他负责带公司的几个女主播过来报名。"

钟弥承认自己有刻板印象，一听这人成天跟女主播打交道，立时皱眉，印象不太好了。

之后钟弥搭上一份自己的报名表，两个人顺利地进入会场，见到了这位据说叫贺鑫的艺人经纪人。

闺密不打招呼前来，本想给男友一个惊喜，没想到惊喜没成，先看到男友跟黑丝短裙的女主播打情骂俏，瞬间"心肌梗死"。

"他应该是在工作吧。"

闺密闷声自语，没上前，扭头拉着钟弥跑了出来。

这话听得钟弥当场拳硬。

钟弥这闺密,有一个名字,乍一听音挺普通。

哦,这名字。

再一看字面,也让人屏一口气。

嚯,这名字!

两个人约着见面的地点在商场门口,钟弥下了车,瞧见钟情日系好嫁风打扮的闺密,穿着卡其色长伞裙和桃粉短袖针织衫,站在树荫处。

她自己则穿着一件但凡肤色有一丝黄气就会是穿搭灾难的苹果绿系脖吊带,配弧度微卷的浓密长发,有些复古港风。

钟弥钩着自己的小包,远远挥手喊着:"胡——葭——荔!"

钟弥跟胡葭荔初中、高中都读一个学校,高中同班当同桌,关系一直很好。

高考后,钟弥去了京市,胡葭荔留在州市本地读大学,学校离家不远,她周末经常回家。

胡家住在即将拆迁的古城区,拆迁消息下来不久,周边很多人家就陆陆续续搬走了,留下的也是老年人居多,周边不比之前热闹,入夜七八点巷子里基本就看不到什么人了。

今年还没放暑假的时候,有一天晚上,胡葭荔从学校回来,被两个小混混骚扰,贺鑫从天而降,与小混混殊死搏斗,两个小混混被打得落花流水。

胡葭荔护着包包,魂还没回来,以为自己这是乍遇英雄拔刀相助,没想到贺鑫拨正自己微乱的发型,道出跟胡葭荔更为久远的牵连。

"高中我见过你,我在你们学校旁边的职校,你们学校周五放学特别早,我经常在奶茶店那儿看见你和你朋友。"

胡葭荔"啊"了一下,有点儿脸热:"高中的事情你还记得啊?"

"记得啊,我还记得,你的校裙是改短了的,对吧?"

这个细节太真实,胡葭荔不再怀疑。

高中的校裙长度老土难看,学校有不少女生会偷偷摸摸改一下尺寸。

她的校裙还是钟弥的妈妈一块儿送去宝缎坊改的,老裁缝特别专业,量完尺寸,帮她们重新收了褶,小变动却在板型上有很大不同。

023

贺鑫说，从高中那会儿就暗恋她了。

"我跟朋友经常骑摩托车，路过奶茶店，每次看到你，我都在想，要是你能坐我的摩托后座就好了，能再遇见你真好。"

胡葭荔"母胎单身"二十一年，没谈过恋爱，贺鑫一上来就主动示好，隔三岔五请她吃饭，还来学校接她回家，让她很快体会到坠入爱河的滋味。

钟弥暑假回州市后，听了闺密的恋爱经过，觉得这个人有点儿不靠谱，在选拔现场见了一面，更加肯定了，这个人十有八九不靠谱。

那阵子她一边忙着应付选美大赛的事，一边试图让胡葭荔清醒："你想想，他高中为什么不追你？"

胡葭荔答："他说他性格内向，只敢暗恋。"

"性格内向？"钟弥努力忍住笑。

贺鑫以一己之力能和一群女主播油嘴滑舌侃大山，这叫性格内向？

钟弥问她："你跟他在一起感觉到他内向了吗？"

"可能……是他长大之后变了。"胡葭荔一心要替男友洗白，"弥弥，也许那天只是个误会呢？他其实对我挺好的，说是奔着结婚跟我恋爱的。他为我打过架，就上次在大排档，有个男的忽然耍酒疯，酒瓶子差点儿砸到我，他都替我挡了。为了我，他连命都不要，我感觉他真的爱我。"

钟弥一脸闻着馊饭的表情，摸遍浑身的兜，掏出一张皱巴巴的二十元钞票，递了出去。

胡葭荔不知道这是什么意思，刚刚还在渲染男友深情的一张小圆脸上渐渐露出不解之色："干吗啊弥弥？"

"打车，就现在！"

钟弥劝她赶快回家，把床头那张古惑仔海报撕了。

"你要是真喜欢混混，明天我就去文一条过肩龙。还爱这些打打杀杀出真情的调调，你又不是十几岁，人活一世，最重要的是什么？"钟弥铿锵自答，"平安健康。这男的他不安稳！净把你往危险地方带，又救你，这算什么喜欢？"

初次恋爱的好姐妹，把执迷不悟发挥到登峰造极，钟弥不忍见她摔进渣男深坑里，适逢胡家搬家，她又找上门，劝好姐妹赶紧清醒。

"这么多年,他内向暗恋,偏偏现在从天而降,英雄救美,跟你表白,哪里有那么巧的事?他绝对——图谋不轨!"

胡葭荔不肯信,恹恹地揪着家门口的枯叶子,拖着音调说:"那他为什么说这么多年一直喜欢我?我又没有什么可以图谋的,我又不是你这种大美女。"

大美女叉腰,恨铁不成钢地叹气。

胡家是老屋子,爬山虎被掀了半面墙的,枯藤也没清理,脏兮兮的白墙面上拆迁办大笔一挥,落了个一字千金的"拆"字。

字写得丑,但很值钱。

钟弥拍了拍她家的墙,试图提醒:"你觉得他图什么?"

房子太老,墙皮立时"簌簌"掉了几块,不偏不倚,落在胡葭荔的脚边。

盯着这些墙泥渣子,胡葭荔蹙紧眉心看了好半天,半明半悟地猜道:"你是说,他觉得我朴素可靠?"

"拆——"钟弥咬紧牙,深吸气,"这么大一个'拆'!谁会不爱'拆二代'啊?!"

钟弥当时是真的气迷糊了,胡葭荔又没脑子,四舍五入,两个人想了一个约等于没脑子的点子——"钓鱼执法"来证明贺鑫不是并非真心。

钟弥作为胡葭荔的好姐妹,如果贺鑫连小小的美色考验都经不住,足以说明什么"这么多年一直喜欢胡葭荔一个人,内向暗恋"都是假话。

事后脑子降温,钟弥才反应过来,亏得她跟胡葭荔之间是打不散的革命姐妹情,不然这一出真算是在友尽的边缘疯狂试探。

但那也是事后了。

过程依旧一波三折,如一出离谱闹剧,甚至渣男暴露本性那晚,连沈弗峥都算是特别出演。

第二章

文殊兰

这趟来州市,沈弗峥不专为公事,更像散心,一连几天都很闲。

倒是有人得知古城区拆迁的事情被批下来了,闻风想来见沈弗峥,苦于他来州市后基本没参加应酬,都是私人行程,就算想安排巧遇都是一桩难事。

这天晚上,沈弗峥被喊到了酒吧。

这间酒吧在州市很有名,前几年,京市一个有钱人开的,盛澎跟那人有几分交情,偶尔带朋友过来玩,也不管事,就入了一点儿小股份。

二楼的VIP卡座,那是盛澎长包的位置,闹中求静,可以俯瞰一楼的散台舞池,男男女女,暧昧贴身。

盛澎扯着嗓子跟沈弗峥说,这两年州市这地方,京市的小开们特别喜欢来,没别的,就是人多热闹。

周围音乐声太吵,蒋雅离得远些,没听清,伸长耳朵问:"什么?"

盛澎拔高音量:"人多热闹!钟灵毓秀的好山水,盛产美女!"

沈弗峥往下扫了两眼,冷淡眼风像在怀疑盛澎的话是夸张句。

盛澎趴在栏杆上看,试图找个代表人物来力证自己所言属实。

头顶的一排射灯变色频闪,灯光扫过一张张女人的面孔,他一个个瞧过去,浓妆艳抹,美则美矣,千篇一律,都还缺点儿意思。

头朝下找了好一会儿,盛澎眼一亮,激动地朝某个方向指去:"那个!那个绝了,简直笑得勾魂!瞧着还有点儿眼熟,欸——"

盛澎纳闷地扭头,眼见沈弗峥要先走,喊了一声留人。

可能是噪声大没听见,也可能是听见了不想理,能在这儿没滋没味地待两个小时,他已经算给盛澎面子。

沈弗峥径自下了楼。

黑衣酒保在前方恭敬地开道,将他从稍清静些的后门通道送出去。

那个妞是钟弥。

盛澎嘴里笑得勾魂的钟弥,其实笑得两腮也有点儿僵了。

她正给渣男看手相。

这种抽签禄马的东西,其实钟弥一点儿也不懂。

不过从小陪着章女士常往寺庙跑,住持说的那些今生来世、缘起缘灭的话,钟弥听多了,能背不少,随口就能胡诌几句,算命谈不上,唬人足够了。

贺鑫前脚才说喜欢胡葰荔,这么多年心里只有她一个人,后脚钟弥随便露两个笑,他就眼珠要长到她身上的样子。

想必坐在不远处的恋爱脑姐妹,此刻应该也已经清醒。

钟弥抽回手,也收了笑,正要事了拂衣,功成身退,徐子熠却像凭空出现。

钟弥刚站起来,这人就闪现似的亮相,手里攥着车钥匙,被酒吧的变色灯光照出一脸赤橙黄绿青蓝紫的痛心疾首神色。

"弥弥,你一直不答应我,就是为了跟这种人混在一起吗?你知道他是什么人吗?"

"什么艺人经纪人,他就是个小混混,平时给一些直播平台介绍女主播,收点儿回扣,你别被骗了!"

徐子熠一路飙车过来的。

今晚有朋友在这儿玩,发了偷拍照片给他,调侃他堂堂启泰地产副总的儿子,就这么个姑娘,怎么一直都没追上呢?

难追吗?那姑娘看着挺随便的,今天跟个混混头子在一块儿。

钟弥随不随便,认识这么久,又追了这么久,徐子熠比谁都清楚。

他笃定,单纯的弥弥一定是被骗了!

心系佳人的徐少爷快马加鞭地赶来酒吧救美。

突发情况,让钟弥有点儿措手不及。

不等她解释,今晚的第二个突发情况也悄然而至——

一旁看热闹的人群被一双有力的手臂拨开，钟弥谈过一年的初恋男友，赫然出现在人群中央，依旧戴着金属边框的斯文眼镜，只是眼镜下的一张俊脸此刻怒气腾腾，和"斯文"二字不沾边。

周霖高中跟徐子熠一个班，经常一块儿打球，高三暑假，周霖和钟弥从暧昧期过渡到成功牵手，钟弥常来球场给周霖送水，徐子熠没少跟周霖说羡慕。

后来周霖因为出国留学和钟弥分手，徐子熠还安慰过周霖，说只要他们俩有缘，以后一定还会在一起的。

可转头呢？

周霖回国参加高校交流会，今天刚落地州市，就听一个高中同学说了，徐子熠现在在追钟弥，追得火热！

"徐子熠！朋友妻不可欺的道理你不懂吗？当年弥弥为什么会跟我分手？！是不是你搞的鬼！"

徐子熠脸色一变。

什么朋友妻不可欺，就高中打球的情分，他们都好几年没见了，还算什么朋友？

徐子熠毫不理亏，提醒他："八百年前弥弥就跟你分手了！你不会以为她跟你谈过就永远是你的了吧？那会儿大家都不成熟，那算得了什么啊？"

徐子熠和周霖针尖对麦芒，互拽衣领，你瞪我，我瞪你，只差挥拳相向。

一旁看戏的贺鑫听懂经过，忽然觉得很有面子，抖了抖丝绸衬衫的衣领，站起身来，自以为痞气地斜支着一条腿，压轴一般发言："哎，哎，哎！两位，不好意思啊，现在是我在追弥弥，而弥弥喜欢的人也是我。"

周霖上下打量着贺鑫，露出鄙夷之色："我不信！"

贺鑫却自信又柔情地看向钟弥："弥弥，刚刚你说了对我有好感的，对吧？"

"你放屁！"徐子熠着急地说道，"弥弥，弥弥你说句话啊！"

俗话说三个女人一台戏，三个男人更是一台大戏。

这戏，钟弥接不来。

外公教过她三十六计，她想起一计：走为上计。

钟弥拿起包撒腿就跑，还顾着别撞倒服务生的酒食盘子。但她跑出后门口时，沈弗峥没有幸免，不偏不倚地被钟弥撞上了。

连沈弗峥紧急之下伸远了的指间的香烟，都被撞得抖落几粒薄薄烟灰。

那三个男的在后头追，钟弥顾不得鼻梁酸痛，低头往他怀里躲去。

身后的走道里，脚步声轰隆隆地传来。

沈弗峥察觉，没夹香烟的一侧手臂拉开车门，让钟弥躲了进去。

没隔两秒，一个、两个、三个，斯文的、不斯文的，通通追出来深情喊着，一口一个弥弥。

沈弗峥站在半敞的车门边，侧首看着那三个连追带喊没了踪影的男人，目光一收，垂眼问车里的钟弥："哪个是你的对象？"

钟弥皱着小脸，头疼道："呃……不好说。"

一个是情窦半开学人恋爱的年少初恋，一个是要追她没追上的高中同学，还有另一个是骗她闺密感情的渣男混混。

不好说，这话听着渣透了。

钟弥反应过来，眨了一下眼，只能声音诚恳地再补了一句："是真的不好说。"

这话好像更渣了。

沈弗峥却笑了，轻轻一声，唇边淡白烟雾慢慢散开，没计较什么。

人走了，长街寂然。

沈弗峥抬了抬下颌示意她往里坐，钟弥愣了愣。

"送你回家。"

见钟弥不动，他神情几乎没有波动，只有眉峰微动，一股子不声不响的威压呼之欲出。

"你今晚还要再进去找第四个？"

钟弥顿了两秒，抚着胳膊，摇了摇头。

她不进去了。

她穿着布料单薄的蹦迪小吊带，他居高临下的视角，对她胸口处的春光一览无余。

昏暗光线里，皮肤泛着白玉一样的光泽。

她刚刚跑过来，气息不稳，胸口随呼吸起伏着，像晚风拂过鲜嫩花瓣的饱满纹浪。

站在车外的沈弗峥很快移开视线,草草吸了两口香烟,将烟头丢在地上踩熄。

他少有抽急烟的时候,等坐进车里,闻到近旁少女身上清甜的花果香,方才嗓子里升腾的燥气不散反聚。

车子到巷口,光暗了下来。

附近一带在修路,小碎砖换成了更有古城韵味的青石板,这一段的新路灯还没安排上。

钟弥往前看了看说:"前面没灯了,路不好走,就在这儿停吧。"

那位车技非凡的司机闻声只缓了车速,从中央的后视镜里看沈弗峥的意思。

沈弗峥慵懒地靠着椅背,声音也融于夜色一样淡:"没事,送你到家。"

钟弥闻声坐正,两只手撑在两侧车座上,下意识地夹着嗓子道了句"谢谢啦",声音糯糯甜甜的,等她意识到不对劲的时候已经迟了。

沈弗峥已经朝她看过来,嘴角微斜,泛起一丝颇有意味的笑。

钟弥慌忙解释:"我……我跟我外公才这样说话的,我刚刚……我就……我是故意这样撒娇讨他开心,刚刚是无意。"

钟弥解释的时候,他一直以一种纵容又耐心的目光看着她,以至当他问出"我像你外公吗?"这句话时,钟弥久久地愣住了。

车子继续朝里开。

光影愈暗,直至有光处,光影隐隐约约地透过深色的窗,一帧帧地从他们的脸上淌过。

而钟弥的目光几乎与这些斑驳的光影同步,于晦暗环境中细数他脸上所有可窥的情绪,明暗蒙翳,他的表情如砚里化不开的一团墨。

她看不清,咽了一下口水,鬼使神差地说:"是有一点点像的。"

那种敷陈楮墨也不能言明的孤高气息,似岭上终年不化的积雪,分明阴寒,却遥遥远观出温柔之感。

钟弥掌心燥热,想握住什么,却只是虚虚地攥了攥手指,正试图调整呼吸,又听到身边的人出声。

"你是无意,我是沾了你外公的光。"他看向钟弥,"你的确很会讨

030

人开心。"

钟弥家门口的路灯彻夜亮着，司机看见如钟弥描述的带院子的小楼，缓缓停下了车。

不等司机转头，钟弥匆匆推开了车门："我到家了，谢谢你，沈先生。"

立秋不久的深夜，温度低了下来，雾一样的凉气裹上裸露的皮肤，钟弥抚了抚手臂，才堪堪体会什么叫烟霭淡淡，月华如水。

车尾红灯在视线范围内缓缓消失。

周遭虫鸣幽微。

钟弥正要推自家院门，阒寂里，只听扑通一声声响传来。

她望过去，有只小青蛙不慎跃进了积满雨水的陶缸里，浮光照水纹，青苔似梦影，如打碎一面镜，涟漪数重，无声泛开。

钟弥回到家，手机里一串未接来电，徐子熠和贺鑫打来的。

钟弥一视同仁地将人全拉进了黑名单，以防再被骚扰。而胡葭荔打来的那通电话，钟弥手指触上屏幕正要回拨，胡葭荔又打了电话过来。

钟弥听那头的声音，胡葭荔还在酒吧附近。

"弥弥，你刚刚怎么突然跑了？"

怕吵醒妈妈，钟弥脚步轻轻，鬼鬼祟祟地踮着脚一级级阶梯上了楼，进了自己的房间，空悬的脚后跟才落到实处。

她绷直脚背，扭了扭踝骨。

钟弥学舞出身，不经意间的小动作都透出韧劲功底。

她一只手拿着手机按在耳边，另一只手去拽身上那些漂亮累赘，手链、耳环都往木桌上扔。

摸到手指，关节戒指少了一个，不知道在哪儿掉了，她没细想，对着电话说："我不跑，等着被男人拽成四块吗？"

"四块？"胡葭荔犯蒙，"不就三个男的吗？第四块哪儿来的？"

车门边，下颌线清晰、冷淡抽烟的侧脸，倏然浮现在她的脑海中。

钟弥深吸一口气，如往沸水里徐徐添进凉水，叫那些密密翻腾的小气泡迅速静了下来。

她试图胡扯："拽……拽成三块不就剩一块了。"

031

次日早上，沈弗峥在酒店餐厅里遇见了盛澎和蒋雅。

本地的商会今天有个户外活动，邀请函送过来，沈弗峥不去，他俩就得去点个卯，点到为止也要给个面子。

这两个人昨晚熬到凌晨，此时欠缺睡眠的脸色不怎么好，精神状态却相当高昂。

盛澎挥手跟沈弗峥打招呼："四哥，你昨晚走早了！"

沈弗峥悠闲地走近，拉开椅子："错过什么了？"

蒋雅接话："错过一场好戏！"

桌上餐点摆得琳琅满目，盛澎和蒋雅正吃着早饭，拿八卦消息津津有味地佐餐。

盛澎说得绘声绘色。

"三个男的抢一个女人，大打出手不说，还有兄弟反目这种好戏，其中有一个还是启泰副总的儿子！那场面，错过了都可惜，哈哈哈——"

三个男的抢一个女人，这戏听着熟悉。

沈弗峥夹起一个小食，就近蘸了蘸一碟深色调料，忆起昨晚车内身侧某种花果香的一刻，也闻到了筷子尖处传来的一股酸味。

原来他蘸到了醋。

盛澎还在说真是错过好戏了。

沈弗峥将东西丢进空盘里，嘴角几不可察地翘了一下，心道：没错过，他还参与了后半程。

昨夜他一时心乱，就如钟弥遗失的那枚关节戒指，是丢了些什么，但不是什么要紧东西，还未到警铃大作的程度。

钟弥回忆起了戒指最有可能掉的地方是在沈弗峥的车里。聊天紧张时，她试图抓住些什么，却只是蹭了蹭车座，应该是那时候掉的。

她站在洗漱台前，看一眼镜中素面朝天、穿着睡衣的自己，俯身闭眼，掬起冷水往脸上扑了两下。

洗脸巾被丢进一侧的垃圾桶里，昨日事也一并被抛诸脑后。

但她未料到，那戒指还有失而复得的机会。

不说钟弥没有任何一种沈弗峥的联系方法，就连这人的名字具体是哪三个字，她现在都还不知道。

032

就这样她想寻回一枚几十块钱的戒指,除非去找外公特意打听,否则不啻西天取经、大海捞针。

想这事时,钟弥正在州市一家有名的蛋糕店里,翻着平板电脑里的样图。

她有些走神,看得不仔细,将前一张小天鹅造型的白色珍珠蛋糕从屏幕上滑回来再端详,再度过滤掉,心里评价:第一眼的潦草心动果然经不住细究,挺肤浅。

过两天是胡葭荔的生日,胡葭荔已经订好餐厅。往年八月这时候,钟弥人在学校的训练室里排舞,筹备节目,以待京舞每年最隆重的迎新晚会。

往年她只能寄礼物给胡葭荔,这次好不容易人在州市,打算再提个翻糖蛋糕过去。

选好款式后,钟弥填写了服务生递来的一张预订表,最后付款出门。

好在之前两场雨叫州市降了温,下午两三点半阴半晴,天虽热,也没那么难捱。

钟弥撑着阳伞在路边等着车,包里的手机响起,她接到了一通属地为京市的电话。她低垂着眼眸看自己的鞋尖,认真听认真答,最后对着电话乖乖说了两声"好的"。待那边的人挂了电话,她才收起手机。

司机师傅扭头用本地话问她去哪儿。

"长清国际酒店。"

电话是钟弥大学的舞蹈老师打来的,老师今天来州市参加一项文化活动,行程仓促,回京前挤出了两个小时想和钟弥见面聊聊。

钟弥约了适合喝下午茶的地方。

州市的经典点心糕饼,散落在各个长街小巷的老字号里,谁要想一一尝尽,旅游旺季时,打车排队往返,一个下午都不一定能凑齐。

好在州市这家唯一的五星级酒店配有甜品廊,虽不说顶正宗,但大差不差是一个味道,胜在点心齐全,摆盘精致。

在路上钟弥就想了老师会说什么。老师那样精心培养的学生,不知得罪了什么大人物,板上钉钉的京市舞剧院实习机会,最终却花落别家,怎能不痛心?

天色近晚,临走前,老师有些不是滋味。钟弥不跟她讲实情,大概因为那是凭她之力也不能扭转的局面，但她依然为自己的学生感到可惜，为舞院感到悲凉。

"你们这届，所有老师最看好的学生就是你和靳月，你们俩跳的《并蒂花开》至今是学校最好的教学模板，她技巧最好，你身韵见长，都是难得一见的好苗子，现在———个两个……都不往这条路上走了。"

想到靳月，又想到自己，钟弥在老师走后仍惝恍地发呆。

隐隐听见愈近的声音喊她，她才憷然地将目光从窗外转到大堂里。

她记忆力还行，认出跟她说话的中年男人是沈弗峥的司机，但对司机身旁穿着潮牌T恤的年轻男人，钟弥没什么印象。

对方倒是认识她，还很热情："钟小姐吧？你好，我是蒋雅，能在这里见面，好巧啊。"

钟弥礼节性地颔首："你好。"

美人看着似乎心情不佳，蒋雅觑着，面上笑容不减。刚刚司机老林认出钟弥，蒋雅一问才知道这姑娘不仅单独坐过沈弗峥的车，还丢了一枚戒指在沈弗峥的车上。

沈弗峥还叫老林好好将戒指收起来。

你看，还东西的好时候这不就到了吗？

提及那枚关节戒，钟弥自然记得。

蒋雅朝酒店后头指去："今儿真是巧大发了，四哥现在就在一楼露台上，可能待会儿要去钓鱼，你这会儿过去，一准能见到人。"

其实这一面，他们可以不见的。

因为在露台上不费力地寻到沈弗峥，打过招呼，说清由来后，钟弥才知道，那小东西还在他的车上。

刚刚叫蒋雅的那人直接叫司机将戒指拿给她就好了，没必要她自己到沈弗峥面前再提。

沈弗峥叫她在对面坐下，招来服务生，问她要喝点儿什么东西，拿起桌面上的手机说："我叫老林送来。"

待他在电话里吩咐完，钟弥婉拒了走近的服务生，跟沈弗峥说："我刚刚看他们好像有急事要外出，我去大厅门口等吧。"

于情于理，拿到东西后，她得跟沈弗峥道句谢再告别，但折身回去时，远远看见降温的冷风吹动阳伞下的软布，而藤椅附近已经不是沈弗峥一人，多了一位穿绀色polo（原本是贵族打马球的时候所穿的有领子的短袖衣服，后来演变成一般的休闲服装）衫的中年男人。

很意外地，钟弥认识那人——启泰地产的副总，也是徐子熠的父亲。

那位大腹便便的徐总满脸殷勤之色，躬着身给沈弗峥点上了烟。

而沈弗峥听人说着奉承话，手落在桌上，烟在指间。

他没抽，只任其自燃。

钟弥便没有再走过去。

转身之际，她忽然好奇，他待人是否也如此？就如他指间那根烟，看似没有被舍弃，实际他未顾及半分。

那人矜贵有礼，却也不近人情。

沈弗峥来州市后一直住在酒店里，徐总托人打听了，沈弗峥偶尔下午会在一楼的露台上坐坐，或者去钓鱼，徐总一直想找个机会来露个脸。

得知沈弗峥今天的日程后，徐总特意携徐夫人一同过来拜访。

徐夫人不久前去了洗手间，这会儿往露台走去，正撞上了避嫌转身的钟弥。

两个人算是初见，但徐夫人认得钟弥。

她的儿子徐子熠曾在手机屏幕上滑着一张张图片给她看，兴高采烈地问她："是不是美死了？"他说这姑娘叫钟弥，是这次城市选美大赛的冠军，也是他高中时候的校花。

姑娘是好看，乌发雪肤，气质独特，是见之难忘的美。

儿子的痴迷明晃晃地挂在脸上，徐夫人怎么会不知道这是什么意思？看照片的时候她就问了："小姑娘家里是做什么的？"

儿子一下讷讷，挠头说："她家……她家好像是在城南开了一家戏馆，也是茶楼，早年粤剧馆的地方，现在叫馥华堂，算是做生意吧，反正家里不愁吃喝，我们也算门当户对了吧？"

他越说声音越虚。

徐夫人冷笑一声截住了他的话："开个戏馆、茶馆算什么生意？怪不得你爸爸让你去见副书记的千金，你推三推四地不同意，心都被狐狸精勾去了！"

现在看着比死板照片还美上三分的钟弥本人，徐夫人更是确定了狐狸精的评价。

难怪她儿子着魔了一样。

徐夫人拢住一侧手臂，扬起来的手腕间挂着一只大象灰的Kelly包，银扣闪闪发光。

三两句讲明了自己与徐子熠的关系后，她笑得像一个慈爱长辈，跟钟弥说："钟小姐可能有所不知，家里其实已经给子熠安排对象了。"

钟弥的声音和表情都淡淡的："哦，我不知道，也不感兴趣。"

"可我儿子好像对钟小姐很感兴趣。"

钟弥没耐心跟她绕弯子，耗费时间："所以您想跟我说什么？"

徐夫人有点儿满意钟弥知世故。

"我只是想提醒钟小姐一句，男人嘛，年轻的时候心就是定不下来，难免要在外面拈花惹草，玩够了才肯停，可这野花野草哪里有往家里带的，你说是不是？钟小姐这么漂亮，听说跟子熠还是高中同学，老同学叙叙旧可以，可千万别被我们家儿子耽误了。"

沈弗峥坐在露台上的藤椅处，旁边这位徐总说话又密又殷勤，沈弗峥正拣一句漏一句地当打发时间听着。

视线一转，他看见了钟弥。

她面前站着一位富贵打扮的中年女人，女人环着手臂，不知笑盈盈地说了什么，钟弥听后脸色变得不好。

钟弥抿唇侧首，刚巧，和沈弗峥对上了目光。

沈弗峥远远看着她，目光似无风的海面，泛着温和的粼粼波光，等着一只小舟归港。

他坐在阳伞下没动，指尖弹了弹烟灰，淡淡一句话就为钟弥解了围。

"过来跟徐总打个招呼。"

她之前参加的选美大赛，主办方之一就是启泰地产，钟弥曾在颁奖典礼的台下看过徐父。

徐总却不认识钟弥，也不知道眼前的人就是儿子在家跟徐夫人闹脾气的"罪魁祸首"，很客气地望着钟弥，向沈弗峥请教："这位是？"

沈弗峥说道："钟弥。钟弥的外公，于我有授业之恩。"

这话点到为止，其中的关系细究起来可深可浅，叫人不敢大意。

沈弗峥轻垂眼帘，问钟弥："刚刚看你跟徐夫人说话，认识？"

和徐子熠的事情，来龙去脉不算复杂，但被徐夫人搞得有点儿难堪，钟弥本不想讲。

可她不自知，娇生惯养，被家里捧在手心里长大的小姑娘，忍辱似吞垢，脸上根本藏不住半点儿情绪。

沈弗峥见她这副样子，低了声音，似替她撑腰："怎么不说话？"

钟弥道行还是浅，又是被宠大的，声不高，气却不小："不熟，倒是高中跟徐公子同过窗，徐夫人可能对我有什么误会，怕我没分寸，所以过来提点我两句。"

徐总诚惶诚恐，望一眼徐夫人，后者立时换了局促神色。

徐夫人哪里知道钟弥跟沈弗峥还有这么一层联系，一时攥拳干戳着，那只Kelly包都被手腕压得有些变形。包的主人已经顾不上了，心思都在钟弥身上，不知道该怎么补救赔罪才好。

徐总目光窥探，猜两个人是什么关系。

沈弗峥完全没在意他们，手臂轻轻一收，拢住钟弥的肩头，如同在哄家里闹脾气的小朋友。

钟弥斜身靠上他，瞳孔微震。他这么一揽，她立时像一张松散竹席被收紧了编线，条条竹骨被束到了一处。

钟弥整个上身变得僵硬。

她心想：这狐假虎威的戏码会不会演得太真了？

男人身上浅淡的木香似深谷雪柏般冷冷，在她的嗅觉里渐渐清晰，侵扰神志。

倏然，钟弥眼皮一跳，脱离走神状态，听见沈弗峥的声音在近到不能再近的地方轻轻地震她的耳膜。

"弥弥年纪小，章老先生又就这么一个外孙女，平时宠惯了，只教她待人有礼，想来可能是徐公子误会了。我们弥弥家教很严，这方面徐夫人倒是不必多虑。"

他音色冷，如薄冰与薄冰之间碰击，不温不火的话，经他的唇齿都另生出一层矜贵之意。

仿佛"家教很严""不必多虑"是虚话，他实则是敲打他们掂量掂量自己，能不能高攀得起钟弥。

徐总、徐夫人面色惶惶，以为得罪了钟弥，也因此得罪了沈弗峥。

州市不如京市的商圈那样盘根错节，如今活跃的这批商贾几乎都是近十几二十年凭运势起来的，而小地方的运势，看人胜过看天。

贵人说下雨，州市不会有晴天。

这次京市资本带着这么大的项目过来，半个古城区包括绕城河道，跟政府合作开发，光是预热的消息就炒了两年多，各方人马早就蠢蠢欲动，伸长脖子想来分一杯羹。

沈弗峥不是他们能开罪的人。

来州市的游客都知道，陵阳山寺宇林立，神仙众多，庙要拣香火旺的拜。

三炷香都已经点好了，好不容易到了佛跟前，忽然有了今天钟弥这一出，徐总不知道这个头还能不能安然无恙地磕下去。

徐家夫妇走后，钟弥陪沈弗峥去钓鱼。

钟弥还没从"紧束竹骨"的僵硬状态里彻底走出来，走着走着步子就慢了。他本来就高，腿又长，钟弥不声不响地就落了沈弗峥好一段距离。

他回首，第二次说话，她才回神。

"钟弥？"

他问她会不会钓鱼。

钟弥本想说钓鱼不就是甩个杆子等鱼上钩，有手就会？可她又想，可能他是专业人士，连"等鱼上钩"都颇有讲究，于是没随着性子胡乱发言，乖乖摇头说不会。

她说不会，沈弗峥就没叫人再添一柄鱼竿，继续往木道尽头的湖区走去。

钟弥亦步亦趋地跟在他身后，在心里小声嘀咕：刚刚他在徐总、徐夫人面前还一口一个弥弥，现在成了连名带姓的钟弥。

他的亲和力是弹簧吗？可伸可缩？

钟弥陪坐一侧，看着西沉的落日，有些无聊。岸边铺路的小石子粒粒分明，又圆润称手，她时不时捡一颗往湖里丢。

湖面上荡开数道涟漪。

她单手托着腮，手肘抵在膝上，跟他说："你刚刚说我家教很严，我外公在这儿，都要替我脸红。"

荒腔

038

"那这事儿不告诉你外公,当你欠我一个人情?"

钟弥瞥他一眼,小声说:"你的人情,我还不上。"

沈弗峥说还得上。

钟弥问:"怎么还?"

"两件事。"他朝她看去。

居然还有两件?

他帮人一次,别人要还两件事?这人不愧是启泰老总都要点头哈腰地恭维着的人物,什么京市来的沈四公子,他是京市来的奸商吧?

"明天有一场晚宴在绮月馆举办,我需要一个女伴。"

其实他出席这种应酬场合早就习惯,女伴也不是非携不可,只是身边有人,会减少一些不必要的风月麻烦。

钟弥想了想,点头答应了。这个要求可以,也不过分,她又问:"这是第一件,那第二件呢?"

沈弗峥看着她的手,皮肤白皙,指骨纤细,捏着一颗鸦青色的小石子。

他淡淡地出声:"你这样坐在我旁边,鱼没法儿上钩了。"

再胆大包天的鱼也都被她的小石子阵吓跑了。

说话时,他朝她的方向侧身,那个角度,让他身后匿着大片湖光落霞。

水天相接处,暮色正烈,云似被酡红霞光烧透,而近处,他那双眼仿佛湖面下未被照透的水域,浮光掠影,让人瞧不清明。

钟弥微微张着口,一时挪不开视线。

鱼,没……上钩吗?

钟弥将小石子纳入手心里,轻轻硌着掌心的纹路。

"那我不扔了。"她低声说。

次日入夜,某处富丽堂皇的宴会厅内,华灯璀璨。

钟弥家客厅也正热闹。

表姨登门,跟章女士说着不知道从哪儿听来的八卦消息,神情之夸张、言语之胆战,仿佛闻所未闻。

"那个徐少爷是有未婚妻的呀,人家家里人眼光高得要命呢!我那天

"一听徐夫人说有个小姑娘一直缠着她家儿子,我就心想,也正常嘛,毕竟那徐少爷人长得体面,家里条件又好,哪怕没名没分,小姑娘巴着他也是情理之中的事,他惹花惹草都是应该的,可我一听,徐夫人说那小姑娘叫什么?叫钟弥!哎哟!我心里就'咯噔'一声。讲道理,我们弥弥是做不出这种叫她外公脸上无光的事的呀!"

一句话恨不得带上十八个弯,其中幸灾乐祸的意味昭然若揭,表姨巴不得事实确凿,坐实了钟弥攀龙附凤的事,大家半斤八两,各奔前程,日后这家人也别在她们母女面前假清高。

什么京市章家,那都是多少年前的老皇历了,谁还记得?

章女士甚至都没看向钟弥确认一眼,只冲着表姨淡淡地笑着说:"弥弥不会,应该是弄错了。"

表姨说:"哪里会错哟,那徐夫人都说了,钟弥,开戏馆茶楼的,这城南难不成还有第二家馥华堂?"

长辈说话,也不管是什么长辈,小辈打断都是不礼貌的,钟弥待会儿要穿极修身的裙子,晚上就没吃饭,这时安安静静地听表姨红脸白脸都唱起来,只津津有味地剥着嫩绿莲子。

到表姨说完这句话,钟弥才出声。

"那个徐少爷我是认识,我跟他高中同届,不过也不太熟,表姨现在在州市的贵妇圈里混得这么如鱼得水,消息灵通,不如再打听打听?"

表姨狐疑地向钟弥看去:"打听什么?"

"到底是谁纠缠谁?"想到那天在酒店露台上借着沈弗峥的面子的那出狐假虎威戏码,钟弥不禁露出笑。

"不过他现在应该不敢纠缠我了,就不劳表姨替我操心了。"

钟弥一脸纯真好奇的表情,眨巴了一下眼,也向表姨回以晚辈的关心:"哦,对了,那个贵妇聚会有用吗?表姨刚刚说徐夫人眼光高,瞧不上戏馆茶楼,那其他人家呢,眼光高吗?表姨选到心仪的女婿没有啊?"

中年妇人的脸色登时一阵青一阵白,方才眉飞色舞粉墨登场,现下她仿佛丧夫失子的苦楚青衣,"咿咿呀呀"唱不出调。

钟弥看得很满意,轻拍了拍手,拂去手上的莲蓬皮,起身说:"我晚上还有事,就不陪表姨继续聊了,您自便。"

不多时,表姨就走了。

钟弥也从自家楼上再度下来，穿着之前那件从宝缎坊取回来的旗袍。

玉白的绸，绣着浓碧夹淡青的文殊兰。

本来她以为今年夏天过去自己也没什么机会穿这件斯斯文文的旗袍，衣服取回来除了在镜子前多比量几回，也只是等着过季封箱。

现在好了，物尽其用，她还沈弗峥的人情，穿去宴会上扮淑女。

她晓得自己今晚的任务——替沈弗峥挡那些可能缠上来的莺莺燕燕。

车开在去绮月馆的路上。

夜色正浓，路旁的灯光流淌进车厢里，照得那一身旗袍微微泛着丝绸织物的光泽，温润风雅。

钟弥没想到沈弗峥还记得这件旗袍。

"纹样很别致，"他侧首打量着说，"像是兰花。"

钟弥愣了愣，随即解释道："文殊兰不是兰。不过花语很好。"

钟弥以前对"惜字如金"的认知刻板，觉得惜字如金就是不爱说话，漏了一个"金"字。跟沈弗峥认识不长，她却觉得，这词配他才绝妙。

就譬如此刻，正常人会接话问一句"文殊兰是什么花语？"，可他不问，只是淡淡地看着她，静等她的后文。

没有任何对手戏，只有她的单人旁白，契合车厢的安静气氛。

"是……与君同行。"

"很好。"

他看着钟弥，停了好几秒才出声，让那一句淡淡的应和话语，倏然变得意味不明，有些苔藓似的暧昧感仿佛在暗处滋生。

宴会上，男人们应酬起来高谈阔论，很多事钟弥听不懂，她也懒得听。

无聊就容易走神，美人走神也是好看的，就好比宴厅里的流苏水晶灯，不需要什么动静，单单存在着就有一种引人注目的美。

旁边人聊起未来州市的开发事项，她忽然听到几个熟悉字眼——古城区、银杏路。

那是胡葭荔家所在的地方。

钟弥目光微动。

在场众人都是察言观色的老手，沈弗峥那里没有关窍能切入，他们便不放过机会地从他身边的女伴入手。

很快就有人露出好客神情，对钟弥说："钟小姐初来州市，恐怕不知道古城区游湖，那是州市旅游的一大特色，钟小姐有兴趣可以试一试。"

钟弥微笑："我不是初来，是本地人，古城区游湖，是我小学的春游项目。"

沈弗峥轻哂。

"啊？钟小姐原来是州市本地人，那敢情好啊，沈先生这次来州市视察，正需要——"

那人露出场合上的惊讶之色，本来要顺着话题继续穿针引线，沈弗峥就见钟弥微微努了一下嘴，那是一个仿佛在说"怪没意思"又有点儿可爱的小表情。

小姑娘真的娇坏了，偏偏还娇得落落大方。

他正不动声色地想着是谁把她宠坏的？她那位一生清雅、不苟言笑的外公吗？他思疑的同时，言语上不自主地分了心，打断了那人的话。

"说好了今晚不谈公事。还是在读书的小朋友，再这么聊下去，她听着会觉得很没趣了。"

谁是还在读书的小朋友，众人心知肚明。

而沈弗峥这两句无棱无角的话，一语双关，借钟弥之口说没趣，看似只是宠着小朋友，实际上也是他觉得没趣。

四两拨千斤，众人只能应和。

晚宴过半，钟弥没上到妆的脖颈、耳尖开始微微泛粉，沈弗峥侧低下头，闻到了她发间清淡的香。

宴厅里熏过木质香，经脂粉酒精一泡，早就杂糅成一种说不上好不好闻，却是宴会独有的浓郁气息。

可能大家身在其中不自知。

他靠近钟弥时，仍觉得她的香味是清凉又独特的。

他用酒杯示意方向，在钟弥的耳边说："不要喝多了，那边有餐台，去把你的酒换成果汁。"

钟弥捏住杯柄，目光扫视一圈，轻晃了晃这杯比她的年纪都老的红酒。老实说这种酸涩和醇香并重的红酒她品鉴不来，但得知酒庄年份，她又难免觉得有些暴殄天物的自责感。

"我用果汁跟他们喝，会不会显得不礼貌？"

他将钟弥手里的杯子取走，随意地放进了穿场服务生的酒盘中。

"在这里，你可以不礼貌。"

寻到一份心仪甜点，小银叉携着细腻奶油入口即化，钟弥抿起唇，还在细究他方才的话。在这里是指哪里？

他的身边吗？

钟弥不禁扬起嘴角笑了笑，舌腔溢出一丝奶油甜味。

她没有再上前，而是靠在餐台边，不远不近地看着沈弗峥，见识了这位沈四公子的别样风采，衣香鬓影，游刃有余。

众星捧月的吹捧场面，钟弥不是没见过，只是他过分出尘，连这些阿谀奉承的话，用在他身上都恰如其分，好像他本就如此，担得起如此盛誉。

晚宴后，司机将车开来，他们正要离开，忽然关闭的车窗被敲响。

一个悦耳的女人声音传了进来："沈先生，方便送我回酒店吗？"

深色玻璃窗徐徐降下，车窗外那张脸，一见之下，钟弥都不由得吃惊晚宴主人的大手笔。

州市这样的地界，终是不如炊金馔玉待鸣钟的京市，今天这场晚宴规格并不算高，也像是在迁就某人，刻意低调。

可这样颇有名气的女明星，能被请来为这晚宴的余韵收尾，这位试图巴结沈弗峥的幕后金主，着实担得起一句诚意十足。

钟弥没忘自己今夜的任务。

愣神只在几秒间，窗外那位女明星亦在打量车内的钟弥，显然是惊讶。她不知道这位据说位高权重的沈先生车上已经有了人。

钟弥往沈弗峥肩上一靠，娇嗔道："沈先生好雅兴哪，今晚是要这么玩的吗？"

说完这话，她笑着乜斜车窗外的人，声音如软缎一般，吹气如兰，语气也带着一丝挑衅意味："这位姐姐，都会玩什么啊？"

到底是公众人物，平日也端惯了架子，女明星霎时变了脸色。

她收的钱可不够提供这种恶心人的项目，要不是前阵子去粤市输了太多钱，窟窿填不上，这笔钱又刚好来得爽快，这种地方她都不愿意来。

她毕竟早不是刚入圈没见过世面的小姑娘，所谓位高权重的老板她见

043

得多了,老板还分三六九等呢,眼一瞥,不过一辆A6,算得了什么?

后来有人叫她去网上搜搜这车,再打听打听沈弗峥之前都是跟什么人打交道的,继续开A6可能只是因为他低调惯了,她才恍然,自己曾经错失一个多么好的机会。

女明星走了,车子徐徐驶入深浓夜色中。

沈弗峥夸她演得真。

"也不都是演啦,沈先生这样的人中龙凤,自然有人要抢破头的。"钟弥离开他的肩膀,眼底带着灿笑,却半点儿真意也无。

今晚陪沈弗峥应酬,虽然有他"可以不礼貌"的纵容,钟弥还是喝了不少酒,这会儿坐车不舒服,头晕胸闷,想下车走。

任务已经完成,她拿起自己的手包,大大方方地倾身,麻烦司机在前头靠边停车,跟沈弗峥说:"沈先生不用送我了,我不太舒服想吹吹风,就在这儿下车了,祝您——今夜好梦!"

沈弗峥自然不会让她一个小姑娘深夜逛大马路,太不安全,万一出了事,也不好和章老先生交代。

钟弥倒叫他不必忧心这个。

她将脑后的木簪子一拔,乌黑长发微卷着散开,仿佛完成任务卸下了旗袍美人的面具,双臂张开,倩影融进夜幕中。

"沈先生,这里是我家,我很熟的。我在这里出生,在这里长大,读的高中离这儿不远,这边的每条路我都认识,不会不安全的。"

她头发散开、飞舞,一时从她那方位吹来的风里都有了香味。

沈弗峥闻到,又分辨,像夜间盛放的花,重瓣潮湿,带着薄露一样的新鲜香气。

他忽而想起,拜访章载年那天,章宅的老仆人称她为弥弥小姐,他问及是哪个"弥"字。

对方说,弓尔弥,是"佩缤纷其繁饰兮,芳菲菲其弥章"的"弥"。

时隔数日,他才恍然,她的单名一字是多贴切的形容。

"你想吹风,我可以陪你走,就是要麻烦钟小姐领路了,这里我不熟,至于我的安全——"他稍稍弯唇,似夜风撩起一页薄纸,声音融了酒精,不那么清朗,"也仰仗钟小姐了。"

钟弥短暂顿住,后又失笑,露出洁白贝齿:"好吧。"

附近有个植物公园，不过已至深夜，里面看不见什么人影。

州市空气好，植被覆盖率很高，即使是城市中心也有多处保留着古都风貌，随处可见葳蕤花木，连一些街道路灯的设计，都如旧时灯盏，古色古香。

路过斜坡花圃，青石板路两侧，粉蔷薇开得正盛，钟弥摘花扎了手。

她皮肤白嫩，手上立刻冒出一点儿显眼的红色痕迹。

钟弥轻轻"嗳"了一下，低头看着伤处，喃喃自言："果然我妈说得没错，窃玉偷香风流事，色字当头一把刀。"

沈弗峥听了个新鲜："你家里教你这些？"

"教啊。"

钟弥轻快地应着，捏紧微微刺痛的指尖，朝沈弗峥看去。

女明星自荐枕席他都岿然不动。

"我感觉，沈先生比我更懂这个道理。"

她将摘来的花别在耳边，夜风撩起丝丝缕缕的碎发，如软云薄雾，她别起，又一次次被吹散。

沈弗峥不动声色地看着她，良久才出声说："色字当头一把刀，我记着了。"

胡葭荔生日当天，中午她和家里人庆祝，晚上约着三五好友在一家烤肉店庆祝。

临晚，钟弥去提了蛋糕，打车赴约。

除了钟弥，剩下三位是胡葭荔的大学室友，虽然钟弥跟她们不太熟，但都是性格投契的女生，相处也愉快。

餐前几个姑娘忙着拍照打卡，餐中等肉熟的工夫，一边聊天一边修图，两个小时，流水一样自然淌过。

散场等车，胡葭荔有位室友是外地人，她们大学还没开学，为了给胡葭荔庆生，室友提前拖着行李到州市，今晚得歇在胡葭荔家里。

钟弥在路口的夜风里戴上鸭舌帽，让她们打车先走。她家离得最近，就算殿后，到家也不会太晚。

烤肉店不在市区，这个时间，车有点儿难等。本来就车辆寥寥的马路上，过去两辆出租车还都亮着有客的灯牌，于是钟弥拿出手机，打算刷会儿微博消磨时间，没想到热搜榜上有她认识的人。

词条不是很靠前，钟弥点开，跳出的文字和图片都跟暑假档某部古装偶像剧相关，新人女二号扮相美，可惜路人缘一般。

好几个影视剧大V说她是吃人设红利，没灵气，戏路窄，以后估计也只适合演这种木头美人的角色。

钟弥往下翻，有条评论提到了新人女二号非科班出身。

楼里就有人说她读京市舞校，底子应该也不差吧？紧接着一个自称京市舞校的学生回复说，拜托去打听打听，她大二就不念了，有人捧着去闯荡贵圈啦。

手指一按，钟弥烦心地将手机息了屏。

她没想到视线挪到一侧的人行道上，看到了更叫她烦心的人。

贺鑫就是冲着她来的。

他没追着钟弥，"拆二代"的傻白甜女朋友又跟他说分手，再傻他也能想通，之前那出女神倾心他的戏码是怎么回事。

手机在拉扯中脱手时，钟弥的怒气已经到了巅峰，心一横，她想着最好手机摔得碎一点儿，待会儿她就叫胡葭荔那个当片警的堂叔过来抓人，今晚这渣男别想好过！

可是手机没碎。

钟弥余光就看着它高抛出一道弧，急速坠下时，稳稳地落在了一只骨节修长的手掌中，继而那只手的主人走近，用另一只手去折贺鑫的腕子。

动作看起来非常轻巧，但贺鑫不仅立马松开了抓钟弥的手，还号叫得跟被按住痛穴一样。

钟弥下意识地往沈弗峥身边靠了一步。

他一推一松，贺鑫朝后跟跄了两步，险些摔倒。

"滚。"

贺鑫是怎么狼狈跑走的，会不会怀恨在心地盯着她，钟弥不知道，她看着凭空出现的沈弗峥没缓过神。

她晓得州市不是什么大城市，却也不知道州市小到容得他们这样频繁地偶遇。

"手没事吧？"他把钟弥毫发无损的手机递了过来，声音很淡地问道。

荒腔

钟弥揉了一下手腕，摇头说"没事"，接过自己的手机时，面色有一丝不自然。

因为刚刚她的脑子里冒出一个离谱的想法，想法被他的声音打断了，但因想法离谱而生的尴尬感没有消失，反有扩大之势。

雨天的公交车站、酒吧的后门口，还有今晚，他像是气定神闲地坐着那辆黑色A6满州市巡逻，以欣赏古城风景为名，实则是看她有没有在外头惹是生非，比胡葭荔干片警的堂叔的效率还高，一逮一个准。

"那个……刚刚那个人是——"

钟弥刚试图出声就被沈弗峥打断。

他神情从容，似什么高级督察翻开过去的案底，平平淡淡地接住了钟弥的声音："你那三个不好讲的对象……"顿了一秒，他严谨地补充，"之一。"

"呃，"钟弥感到颊上有发热兆头，"沈先生记性真好。"

"偶尔。"

毕竟盛澎口中错过都可惜的场面实在让人难忘。

这事儿那天晚上就没讲清楚，虽然不好说，但此刻钟弥还是硬着头皮试图解释，以免之后再有误会。

"其实不是……刚刚那个人之前居心叵测地追我朋友，我只是帮朋友看清渣男的真面目，策略性地跟他接触一下，给他算手相，但我跟他没有半点儿关系，我朋友现在跟他也没有关系了。他可能有点儿怀恨在心。至于那个姓徐的人，那次在酒店都跟你说了，只是同学，他单方面追我，他妈妈还不同意，你也看到了。"

她的声音越说越弱。

"还有一个呢？"

钟弥抬眼望着他，表情讶然，随即声音慢而不自觉地脱口，就像在课堂上猛然被老师点名回答问题，人一站起来，脑子还没开始运作，声音却已经支支吾吾地在铺垫了："他……他啊，他是我以前谈的……"她添了一个字，纠正道，"谈过的。"

"很紧张？"他的嘴角隐着淡笑，既有年长者的温和，又带着一种讲不出的从容气韵，也很刺激年下人的反骨一面。

钟弥立马说："才没有！"

她想装作云淡风轻，缩小彼此气场上的不对等差距，反而弄巧成拙，显得语调更加心虚："只是说事实而已，有什么好紧张的？"

钟弥反客为主，主动向他提问："沈先生怎么会到这附近来？晚上有应酬吗？"

钟弥记得，这附近临湖有个名字听着就风雅的茶馆，白日里看着清烟冷火，入夜车来人往，灯火煌煌。

沈弗峥回答："算吧。"

"真巧啊，就又碰见了，还被你认出来了。"

相比于小声嘀咕的钟弥，沈弗峥大方坦然得多。

"没办法。"他看着钟弥，"你有点儿显眼。"

他坐在车上都能一眼注意到她。

钟弥愣了一下。

沈弗峥说的是实话。

车子开到附近，他无目地地望着窗外夜景的视线，忽然就有了聚焦的地方。

她站在路边，低头看着手机，穿着白色吊带和宽松短裤，芦草绿的薄衬衣潦草地捋起了袖子，肩上搭着的包和鸭舌帽都是浅咖啡色，简单漂亮。

起初他看了一眼也只是觉得像，因为只能看见一部分侧脸，这时候有个流里流气的男人走过去纠缠，她挣手时偏了一下脸。

他就确定了。

"停车。"

本来车速就不快，安静的车厢里响起偏低的声音，司机立马看向后视镜，窥见沈弗峥眉头轻轻皱起，立即动作利落地靠边停下了车。

提到车子，钟弥往路旁看去，没瞧见那辆已经有了印象的黑色A6。一辆本地车牌的迈巴赫静静地停在不远处的行道树下，车边戴着白手套、叠手等着的司机也脸生，不是丰宁巷七进七出的"赵子龙"，钟弥没见过。

"您这宝驹，可比那天的A6气派多了。"

那晚女明星打量车子的眼神，钟弥瞧得清楚。

她嘴里的话总像春天的笋，乍然冒出，十分新鲜。

宝驹?

沈弗峥勾着嘴角,顺着她的视线回身望了一眼:"老林办事去了,酒店配的车。"

家里不是没亲友来州市时入住那家酒店,钟弥可没见过他家给客人出行配这样的迈巴赫和戴白手套的新司机。

天知道又是谁上赶着献殷勤。

忽然想到这种过分殷勤的行为可能代表着什么,钟弥讷讷地将视线移回眼前,表情似白纸涸进水里,淡又透明。

她沉着心思看着沈弗峥。

蒲伯说他姓沈,是京市来的,可在京市姓沈代表什么,钟弥并不知道。外公那位故交沈老先生是什么人,钟弥也不知道。而眼前的沈弗峥是什么人,钟弥更不知道。

牵一发而动全身地想到许多问题,可最后,她只问了一个问题。

像那张湿纸被打捞上来,软得不像话,只得小心翼翼地摊开。

"你那个名字,沈弗峥,fúzhēng,是哪两个字啊?"

"感兴趣?"

主宾语皆缺,单单三个字,一股莫名其妙又不突兀的暧昧气息拂向钟弥,烘着她,像不慎途经空调外机,夜晚蛰伏的燥意倏然被挑破。

她本来不想认:"也不……"

偏偏他这次干脆,截了她的话头:"我的名字起得不太好,也不太好讲,你伸一下手。"

钟弥便只好虚虚地摊开掌心。

他的食指画着横竖,指腹干燥,触着她柔软的手心,触感有点儿糙,密密交错又预示着她的人生轨迹的纹路,被他画得有一些发酥。

钟弥的指端微小地颤动了一下,她垂眼盯着笔画走向,有一瞬怔神。

她觉得自己这个手部姿势,像在接什么从天而降的东西,因渴望而要攥在手里的东西。

落下的东西是什么呢?

"是这两个字。"他写完说。

钟弥下意识地攥住了手,礼貌性地夸赞了一句。

为什么说是礼貌性,因为她根本没有特意去想,话几乎是脱口而出:

"自叹弗如,远山峥嵘。这名字很好。"

沈弗峥这名字跟了他快三十年,这样的解释,他却是第一次听。

"现在要去哪儿,我送你。"

钟弥矜持道:"会不会打断了你夜游?"

"夜游称不上,随便逛逛。"

他跟钟弥说,之前倒是有人给他安排过一个资深导游,导游嘴皮子的确很好,肚中有墨水,引经据典、谈古论今,恨不得往前翻几千年历史。

"听着——"他声音一顿,面上的委婉之色是礼节性的歉意,实则他非常挑剔,"比我在剑桥上唐代史还无聊。"

钟弥失笑,心里又悄然记着:哦,原来他之前在英国读过书。

"之前有朋友来州市玩,我倒是当过导游,不过——"钟弥捋了捋耳边的碎发,"不专业。"

他讲话绅士:"那我有这个荣幸体会一下这不专业吗?"

钟弥微微耸肩,脸上是这个年纪的小姑娘独有的肆意神采:"不包退、不包换,该导游还不接受任何差评哟。"

他偏开头,轻轻笑了。

路边的栾树叶尖在夜风里晃动,感受到她那个方位吹来的风,他毫无抵御的意思,很舒服地沉浸其中。

"这就开始了?这也是'不专业'的一部分?"

钟弥哼哼说:"嗯!独家定制,体验感还好吗?"

仰首间,她帽檐下的眉眼猝不及防地暴露在路灯灯光下,瞳仁雪亮。

"非常——好。"

男人悦耳的声音拖着低低的字音,绕着缠绵不清的意味,他说着,冲她配合了一个小幅度的颔首动作。

似乎受不住这样对视,钟弥挪开些视线,看着隐在灯影后的老城建筑,轮廓淡然有古韵,很难叫人不感叹夜色撩人。

沈弗峥没让司机代劳,亲自拉开车门,钟弥背着手,大大方方地上了车。

就这短短几天时间,之前他们同行过的那一段缺灯的青石路已经设施完善,两侧住房被暖黄光晕勾勒出柔和模样,车前灯融入其中,车子缓缓开进。

这次司机顺利地将钟弥送到了家。

告别之际,沈弗峥按下车窗提醒她,最近出门多注意,尽量不要一个人,那个男人看着不太像会善罢甘休的人。

钟弥知道他说的是贺鑫,站在车外,点着头说:"知道了。"

她挥了挥手,尝试再度告别:"那……拜拜?"

他在车窗里"嗯"了一声,淡淡地说:"以后找对象眼光好一点儿。"

他说话像长辈,还是颇有权威、毫无商量的那种语气。钟弥咬了咬唇,一瞬的心乱反应叫她不想去计较,她虚虚地应了一声,自以为自然地转移了话题:"等我想一下游玩路线怎么安排,我会去酒店找你。"

她说得很傲娇,像极了一个不懂顾客至上的不专业导游。

说完,她步伐轻快,转身推开院门进去,后背贴着还没拨上的锁闩,听见了车子启动又开出的声响。

她想起了门前那口生了浓绿青苔的积雨陶缸,不知道今晚有没有小青蛙掉进去。

第三章

无事牌

　　州市没有什么重工业，经济发展很大一部分靠旅游业撑着，近几年电商直播行业兴起又另说，除了陵阳山的一众神仙菩萨，城区周边也散落着不少新的打卡景点。
　　旅游淡旺季，不仅门票有差价，景区的开放时段也不同。
　　钟弥嘴上说着自己不专业，实际还是挺负责的，去网上挨个儿查了查旅游攻略。毕竟上回她领着朋友满州市玩已经是两年前的事儿了。
　　淑敏姨端着插好的粉荷进来。
　　刻花玻璃的圆瓶里，一枝粉荷正开，一枝含苞，配着卷边的尖角荷叶，摆在靠墙的乌木高几上。
　　高几中间分了几层格子，放着钟弥念中学时喜欢看的书，黑、白、红、灰那一排是经典名著，边角整齐如新，花花绿绿那一排是言情小说，翻阅痕迹就重多了。
　　淑敏姨是在后厨周旋了几十年的人，不懂这些书，擦了擦架子上的薄灰，抽出一本书问钟弥："这书是讲什么的？"
　　钟弥望了一眼，神情夸张又俏皮："撕心裂肺的爱。"
　　淑敏姨笑了，又抽出一本："那这个呢？"
　　钟弥眼眸一亮道："哇，更撕心裂肺了。"
　　章清姝走到女儿的房门口时，便看见这样的画面，淑敏姨和钟弥都在笑。章清姝也弯了弯唇，走进去："在讲什么呢，这么有意思？"
　　见钟弥收腿坐在椅子上，怀里还抱着笔记本电脑，章清姝手搭女儿的肩说："有事回来再忙吧，先去你外公那儿吃饭。"

只要钟弥在州市,每个月头、月中,母女俩都会去外公那边吃顿饭。

今天她们去丰宁巷也发生了一件趣事。

车停在巷口,钟弥不顾天热,黏糊糊地挽着妈妈的胳膊,母女俩合撑着一把碎花遮阳伞往巷子里头走去。

巷内转角处,一辆白色现代车尾遭撞,碎了车灯。

住户家的花架也跛了脚。

一个穿着老头背心的男人扶着架子,气不打一处来地说:"你也不看看,这巷子这么窄,是能把车开进来的地方吗?"

周边围了不少人。

母女俩从闹声里经过,章清姝踩着细高跟鞋,高出几厘米,瞥着扭头走神的钟弥轻声问:"想什么呢?走路专心。"

"哦。"钟弥转回头来,乖乖应着。

她能想什么,想沈弗峥那位车技不凡的司机罢了。

祖孙三代人,简单一顿饭。

刚吃完饭,章清姝就接到了老戴的电话,先回了戏馆忙。实则即使没有老戴的这通电话,她一般吃完饭也不会久待。

她和章载年像得如出一辙,至亲至疏,每回见面吃饭都跟套公式一样,彼此简单问两句近况。要不是有钟弥在,两头说说笑笑,怕是父女二人一桌吃饭都会不自在。

章清姝临走时,章载年喊蒲伯去拿东西。

深蓝色的盒子倒是朴素,蒲伯一打开,根须茂密的一根参躺在绸布之上。

"前阵子送来的一根野山参,你拿回去让淑敏煲汤。"

这参的年纪少说有两个钟弥那么大,跟"朴素"两个字全然不沾边,章清姝问了句是谁送来的,蒲伯答是沈家的人。

章清姝接过盒子,叫他自己也注意身体,提着东西一个人出了垂花门。

钟弥从书房里出来只看见章女士的背影,刚刚院子里两个人的对话,她也只听了一个大概。

"外公,我找不到金泥。"

"上回的早干了,得拿金箔重新调,"章载年走进书房替钟弥翻找东西,脸上带着笑,"今天倒是乖,肯画画了。"

"怕手生了嘛,那外公这么多年岂不是白教我了?"钟弥铺开纸,镇纸捋至两侧,纸面平了纹路,心思却没静下来,她扭头问,"外公,刚刚蒲伯说来送礼的人是沈弗峥吗?"

蒲伯很久前就说过,咱们的弥弥小姐看似见人就笑,实则是个知书达理的冷肚肠的人,就是罗汉神仙到了她外公的院子里,第二天问她来客多少,她连十七还是十八都记不住。

章载年将金箔盒子放在桌边:"难为你还记得。"

钟弥在心里嘀咕:哪里有什么为难的,他那个样子,也不太好让人忘好吗?

大约抱着一点儿她自己都没有察觉的探听心思,钟弥回道:"不只那天在外公这儿见过他,我之后还见过他。"

他们见了还不止一两面。

"他帮过我。"怕外公担心,她又说,"刚好遇见,他随手帮的,不是大事。"

至于沈弗峥是在什么场合帮的自己,她就不好讲给外公听了。

章载年坐在一旁的竹椅上,看钟弥运笔,说话口吻像同小孩子说话一般:"那有没有谢谢人家?"

一码归一码,帮一回谢一次,这一次……笔尖定了两秒,钟弥才说:"还没。"

章载年端起茶碗,拂开茶末,淡淡出声:"有机会要谢人家,不过也没什么关系,他不是计较这种事的人。"

纸上的青墨洇开,钟弥心浮起来,为自然而刻意空出的停顿越发不自然,致使她甫一出声,捏笔的指骨都微微收紧。

"他不是计较这种事的人。外公很了解他吗?他好像是第一次来看外公?"

章载年望着窗外:"很久没见过了。"

钟弥断断续续地勾着牡丹线条,思绪并不集中,想起那次在酒店露台上,他当着徐家夫妇的面说外公对他有授业之恩。

"那他……算是外公的学生吗?"

"他启蒙，我倒是教过他写字。"

钟弥心道，原来还真沾了那么一点点授业的边，她还当他那天就是随便一说唬人的。

章载年看着钟弥，忽而笑了笑，故作回忆神情："那时候他好像才四五岁，站在凳子上一练就是一个小时，不分心，哪儿哪儿都规矩，写完字手上都干干净净的，哪里像你小时候一堆人哄着都恨不得把笔砚打翻，现在都二十多岁了，你看看——"章载年指着她白色的喇叭袖口，"还跟花猫似的。"

钟弥抬臂一看，袖子上果然沾了彩墨，但她不认，还要拉踩："太规矩了就是教条，艺术家就得有点儿自己的风格。"

章载年一贯宠着她，歪理也肯应和："是，是，是，艺术家，歇歇吧，先喝口茶。"

钟弥坐到外公旁边捧起杯子："我才刚刚二十一岁，二十一岁不算二十多岁！"

章载年哄着："好，好，好，不算，不算。"

钟弥嘴里含着一口茶，从左腮移到右腮，盯着白瓷杯里漾开的淡青水纹，缓缓咽下茶水问："外公，那他多大啊？"

"谁？"

"沈弗峥。"钟弥立马解释，"就是他如果比我大太多，就算比我厉害也不算很厉害了，万一超过一轮了，那都要差半个辈分了，差辈分的人怎么可以一起比较啊？"

"没差那么多，"不知想起什么，章载年的神情有一丝隔世般的怅然，"他今年不是三十岁，就是二十九岁吧。"

钟弥微微张口，喃喃道："这么年轻就这么厉害吗？"

章载年听见了："他读书早。事事都先人一步，他爷爷教得好。"

最后一句话似褒似贬，钟弥没听懂，望着外公问："那这样是好还是不好啊？"

"好啊，"章载年嘴角淡淡一抬，"不说他那一辈的堂表兄弟，恐怕满京市，也找不出第二个他这样的人了。"

"可外公以前不是说盛极必衰、木秀易折吗？"

章载年点了点她的鼻尖，道："你最聪明。"

055

钟弥见外公这回是真笑了,立马卖乖:"我是外公教得好!"

章载年拍了拍她:"小马屁精,快去画吧,你这三天打鱼两天晒网的性子,一幅画,兼工带写能拖半个月。"

"我那次拖了半个月是在构思,慢工出细活,我明天——"

差一点儿就要打包票说明天就来画完,一想到明天得给某人当导游,钟弥便咽下了话,慢吞吞地夹着甜甜的声音说:"这次……恐怕也要慢工出细活。"

章载年顿了顿,随即爽笑,说着"你啊你",脸上久积的病容都一扫而空。

钟弥首选的游玩项目,是之前在宴会上别人提过的古城区游湖。

沈弗峥记性好:"你小学的春游项目?"

"对,但你小学时应该没来春游过,特色嘛,总要体验一下的。"

钟弥去酒店找人前就想了,孤男寡女一起游湖,到时候湖波荡漾,相顾无言,气氛很容易尴尬又暧昧。

为了避免这种尴尬暧昧的情况,她特意提前租了船,找了一位朋友来伴游弹琵琶。

今早钟弥到酒店时,除了沈弗峥,还见到了那天跟她打过招呼的蒋雅,同行的还有一位叫盛澎,这人看着比蒋雅大几岁,和蒋雅一样喊沈弗峥四哥。

一行四人出了门。

那两个人话多得跟沈弗峥不像是一路人,根本没有任何相顾无言的尴尬机会。

他们真拿钟弥当美女导游,一个接一个问题冒出来,钟弥一度怀疑自己在做什么地方志的快问快答。

沈弗峥这人说话像是标点符号都在计费,绝不多说一句废话,适时出声给钟弥解围,降住那两个人滔滔不绝的问题。

钟弥一时愣愣地看着他,也不知道这是解围还是变相调侃。

因为他说:"你们对不专业的导游要求是不是太高了?"

钟弥与他对视,他神情是放松的,甚至有些笑意,眼瞳如一片投入小石子却未惊起一丝涟漪的湖面。

这样的湖，很怪。

她又不得不承认，这样的湖，很吸引人。

他说："得尊重你的个人特色，是吧？"

她的个人特色是不专业。

天气可能太好了，钟弥只觉得耳后那块皮肤被晒得发烫，湖风吹来，并不解暑。

按了一下食指上的银色戒指，有微微痛感，钟弥试图转移注意力，正要偏过头，对面的沈弗峥先移开了目光，从她的耳际望向光线投来的方向，微眯起眼，再稍一摆手说："往里坐一些，你的耳朵被晒得很红。"

船篷下的空间还算宽敞，钟弥"哦"了一声，稍低下头，往里挪了挪。

"像蜻蜓的翅膀。"

钟弥唇瓣小幅度地动了动，怀疑自己听错地微愕住："什么蜻蜓的翅膀？"

他的声音并不低沉，但有种奇特的秩序感，好像缺乏情绪，又好像这本身就是一种情绪。

他用这样的声音慢条斯理地回答了钟弥的问题："你现在的耳朵，像蜻蜓的翅膀。"透明，敏感，越是静止越引人触碰。

钟弥摸上自己的后耳郭，热度不减，甚至还摸到了血管鼓噪地在跳动。

如果要正确形容，那此刻蜻蜓应该在高频振翅。

船还靠岸等着。

钟弥的朋友姗姗来迟。男生短发留得稍长，身形细窄，穿月白长衫，抱着琵琶，鼻尖都是汗。

他匆匆踏上船，惊出一点儿动静，案上的茶水颤动。

他跟钟弥道歉来迟，又拭着汗，跟众人介绍自己，谈不上大方，更像是免不了的职业习惯，硬背了两句漂亮话叫人点曲儿。

蒋雅坐得最近，接过单子，递给沈弗峥："四哥你说听什么吧，这风雅我不懂啊。"

没办法，蒋雅的妈最恨风雅之事，最厌的乐器就是琵琶。

沈弗峥望向钟弥:"导游推荐?"

钟弥当仁不让,日常就少有纠结为难的时候,立马做主:"那就听《琵琶语》吧,点的次数是最高的,对吧小维?"

她叫小维的朋友点头说:"嗯,外行人一般很喜欢听这个,很好听的。"

"弥弥,你这朋友很会贬人哪。"

盛澎吊儿郎当地靠着船沿,从小维上船就开始打量他,又看着他抱着琵琶坐下时过分秀气的举止,最后眼神移到他的脸上:"你是男的吗?看着怎么像女孩子?"

"是男生,"小维窘迫道,"以前练过旦角,吃不了苦,就改弹琵琶了,这个更赚钱一点儿。"

盛澎恍然:"怪不得呢,就一般女孩子还不一定有你这么好看。"

见朋友被调侃,脸都臊红了,钟弥盯着口无遮拦的盛澎,忍不住回他:"你更好看,那你——"

"那你是不是更像女孩子?"这话还没说完,一个清冷声音插进来,截停了钟弥的急躁话语。

"他好看?"

钟弥望向沈弗峥,本该一鼓作气地声音忽受打断,成了哑火的灶头,断断续续地蹿出几缕小火苗,就彻底没了声。

"也……也……不是,不是那个意思。"

被沈弗峥打量的盛澎报应一样尴尬,嚷着说:"四哥,你这话有点儿伤我了,我也不磕碜哪,我大学那会儿也有的是小姑娘追好吗?"

钟弥不给面子:"倒是没看出来。"

船离了岸,桨拨水纹,手拨弦,琵琶声幽幽荡开。

船行至一处,钟弥指着岸边一栋古建筑给沈弗峥看,围墙上打着铜钱窗,瓦沿残损,看着有些破旧了。

她说以前学校春游还会去那儿,那是个做纸的老铺子,做出来的纸又糙又厚。小朋友都特别开心可以做手工,天气好,只需要过两天就可以收到自己做的纸,当春游纪念品。

现在铺子关了。

"你念书倒是都很有意思。"

钟弥看向说话的沈弗峥,想起之前他评价资深导游时,说比他在剑桥读唐代史还无聊,便回:"那你呢?以前在外国读历史系很无聊吗?"

他一时不语,就这么看着她。

那几秒的停顿,不知他是在想更委婉的表述方式,还是故意将她自然的问题延伸得不自然。

因这话她在探听他的生活。

他说:"我本硕读的都是哲学,那晚跟你说的是一门选修课,外国人讲不好中国的历史,太无聊了,所以印象很深。"

小维又换了一首新曲子,正弹到一处转折,钟弥心里仿佛也有一根细弦被弹动,是欲盖弥彰的单音。

"哦。"

或许是水路不稳,他不似平时那样端着,姿态放松,像一个限时敞开的、未知又丰饶的果园,引人一探究竟,甚至想收获些什么东西。

"哲学是'To be, or not to be',这种吗?"

他嘴角轻翘,巧妙地接下:"That is a question."

生存还是毁灭,这是一个问题。

这话既答又没答。

钟弥意外地发现,他说英文时声音没有那种秩序感,反而是低沉悦耳的。

那边蒋雅夸小维琵琶弹得好,小维说是钟弥的妈妈教得好,章女士才算弹得好,他这手琵琶不能比。

"你妈妈教的啊,"盛澎看向钟弥,又去问小维:"那弥弥肯定也会弹喽?"

小维太老实,立刻说:"嗯,我们俩一起学的。"

钟弥只能硬着头皮抱着琵琶献丑,戴了指甲,全无手感,一碰弦,果然确认连那点儿班门弄斧的本事也都全还回去了。

她没弹完,连坐在离她最远处的小维都不由自主地搔搔耳朵替她难为情,为她解释:"弥弥好像是很久很久没碰了,她大学读舞校,没时间练琵琶,生疏很正常的。"

钟弥正想如此自我安慰,却架不住对面的沈弗峥淡淡一笑,不知怎么,她忽然想起正式初见那回,他跟她说的那句"钟小姐琴棋书画样样精通,怎么会没有可讲之处"。

这下好了。

不仅棋是飞行棋,琴也是一手烂琵琶。

钟弥不免羞恼,心想这人出现不到半个月,像是来她的人生里职业打假的。

好在船行小半日,泊岸处离陵阳山很近,万里无云的好天气,碧蓝如洗,群峦叠翠间,能看见一些佛寺庙宇的琉璃顶。

盛澎问起拜佛的事:"人都来了,不去捐点儿香油钱,是不是不太好?"

小维抱着琵琶,"扑哧"一声笑了,又迅速低了声音说:"你说得好像是什么地头蛇,要想过此路,留下买路财。"

盛澎立马高举双手摆起来:"我可没这么说啊,我这是尊敬菩萨,那什么词来着?虔诚!懂吗?"

钟弥便告诉他:"那就更不能随便去了。"

"为什么啊,我就想烧个香拜个佛还不行吗?"

"陵阳山上有几十间庙,你拜不完的。"

蒋雅说:"拜不完就拜不完呗。"

"那怎么行?你今天拜了三五间,拍拍屁股就走了,让其他菩萨怎么看你?"钟弥一语中的地质问他,"你这不是瞧不起他们吗?"

她的这一套人情世故,乍一听十分有道理。

盛澎还真打消了拜佛的念头:"那州市也就这么大,不烧香拜佛,也没什么别的地方可瞧了。"

钟弥说道:"谁说的?不去拜佛,我们也可以去游夜市逛庙街啊,通常月尾有很多人放灯还愿,是最热闹的。"

小维问:"还可以去馥华堂听戏,你们去过吗?"

八月份最热闹的一期庙会并不在月末,因为传统的情人节七夕更靠前些。

这天月老庙的香火最盛,本来盛澎想去凑热闹,临晚,钟弥站在庙街入口处,仰头望着山上渐远渐小的灯火处,指了月老庙大概的位置。

盛澎:"这么远?"

钟弥："对啊。"

那间寺在山顶上，高高矗立，像祭坛。

平日里香火薄是路不好走，鲜有信徒，每到七夕这天，游客纷至，却也有另一层意味——好像谁真能一口气走上去，必定心有宏愿。

小情小爱，撑不住这一路的山高水迢。

钟弥说晚间没缆车，徒步上山可能要走两个小时，于是盛澎放弃了拜月老的念头，一行人进了庙街。

今晚游客多，不乏穿古装的漂亮姑娘和架着长枪短炮调角度的摄影师。

钟弥跟他们解释，这边有好几个薄有名气的写真馆，租赁服饰，也管妆发，一条龙服务很周到。

"这个天穿汉服很热。"

钟弥转头看向身边的沈弗峥。

他今天穿的白衬衫，透风的软绸料子，袖口折了几折捋至小臂上，庙街仿古的灯光昏黄老旧，让那身白衣失去了原有的正感觉。

察觉钟弥的视线，他本来要望过来，钟弥先一步与他错开视线，看向后面的蒋雅和盛澎，一视同仁地打量着他们说："而且你们看着，应该也不会喜欢这种拍照项目。"

钟弥跟他们提议："前面有卖扇子的，可以自己题字那种，要不要买一把？今晚好热，你们刚好可以扇扇风。"

木格纸纹的高悬灯箱上笔走龙蛇地题着店铺名——玲珑十二扇。

蒋雅哑摸着这名儿，说听着像个江湖门派。

本地人缺乏这种神奇的初见联想力，钟弥扭头怀疑："有吗？不就是个扇子店？"

盛澎应和着说有点儿那个意思："还是那种隐秘门派，一水儿冷艳美女。"

这话符合这两天钟弥观察盛澎得出的浪荡性子，她咧了一下嘴说："那应该是你喜欢的那种门派吧？"

盛澎厚脸皮道，他看过的美女门派有点儿多了，喜不喜欢，得看冷艳到什么程度。

钟弥无语，懒得再跟他聊，转去问另一位非本地人："你喜欢这种门派吗？"

是气氛太好，叫她太肆无忌惮。

钟弥忘了，沈弗峥不是盛澎这种随随便便能谈及喜好的人。

也是心虚，她问他任何问题，都有种被吸引、在好奇的暧昧感，叫她不自然。

她那个微仰面的眼神，明晃晃地写着"我后悔问这个问题了"，可她没有台阶下，便等待审判一般，眉目间凝着少见的紧张之色。

好在沈弗峥没有顺着话逗她，只接了一句话："我不混江湖。"

钟弥立马点头应和："看出来了。"

尤其是她从外公那儿得知他读书早，根正苗红，不混江湖才对，他跟舞刀弄枪的草寇瞧着不沾边。

玲珑十二扇门口置着一张长桌，摆了好几幅笔墨，生意相当好，桌边围满了人，众人正拿着扇子排队。

刚刚钟弥说这就是个扇子店，实在低估了店家的商业头脑。

她好像去京市上大学后就没再来逛过庙街，不知道店里除了直接成本价乘十，卖批发来的白纸面儿扇子，什么时候又卖起了玉石、木料，多了一项刻章服务。

好在大道至简，不管店家卖什么，在这条街上，砍价逻辑都是一样的——第一口价，一定要杀到老板脸色突变，双方再你来我往地涨一点儿，这样才不算吃大亏。

老板开价八百，钟弥说二百。

老板果然变了脸色，说这实实在在是八百的好料子。

钟弥笑道："你这牙大的水头，又是乌龟王八裂，也能说是好料子吗？不刻章，你拿回去顶多车珠子，还不够瞧的呢，八百块？再肥的外地客也不能这么宰啊。"

"那五百，最低价了，翡翠都没有卖这么便宜的。"

钟弥手肘撑着柜台，半是撒娇地冲老板皱了皱鼻子，巴掌大的脸，一嗔一艳，漂亮得让人移不开视线："太贵啦，二百五不好听，给你加十块，二百六。你这门口都挂了牌子的，就当美好州市，你我共建啦。"

盛澎这种钱多到在兜里烧的公子哥，几百块钱掉地上都懒得捡，见钟弥熟稔地砍价也没打扰，退居二线，同蒋雅并排站着，看那店主大爷被小姑娘两句软话一哄，立马一边说着真半点儿不赚了，一边乐颠颠地拿出包装盒子。

取了闲章，又买了扇子，盛澎在一旁付钱。

题字时，沈弗峥叫钟弥来写。

钟弥疑心这人是不是打假上瘾，当她琴棋书画样样不行吗？钟弥一本正经地学他之前的话："沈先生，你对不专业的导游要求是不是太高了？"

"你刚刚说'美好州市，你我共建'，我出我的一份力，钟小姐也应该当仁不让。"

"还当仁不让，你是想看我会不会再出丑吧？你这个人真的是……"钟弥嘀咕，拿起笔点了点墨水，在内心情感丰富地吐槽：你还出了一份力？放眼整个州市，谁敢劳驾你出力？你那是砸了不少钱吧，有钱才是大爷。

"你怎么会以为我喜欢看你出丑？"

钟弥噎了一下，觉得这反问简直荒谬，理直气壮道："前天游湖，我弹琵琶你就笑了，当我没看见吗？你那不就是在看我出丑？！"

"我的确看了你，但没有看你出丑。"

钟弥望着他，迟疑般定住的表情表明她显然不信。

古街夜市正喧闹，他声音一放缓，显得更加突出，似山谷间隔着雾岚传来的一声钟鸣，既远又近："你那手琵琶弹得——很赏心悦目。"

读了十几年书，钟弥才知道，原来不堪入耳还有赏心悦目这么委婉的说法。

脸上隐隐有一丝赧意，但她自知不能表现出来，否则显得她浮想联翩，只得手上拿笔，将视线移到空白的扇面上装无事发生。

还没想好在扇子上给沈弗峥写什么字，钟弥咬着唇，正歪头思考，忽然夜市灯下一道黑影贴近，她像是被迅速笼进了一团带着松雪气息的阴影里。

手臂上有缕缕发丝滑过的细微触感。

男人的声音近至贴面："你的头发要沾到墨了。"

钟弥低头一看，那缕长发被他的手指挽住，才没直直地坠下去。

两个人距离太近了，她感觉脖子有些发僵，拢回头发，声音也有点儿

063

不自然:"谢谢——我想到给你写什么了。"

两分钟后,扇子到了沈弗峥手里。

他低声念出内容:"章台走马,风流不落人后。"

他眼皮一抬,目光由扇面上移向前方,少女脸上绷着故意使坏的淡定表情,一双漂亮乌瞳四处看着,显得优哉游哉。

沈弗峥问:"这是评价还是期待?"

钟弥还没来得及回复,就听不远处传来一声"弥弥"。她蹙眉,循声望去,看见徐子熠正向自己跑来。

"打电话你都不接,我这几天去馥华堂等你也没等到,戏馆的管事说你今晚来逛庙会了,我就想来碰碰运气,没想到真见到你了。"

他刚刚一路跑来,气息不平,这番话讲得不容易,一期一会的牛郎织女也没他这么苦尽甘来。

钟弥嘴角轻抽:"好巧啊。"

"弥弥,那天的事我知道了,你是帮——"徐子熠痴心不悔的声音忽然停下,他看向一旁存在感极强的沈弗峥,"弥弥,这位是谁啊?"

男人打量男人总是简单粗暴。

这人通身上下找不到一个logo(标志),手腕上一块德系表虽然是绝版老款,但不是什么顶奢牌子,还不如他自己手上这块百达翡丽的十分之一贵。

可对方气度不凡,徐子熠好歹也出身商贾之家,见过些世面,不仅知道表是身份的象征,更晓得有些人已经显赫到无须外物来彰显身份。

多的是那些戴名表、开豪车的人,挤破头献殷勤,巴望着能以身化石,为贵人垫上一脚。

之前徐子熠说喜欢钟弥,他家里人不同意,徐夫人对此嗤之以鼻,觉得钟弥配不上徐家,现在家里的意思没变,态度却全然不同,叫他不许去招惹钟弥。

招惹?

徐子熠一头雾水,不知道发生了什么事。

徐夫人告诉他:"你当你为什么追不上人家?人家身边早有贵人了,瞧不上你的,你别白费了心思又得罪了人。"

什么贵人?家里人又怕得罪谁?

此刻徐子熠看着钟弥身边的男人，却隐隐有了猜测。

钟弥自然不会在徐子熠和沈弗峥之间做介绍，她在沈弗峥面前丢的脸已经够多。

"那个……导游请假，我先去处理一下我的私事。"

她轻声跟沈弗峥交代了一句，给徐子熠使了个眼色，去别处聊。

在路上，徐子熠却多心："弥弥，你怕他？他是不是威胁你了？"

钟弥"扑哧"笑了一声："你脑子里在想什么？我为什么要怕他？"

"可是你刚刚看他的样子跟平时很不一样，就是有点儿怕的意思。弥弥，你是不是身不由己？"

钟弥深吸一口气，解释说："他是我外公的客人，我有什么身不由己的？"

还有一句难听的话，钟弥今晚心情好没跟徐子熠说。

我是烦你好吗？

徐子熠纳闷："你外公怎么会有这么厉害的客人？你以前没说过啊。"

"我以后也不会说。"钟弥试图提醒他，"我们是有什么关系吗？我需要什么事都告诉你？"

再说她也是最近才认识沈弗峥的。

钟弥郑重地说："我虽然单身，但有拒绝恋爱的权利，不是你追我，我就一定要答应。我希望你明白这个道理。"

徐子熠问："是因为我跟周霖高中是朋友，你觉得为难吗？"

钟弥发现跟他很难沟通："我不为难，我没有那么强的道德感，单纯是不喜欢你而已，你还要我说多少遍？"

"你也不喜欢周霖了？"

"不喜欢。"

钟弥烦了。徐子熠却像冷静下来似的，忽然扭头望了一眼来时的方向，动静突兀，钟弥也下意识地跟着看过去。

实则他们刚刚走出很远，此刻站在拱桥另一头，什么也看不到。

可这无声的一刻，钟弥和徐子熠想的都是同一个人。

良久，徐子熠问："那你现在喜欢谁？"

刚刚徐子熠来找钟弥，盛澎和蒋雅都看见了。目送那两个人走到拱桥

065

那头后，盛澎收回视线，忽然想去看他那位四哥是什么反应。

沈弗峥站在桌边，手里一把正在晾墨的扇子，另一只手拿着手机在接电话，让人看不太清他脸上的神情。

在州市这些天，蒋雅替沈弗峥出面挡了不少宴会应酬，对徐子熠有点儿印象，启泰地产的副总带着儿子来跟他搭过话，叫他以后多关照。

一个启泰地产，还是副总……蒋雅忽叹："旧时王谢堂前燕，飞入寻常百姓家啊。"

盛澎不能理解："你管这叫寻常百姓？只要子孙辈不做妖、不犯事，徐家少说能富三代，这是寻常百姓？蒋少爷，您这是没出过京市二环路，眼长头顶上了吧？"

蒋雅瞥了一眼还在打电话的沈弗峥，凑近盛澎说："前几年，书法协会办的百年艺展，钟弥的外公的名字，排得比旁家、孙家那几位都靠前。"

越往上去，圈子越小，壁垒越厚，说到底盛澎跟蒋雅也不是一路的苗子，盛澎消息自然没有蒋雅灵通。

"那章家怎么就没落了？"

蒋雅耸肩，小声说道："谁知道呢？有时候，官运这玩意儿，到头了就是到头了，再折腾就得拿命抵。急流勇退，也算是高着儿了，好歹章家现在还有体面，'章载年'这三个字拿出去还是有分量的，所以我才瞧不上那个姓徐的家伙。"

最后这句话愤慨之意稍显过头。

盛澎露出笑容，眼神暧昧起来："哎，你看，你爸呢，对弥弥她妈念念不忘，你子承父志啊，这多好。"

"你瞎吧！"蒋雅压低声音骂了一句，目光往沈弗峥那儿瞥了瞥。

盛澎望去，沈弗峥结束了通话，端端立在一盏柔黄灯笼前，油纸灯面上勾着鸾跂鸿惊的草书，风将灯笼吹得打转，光影也随之变动，忽暗忽明。

而他静立其中，摊看一把扇子，不知上面写了什么，他就那么静静地垂眼瞧着，忽而嘴角薄薄一掀，淡淡一丝笑似沉进什么不为人知的意趣之中。

盛澎悟了，却迟迟不敢信，望着蒋雅："有这么层意思吗？"

"那你猜猜,今晚没有钟弥,四哥他肯不肯出来?"

盛澎一下急了:"那把弥弥喊回来啊!"

蒋雅淡定得多:"你急什么?四哥都没急。"

钟弥准备回去时,看到游客手里拿了一盏精致漂亮的纸灯,上前问了店铺,就在附近,于是也去挑了一盏。

下了拱桥,玲珑十二扇门口还是人来人往,她刚好听见盛澎的抱怨声:"这弥弥也真是,怎么不打一声招呼就走了?她也不说什么时候回来。"

"她跟四哥打了招呼,也要跟你打吗?"

"那我们等就算了,不能让四哥也一直这么干等着吧?"

沈弗峥说:"等就等,没事。"

钟弥听见了,嘴角没忍住翘了一个小弧。

她微抬下巴,眉眼生动,打马过长安般淌出一段风流意气,扬声说道:"沈公子,我这不是来寻你了?"

沈弗峥目光一转,越过游人。

她穿着棉麻质地的无袖杏白裙,风琴褶,纤细手腕上叠戴着彩宝手链,从拱桥高处走下来,打一盏纸糊彩绘的金鱼灯,暖光融融,站在数步之外。

天太闷热,夜风不知道什么时候停了。

纸扇在他手上打开,扇面一摇,燥气不减的风混着甫干的墨香,钟弥就见他额前发梢微微掀动,一双眼映缀灯火,看人时却波澜不惊。

钟弥的呼吸仿佛随着远远的一缕风,倏然颤了颤。

那是心动难抑的滋味。

钟弥提着金鱼灯走近。

"你们一直在这儿等吗?旁边也有一个店——"

沈弗峥打断她的话:"你好像知道我会一直等你。"

她连什么时候回来、在哪里碰头都没留一句。

这话是盛澎刚刚说的。

沈弗峥听了不以为意,不专业的导游做出任何不专业的事,不都很合理吗?

钟弥表情不解。

"之前也是。"

那晚应下当导游,她丢下一句"我会去酒店找你"就走了,彼此既没有联系方式,她也不知道他哪天就会离开州市,又或者考虑到她来酒店找人时他会不在。

"你好像默认我会等你。"

倒真是疏忽,钟弥还真的没有考虑过这些事,这会儿有点儿没心肝地说:"那你也可以不等。错过了就错过了呗。我外公说,错过就是没缘,没缘也不必可惜。"

沈弗峥就看着她:"那我跟钟小姐算有缘无缘?"

钟弥吸住一口气,挺可爱地摇了摇头,像个小拨浪鼓:"不知道。"

"你之前不是说还给人看过手相吗?不会算?"

钟弥接着摇头:"我不擅长算命。"

沈弗峥不解:"那你靠什么给人看手相?"

被人近距离盯着,那股子面对这人特有的尴尬感又来了,钟弥想了想,小声回道:"靠……靠胡说。"

沈弗峥出乎意料地笑了:"那你现在也可以胡说。"

钟弥很有讲究:"胡说也是要有准备的,现在电话诈骗还要写文案练话术呢,我也不能张口就来,下次见面吧,下次我——"

话就这么停了一下,面前的人很自然地接了过去。

"下次?"

钟弥不知那两个字是不是反问,又是什么意思的反问。

在今夜之前,每次分别,或有丝毫心动如星火微闪,她都不曾考虑过与这个人是否还有相见重逢的缘,可不久前,徐子熠问她现在喜欢谁,她说没喜欢谁,是敷衍,却也像心虚。

徐子熠刚刚说她看沈弗峥时有点怕。

本以为他眼瞎胡扯,此刻钟弥忽然想,那会不会可能是连她自己也不曾察觉的,近情情怯的一种拘谨?

想到沈弗峥刚才说她不知道他的行程,他可能随时会离开州市。

钟弥抬起头问他:"那,还有下次吗?"

"有。"

钟弥惊讶他答得这么干脆直接,又想他无论提问还是回答好像都从容。外公虽然说他们年纪上并没有差一轮那么多,但数次相处下来,她觉得他远不止大自己八岁。

沈弗峥朝她亮了亮扇子:"你这字,是你外公教你的?"

"嗯,我练得不勤。"

"那就是悟性很好。谢钟小姐赠墨宝。"

琴棋书画已经"夭折"两位,现下挨了夸,钟弥心情很好:"那你得还我点儿什么呀。"

沈弗峥讶然一笑,微偏首,望着她的眼睛去确认:"礼尚往来要这么快?"

"跟你学的呀,之前前脚欠你人情,你后脚就让我还,"钟弥手指比出一个数字"二","还还了两个!"

"好。"沈弗峥答应,"那需要我还什么?"

视线越过他的身侧,钟弥望见了在隔壁店门口看手串的盛澎和蒋雅。

"你之后来我家听戏,能别喊他们吗?"

沈弗峥也半转身,看向那两个人:"他们惹你不高兴了?"

钟弥立时摇头。这几次出门,这两个人都跟保镖似的,沈弗峥走哪儿他们跟哪儿,因为有他们,钟弥之前担心的那些尴尬情况,一个没发生。

她对他们没意见:"没有,怎么会?他们都挺有意思的,只是戏馆已经够闹腾了,听戏其实还是身边安静一点儿好。"

"就我一个,担心你会觉得尴尬无聊。"

毫不相干的语境最后能重合,钟弥慧黠地笑着:"怎么会尴尬无聊?沈先生明明也——"

"很赏心悦目。"

他心领神会,收到了她的回敬。

沈弗峥到馥华堂时是下午两点,相较于初次过来时一楼的空寂无人,这回大厅里要热闹得多,上客七八分满。

厚重的暗红帷幕还不透一隙地垂着,台下看客瓜子、茶水已经吃开。

他在门口稍站片刻,就有位年轻的服务生远远瞥见,忙把手上活计交给旁人，快步迎上来。

"请问是沈先生吗？"

沈弗峥打量一眼来人，微微点头。

服务生笑容热情，手臂一伸，为他引路："您这边请！"

服务生一边碎步上楼一边跟沈弗峥说着："今天拉胡琴的管事老戴家里出了点儿事，弥弥在忙，不过弥弥交代我了，如果有位姓沈的先生过来，就领他去二楼，这边雅座已经给您留好了。请问您喝点儿什么茶水？我们这儿有——"

他正要报菜单，沈弗峥淡淡笑着打断他，问："沈也不是什么罕见的姓，你怎么知道她说的是我？"

服务生看着他，先是愣了愣，随即嘴角继续咧起来说："我怕认错人，当时也问了这个问题，弥弥说，这位沈先生很帅很好认的，我就又问只有帅这一条吗？弥弥跟我说，得帅到眼前一亮，不亮不算。"

沈弗峥听后弯起唇，仿佛毫不费力，脑海中立马虚构出钟弥说这句话时的俏皮样子。

她太生动。

服务生说话也俏皮："我这从中午招呼客人到现在，您刚刚往门口一站，欸，我眼睛还真亮了！"桌上有菜单，他拿起来递给入座的沈弗峥，"您看看，喝点儿什么吃点儿什么？"

人心情好的时候，最平易近人。

沈弗峥在桌角放下茶水单，视线被旁边挂着的紫竹鸟笼吸引。一只翅尖雪白的雀在里头上蹿下跳，他看了一眼，对服务生说："没忌口，你看着安排。"

"好嘞！您稍等。"

碧螺春随一碟松子、杏仁、腰果三拼被送过来，服务生斟好茶离开，沈弗峥端起描青花的瓷杯，鼻端刚嗅到清香滚热的茶气，还没尝味，下方帷幕被拉开，先闷帘传来声音。

戏开场，碰头彩，台下一片观众的叫好鼓掌声。

沈弗峥坐在二楼栏杆边，位置靠近台前，往下一瞧，就知道钟弥忙什么去了。

戏班有人请假，戏却不能不唱，钟弥顶替老戴做一场琴师。

钟弥的胡琴本来就是老戴教的，不像琵琶学得那么累，不仅讲究衣着，章女士还要求她时刻坐得规矩。

　　老戴自己就是粗人，根本不管钟弥，她学得更开心，高中那会儿就拉得有模有样。

　　此刻的钟弥坐在戏台的侧幕里，浅灰针织半袖搭白色休闲长裤，简约利落，一条腿弯曲着前置，垂感好的西装面料盖着鞋面，露了一截涂鸦帆布鞋的底边。

　　她撑着琴，端一截玉竹似的纤细腕子，拉弓走弦，张弛有度。

　　沈弗峥手上的茶杯滞着，他留心听了一段唱词后的背景乐。

　　刚好茶水放温了一些，徐徐入口，正适宜。

　　她那手琵琶弹不出好风月，今天这把胡琴她拉得倒是很好。

　　戏罢，台上的角色谢幕退场，切末守旧撤下换新。

　　钟弥在稍暗处，去地上拿琴囊，小心翼翼地将琴与琴弓放了进去。她一低头，在二楼的下俯视角，他能看到雪白纤细的脖颈露了出来，同时暴露在他的视线里的，还有脑后那根"簪"，形制奇怪。

　　沈弗峥眼皮一敛，将目光收到近前。

　　桌上放着茶水单，褐色粗麻线系着铜环，旁边别了一支塑料圆珠笔，供客人勾画。

　　圆珠笔去了笔帽，就是那根簪子了。

　　他不禁失笑，她倒是很会因地取材。

　　没过多久，钟弥上了二楼，径直朝沈弗峥所在的位置走来。

　　那根"簪"他没机会近距离看，因为钟弥散开了长发，脸颊两侧的头发随快步而生的风往后微微飘动。

　　其实没什么太大联系，但他想起了之前她拍杂志的场景。

　　先前镜头之下的姑娘，在他面前站定，问他是不是很无聊。

　　他倒是很坦诚，说不是那么有趣，消遣不就是这样吗？打发时间，有意思的东西太少。

　　钟弥弯身，从他面前的碟子里拣了颗松子，稍挑眉，觉得这话能从沈弗峥嘴里说出来，很违和："我以为你们这样的人，效率至上，视时间为金钱，每分每秒都要创造价值。"

　　"那样就太累了。"

手中的松子脆脆一裂,露出小小的果实,钟弥顿了顿,正要怀疑不会当代的资本家已经不重效率利益,开始往人文情绪方面深耕了吧?

沈弗峥说:"能不能每分每秒创造价值不重要,只要每分每秒都在收获价值,这个价值是谁创造的并不重要。用时间效率去博金钱的人,往往不是最大受益者。"

钟弥有点儿没听懂。

他看出来了,又耐心十足地打比方给她听。

"整套机械的运作里,只有小齿轮才会拼命地转。"

钟弥一脸恍然的表情。

当代资本家果然没叫她失望。

她没说话,拇指、食指捻起掌心里的一粒松子仁,转过身去喂给笼里的雀。

漂亮的小雀在里头蹦得欢。

沈弗峥就跟着看钟弥逗那只雀。

"你养的雀?"

"嗯。"钟弥背对着他,仿佛很享受这种藏住面孔情绪的对话状态,看着笼子,发了片刻呆,然后稍稍侧过脸问他,"沈先生,没养过雀吗?"

她在一语双关。

沈弗峥目光沉了一下,仿佛看透了她的小心思又不点破:"倒是没经验。"

无法确定他的回答是否具有深意,钟弥却没忍住为这个回答胡思乱想,一时没再出声,只装作逗雀的样子,拣一颗松子掰碎喂进笼子里。

周围并不安静。

两场戏相接,有客走,有客进,有客继续喝茶谈天。

没多久,沈弗峥捏着蓝瓷杯,朝她所在指了指,她听见他用一种很淡的声音问:"你这个雀,要怎么养?"

他也在一语双关吗?

钟弥不能确定,微愣着回:"我这个雀,挑食,不是谁都能养的。"

他看她半晌,微微颔首,举重若轻道:"有道理。"

台上的花旦水袖一抛,正唱到婉转处。

没一会儿,服务生添了壶热茶来,斟茶的哗哗水声将钟弥的目光从戏台上牵回，隔着袅袅茶雾，她看着对面坐着的沈弗峥。

光线被泛黄的老玻璃削弱，映入室内，一旁的屏风里绣的竹兰化作层层灰影，落在他的白衬衫上，台上的人唱着光转流年，这厢便淌成一幅浓淡皆宜的水墨画卷。

高朋满座里，钟弥望着对面的人瞧戏的眼梢，忽然想——

戏文里讲的因缘际会，也难胜如此了。

沈弗峥要离开州市了。

那天戏散场后，得知这个消息，钟弥并不意外。

之前那晚逛完陵阳庙街，盛澎问她学校几月份开学，钟弥说九月初，但没说自己在京市得罪过人，身上有点儿事儿，到时候托同学弄一下开学报名的手续，很可能九月份不去京市。

盛澎跟她说："相逢即是缘，京市那边还攒着一堆事儿，我们明天就得走了，那弥弥咱们有缘京市再会！"说着，他拿出手机朝钟弥晃了晃，"加个联系方式，以后好联系？"

听到他们明天就得走了，钟弥先怔住一瞬，下意识地转去看沈弗峥，嘴上答着盛澎的问题。

"说了有缘再会那就是凭缘分，你不相信缘分吗？加联系方式就是手动作弊了。"

盛澎笑着，收了手机说："好，好，好，我不作弊。我作什么弊啊我，我是相信缘分的。再说了，真遇不到，哪天开车路过你们学校门口，我不走了，蹲着等你还不成吗？"

钟弥提醒他，学校保安大叔很严，校外车几乎不让开进校园。

盛澎一挥手笑说："没事儿，我跟你们学校的一个领导很熟。"

不知这话真假，钟弥没继续跟盛澎扯，问沈弗峥："你们明天很早就走吗？"

"我不急这两天。"沈弗峥说。

一旁没说话却一直留心观察的蒋雅立时应着："对！四哥跟我们不是一个行程，我跟盛澎先回去。"

这话回答得让钟弥更加困扰了。

不急这两天的意思，是明天他本来也是要走的吗？

如果是，那么不久前她问他还有下次见面的机会吗，他当时的回答，那个"有"字那么干脆，不是无须思考的回答。

她曾觉得第一眼的潦草心动，经不住细究，太肤浅。

此刻一颗心却似被搁置在沙滩边，被一波一波的浪潮冲刷得有些莫名其妙地发软。

她又会想，这世间，镜花水月，哪一样不肤浅？

有些感情再少见，也不是什么掘地三尺的金矿，没有那种费劲的人为属性，更像是倏然而至的极端天气，没有任何兆头，也不适合期待。

将沈弗峥从戏馆门口送走，钟弥站在傍晚的满天余霞中，身后是偌大的戏馆，人越来越少，门口不止他那一辆车驶离，车子纷纷从她眼前开过。

这场景，既寻常又不寻常。

钟弥走神，觉得有一个词很适合用来形容这场面，但灵光一现，她没捕捉到，之后像一种应激屏蔽反应似的，无论她怎么想也想不起来了。

思绪胡乱游走之际，钟弥捡起一桩差点儿忘了的事。

她答应了某人算命胡说，还没做。

次日上午，天气预报说有雨。

高楼顶端笼着将雨未雨的灰青厚云，浮尘积在马路边，出租车一开过，薄灰飞起，窗外可见度立时大打折扣。

在钟弥的记忆里，为了应付换季，州市每年夏秋交替都是这种潮与燥反复掐架的状态。

钟弥坐在去酒店的出租车上，电台里插播着一则今日天气预报，女主播用甜美到失真的嗓音说着，未来一个小时内州市可能出现大范围降雨，提醒市民出行带伞，司机注意行车安全。

之后电台转至音乐频道，主持人继续刚刚的月末盘点，播放八月份最热门的十首网络歌曲。口水歌的旋律很抓耳，说不上难听也夸不出任何特色，歌词重复率高，就那么点儿爱情疼痛，隔靴搔痒地写，翻来覆去地唱，没什么意思。

车子绕过环岛，酒店堂皇的门厅位置有好几辆车在排队。钟弥没跟在后面等，让师傅在花圃边将自己放下，步行一小段路进入了旋转门。

雨停了·大赢家

荒腔一番外篇

番外——《雨停了》

钟弥和沈弗峥的领证过程也是充满戏剧性的,一波三折。

那天从小雨淅沥的陵阳山回来,在车上,钟弥已经由沈弗峥提出的"明早雨停就去领证"发散出许多问题。最后一个问题她问沈弗峥,结婚的念头是蓄谋已久还是临时起意。

沈弗峥一边开车一边闲闲作答。跟钟弥结婚的想法自然不可能是冲动,而他在进山拜佛的雨天突然提出这个想法,脑子则连一秒钟的彩排过程也没有,只是一时心念忽涌,忆及订婚时钟弥抱怨过的仪式烦琐刻意,想她或许会喜欢这样的求婚方式。

听了答案,坐在副驾驶座上的钟弥皱了皱鼻子,故意拖着声音抱怨:"哦——原来这么随便哪。"说完,她别了一下耳边的头发,将脸转去看外头小雨中的淡青景色。

沈弗峥开着车,并不能时刻留意钟弥的神情,但她讲反话,演得再真,沈弗峥不用看也能识破。

他朝钟弥那边看一眼:"你知不知道车窗玻璃的反光跟镜子的作用差不多?"

钟弥愣了愣,朝车窗玻璃上一瞧,自己轻轻抿着却悄悄上扬的嘴角被照得清晰可见。反应过来,她连忙收拢笑弧,扭头朝沈弗峥瞪眼,鼓着腮说:"好好开车吧!"后面又嘀咕一句"什么都逃不过你的眼睛"。

回州市这两天,钟弥睡眠很好,舞团巡演刚过去不久,一闲下来,她有种度假般的惬意感,不用为塑形节食,每天也能睡到自然醒。

沈弗峥保持一贯作息,通常天刚亮就醒了。知道钟弥爱睡懒觉的性子,以前他还有些玩心试着将钟弥从被窝里折腾起来,结果是讨她裹着被子哼哼唧唧地一顿骂,说人年纪大了才没觉睡,她年纪还小。

后来沈弗峥都随她去了,两个人之间的"不合拍"又何止觉浅觉深这一点,他无须计较,更上升不到迁就层面。

难得有一天,沈弗峥早上醒来能看见已经起床的钟弥,一道纤细身影,迎着窗外清早灰白的光,幻觉似的,也像刚起来没多久的样子。

沈弗峥的视线里,钟弥穿着一身柔软的绵绸睡衣,背心、短裤,嵌在拉开一些的窗帘缝儿里,不知道在看外头的什么。

手也没闲着,因纱窗一开,招来了蚊子,她嫩藕一样的胳膊上给蚊子叮了两处红包,难为那几根纤细手指一通忙,抓完上面又要去抓下面。

天刚蒙蒙亮，夏季昼长，这会儿可能都没到早上六点，沈弗峥眯着眼看了一会儿，耳朵更灵一点儿，听见了雨点淅沥的声响。睡意未去，他坐在床头，看着看着就有点儿想笑。

钟弥听见身后的响动，迅速扭过头来。

窗帘压着光，就缝隙里那么一点儿亮度，这下全落在钟弥的脸上，她的确不像失眠醒了很久的样子，但嘴角下沉，情绪瞧着不太明媚。

"这么早就醒了？做噩梦了？"沈弗峥问。

钟弥挪几步，坐到沈弗峥身边，抓住他的手说："比做噩梦还可怕！"

沈弗峥朝窗外看了一眼，有几点透明的雨丝飞进来，他勾起一点儿笑弧，一边去拿自己床头的手表，一边说："这才几点。"

钟弥没明白他的意思，同他强调："外面在下雨。"

雨不大，但雨声可闻。

"我知道。"沈弗峥看了时间，将表搁回原位，离六点还差几分钟。他细听，除了雨声，楼下刚有动静，可能是淑敏姨刚起床开门。

3

"还早呢,不继续睡了?"沈弗峥的声音透着刚醒的懒散气息,他起身去柜子上拿来花露水,倒出一点儿,往钟弥的胳膊上的两处蚊子包上涂。

钟弥抽着胳膊,"嘶"了一声,眉心皱了起来。

沈弗峥想起淑敏姨说钟弥,瞧着冰雕玉琢精精细细一个人,实则打小就跟小男孩儿似的一样糙。

她挠个蚊子包也非要挠破了才过瘾。

沈弗峥立马用指腹在她的胳膊上的红肿处揩了两下,擦去多余的花露水,低着眼,语调有点儿拿她没办法的感觉:"就非得挠破了?"

钟弥毫不挂心,说挠的时候不知道,忽然间给她找到道理,冲着沈弗峥嘟囔:"你怎么不怪蚊子还怪我啊?"

沈弗峥已经习惯了不同她争辩这些无关紧要但事关态度的寻常问题,揉两下她的胳膊说,不怪她,都怪蚊子,行了吧。

钟弥抿嘴笑了笑,满意了,又问:"你昨天说'雨会停'是在哪个天气预报上看到的,怎么不准?"

"我猜的。"沈弗峥提着花露水的瓶身将其放回原位,顺手将钟弥拉开的纱窗合上,免得再有蚊子飞进来。

"你猜的?"钟弥的声音一下扬了起来,人往床铺上一躺，跟个被放气的气球似的又迅速瘪下去，恹恹地说，"怪不得不准！害我一早听到雨声，立马爬起来看。烦死了。"

沈弗峥笑了笑问她烦什么。

钟弥很有道理地说："我以为天气预报说今天没雨，昨天你跟我说雨停就去结婚，结果一早就下雨了，多不吉利，那不就是——冥冥之中，上天阻拦！"

沈弗峥笑容更深了，有些意外："没看出来你还迷信这个？"

她当然是不迷信的。

同章女士进庙烧香这么多年，她也没能修出一颗虔诚心。

只是人嘛，如果有心想去做成一件事的时候，会希望一切顺遂，毫无阻拦，哪怕是讲不清什么逻辑的上天神佛也最好别出岔子才好。

沈弗峥简单洗漱完出来，瞧着站在洗手间门前显然有些不高兴的钟弥，一只手搂着她，另一只手揉了揉她还有惺忪意味的眼皮，叫她再去睡一会儿。

跟她平时起床的时间比，这个点实在是太早了。

钟弥也有困意，只是此时心烦意乱隐隐压过了困意，感觉自己再躺回去静听着雨声，也未必能安枕。

沈弗峥哄她道："等你醒了，雨就停了。"

同样的当，钟弥不会上两次，她抬起眼，很警觉地望向沈弗峥问："这是天气预报说的，还是你说的？"

"我说的。"沈弗峥不撒谎，同她坦白。

钟弥靠在他身前，有点儿犯懒，似乎有困意慢慢钻进脑袋，人也不那么想思考了，只小声又稚气地问："你说话到底管不管用哪，沈弗峥……"刚说完，她又自问自答，"下就下吧，也不是很想结婚，结婚好麻烦的。你们家还有那么大一家子人，我们突然结婚，搞不好他们会说我们任性，结婚哪里是儿戏，一声招呼都不打……"

她有点儿细心又不那么在意地考虑到其他人的感受，好像只是在说服自己别计较这说下雨就下雨的坏天气。

沈弗峥陪她聊了几句没营养的废话。

雨停没停她不知道，因为沈弗峥坐在床边给她拢了拢被子说"睡吧"，她故意睁着眼，盯着他看，等沈弗峥用温热的手掌摸摸她的眼皮，她才顺从地闭眼，很快进入了回笼觉里。

夏季阴雨天的清早，空调关了，吹进微凉微湿的晨风，屋内沉闷一夜的空气焕然一新，人可以盖着薄薄的被子，既不冷也不热，安稳地进入梦乡，所有声响都被屏蔽在这个卧室之外。

沈弗峥等钟弥睡着才放轻动作合上门,离开了房间。

回笼觉睡得不算很久,没人打扰,钟弥睡到自然醒。窗外由雨换晴,她呆了几秒,忽地清醒过来。

拖鞋在慌乱动作里急匆匆地被趿拉上,钟弥裙角翩然地飞奔下楼,没见到人影就喊起来了。

"沈弗峥!沈弗峥!雨停了,我们去结婚!"

话音刚落,钟弥不止在转角处看见了沈弗峥,沈弗峥身边的外公也抿嘴笑了笑,无奈又宠溺地看着自己的外孙女。

钟弥立马咬住唇,恨不得时光倒流收回自己刚刚的声音。

她以为外公会怪自己,没想到外公只是上下打量她一眼,语气和蔼地说:"还穿着睡衣呢,就急着要结婚了?"

"马上去换。"钟弥瞥沈弗峥一眼,小声问:"妈妈呢?要问她拿户口本。"

这回换成沈弗峥笑了,他叫她放心,她刚刚睡着的那会儿,他已经跟章女士和外公聊过结婚的问题,户口本也已经拿到了。

钟弥矜持一笑,很淑女地扯住睡裙边:"那我上楼换衣服啦!"

两个人出门时,刚被雨水浸洗的州市阳光清透,车子朝民政局驶去。

番外——《大赢家》

钟弥和沈弗峥在州市领了证的事,沈家人并没有第一时间知情,两个人倒也没有故意藏着掖着,只是缺乏稍正式的、两个人都在场的场合公布这件事。

回京市后,钟弥先忙了一阵子工作。

国庆节有一场大型的献礼舞剧要排,规模不小,参演人员也都是各个舞团推荐出来的拔尖角色,纵然钟弥没有出彩的心,工作中也容不得马虎分毫。

日常的排练强度很大,涉及各方,事情又多又密,两个红本子带回京市后就被锁进了抽屉里,一扭头,钟弥也险些忘记自己已婚人士的身份。

有一天晚上,工作聚餐结束已经很晚,餐前沈弗峥就发来消息,问几点去接她,钟弥给的时间并不准确。钟弥很早就停了筷子,配合到散席时,车子大概已经早就到了并且等了很长时间。

出包间时钟弥看了一眼手机,沈弗峥没有继续发信息催她,反倒是钟弥自己心里一直记着,怕他等久,跟几个相熟的舞剧演员告别后就匆匆往外走。

她没想到刚出饭店大门,还没在停车区找到沈弗峥开来的车,身后就传来一个温润的男声将她喊住。

"钟弥。"

钟弥顾不上再找车,扭头看人,面上自然而然地露出一个明艳又客气的笑容,称呼对方:"苏老师。"

眼前的男人是这次献礼演出的舞美指导之一,因年轻优秀,合作以来钟弥听了不少关于这人的美誉。钟弥跟他接触不多,听别人喊他苏老师,便也跟着这么喊。

对方倒来纠正她,故意说着刁难的话,语气却很柔和,一时显得有些暧昧:"上次不是跟你自我介绍过,叫我苏文畅就好了,你是不是忘记我的名字啦?"

钟弥怔了怔,露出一个笑也不是笑的表情。

苏文畅很会给人台阶下,接着说道:"不记得也没关系,跟你开玩笑的。刚刚看你喝了不少酒,我特意一点儿酒没喝,我送你回去吧。"

钟弥摆手拒绝:"不用了,我有人接。"

钟弥怕麻烦,担心这样拒绝信息量不足,下次难免还有类似的情况,犹豫了两秒再次出声道:"那个,我其实有男朋友了。"

苏文畅闻言温和的表情微微一滞,显然是感到意外。即使这么多人只是因为一场献礼舞剧才凑到一块儿工作,短短时间,也足够有心人去了解这些人的婚恋情况。

钟弥在工作中并没有什么特殊的地方，他也从没见她提过男朋友的事，加之她刚出校园不久，他一直以为她单身。

初初一听，苏文畅的确感到惊讶。

钟弥忽地恍然自己说错了话，摸上自己无名指上的小小金属，尴尬了几秒，最后还是抬了抬自己的手。

"不是……我最近忙忘了，我其实结婚了。"

苏文畅看钟弥的目光就此多了一分捉摸不透的意味，随即视线也挪到了钟弥手上打量了一眼。那是很朴素的银戒指，即使当个日常配饰都显得有些寡淡了，跟婚戒，跟钟弥，很难产生相连的关系。

"似乎……不太像婚戒的样子。"

余光里，钟弥已经看见沈弗峥踩着饭店前的台阶走上来了。她并没对苏文畅解释，只是看了一眼戒指，说自己很喜欢。

恰好沈弗峥这时候走了过来。

钟弥转头，还没来得及说话，只见饭店金碧辉煌的旋转门里走出几位商务打扮的男士，走在最前头的那位比钟弥更先看到沈弗峥，热情挥手朝沈弗峥打起招呼来。

"沈先生，巧啊，在这儿遇到您。"他朝身后的饭店看了看，一副沈弗峥有需求他就立马来安排的样子，"这是要过来就餐,还是……"

"不是。"沈弗峥云淡风轻地朝钟弥看了一眼,"我太太晚上在这边有工作聚餐,我来接她。"

那人惊讶不已,立马欠身上前,要和钟弥握手:"不好意思啊,沈太太,刚刚没注意到您,您果然跟传闻中一样啊,荆钗布裙难掩倾城之色,幸会幸会。"

沈弗峥朝那人扫了一眼,语气淡淡地提醒了两个字:"杨总。"

钟弥接到提示,与之短暂握手,微笑了一下:"杨总,幸会。"

即使有意攀谈也要注意场合,方才钟弥还站在这儿跟人说话,这位杨总即使热情难掩也只能客气地恭维几句就说告辞。

沈弗峥微微颔首。

钟弥也大大方方地给沈弗峥介绍了苏文畅:"我同事,苏老师。"

沈弗峥客气地扯了一下嘴角,对待钟弥的同事的态度,比偶遇某总时的要随和得多:"苏老师好。"

这是他们之间无须多言的默契,遇到什么无关紧要的人,他们连全名都不必介绍,另一方只需要根据场合配合着客气一下就好。

回家的路上,钟弥靠在副驾驶座上吹风,毫不心虚地跟沈弗峥说自己刚刚差点儿忘记自己已经结婚的事。

睡前,钟弥从抽屉里翻出两本结婚证,看了又看,听到身后的脚步声愈近,扭过头问:"怎么结了婚一点儿实感都没有啊?"说完她又小声嘀咕了一句,"害我以前那么怕,感觉一旦结了婚就跟天要塌了似的。"

沈弗峥只听见了前一句话,便笑了一声说道:"你要什么实感?忙得家都不回,约你吃饭,今天没空,明天也没空。"

钟弥耳朵很尖,皱了皱鼻子:"这是怪我没有陪你喽?"她起身,坐到沈弗峥的腿上,搂住沈弗峥的脖子,眼眸晶亮,气息绵软地说道:"那我今晚好好陪陪你吧,沈先生。"

沈弗峥偏开头,笑得十分风流倜傥。

他朝钟弥的腰上搂了一把,轻拍了拍,告诉她:"你要的实感,很快就会有了。"

钟弥一脸懵懂的表情:"为什么?"

沈弗峥卖关子不告诉她,不过答案揭晓得也很快,三天都没到。钟弥难得休息的周末,觉还没睡足,就被小鱼的一通电话吵醒。

"天哪弥弥,你和四哥已经领证了?!"

"是啊。"钟弥赖在被窝里睡眼蒙眬地应着,随即猛地惊醒,"你怎么知道的?"

小鱼说自己这都不算第一手消息了,那位杨总是出名的大嘴巴,什么消息从他这儿转一遭,不亚于用喇叭广播了。

"晚上要去老宅,你什么时候到啊,弥弥?"

"什么?"钟弥看了一眼手机屏幕,时间还没到月中,"今天要去吗?没人通知我啊。"

"老宅那边的人临时打电话来的,没人通知你吗?"

"呃……"关键她也是一觉睡到下午才醒,即使有电话打来,也没人敢来砸门通知她,"我先起来吧。"

当晚他们去沈家老宅吃饭,果然是因为他们领证的事。沈弗峥免不了挨了一顿批评,说他现在年纪越大,做事却越不稳妥了,要么别仓促领证,要么将消息瞒紧,这么简单的道理也需要教?

被批评完,饭后沈弗峥又被老爷子单独喊去了书房。

来的次数多了,钟弥如今在沈家很自在。她跟何瑜虽然做不到亲如母女,但了解彼此的秉性之后,相处得也越见融洽。

她在何瑜的屋子里吃着饭后甜点。

何瑜心事重重的样子,越想越不对劲,却也琢磨不明白,只得叹气道:"也不知道这次敲的什么算盘,自打他从国外读完书回来,哪一次他挨老爷子的骂,不得有另一个人遭殃?"

钟弥扯了扯嘴角，倒不知道沈弗峥还有这种本事。

不过这也不稀奇，沈弗峥哪里是白白挨骂的人。

何瑜亲妈吐槽："他啊，八百个心眼子，使都使不完的。"

钟弥不忧心沈弗峥，也懒得琢磨沈四公子这些心眼子的去处，比较担心自己。刚刚吃饭时老爷子的态度很明显，这婚礼不好好办就是不成体统。

可是成体统的婚礼办起来得费多少事啊？光想想钟弥都头疼。她心思一动，把目光放到了对面还在琢磨儿子打什么算盘的何瑜身上。

"阿姨，您最近忙不忙哪？"

何瑜一眼看穿钟弥的心思，端起骨瓷杯，嘴角一勾："请人帮忙就这个态度？连声好听话也不会喊？"

钟弥微微发窘，想着日后能轻松，忍着羞耻感，甜甜地喊了声"妈妈"。

不久，章女士和外公又来了一趟京市，看完钟弥的演出后，两家人商量婚礼事宜，钟弥这时才知道沈弗峥那次挨骂算盘打去哪里了。

席上沈老爷子发言：按理说，钟弥的外公身体欠佳没办法担任证婚人，应当由他出面为两位新人证婚，但是他退位多年，如今也不宜高调露面，思来想去，就由沈弗峥的小姑姑沈禾之来为他们证婚。

筹办婚礼的过程有何瑜操心，章女士也搬来京市小住，陪在钟弥身边，一切都很顺利。

唯一一点儿小意外，是钟弥在婚礼前夕扭到脚踝。当时大家吓坏了，纷纷说这是钟弥人生中的最后一个坎，以后她前程似锦，人生顺遂。

钟弥接了吉利话，但是好听话不是止痛剂，婚礼当天踩上高跟鞋还是很不舒服。

冰袋敷了，药油揉了，不管用。

伴娘团考虑到婚礼一生一次，一定要最美最没有遗憾，好看要紧，想劝钟弥忍忍，走完出场仪式再下来换鞋。

婚纱裙摆很大，钟弥坐的是高椅子。

沈弗峥提着一双平底马丁靴，单膝跪在她身前替她脱去那双镶满钻的高跟鞋。白纱黑靴，他拆开鞋带，低着头，一只只替她穿上。

盛澎在旁边拍下了这一幕。

他们拍了不少婚纱照，可钟弥后来最喜欢的还是这张白纱穿靴的抓拍照片，尤其是调成黑白调，有老电影氛围。

靳月说他们不像马上要去结婚，像他不顾一切来带钟弥逃婚私奔。

私奔这词听起来很疯狂、很冲动，不太适合沈弗峥这种喜欢不动声色地运筹帷幄的人，钟弥却想，这人或许不冲动，但疯起来比谁都疯。

比如，她很久以前随口一说，要他的小姑姑来证婚，意气上头跟他抱怨：不是她之前特意去州市跟外公说她惋惜我不能嫁给你，心疼我、可怜我吗？那我现在幸福了，她当然要第一个见证祝福。

他居然真做到了。

他的小姑姑站在证婚台上，穿着得体裙装，笑容真切，表情没有一丝破绽，甚至临了抹了抹感动的泪水，祝他们婚姻美满。

她和沈弗峥望着彼此，台下没人知道她的白纱之下是一双便于奔跑的黑靴子。

这一刻，来宾像闯关游戏里的砖块背景，在沈弗峥的秩序里，所有人，无论真心实意，都得带着笑容和祝福待在自己的位置上，等着钟弥一路绿灯抵达终点。

沈弗峥为她戴上了戒指，轻轻吻她，满眼纵容之色："我爱你，我的大赢家。"

钟弥实实在在地满意快乐，也替他戴上了戒指。

这世间，任何东西都不会是永胜筹码，但爱，永远都会是一记绝杀。

想当雨天的伞，想当露肚皮的猫，想当冬天的围巾手套，想当救命的药，不想当人，想被人需要。

因为之前沈弗峥和酒店前台工作人员打过招呼，钟弥只需要去问，就能知道他的去向。

但还不等钟弥提着手袋走向前台，她就在另一侧的咖啡座里发现了沈弗峥。

她倒也不是先看见他。

不算近的距离，他穿着浅色衣服，面前放着白色的杯子，称不上光彩熠熠，但他的座位旁边站了一位盛装打扮的女人，比他本人吸睛得多。

女人穿着深V领裙，长鬈发，盘靓条顺的好身材，拘谨又带些娇羞的模样，正跟沈弗峥说着话，内容钟弥听不清楚。

钟弥去观察沈弗峥。

他面色如常，倒也回应女人，钟弥只能根据他的嘴唇的动静，推测出他的话很短，但无法看出他的喜怒情绪。

钟弥联想到那次在这家酒店的露台上，徐总给他点的那根烟，被他只用手指夹着，烟气散开，一圈圈徒劳地纠缠他的指骨，却不得半分眷顾，最后自燃殆尽。

想到这儿，钟弥停住正走近的脚步，往酒店落地窗外看了一眼，天色好像更阴沉了些。

雨不知道什么时候会下。

她攥了攥拳，正转头打算先回避时，背后传来熟悉的男声。

似迫近的雨气，远远地就能叫人感受到他的气息，并产生关于他的想象。

"钟弥。"

被点名的人顿住脚步，下一秒，慢慢转过头来，落落大方地露出一个浅浅的笑容同他说："我看到你有朋友在，怕打扰到你们，打算等会儿过去。"

那个女人比沈弗峥还着急，立马识趣地解释："不，不，不，我称不上沈先生的朋友。之前徐总介绍我过来，给沈先生当过导游。"

不过她也就当了小半天。

当时介绍她过来的徐总将她往沈弗峥面前大力推荐："您之后有需要直接联系小简，您放心，小简她啊什么都懂。"

她主动将电话号码留给了沈弗峥的司机，但之后一次都没人联系她。

今天她提着精致的伴手礼过来,话也说得很讨巧。她说那天之后,沈弗峥都没有再联系她来当导游,她回去想了想,可能自己之前的工作没做好,日后一定会多多学习精进。

"听说您最近要离开州市了,我准备了一点儿小礼物,是州市的特色点心。这虽不是什么贵重的东西,但是要攒齐这八样也挺不容易的,我昨天下午排了一下午的队,小小心意,当给您这趟州市之行画一个还算有意义的结尾。"

沈弗峥微微点了一下头,不冷不淡地回说了句"谢谢"。

钟弥就是这个时候来的。

沈弗峥看见她像撞破什么事似的转身,鬼鬼祟祟又有点儿落荒而逃的意思,他指尖轻轻敲着杯子,等她一有迈步的兆头,他就立刻喊了她一声。

现在那位资深导游跟钟弥解释,话不知道是不是在学钟弥,但可以确定,她没有钟弥那种表示不在乎的精髓。

"沈先生,这位小姐是您的朋友吧?那我就不多打扰您了。"

隔了两秒,钟弥听见沈弗峥的回答。

"她算你的半个同行。"

钟弥看过去,与他对视。

那人明明歪斜着身子,撑着手支着下颌,却仍给人一种优雅之感,仿佛这样的人生来就存在于某种秩序中,稳定从容,跟戏弄这类词不相关。

可她仔细回忆,这人跟自己第一次见面说的话就透着逗弄的意味。

——钟小姐琴棋书画样样精通,怎么会没有可讲之处?

可她从没察觉。

人走了,钟弥还呆呆的。

沈弗峥抬了抬下巴,让她坐。

钟弥放下包,坐在他对面的丝绒沙发上。服务生过来问询她需要喝点儿什么东西。

钟弥答:"一杯柠檬水就好。"

眼睫一垂,她便瞧见了桌上那份精心准备的点心礼盒。

刚刚钟弥过来,看过那位资深导游的正面,很漂亮,但五官不容易记住。因为这种身材好到男女通杀的美人,女人味太足,穿着深V领紧身裙站在面前，深谷幽壑，暗香盈盈，只看脸实在浪费。

钟弥作为同性，都不止欣赏了脸。

"你之前说有人给你介绍的资深导游很无聊，我还以为是年纪很大的那种人，所以你不喜欢，没想到是这种——资深。"

那个"深"字，被她咬得音稍重。

然后她便很自然地想起他之前说的话。面对这种身材玲珑的美女，他居然说人家无聊，还做了形容——外国人讲唐代史。

沈弗峥轻翘嘴角，仿佛她说了无比可爱的话。

那笑容让钟弥有些坐立难安，她微微侧过头，去看桌上放点心的小盒子，仿食盒的包装，盖子透明，能看清里头的东西。

钟弥惭愧。至今她都没有耐心去排队给什么人一次性买齐这八样东西。

"真用心。"

此刻彼此之间有一些安静，那种道不明的暧昧气息就会像菌群落进培养液里，一发不可收拾地扩散。

所以钟弥平淡地继续说着："这种资深导游，别说是引经据典、上下五千年，就是照本宣科，读游客手册，也不会让人觉得无聊吧。"

沈弗峥反问她："是吗？"

钟弥也反问他："不是吗？"

沈弗峥没有表情波动，而她说话的时候微瞪眼，有点儿稚气较真。

这种废话往往没有答案，也不需要答案。

于是钟弥说："你的喜好还挺难让人琢磨的……"

其实她想问的是：那你觉得什么样的人才不无聊？

但没必要了，因为她觉得沈弗峥能听懂话外的意思。话绕与不绕，他都听得懂，就像那位资深导游临走前还要说一句"您之后来州市，需要导游的话，还可以找我"。

但他应与不应，是两码事。

不只那位资深导游，她忽然觉得自己在这个男人面前的一举一动也都太透明了。

她也从来没遇见过像他这样的男人。

外头下雨了，雨点落在窗上，因自身单薄，无法干脆下坠，便动弹不得地覆在一层透明玻璃上，被动成为一枚标本，被人观察。

服务生给她端来了一杯柠檬水。

钟弥伸手，略扶住杯壁道谢。也是从这个角度，她看见了对面沈弗峥的杯子里泡的茶，是茶汤清碧的六安瓜片。

"你喜欢喝这个？"

沈弗峥回答："以前没喝过，那次送你去宝缎坊拿衣服，店里的人泡了一杯给我，味道很好，我很喜欢。"

他泡茶的杯子是咖啡杯，钟弥望向周围，确定了这的确是个西式的咖啡店，陈列柜上的咖啡豆品类很多，但不像随便能拿出六安瓜片的地方。她很好奇："谁帮你用这个杯子泡的？"

"我问他们有没有这种茶，他们叫我稍等，然后就这么拿来给了我。我没那么爱喝茶，用什么杯子，也没那么多讲究。"

钟弥低声说："还挺稀奇。"

带着优雅手柄的咖啡杯里泡着六安瓜片。

"稀奇不好吗？"他淡淡地说着，端起杯子喝了一口茶，面朝落地窗外看起雨来。

大雨时的天光是瞬时变动的，明暗交接虽然并不明显，但只要留心观察，还是可以看出帧与帧之间的光影差别的。

帧，这听起来像是电影名词。

她意识到自己在美化这一切。

就像所有离别，人们总觉得离别具有脱离日常的诗意。

而诗行词篇里，离别往往是相思的上阕。

钟弥低下头，也去捧杯子喝水。

唇舌经由柠檬水滋润，她抿了抿，微微发酸，似攒出一点儿可供滥用的勇气，问对面那个人："你是不是觉得我很新鲜？"

沈弗峥放下杯子说："你这话也很新鲜。"

也。

钟弥了然。

她去翻自己带来的包，拿出一个小盒子打开，取出其中的东西，放在手心里，将手摊到沈弗峥面前。

"你不是让我帮你看手相吗？我帮你算过了，你命犯孤星，易遇邪气,小桃木是辟邪的,这个无事牌送给你。"

沈弗峥从她的手心里将牌子收了过来。

这种耐得住年月的木料都很有灵性,新有新的样子,旧有旧的样子,痕迹无法说谎,他手上这个牌子显然是后者。

沈弗峥复述她的判词,命犯孤星,嘴角随即弯了弯,好笑地问她:"看手相都不需要我把手摊开吗?"

钟弥面不改色:"都说了我全凭胡说,哪里需要那么多依据啊?"

他的笑容更深。

东西是个挂件,但无事牌没什么花哨纹路,只要料子好,也不那么讲究设计和雕工,没什么赏玩意趣,图个意头好罢了。

沈弗峥却提着编绳,前后翻面,仔细打量,仿佛拿到出土文物似的在慢慢研究。

钟弥却不想再多待。

"你今天走,我就不送你了,本来我们也没熟到那种程度。我先回家了,祝你一路顺风。"她说着拿着包起身。

沈弗峥留她:"我下午走,中午一起吃顿饭?楼上就有餐厅,本地菜做得还不错。"

钟弥得承认,他简单的一句话就具备拉扯的力量。她甚至不知道他说的"下午走"和之前说的"不急这两天",是否都是临时起意更改的,挪动的脚步就像被牵引住一样。

但钟弥知道,他做这样的决定很简单,甚至没有半丝犹豫。

他太游刃有余。

这种游刃有余太超纲,甚至推翻了钟弥对"游刃有余"这四个字的认知。她曾以为游刃有余是一种灵活表现,实际上,最好的游刃有余是让人察觉不到灵活,只是自然妥帖,让人无法反驳。

但是她可以拒绝。

所以钟弥摇头说:"不了,沈先生自己享用吧。"

有时候电影不上不下放到后段,即使此刻剧情的悬念无比吸引人,观众看垂死挣扎的进度条也该知道,这故事要烂尾了,没有什么空间再去发展了。

沈弗峥没有强迫她,或者再出言挽留她。他一直很尊重人,只一边拿出手机一边跟钟弥说:"外面在下雨,我让老林送你。带伞了吗?"

这酒店附近的确不怎么好打车,尤其是大雨天。

钟弥看了一眼自己的包:"带了。"

"那就好,再等一会儿,老林马上就来。"

从酒店门口往外走那段路,即使她撑着伞,也挡不住雨气蔓延。

沿着环岛路,老林将那辆挂京A牌的黑色A6缓缓开近。

关于这车,关于这车的主人的种种,钟弥的脑子里像短时间内速播了一段纪录片,毫无旁白,画面快速切换到目不暇接,最后停在这个潮湿的青灰雨天。

雨点在伞面上敲得噼里啪啦响,她今天穿裙子是错误决定,小腿早被打湿,一片裙角湿透粘在腿上。

手指抓紧伞柄,她觉得自己就像死死撑着这张薄布的纤细伞骨,既虚张声势,又难堪风雨。

或许她是不甘心。

有些有因无果的相逢,不是艳遇却胜似艳遇,钟弥想,未来很长一段时间,她可能得花点儿功夫才能把这个男人淡忘干净,所以也不想当那个被轻易抛诸脑后的人。

临收伞上车前,她忽然回眸说:"你这车牌,是我的生日。"

沈弗峥站在车边,朝钟弥望过来。他的面容隔着茫茫雨雾让人看不清明,但钟弥听到他的声音,在这暴雨天里突兀地显得温柔。

他应着她的话说:"是吗?那钟小姐同我有缘。"

傍晚雨停,天色渐暗,路面依旧潮湿。

从酒店回来后,钟弥下午睡了长长一觉,但多梦,导致睡醒了也不太精神,走到戏馆门口,脑海里跳脱了一瞬,停下了脚步。

她想到某个画面——戏散场后送走沈弗峥的车子,她久久地站在戏馆门口,努力想找一个形容词,却怎么也找不出来。

此时此刻,她微微仰头看着馥华堂的招牌,终于想到那个词了,心里却隐隐难受。

原来是曲终人散。

第四章

佛头青

八月里数场雨扫清暑热。

入了九月，早间温度明显降了下来，小风吹进室内都蕴含着一股清凉气，拂上皮肤似一层透明冷纱。

钟弥穿着短袖、裙子下楼，被打扫卫生的淑敏姨喊回去，添了一件薄薄的针织外套，说早晚气温低，当心感冒。

出门前，钟弥检查了一遍包包里的身份证复印件和体检报告，按先前约定，今天得去实习机构办入职手续。

七八点出了太阳，天气不错。

州市的公交车也难得准时，钟弥从手机里刷了出行码，就近找了个位子坐下，屏幕里即时弹出了一条扣费短信。

她将长框一抹消除，戴上蓝牙耳机，点开音乐软件，看着车窗外随着公交车启动渐渐后退的风景。

快到商业楼时，阳光一晃，她倚窗瞧见了那个于她而言，有一点儿特殊意义的公交车站牌。

记忆里雨幕连天，那人就是在这里送她去宝缎坊取旗袍的。

至于那件旗袍呢？

昨天晚上淑敏姨收拾换季衣物，钟弥已经叫她将旗袍存箱收好。

她应该不会再穿了。

上次过来面试是周末，钟弥还当这栋商业楼清冷，今天周一，实打实遇上早高峰，甚至第一批电梯她都没挤上去，只能等另一部电梯下行载客。

钟弥的手机这时候响了,来电显示是妈妈。

今天早上钟弥刚起,就听淑敏姨说,蒲伯天不亮就打电话来把章女士喊走了。

外公身体不好,钟弥当时紧张起来,问外公怎么了,淑敏姨说:"你外公没事,一大早老先生都不一定起来了。听你妈妈在电话里说,好像蒲伯说是什么东西丢了吧。"

钟弥松了一口气,才去洗漱。

此刻电梯到一楼,叮一声打开门,钟弥没有往电梯里走,而是转身直奔门口,眉心不自觉地用力蹙起,跟电话那边的人确认:"是我之前画的那幅画被拿走了吗?是谁拿走的?"

钟弥赶到丰宁巷,挎着包进了垂花门。

外公并不在,章清姝面前坐齐了表姨一家三口。

花枝招展的表姐自觉丢脸,一言不发地当隐形人,表姨一边跟章女士絮絮诉苦,一边抽手打两下身边不成器的儿子。

她只说网络赌博害人,那些放贷机构利滚利地给人下套,昧良心,杀千刀,连难听话都舍不得往自己儿子身上说一句。

话里话外,都是事已至此,这也是小事,大家都是亲戚,就算了吧。

她说完一番车轱辘话,章清姝听着面容始终平静,见女儿从院子里走来才看过来:"怎么伞也不打?晒死了。"

钟弥没管这种小事,打量一圈,见淑敏姨泡茶出来,问道:"外公和蒲伯呢?"

章清姝:"今天体检,去医院了。"

钟弥走到妈妈身边:"也好,这事儿别让外公知道。"

章清姝点了点头。她跟蒲伯也是这么想的,章载年身体本来就不好,心脏做过手术,尽量不要让他为这种琐事操心。

表姨一听钟弥这么说,立马接着话头就应和:"是啊,是啊,本来也不是多大的事,我回去就狠狠教训方城,我保证他下次再也不敢了,一点儿小事,别惊着老先生了。"

钟弥轻笑一声,望了过去。

表姨讪讪地扯着嘴角,赔笑面色有些绷不住了。

做贼心虚的人受不得一点儿风吹草动,哪怕只是旁人的一声轻笑声。

"你笑什么？"

钟弥看向说话的方城。

这位表哥细算起来好像不仅跟沈弗峥同龄，还同样去英国读过书，不过他自然不是在剑桥读哲学听无聊的唐代史。念三年野鸡大学弄了个本科文凭回来，掏空家底不说，他半点儿本事也没学到，反而套着自认金光闪闪的海归空壳，眼高手低，活成现在既一事无成又自视甚高的样子。

钟弥笑着问他："你说我那幅描金牡丹你拿去卖了三十万，是真的假的？哪个怨种这么识货啊？"

方城眼神闪烁："我说了我有个朋友在搞文化收藏的公司上班，他有门路，将画送去拍卖行了。你能写会画的，又是你外公亲自教的，怎么就没有人识货？反正画就是很快脱手了。"

"哦——"钟弥恍然大悟地点了点头。

钟弥到之前桌子上就放了一张银行卡，这时候表姨又把那卡往章清姝面前推了推："三十万我们凑了，钱都在这儿了。"

一直没说话的表姐此刻冷笑："是谁凑的？是我的包包和首饰凑的！"

表姨怕节外生枝，立马瞪过去："你少说两句！"

表姐不满："这才是我说的第一句话！你管我管这么严，怎么不多管管你儿子？"

章清姝目光在那吵架的母女身上递了递，最后看着旁边不停抠手指的方城。

"我问了蒲伯，弥弥那幅画是她在外公这儿画着玩的，连章都没盖，你拿去拍卖行，连存档都成问题，但凡是正规机构，拍卖流程怎么介绍？作者不详？"

母女俩不为包包和首饰吵了。

一家三口闻声面面相觑、噤若寒蝉，整齐划一地捧起淑敏姨刚刚送来的茶。

那画面瞧着都好笑。

钟弥作势去拿手机："都这样了，还不说实话吗？非要报警闹到警局让警察来问吗？"

表姨放下茶杯，紧张地说道："都是亲戚，报什么警呢？再说钱我们也都送回来了，家里的事，闹出去让外人看了笑话多不好。"

"钱都送回来了？"钟弥看向桌子上那张银行卡，"我的画不值三十万，三万都不会有人买，"目光一转，钟弥盯着方城，"但如果你那天不仅偷了我的画，还翻出我外公的章，私自盖了，拿我的画冒充我外公的作品，就不是三十万这么简单了。"

甚至不用他们回答，钟弥看那一家人的表情反应，就知这个猜测是必然结果。

最后表姨吞吞吐吐地说道："方城是盖了你外公的章……画卖了……卖了六十万……"

钟弥深吸一口气，冷下了脸色。

外公一早封笔，一个早已封笔的人，又有新作流传出去，一旦这件事传开，轻则引起旁人臆测，重则影响外公半生的清誉。想到这点，钟弥紧捏着拳，整只手臂都不由得开始发抖。

她绝对不允许外公无故受累，受人指摘。

章清姝的面色也沉了下来，她问是哪家文化收藏公司，又是什么人接手将画送去哪个拍卖行的。

方城的语气居然还不情不愿地："画都已经卖出去了……"

钟弥冷着声音提醒他："你现在最好不要再说一句废话，否则我叫警察过来告诉你，你偷窃他人物品以六十万高价卖出是什么后果。到时候你不如跟警察说，画都已经卖出去了，看看警局会给你想什么办法。"

表姨求情道："弥弥，都是亲戚……"

钟弥不留情面地打断她的话："宁愿不是，跟你们当亲戚很倒霉，你们心里没数吗？"

这话重了，毕竟之后拿回画还需要方城配合，章清姝轻轻喊了一声提醒："弥弥。"

钟弥别开脸，调整呼吸。

方城这会儿才老实交代，是哪家文化收藏公司以及帮忙卖画的朋友的联系方式，画又被送去了哪家拍卖行，最后说："那个老板还挺识货的，一看到画就怀疑了，经理问我们是不是真迹，我朋友当时也心虚，本来不打算卖了，但那个经理接了个电话说，如果走正规的拍卖流程，他们没办法出具鉴定书，也不愿意担诚信风险，但他们幕后的老板很喜欢这幅画，愿意自己掏钱将画买下来，但不可能按市价来估，一口价只给六十万……

我当时正需要钱，六十万也不少了，就答应了。"

到嘴边的话，钟弥忍住了。她懒得说外公的作品有市无价，这一口价六十万是在打谁的脸。

钟弥对那一家人说："我希望你们明白，这件事最坏的结果，是画拿不回来，我会报警说明一切，外公的名声绝不可能在你们手上折损半点儿！"

钟弥盯向方城："约你朋友出来，越快越好。"

章清姝看了看时间，叫淑敏姨收茶具："外公跟蒲伯也快从医院回来了，你们先回去吧。"

表姨起身，眼神虚虚地带过桌上那张银行卡。她怎么推过去的，银行卡就怎么停在那儿，她局促地问道："那这个钱……"

章清姝知道她是什么意思："画是六十万卖出去的，不一定六十万就能拿回来，你们家倒过二手奢侈品，对这点应该清楚。钱，你们家现在立马拿不出来，我这边先垫上吧。"

表姨听到有人垫钱，神情松了下来，甚至想伸手去碰那张银行卡。

章清姝快她一步，将卡拿起："你们收了六十万，这六十万要一分不少地打进这张卡里。弥弥的性格你们也知道，别说是我，就是她外公替你们说好话，她也不可能就这么算了，她打小就不肯吃一点儿亏。"

章清姝温温柔柔地把刚刚听了数遍的那句"都是亲戚"还了回去。

"都是亲戚，大家别为了一点儿小事弄得以后不能来往了。"

那一家人走了。

钟弥喝着冷茶，闷闷不乐。

章清姝这时候问她："今天说去办实习入职手续，迟点儿去没关系吗？"

钟弥把这件事忘了。她点开手机，手机上有几条微信未读信息和一个未接来电，都是舞蹈机构那边的。

看着屏幕，钟弥很快做了决定，一边在聊天框里字斟句酌，一边跟妈妈说她不打算要这份实习工作了。

之前因为钟弥留在州市实习的事，母女俩还有过分歧，章清姝只给建议倒也不强求钟弥听话，此时听钟弥说不打算要这份实习工作了，心有猜测："因为画的事儿？"

"嗯。"钟弥点了点头,"不是说那个老板是京市人吗,画当天就被送去京市了,想拿回来,肯定要跟人面谈,前前后后事情不会少。"

章清姝摸了摸女儿软缎一样的长发,柔声说:"没事,你忙你的,到时候妈妈去京市处理这件事就好了。"

钟弥不答应:"你不是不喜欢京市吗?我去就好了。"

"我什么时候说不喜欢了?说不喜欢的人是你吧?"

钟弥回忆起艺考前,章清姝带着她去京市拜师集训的日子。

有一次车子经过常锡路,妈妈看着车窗外的景致,忽然指给钟弥看,说:"妈妈以前就住在那里,后院里养了龙柏、刺梨,还有很多奇奇怪怪的树,以及半园子的白玫瑰。"

那是头一回,钟弥见妈妈露出那么伤怀的样子。

钟弥隔着车窗玻璃望过去的时候,正有一群戴着红领巾的小学生跟着执小旗的导游经过那排小楼,二楼所有窗户紧闭,透出复古的深绿颜色,门口的银色垃圾桶上写着"禁止吸烟,文明参观"。

钟弥说:"你是没说,但我看出来了。"

在钟弥心里,京市从来不是她的家,那里却是章清姝出生长大的地方。

以前章家在京市什么样子,钟弥只听淑敏姨讲过只言片语。章家曾经发生过什么钟弥也不太清楚,外公和妈妈都口径一致,平淡地一语带过,说那都是过去的事了。

小时候钟弥还真当他们是云淡风轻。

集训那次她才隐隐恍然,原来故地重游不亚于旧事重提,也会让人痛苦。

微信发出去后,钟弥抱歉地说因为家里出了一点儿意外,无法按时入职,决定放弃这份实习工作。舞蹈机构那边表示理解,并跟钟弥说可以为她保留职位,如果之后她还有过去工作的意向,随时可以联系。

钟弥回了谢谢。

当天下午,钟弥就去见了方城的朋友,拿到了拍卖行那边的经理的名片。

方城的朋友跟钟弥打着预防针。

"签合同交接时,那位老板都没有出面,你就算找到拍卖行那边的人打听,估计也只能知道什么助理、秘书之类的电话,那种随随便便拿六十万打水漂玩的大老板,不是那么好见的。"

钟弥拿起桌上的名牌,嘴角短暂一翘,扫了一眼方城说道:"这种坏消息你应该跟你的朋友多聊聊,因为如果我拿不回画,要坐牢的人是他,而你是协同犯罪。"

说完钟弥就拎包走人了。

背后传来方城的朋友舌挢不下的声音:"你这个表妹,人这么漂亮,说话这么狠?"

一如方城的朋友预测的,即使找上拍卖行,费尽功夫,钟弥最后也只联系上一位自称杨助理的男人,电话属地在京市。

对方说话少有情绪,是公事公办的干练语调。

钟弥说明自己是章载年的外孙女,那幅画并非外公的真迹,是失窃后被人盖了外公的章,才辗转到拍卖行被交易掉的,哪怕溢价,这幅画她也必须收回来。

"希望您的老板那边可以配合走一下拍卖行的消档流程,因为我外公已经封笔很多年,有新作重新被投到拍卖市场上这件事对他的影响非常不好,如果您的老板那边还有其他诉求,我们也可以再商量。"

杨助理回复她:"这个情况我需要跟老板汇报,具体决定也需要老板来拿,我做不了主。"

"好的。"因为在京市得罪过人,又深知京市圈小,钟弥担心好巧不巧两件事凑到一起来,"恕我冒昧,方便问一下您的老板姓什么吗?"

"旁,旁边的'旁'。"

钟弥松了一口气:"好的,感谢,麻烦您汇报了。"

对面的人回复:"应该的,为老板处理事务就是我的工作内容。"

隔天早上,钟弥收到了杨助理的回电。

"这幅画我们老板一开始就看出不是章老先生的亲笔了,老板也不在乎是不是真迹,只觉得很有意思,是买来打算送朋友的。了解到钟小姐这边的情况后,我们老板也能体谅,愿意跟您面谈沟通,不过他近期都没有去州市的计划。"

钟弥坐在床上,睡意全然退去:"好的,我今天就可以去京市。"

那边的人为难着说:"但具体什么时候见面老板没定,今天恐怕不行,他最近行程比较忙,可能会随时有空,也可能很长时间没空。"

他的言外之意钟弥听懂了:随叫随到。

有求于人就要有有求于人的样子,钟弥好声好气地说:"没关系,未来很长一段时间我都会在京市,时间方面我可以完全配合,只要旁先生有空,请您第一时间联系我。"

当天中午钟弥就简单地收拾好行李,坐上了去京市的高铁。

出站时天色阴沉,大风刮得钟弥身上的白色风衣猎猎作响,她墨镜下的眼睛不舒服地眯了起来,太阳穴突突跳,她有种中大奖的头痛感。

读大学在京市待了三年,她对这座城市最好的印象就在九月。

天气晴朗,温度舒适,天高云淡,初秋是京市一年之中公认的最适合出游的季节,刚好又临近国庆节,各大户外景点即使不是周末都是游客扎堆的状态。

九月极少见到这样的糟糕天气,让她碰上了。

钟弥压着白色报童帽,踩着黑色的过膝靴子,拉开出租车车门之前,在深色车窗上窥见了自己这一身如同奔丧的应景打扮。

司机师傅问她去哪儿。

钟弥带上车门,报了地点:"京舞。"

到了宿舍,钟弥没用上钥匙,因为宿舍门是开着的。她进去放下小行李箱后,看到自己的桌子边堆了几个快递。

她正在看寄件人,室友何曼琪贴着面膜,抱着一盆洗净甩干的衣服进来,惊道:"弥弥,你怎么回来啦?"

"有点儿事要处理,你没去实习吗?"

说到实习,何曼琪叹气,去阳台上晾衣服:"唉,我跟你又不一样喽,邹老师给我介绍的也不是什么好单位,我不打算去了。我这几天在投简历,现在在考虑要不要去当模特,听说能赚很多钱。"

何曼琪捏着衣架,用力抖了抖湿衣的褶,一下抖出记性,想起自己刚刚好像失言了。

钟弥本来的安排是很好,但她现在去不成京市舞剧院了。

她站在阳台上侧头看去,钟弥正蹲在那里拆快递,并没有任何被刺激到的样子,侧脸平静又漂亮。

"弥弥。"

"嗯?"这些快递上的寄件人和电话号码都不是钟弥熟悉的,她找裁纸刀将快递打开,发现里头是一些香水、护肤品之类的东西。

何曼琪期待地邀请:"弥弥,你要不要跟我一起去面试模特啊?你条件这么好,肯定行的。"

"我不喜欢当模特,祝你面试顺利。"

"那你实习的事怎么解决啊?"何曼琪面露担心之色,"那个彭少爷不是说,如果你不答应他,他会让你没法儿在京市跳舞吗?"

钟弥不当回事:"事情总能解决,大不了不待在京市就好了。"钟弥把东西拆完,看向旁边那张空置许久的床,"这些东西都是靳月送的吗?"

"嗯,她的助理寄来的,估计是品牌方送给她,她用不掉才送来给我们的吧,小恩小惠,谁稀罕似的。"

钟弥见她去浴室揭了面膜,回到自己的位置上,拿起一罐几百块钱的精粹水往脸上拍,一边拍一边表情丰富地说:"弥弥你说,她也不跟我们讲她傍上了谁,会不会是那种糟老头子?她不好意思讲?怕我们笑话她?"

钟弥低下头,何曼琪那瓶精粹水和自己手上的这个一模一样,应该也是靳月送的。

"你又听谁讲的?"

何曼琪一脸天真的表情:"班里女生都这么说啊,我刚刚去洗衣房还听到人说呢,说上个月在羲和古都见到一个'地中海'跟靳月有说有笑地进了电梯。

"哦,不对,人家现在有艺名了,不叫靳月了,应该是江——近——月——"

钟弥问:"谁在洗衣房里说的?之前隔壁宿舍那个徐凝?"

何曼琪惊到捂嘴:"你怎么知道?"

钟弥笑了笑:"猜的。"

当初靳月由徐凝介绍去做宴会礼仪小姐,徐凝身为学姐,每次拿到日薪都扣一笔钱后才发到靳月手上,话里话外还要靳月拿她当恩人,最后有人当礼仪小姐遇贵人,有人当完礼仪小姐后继续一场接一场地当礼仪小姐,如今混得再好,也不过是个摆不上台面的中介人。

这种在漂亮姑娘里谋利的中介人,要说难听了就很难听了。

被子很久没用,钟弥拆下床单和被罩去洗,今晚打算住酒店,忽然想到徐凝已经毕业怎么会又出现在女生宿舍洗衣房里?

"徐凝今天过来干什么?"

"好像是她的朋友开了模特公司,说福利很好,她问我们几个要不要去,还拿了一些香水小样来,说是品牌方送她的,我没要。"何曼琪很小声地说,"我说靳月送了我们正装嘛……"

之后徐凝自然是一通阴阳怪气,怎么恶心怎么说靳月。

钟弥猜得到。

不过,她也有没猜到的地方。

今天徐凝过来的时候,还问到钟弥了。何曼琪说钟弥不在,不知道开学会不会过来。

徐凝冷哼一声,冲着何曼琪说:"你们宿舍也真是出人才,一个是真势利,一个是假清高,绝了。你瞧着吧,钟弥最后绝对会巴巴地跟了那个姓彭的,这种事我见得多了,人家彭少爷今天法拉利明天保时捷的,你当她真的一点儿不心动?她给自己抬价呢!殊不知啊,那些有钱少爷见多了这种假清高的女的,嫌没意思了,现在人家不追了吧,有她后悔的时候!"

她说靳月就算了,何曼琪觉得靳月又是休学又是拍戏,多少沾些传言的爱慕虚荣,可钟弥什么也没干,好好的实习机会没了,说起来还挺惨的。

于是何曼琪就帮钟弥说了句话:"弥弥不是那样的,弥弥跟靳月不一样,又不缺钱。"

徐凝拍着她的肩膀,高深莫测道:"曼琪啊,你太单纯,你对人能有钱到什么程度还没概念。"

这些,何曼琪都没跟钟弥说。

把床单和被罩送去洗衣房后,钟弥回来打湿两张洗脸巾擦去桌子、书柜上的薄灰,随后收拾起了衣服。

何曼琪坐在自己的位子上涂指甲油,目光时不时地朝钟弥投过去。

钟弥的很多衣服和包都不便宜。

一个人是否在优渥的环境中成长，无法伪装，也无法隐藏。

就像收到靳月的礼物，何曼琪和另一个室友很容易觉得靳月在炫耀，本质上是因为一种不愿意承认的忌妒心，因为这些礼物对她们来说是很好的东西，而钟弥不会这样想。

即使曾经的室友当上了所谓的明星，豪车接送，钟弥也毫不忌妒。

不过何曼琪想，也是，钟弥不必忌妒。

因为追钟弥的人也身份不凡，只要她愿意，豪车接送的待遇，她随时可以拥有。

何曼琪状似无意地问："对了，弥弥，好像没听你说过你家里是干什么的？"

"我妈开了个茶楼。"

"哦，那生意应该很好吧。"

"还行吧。"钟弥将近期打算穿的衣服收进箱子里，不想要的半新衣服用袋子装起来，打算送去楼下捐衣箱里。

忙到天黑，钟弥才将自己的床位上下打扫干净。

何曼琪见她拿起包和行李箱准备走，问道："弥弥，你打扫得这么干净，不是打算在宿舍里住吗？"

"住。"钟弥说，"今晚先住酒店，明天太阳好，晒一下被子再睡，不然不舒服。"

"哦，那拜拜。"

"拜拜。"

人从门口消失后，何曼琪想起自己也很久没晒过被子，也就这么睡了。她起身从床上拽了一角被子闻了闻，一股脂粉香，喃喃道："会不舒服吗？真娇气。"

贵人事多，以前在钟弥的世界里这是一个很边缘的概念，直到她被人从三天晾到五天，半点儿音信也没有。

她一度怀疑，那位杨助理是不是忘记有她这号人了。

处理完开学事宜后，她提着包，准备往学校练功房去，想着今天迎新晚会，艺术楼那边应该没什么人。

艺术楼负一楼是仓库，钟弥到那儿时，几个戴学生会志愿者袖标的男学生正在搬东西，几摞崭新红毯卷成厚厚一卷，显然是有什么足不沾尘的贵客要来。

这时，一个绾着低髻的优雅身影从旁边的登记室里出来，见到钟弥眼睛一亮，那人走过来说："我正要给你打电话呢，听郑雯雯说，你前阵子回校了。"

郑雯雯是钟弥的另一个室友。

钟弥没法说自己这趟来只是处理家中的私事，没有留京的打算，一时沉默。

搬红毯的几个男生走之前打招呼，说："邹老师，那我们先把东西送去礼堂门口。"

邹老师应了一声，转过头继续看着钟弥："怎么到校也不跟老师联系？"

"有点儿自己的事在忙。"

邹老师拉着钟弥，从艺术楼一路说到大礼堂门口。

京舞的礼堂有些年头了，横幅、红毯、花篮，一样样摆足了也欠些气派感。

门口梁柱上的漆是新漆，但旧物件就算粉饰了，总能在细枝末节处瞧出饱受风霜的痕迹来。年年传言礼堂要换新楼了，但雷声大雨点小，好像始终缺一个飞黄腾达又乐善好施的校友。

邹老师很委婉地跟钟弥说，实习那事儿她了解到了内情，今天京市舞剧院的某位大领导也会来参观指导，钟弥大二就在舞剧院的特别献礼里担任过小组领舞，或许那位大领导对她还有印象。

钟弥拒绝了老师引荐的好心。

她不纠结这位大领导记不记得自己，只是老师对内情了解得还不够透彻，不知道就是剧院的某位大领导跟彭家沾亲带故，她才会被掐得那么死。

七八个排群舞的女学生穿着鲜艳飞扬的民族风裙子，从钟弥身边笑闹而过，即使是布料粗糙、走线及做工都经不住细究的表演服，也足够明媚夺目。

青春本身就已经是最漂亮的东西了，无花也是锦。

邹老师语重心长地告诉她："弥弥，你还年轻，其实有时候低一低头,不是坏事。"

钟弥说:"谢谢老师,您忙吧,我就不打扰您了。"

"郑雯雯今天也有独舞节目,你不进去看看吗?"

"不了。"

今天是京市九月最典型的好天,难得没霾色,落叶木未落,晴时天正晴。因晚会庆典校区暂时对校外车开放,什么稀罕牌照的车这会儿在京舞看到都算不稀奇。

今天没了练舞的心思,从礼堂往宿舍走时,钟弥仰着头,有点儿为这样的好天气遗憾。

她在想,她这样的人,低不下头,这辈子大概注定是诸事无成,烂在泥里不甘心,刚一折腾着冒头,又瞻前顾后。

她痛思,到底什么是自由?

钟弥刚到女生宿舍门口,有人现身示范。

杨助理给她打来电话,说旁先生今天有空。

钟弥问今天什么时候。

对面的人回她:现在。

真自由。

钟弥询问见面地址,说自己收拾一下就打车过去。

杨助理说:"旁先生今天在家会客,这边出租车进不来,还是您告诉我您的地址吧,我安排车去接您,这样方便些。"

钟弥将地址发了过去。

她按熄手机屏幕,回了宿舍,换衣服,化淡妆,二十分钟后再度出现在宿舍楼下。

一件米白色绉纱里衬正适宜现在的天气,半高的窄领,脖颈中间是一枚小小的珍珠扣,平口方领的同色系外裙,臂弯里搭着一件浅绿色的薄西装。

长发被扎了起来,耳饰和戒指都是极小颗的珍珠。

秋色里,钟弥生生穿出了一抹亮眼春意。

出校门时,钟弥望天,希望好天气可以带给她好运气,她能顺利把画拿回来。

她去的地方叫璟山,车子经过一道门卫后,仍朝里行驶了十分钟左右才停下。

钟弥隔着车窗看见一个西装革履的年轻男人站在欧式别墅门口。

男人在钟弥下车后,主动上前介绍自己就是先前跟钟弥联系的杨助理。

钟弥颔首:"您好,旁先生还在会客吗?"

杨助理没有回答,只是伸着手臂为钟弥引路:"旁先生在等您,这边请。"

进园区时,钟弥把自己的位置发给了靳月。

防人之心不可无。

这时,手机振动,靳月的微信回复弹了出来,但此刻没时间点开看,钟弥捏紧手机,跟着杨助理去了一楼的会客厅。

热衷收藏的旁先生比钟弥想象中的年轻太多,三十来岁,温润俊朗,笑起来甚至很有亲和力。

钟弥想,老天从来不公,这些人不仅坐拥金山银山,偏偏外貌还脱俗出众。

这想法叫钟弥想到了另一个人。

她愣了一秒。

面前的男人朝她伸来手:"钟小姐,你好。旁巍。"

钟弥与他浅浅交握:"钟弥。很高兴见到您,也感谢您愿意抽出宝贵时间跟我面谈。"

"这边坐。"

钟弥刚坐下,旁巍便边斟茶边说:"谢没什么好谢的,但钟小姐也要做好这次面谈结果不理想的准备。"

上好的熟普洱被推到面前,钟弥没碰,轻声问:"不理想是指什么意思呢?您不愿意……"

"割爱"这两个字,钟弥没说出口,割爱听起来像放弃什么珍贵又心仪的东西,那幅画就是她画的,她这么说显得太抬举自己。

旁巍垂额刮了刮眉梢,一副头痛的样子,说:"倒不是我不愿意,之前我的助理应该跟钟小姐说过了吧,这画呢,我倒不在乎是否真迹,朋友的生日快到了,他觉得有趣,我买来打算做贺礼的。"

钟弥静静听了后,点头说:"听杨助理讲过。所以,生日还没到,也可以另选礼物，毕竟这样一幅画也不是很适合当礼物，您的朋友和我的这幅画有什么关系吗？"

"本来是没什么关系的，但今天有了。"

钟弥蹙眉不解。

旁巍继续说道："今天我这朋友难得有空光临我这寒舍，已经看到钟小姐的那幅画了，一见钟情，爱不释手。"

旁巍慢悠悠地吐出的两个成语，透着显而易见的暧昧意味，这让钟弥忽然开始感到有些坐立难安。

她想到了不好的人，思绪不由得朝最坏的结果沉陷不返，抵在身侧的手紧捏成拳，拇指挨个儿按压其余四指的关节，一下比一下用力，以此来缓释内心的压力。

她思忖许久，然后保持平静地问旁巍："所以旁先生现在的建议是什么呢？"

"你得跟我朋友谈谈，问他愿不愿意割爱，毕竟东西我已经送出去了，我不好再自己张口要回来。"

听到这个回答，钟弥面上不显，心内却冷笑。

她猜就是这样。

旁巍轻松地跷着腿，瞧戏似的看着她笑，这让钟弥心里那根弦越绷越紧，隐隐有断裂之势。

旁巍说："我的这位朋友钟小姐也认识，好巧不巧，他现在就在我家，钟小姐要不要——"

钟弥突然起身，很不礼貌地冷着声音打断他的话："不用了，这幅画我不要了，您的朋友真这么喜欢就拿去吧。"

还没来得及转身，钟弥就听背后传来一个熟悉的声音。

那声音独有一种悦耳又从容的秩序感，替她解围时，有融冰般的干脆冷意，同她说话时，又如春涧般诗意多情。

"真的不要了？不是说这画对你外公的名声很重要？"

钟弥倏然转过头去。

那人站在数步之外，手上拿着她的画，眉眼间有种久候故人归的温和深远之色。

那一瞬，钟弥有种解冻感。

仿佛她动一动，周身就会掉落一层防备的惨白寒霜。

只因此刻沈弗峥的出现，如温潮蔓延而来，似来度她。

这些天，旁巍也不是故意摆谱晾着钟弥，实在是因为沈弗峥难约。

旁巍想约沈四公子上门赏画，沈四公子说没有这份闲情雅致，叫旁巍自己看。

本来旁巍想把关子卖到底，被沈弗峥两句冷话一浇，只得先放出点儿苗头钓人过来。

这几年，他做古玩字画之类的收藏生意，不仅坐举牌方位子，也很熟悉落锤前哄抬价格的招数。

"章载年的画也不看？"

沈弗峥轻笑一声："你上哪儿弄的章载年的画？"

他并非看不起好友，而是章载年作品不多又一早封笔，加之沈老爷子独爱旧友这笔墨，市面上章载年的字画作品，能搜罗到的，早十年前差不多就已经被送到了沈家，现在可以说是一字难求。

旁巍便在电话里坦白说："真迹我这儿的确没有，不过我这儿有幅仿的，仿得很妙，尤其旁边那几行诗，乍看像章载年的，但笔锋老练不足，细瞧瞧倒像是你的手笔。"

"我的手笔？"

疑问便是有兴趣，旁巍继续说："你从州市回来拿的那把扇子上的字，跟我手上这幅字画上的字特别像，我本来还以为谁拿了你的作品去冒充章载年的，没想到是意外之喜，你猜谁给我打电话了？"

沈弗峥："不卖关子是会死？"

"唉，你这人是真没幽默感。"旁巍点评了一句才说，"章载年的外孙女给我打电话了。她说这画是她画的，被人私盖了她外公的章。她想将画拿回去。"

已经封笔的人，还有新作品投去拍卖行存档交易，这种事的确影响不小。

钟弥应该很着急。

沈弗峥置身事外："那你就还给她。"

旁巍这会子装起摇摆不定了："这……不好吧？这幅画本来就是买来

送你当三十岁生日礼物的,画还走了,到时候你过生日,我就得空手去,这多不好啊?"

"谢你挂心我的生日。"

沈弗峥不接话茬,钢筋铁骨,仿佛没有七情六欲。

旁巍也懂适可而止,叹气说:"行了吧,你就来我这儿一趟又怎么了?我让我的助理通知那位钟小姐,你得过来看哪,免得回头说我欺负她。"

沈弗峥没应,声音微扬:"你还打算欺负她?"

旁巍低低"嗯"了一声,思索道:"也不算欺负,听我的助理说那位钟小姐很想拿回这幅画,都来京市等了好些天了,一直想跟我面谈,我这不是在等着你有空吗?要是你今天也没空过来看你的礼物,那我就叫她再等一等。"

看你的礼物?

沈弗峥扬了扬嘴角,托词暧昧,真不知道这所谓的礼物指画还是指人。

"你幼稚得不像一个离了婚的男人。"

旁巍既平静又有道理地说:"所以说婚姻是坟墓,我离开了坟墓,返一返春不是很正常?"

沈弗峥只得临时推掉一场会面,叫司机改道,不往俱乐部开,车子下高架,去了旁巍的住处璟山。

沈弗峥先到半个小时,随后钟弥被旁巍的助理安排的车子接来。

这才有了在会客厅这场重逢戏码。

钟弥的神情很奇怪,一双乌黑眼睛盯着他,从警铃大作的紧绷状态里肉眼可见地一点点松懈下来,人瞧着有点儿失语,联系她刚刚说不要画时的决然样子,沈弗峥觉得事情很蹊跷。

他望向旁巍。

后者意会错他的意思,立马知情识趣地拂衣起身说:"你们聊,我上楼。"

不多时,楼梯上的脚步声消失,会客厅彻底安静,只有茶案上还未凉透的茶,薄丝一样散着余热。

钟弥还是愣的,但不紧绷了,像单生的一株柳,局促地站在沙发后。

沈弗峥迈步走近她："不认识了？"

钟弥眨了眨眼，轻抿住嫩红的唇，随即说："认识，沈弗峥。"

这是她第一次连名带姓地叫他的名字，沈弗峥朝她看过去，没说话。

"我记错了吗？"

她小幅度地努了一下嘴，这是在放松状态下无意识的小动作，沈弗峥之前在州市的宴会上曾见过她做这个动作。

心底忽然冒出个形容词，或许不恰当，但在沈弗峥眼里，她的确像枯死的小树及时被浇水，活过来一般散发着先前那种无畏的灵气。

"没记错。"

沈弗峥视线带过她，从裙子上不动声色地移到她耳边的碎发上。

年轻漂亮其实是最没有识别度的特质。

满院子的花都会开，正值花季，大好时节，自然都开得轰轰烈烈，单拿一枝出来也没什么区别。

他以前没花过心思，以至回京后一度想起眼前这个小姑娘，似有一只白羽小雀以他的神经为笼，在他的脑子里上蹿下跳。

他没骗钟弥。

他真没养过雀，那一刻很想养也是真的。

"想拿回这幅画？"

"你就是旁先生说的那位朋友吗？"

两个人同时出声，却都没回答对方的问题，显而易见的问题也无须回答。

钟弥又问："我的画现在已经属于你了，是吗？"

"对——"他声音很轻，打开镏金纹的长盒子看了一眼，啪一下合上，那一声很重，"属于我。"

那声音重到像在她的心上落锤。

"旁先生应该跟你说了这幅画的事，它不是我外公的。"

她的言外之意，是这幅画并没有什么价值。

沈弗峥坦然地回："我个人对收藏你外公的字画也并没有执念。"

钟弥想到刚刚旁巍说的八个字：一见钟情，爱不释手。

这太荒谬。

只要谁站在沈弗峥面前，谁就会觉得太荒谬，任何痴缠意味的东西，落在他身上都有相悖之感，为他身上的秩序所不容。

钟弥说不出话了。

她连他刚刚的回答，是喜欢这幅画还是不喜欢都分辨不清，但她胜在年轻，也胜在知道自己年轻，所以可以仗着年轻说话无所顾忌一些："那你能把这幅画还给我吗？"

"上次去州市，我应该没有做过什么慈善吧？"

钟弥愣了愣，好几秒才反应过来他这话是什么意思。

的确，这人不是什么慈善家，是会笑着跟她说只有小齿轮才会拼命转的资本家。

他没有空转的道理。

钟弥拿不准："我还有什么能还你人情的机会吗？"

"你很会提问。"

钟弥咕哝："跟你学的。"

被扣上老师的高帽的某人心情好，旁巍刚刚丢下的茶案，他接手继续冲入热水。有些茶越喝越淡，而熟普洱到第三次冲泡才算好滋味，越往后风味越佳。

刚刚旁巍倒的茶，钟弥没喝，已经凉透，沈弗峥泼掉重倒，让钟弥尝。

手指碰到他递来的杯子，钟弥低声说："我不是来这里喝茶的。"

"你也不是来这里见我的。"

杯壁烫了一下她的手指。

那茶入口苦涩，叫她皱眉。

钟弥喝不惯熟普洱，外公说喝这种茶要有耐心，初时苦涩，渐有清香，年代深久的老茶能泡十几次。

她是缺耐心的人，从未品过清香。

沈弗峥将剩余的茶水浇在茶宠身上，动作不疾不徐，转去提沸水再度冲泡。

钟弥垂眼看着心想：或许，她今天有机会品到不曾触及的滋味。

"开学了？"

"嗯。"

他略一思考今天星期几，又问："今天没课？"

钟弥回:"大四结课了。"

"你外公说你不打算留在京市实习。"

外公为什么会对一个初次来拜访的人说她实习的事?难不成沈弗峥之前提了要在京市照拂她?钟弥不得而知。

"这里不适合我。"

滚热茶气冲腾开来,他在朦胧水雾后侧过脸来看钟弥的样子忽而有些不真切:"又没留下过,怎么知道不适合?你想要什么,哪里不适合你了,不妨先说说看?"

钟弥咬住唇,隐隐生出茶水回甘之意,她喉咙吞咽了一下口水,说:"我这次来京市只是为了拿回画,并没有留下来的打算⋯⋯"

杯中又换了新茶,是耶非耶的苦涩像一个盲盒,她拿起杯子那一瞬,居然开始对未知东西充满期待。

沈弗峥等她低眉饮茶,又见她眉心微微蹙了蹙,转而一副收手姿态,用白毛巾慢条斯理地擦着手指说:"那我更不能轻易把画还给你了。"

茶还是苦后回甘。

钟弥放下茶杯,语速很慢:"不轻易,是指难到什么程度?"

擦手毛巾被放到一旁。

"至少——"

钟弥盯着他。

"得请我吃顿饭。"沈弗峥拿起旁边放画的长盒,递给钟弥,"我朋友准备下个月送我的三十岁生日礼物,他说如果还给你,我生日那天他就空手来。"

先前陪他参加过一场泛泛而谈的宴会,那时候她不知道之后和这人还会有交集,也不曾留心听过什么话。

沈弗峥是什么人?他做什么生意?钟弥至今不知。

可她幼稚地想,他应该很会赚钱。

这样不露声色地使人愉悦又将自身利益最大化的聊天方式,没有泼天横财相配,会叫人可惜。

钟弥接过盒子,向他道谢。

两个人各执一端那一瞬,他忽然轻轻问她:"会请我吃饭吗?"

男女之间,绕弯子的话再暧昧也是你来我往的攻守战。

而单刀直入的方式,向来易守难攻。

钟弥微愣着点了点头:"会……会的。我能加一个你的联系方式吗?等订好餐厅,我们沟通一下时间。"

是她自己先联想到盛澎问她要联系方式那次,自己婉拒盛澎的话。钟弥不信佛,这会儿却怕极了有现世因果报这种事。

"偶遇才凭缘分,没有请人吃饭凭缘分等客上门的,京市那么多餐厅,我怎么可能等得来?你别为难我……"

他笑着将手机递过去,好似配合她这句"别为难我",真就好脾气到极点。

用惯花里胡哨的各类手机壳,裸机的触感会变得奇异,仿佛赤身裸体,毫无遮饰。

因屏幕未亮,她下意识地要将手机递还给他。

沈弗峥却提前知道似的:"没有密码。"

她犹疑着,手指一滑,真打开了手机。

手机在现代生活里私密到什么程度不言而喻,她和沈弗峥这种似浅非深的关系里,她从知道他的名字,直接跳到了打开他的手机……逾矩也是暧昧的一种体现。

是他给她机会体验的。

输好十一位号码后,钟弥往自己的手机拨了一个电话,挂断,然后把手机还给沈弗峥。她保持着倾身的动作,这是今日与沈弗峥最近的距离。

其实她并不关心是否有隐私泄露的风险,只是此刻似乎需要一些正常的聊天声音:"没有密码,不怕手机被人看吗?"

"没有人看,也没有什么东西怕被人看。"

她险些脱口要说"那你身边的人应该很大方得体",未出口便意识到,这话不仅涉及隐私失了边界感,还透着不可察觉的酸味,于是清理思绪,便没出声。

手上的画,钟弥不能带走。

"还需要旁先生帮忙寄回去消档,拍卖行那边应该需要核验身份。"

这事自然不需要旁巍亲自处理,杨助理打了一通电话,从钟弥手上接走画说:"钟小姐您留一个地址给我,处理完消档的事,我把画给您寄过去。"

101

留下地址后,钟弥婉拒了旁巍客套的留饭邀请,再度感谢。

杨助理一路将她送到门口,相比来时更添几分殷勤周到感,替她拉开车门,嘱咐司机开车稳些。

钟弥清楚,这是沈弗峥的本事。

他一出现,周遭的事便按他的秩序运行,前有态度转变的徐家夫妇,后有这位钟弥错以为无情绪的杨助理。在他的秩序里,她总能受到一些特殊对待。

原因显而易见,是她不肯深想。

旁巍倚在二楼栏杆处惬意地吹着风,看着钟弥上车,越瞧越觉得有意思。

"唯有牡丹真国色,花开时节动京城。之前叫你在州市流连忘返的,就是这朵小牡丹吧?"

流连忘返称不上,但没有钟弥做导游,他会提前回京,这倒是真的。

小牡丹这比喻沈弗峥不喜欢。

"牡丹多俗。"

她哪里是什么小牡丹。

她像是惊蛰雨天冒出的笋尖,瞧着可爱鲜嫩,一碰刺手扎人。

旁巍闻声转过头,笑得意味深长:"她那幅佛头青牡丹,俗?"

顶级的回青才叫佛头青,蓝中带紫,泥金线条砌筑成的工笔,浓姿贵彩,尽得章载年真传。

沈弗峥肘部支在椅子扶手上,没理会旁巍的疑问,只打量一旁的小花园。不少名花被养得半死不活,可能这屋子缺少女主人太久,花花草草都失了精气。

一屋子纯欧式装修,突兀地立了处乌竹花架,花架上摆着两盆过了花期的文殊兰,陶盆底,刻诗文,枝叶青翠。

他这大他两岁的发小,不仅在中西式结合的婚姻里没捞到好结果,在各种中西式文化碰撞上也总有令人大跌眼镜的心得。

"怎么,不喜欢小牡丹,瞧上我这两盆兰了?"

沈弗峥手指拌了一片叶,指间一松,顺着叶脉弹了回去。

"文殊兰不是兰。"

旁巍走近了瞧:"不是吗?别人送来的。"

"不是。"

飞行棋也是棋,文殊兰不是兰。

旁巍想起一件事:"你之前不是叫盛澎弄了株素冠荷鼎嘛,送人了?"

"你感兴趣?"

旁巍笑着摆了摆手:"别,那么贵的花我可养不起。"

沈弗峥乜他一眼,似笑非笑地说:"别谦虚啊,更贵的花你又不是没养过。"

第五章

笼中雀

　　离开璟山后，钟弥才看靳月回的微信。
　　"你怎么去璟山那边了？"
　　"刚刚在活动现场，才看到消息，东西拿回来了吗？"
　　后面还跟着一通未接的通话邀请，那会儿手机已经被钟弥放进包里。
　　她坐在车上回复："还算顺利。"
　　车子停在红灯前，钟弥一抬头，很无意地跟司机在后视镜中对上了目光——他在看她。
　　后者仓皇地移开视线，车子也适时启动，驶过路口。
　　钟弥觉得好笑，倒不是因为被人偷看，而是那眼神怪高级的，脱离欣赏美女的肤浅层面，像不发一言地暗处探子。
　　恰巧碰上京舞今天的活动结束，不少车子从校内陆续开出，钟弥不想赶这逆向阻塞热闹，提前下了车。
　　关上门之前，她跟司机微笑着告别。
　　一副少见情绪的眉眼，平时发呆都透着清冷感，若偏刻意地笑，眼锋便弯成带刃的月，警告意味十足。
　　钟弥没有立马回宿舍，而是走进校外一家咖啡店，点了一杯饮料闲坐。
　　靳月还在跟钟弥聊天，说对璟山不熟，那地方的房子贵到不对外售卖，她给人送花去过一次。
　　她很担心，万一钟弥在那儿被人扣了，一般人都进不去。
　　钟弥回她："知道你肯定有办法进，所以才发位置给你的。"

钟弥跟靳月算不上有多深的交情。

靳月大二就办了休学，连头带尾算她们当室友的时间也不足两年。

甚至大一开学她们因为跳《并蒂花开》，总在他人口中被评论伯仲，见面也只微笑点头，不怎么说话，班里有人传她们不和。

后来靳月的母亲生病，她没跟人讲。

有时候她兼职到很晚才回来，会在卫生间一边卸妆一边小声哭。有一次钟弥轻轻敲门提醒她："虽然你很小声了，但这破宿舍实在不隔音。"

靳月停了啜泣，打开门，忍着抽噎说："抱歉，吵到你了。"

"倒也没有，是我自己睡不着。你要是不希望她们两个也听到你哭，我可以陪你去天台。"

靳月洗了脸出来，钟弥拿了一件自己的毛衣外套给她，两个人轻手轻脚地带上了门。

钟弥揣在兜里的一整包纸巾都没够，望着靳月湿红的眼皮，最后钟弥没法子地说："往我的毛衣上擦吧。"

靳月又哽咽着，连说了好几声"对不起"。

"你这种性格，出去打工不会被骗吗？"

每个人都会有能量场，不同时期不同模样，那时候的靳月满脸写着"好欺负"这三个字，钟弥也就是随口一提，没想到真扎到人家的伤心处了。

靳月情绪崩溃，泣不成声，手捂着脸，说了被徐凝扣钱的事。她不敢跟徐凝翻脸，因为现在不能失去这份兼职。

"我妈妈还住在医院里，等着做手术……我为什么会这么倒霉？"

大一教形体的老师对她们说，青春宝贵，一定要珍惜灵气，似她如今想跳也没地方跳了，只能被困在这四方镜子前，教她们积跬步，日后去更大的舞台上发光发热。

午时炽烈的阳光灌窗而入，学生们穿着练功服席地而坐，有着花儿一样的鲜妍面孔，个个都听得认真。

不久后靳月便去了更大的舞台，过上了豪车接送的日。

那舞台有多大，流言蜚语便有多滔天，有人艳羡不已，亦有人嗤之以鼻。

再不久，她就休学不读书了。

105

时不时，钟弥在校园里能听到有人说靳月命好之类的酸话。

可她总记着，她借两万块钱给靳月，靳月红着眼睛，手指都在发抖，说不知道什么时候才能把这笔钱还给她。

钟弥没少看社会新闻，总觉得一个人的苦难如果能被大众理解，一定是惨到了极致。

所以有时候流言蜚语仿佛也是一种变相的慰藉话语。

她还没惨到底。

进校第一个跟靳月有不和传闻的钟弥，成了靳月生活翻天覆地之后唯一的朋友。

靳月很珍惜和钟弥的这份友谊。

所以钟弥来找她推荐餐厅，要环境好、口味佳、人少清静的那种，靳月十分上心，推荐了一家上榜黑珍珠的京郊私房菜。

那地方靳月跟人去过几次，每天菜品限量，需要预约。

钟弥对京市的高级餐厅知之甚少，要是寻常朋友过来玩，她倒是有两家适合拍照打卡的日料店推荐，但请沈弗峥吃饭，日料不行。

她听蒋雅说过，他不吃生食。

想餐厅想头痛了，钟弥只能去问问靳月。

得到回复后，钟弥先去网上搜了一下这家私房菜，寥寥几个视频帖子，文字配图都专业，有种带人开眼界的科普味。

地点在郊区，园林式建筑，水榭长廊，漂亮到像可以收费的景点，很难让人联想到烟熏火燎的厨房。要不是在门口一下车就有服务人员领着，进门要往哪儿落座钟弥大概都会晕头转向。

沈弗峥有点儿惊讶她怎么挑到这个地方的。

"是朋友推荐的。"服务人员引他们到了中庭，询问完菜品就走了，钟弥参观着四周，也很新奇，"我也是第一次来。"

"你今天看着很有学生气。"

钟弥停在一面巨大的玻璃鱼缸前，往玻璃上照了一下，小鸡黄的连帽衫，长发微卷地披散着，说她是高中生也有人信。

摘下的杏色鸭舌帽被食指钩着，中央的刺绣红樱桃不是应时的产物，此刻正纹理粗糙地磨着她的手指。

缸内彩鱼摆尾和她的声音几乎同步，水声哗啦响了一下。

"我随便穿的。"

她不敢过多打扮，其原因细究起来可能也很奇怪，担心被看出刻意，也是刻意的一种行为。

他从钟弥身后走过来，周遭安静，衬得脚步声低又分明。那些好动的鱼儿好似感受到他靠近，游得更欢，仿佛故意折腾动静博他眼球。

"好看。"

钟弥盯着碧色的厚玻璃，鱼太多，游得快，视线从这只移到那只，目不暇接："你是说红的，还是蓝的？"

阳光穿过青黄的器皿，透水而过的大片阴影仿佛延伸出的湖底水藻，兜头覆来。

"我说的是你。"他纠正，又自然地问，"喜欢红的还是蓝的？"

她的大脑反应还卡在他的前一句话上，手指触碰着玻璃："红的吧。"

"那叫人——"

沈弗峥的声音被走廊一侧的笑声打断，中年男人穿着深色灯笼绸裤，踩着白底黑面儿的老布鞋，手上盘着核桃，直直朝他们走来。

"我这小店打从开张到现在，旁巍倒是经常带他那个小女朋友来，你沈四公子真是稀客。"

老板认识沈弗峥。

对方很客气地跟钟弥道了声"好"，又吩咐厨房的人待会儿送一道隐藏菜单里的桃胶甜品来。

可他连钟弥姓甚名谁都没问。

他也不必问，因为面子是给沈弗峥的，承情的是张三还是李四根本不重要。

她在他们聊天时自觉地转过头去看玻璃鱼缸，一尾红鱼嘴巴翕动，身子一鼓一瘪，接受定时喂养的饵料。

那缸水忽然绿得叫人心闷。

听到沈弗峥喊她，钟弥才从发呆状中抽离。

"嗯？"

沈弗峥看着她说："刚刚不是说喜欢红鱼？"

那位中年老板接话问："看上哪只了？"

钟弥没反应过来，怔了一下："要吃这个鱼吗？"

沈弗峥失笑:"我没这么残忍。带回去养?喜欢吗?"

她喜欢的东西多了去了。

"喜欢就能带走吗?"

沈弗峥说道:"你先往大了说,我去跟人商量。"

那位老板掌心转着核桃,在一旁笑眯眯地捧场:"要是真喜欢,改明儿我叫人把这整个玻璃缸都送过去。"

可能受成长环境影响,她对恭维抬举有种天生的警觉心,或者讲难听一点儿,是一种自知匮乏的被动反应。

那不是她该得到的东西,是泡影,是鱼缸里下潜的香饵。

她觉得那尾鱼张嘴求食的姿态不好看。

这骨气来得无端又矫情,叫人心情烦闷。

恰好此时,侧廊上传来一阵脚步声,又有来客。老板招来经理叮嘱,跟沈弗峥先说了告辞,最后的目光落在钟弥身上,世故笑容里似乎有些高看一眼的意思。

周身绕来一层冷意,可能是在绿荫处待得过久了,钟弥抚上手臂,挤出一个淡淡的表情跟沈弗峥说:"我不要这个鱼,我刚刚只是开玩笑。"

"这玩笑不好。"

钟弥心头一紧。

他继续说:"你看着不大高兴的样子。"

钟弥没作声。

"画已经被寄去州市,应该很快会回到你手上,旁巍的助理说你留的地址是你大学的,你大概在这边待到什么时候?"

钟弥答:"大概……拿到画。"

服务生过来提醒是否现在上餐,两个人转进了室内,装饰是古色古香的中式风格,钟弥看到墙上仕女图的挂历,忽然思绪一跳,想他下个月生日可能是哪一天,在猜他是不是天蝎座。

两个人入座后,餐点很快一道道被送进来。

好好的中式菜硬凭量少博出一份法餐的精致感,钟弥看向一旁的餐单,名字起得冗长诗意,往桌面上一一对照,嘴角渐渐带起一丝笑。

管他水生陆长、鸡鸭牛羊、酱拌煎炒,都得去风花雪月里蹚一遭,是谓"死"得其所。

荒腔

108

"跟你商量个事儿。"

钟弥闻声抬头望去，顺着一双伸来的筷子，看到他倾身的动作——他在给她夹菜。

"这顿饭能让我请吗？刚刚老板的话你也听到了，本来我平时就不够照顾人家的生意，回头再让人知道我好不容易来一回，还让一个小姑娘请客，这传出去不好听。"

钟弥慢慢咽下食物，端起一旁的杯子先喝了一口水才说："那这次你请，我之后是不是还得请你两回才算还完人情？"

"也不是，你要是觉得跟我吃饭没意思，那就算了。"

钟弥嘀咕："那我多不礼貌……"

"我不是说过，你可以不礼貌。"

钟弥想起，在州市那场宴会上，他是说过这样的话。

明明时隔不久，再忆及，她却有种心境不复的滋味。

她硬生出一种挑刺心态，问他："你随便就给别人这种可以不礼貌的权利吗？"

他是纵容她的，拿勺子拨开油花，闲闲盛了一碗浓汤，压在她的手边："弥弥，别误会我。"

心头那股不平情绪难消，她接着咄咄逼人："是吗，我以为你故意在让我误会，让我觉得我们已经很熟了，但实际上，我连你住在哪儿都不知道。"

他回应的方式直截了当，拿过一旁的餐单，翻到空白的背面，唰唰写下了两行字，递给钟弥。

"我的地址，你还想知道什么？"

钟弥愣了愣，将纸接了过来。

她忽然想，情感博弈里，自己可能也只是一颗小齿轮，一旦冒进，对方动一步，她需要拼命转才跟得上。

沈弗峥有点儿不忍见她这副表情，心想自己也没做什么，怎么就叫小姑娘皱眉头了？她看着他，像积怨已久似的。

他伸手过去，手指稍稍搭上她的手背，吸引来她的注意力，放软声音，像在哄人："慢慢来，好吗？"

她的手因那点儿陌生触感而微微发僵。

109

她第一次体会被动与心动交织,如冷暖潮碰撞,是这样怦然又怯怯。

"怎么慢慢来啊?"

"你先笑一笑?"

这话一出,钟弥嗔着瞪住他。

他又捏了捏她的手说:"你这个样子,万一被人瞧见了,别人会以为我在欺负你。"

钟弥不敢与他多触碰,明明那只手她曾大方地与之交握过。

此刻大方的样子一点儿不剩。

她换了表情,却也没笑。

桌面上躺着那张长长的餐单小票,她两根纤细手指一夹,将餐单拿近看,上头居然是两个地址,一个具体到酒店房号,另一个听名字像是固定住所。

钟弥挥了挥小票单子:"地址是真的吗?"

他严肃地说道:"我会反省这场信任危机的由来。"他接着又说,"怎么会不真?弥弥,我期待你来找我。"

人真累,有时候不仅与他人博弈,对待自己也下意识地对抗,哪怕内心动摇了,明面也要装一装。

钟弥撇了撇嘴,低声说:"我才不信呢。"

州市那次,他走得那么洒脱,一句"钟小姐同我有缘",好像完全不担心他们会再难重逢。

也是,这人有大海捞针的本事。

她去捧碗喝汤,慢慢反应过来,想着:其实自己早该察觉了,在戏馆说那只雀时,在州市酒店他替她解围搂她的肩膀时,甚至更早。

他太游刃有余,偏偏她一步步清醒地沦陷。

这家私房菜在京郊,停车区种着高大梧桐,落叶扫过,门口树下还是那辆挂京牌的黑色A6。

许是之前在州市撒过谎,说他这车牌是自己的生日,钟弥再见到这串跟自己的生日完全没关联的数字,莫名其妙地有些心虚。

用餐出来,她站在那儿正走神,沈弗峥在身后喊了她一声。

心脏像贴在打气筒口的瘪气球,猛然间鼓了一下,撑至数倍大。

"是送你回学校还是去哪里？"

她镇定地转过头说："回学校。"

从这儿到京舞的路程挺久，在车上，他们不可避免地聊起了天。

地缘永远是最好的话题切入点。

就像在州市，他们聊佛山游湖，换了地点，话题也只是换汤不换药地改了改，从钟弥大学这三年在京市的生活体验，说到更早，沈弗峥在京读书时，京市哪处还不是现在这样。

两个人你来我往地闲聊着，一句接一句，无意交换着一些无关紧要的信息，伴着吹入车厢的午后秋风，有种说不出的舒适宜人感觉。

她怕风把头发吹得乱糟糟的，所以在车里戴上了帽子。

于是金灿灿的光顺着车窗照进来，帽檐下的脸依旧如胶卷照一样，蒙着一层清清凉凉的滤镜。

车子从京郊一路往市里开着，不急不缓，路过许许多多街巷，最后停在京舞稍显安静的西侧门前。

钟弥推开车门，缝隙里照进细窄的一条暖光，微微晃人眼睛。

她没再继续往前用力，反而就以这个姿势扭过身子："我能问你两个问题吗？"

没被压住的头发还是被吹得有些乱，她扭头回望的动作更是暴露了问题。

沈弗峥稍倾身过去，没碰到她分毫，只是手指插进她颊边的头发里，替她轻轻往后梳了一下。

钟弥因他忽然靠近僵住上身，像只落入蜜碗的小飞虫，被甜浆缠住了手脚，动弹不得。

科普上说，头发和指甲一样，长出身体的部分没有神经分布，所以缺乏感知。

可这一刻，她像目睹自己交叉的发丝如何在他修长的手指间被迎力分开。

他收回手，像什么事都没发生那样跟她说话："不止两个也可以。"

"就两个。"钟弥坚持道。

他颔首，摆出聆听姿态："你说。"

"你应该是在旁先生那里看到画就知道会跟我见面了，那时候你心里在想什么?"

他回答:"看你的画,自然是在想你。"

钟弥的手攥了起来。

"不是,我不是这个意思。"她说不出更多的解释,只是直直地盯着他,好像那是个只能意会的问题。

沈弗峥说:"其实我没看到画之前,就知道要跟你见面了,旁巍在电话里就告诉我你要来取画了。"

钟弥没说话,学他曾经那样等着后文。

"我当时在想,你果然同我有缘。"

好像无论是提问方还是回答问题的那个,钟弥都是被动的。她想,这人说话总是点到为止,却供人浮想联翩。

钟弥刚移开目光,他又用声音把她的思绪牵了回来,问:"第二个问题呢?"

他好像等着她放马过来。

"你是天蝎座吗?"

他一下愣住。

钟弥倏然弯起嘴角,好像出其不意,凭代沟赢了一局。

"看来沈先生不知道答案是什么,"钟弥得胜一般款款下车,扶着车门,弯腰朝车内挥了挥手,想了想说,"有缘——再会。"

到了宿舍楼下钟弥还在回味沈弗峥刚刚蒙住的表情,脚步都不自觉地轻快起来,不晓得他是没反应过来,还是对星座一窍不通。

何曼琪正在宿舍里化妆,听到门响,侧过头打量着摘帽子的人,好奇地问:"弥弥,你今天怎么这么开心哪?"

"有吗?"

钟弥这才自查情绪,摸了一下脸,并无什么大幅度的笑容。

"你的眼睛亮亮的,看着心情很好。"

"是吗?"钟弥不冷不热地应了一声,走到自己的桌前放下包,坐在椅子上翻着手机,该看的看,该回复的回复。

身后吱一声传来椅子被拖动的动静,钟弥转过头,看着妆化到一半的何曼琪凑过来。何曼琪眼妆过浓,唇、颊还没来得及上色,惨白着一张

荒腔

脸,近距离看着有些狰狞。

钟弥问:"怎么了?"

何曼琪握着腮红刷子,戳在盒子里一圈圈打转,扭捏半晌,小声说道:"弥弥,我前几天遇见彭东新了。"

钟弥想起了之前的事:"你现在跟着徐凝?"

"唉,讨生活嘛,没徐凝我怎么可能见到彭东新那种人?"

虽然何曼琪露出一副为难的样子,但钟弥晓得徐凝借着所谓朋友的模特公司,带着这帮小姑娘可不是承诺帮她们讨生活。

见钟弥没说话,何曼琪立马跟着解释:"不是我找的彭东新,是徐凝介绍的,她说我是你的室友,我俩关系挺好。我没乱说什么,他就约我嘛,当时人挺多的,我不太好拒绝。"

"曼琪,彭东新不是什么好人。"

其实这是句废话,何曼琪不会不晓得。

她抖掉腮红刷上多余的粉,唰唰往自己的两颊上掸,冲手持小镜子里露出一个笑,说着:"我知道啊,他是好是坏其实跟我关系不大,像他那种出生就在罗马含着金汤匙的少爷,这种人凭什么一心一意跟一个小姑娘谈恋爱呢?那些穷男、丑男还会劈腿、出轨呢,我都知道的。

"有些人出现,就像轮盘里的小概率特等奖,指针一圈圈转,光是慢下速度在他身边多停留一秒,都会有种即将暴富的错觉,是吧?为什么就不会是我呢?万一就是我呢?

"再不济,不是我又怎样?

"年轻漂亮也压根算不上什么沉重筹码不是吗?"

说完一番人间清醒的话,她望向钟弥,担心钟弥因此生气。

毕竟彭东新之前看上过钟弥,现在又想跟自己不清不楚,可瞧着钟弥无动于衷的发呆样子,何曼琪居然有点儿失望。

心底里,她更希望看到钟弥冷嘲热讽,哪怕是说彭东新的坏话,也不要单单一句"不是好人"。钟弥多少该有点儿在意吧?

何曼琪百思不得其解。

这时手机响了一声,她只好拖着椅子先坐回自己的位置上。微信里躺着一条最新消息,是一家前阵子因为下午茶走红网络的酒店定位。

何曼琪不自禁地露出笑,手指在屏幕上点了点:"人家快化好妆了啦。"

随即她翻出一张小猫撒娇的表情包发了过去。

之后何曼琪刻意忽略钟弥的存在，挑出口红，完善最后妆面，喷香水，提着包小蝴蝶一样翩翩出门，甚至没跟钟弥说再见。

她怕钟弥问她几点回来。

晚饭钟弥去学校的三食堂解决。钟弥很喜欢的糖醋排骨在二楼，三食堂离女生宿舍稍远，她平时有点儿懒，特意跑过来吃一顿还怪不容易的。

大四生大多出去实习了，正值饭点，钟弥没遇到熟人，倒是有低年级的学弟问她要联系方式，被礼貌回拒。

打了饭，她找了个清静角落，一边吃一边刷朋友圈。

两个小时前，何曼琪带地点发了某家酒店的下午茶九宫格自拍，文案是：难道就我觉得这家下午茶味道很一般吗？也就拍照好看吧。

钟弥给她点了个赞，继续往下刷。

钟弥回宿舍的路上，妈妈打来电话，问画的事怎么样了，问现在京市冷不冷，又问她什么时候回去。其实画的事已经处理好了，地址也给了，她等着旁巍的助理走完归档流程，寄画回来就好了。

可张口，钟弥不知道自己怎么会说："还有一点儿事没弄好。"

自己还有什么事呢？

她自问，都给不出回答。

她想到何曼琪，连带想到了彭东新，这一想便想到了过去。

这人的爷爷颇有江湖地位，人脉更是了得，是最早一批的文艺圈大佬，监制过不少叫好叫座的出圈电影，后来赶着房地产热的风口，搁置了银幕里的风花雪月，一门心思从商，之后消息淡了，彭家的权势却没减半分。

钟弥就是参加舞剧院的特别献礼晚会，才认识了彭东新。他抛了橄榄枝，钟弥没接，两次叫他折了面子。

京市圈小神仙多，那位彭少爷哪里吃过这种照鼻子上被人甩闭门羹的滋味，经身边朋党一番吹捧，越发觉得钟弥不识抬举，憋着一口恶气要赏几分颜色给钟弥瞧瞧，叫这落魄门户里出来的便宜千金知道知道，世道几多险恶，该低头时便要乖乖低头。

钟弥既没有赔笑脸的圆滑小意，也缺一份拔刀见红的铮铮傲骨。

她不想惹事叫家里操心。

此处不留爷自有留爷处。

六月底课一结,她便打道回府,开始在州市过逍遥日子。

彭东新没想到钟弥这样果断抽身,居然半点儿不留恋京市的富贵,之后还打过电话给钟弥,深夜醉酒,演偶像剧似的问:"弥弥,你怎么这么犟?你跟着我,有什么不好的啊?"

当时钟弥已经回家,深夜被恶心出一身鸡皮疙瘩,也纳闷了。

"我跟着你有什么好?我是图你兴趣来得快去得快,还是图你身边姑娘多?姐姐妹妹,三个五个,时不时聚头,一团和气就唱七仙女,不和气了改演宫心计?大清早亡了,你有病就去治病吧!"

反正就差个毕业证没领,没打算待在京市,钟弥不怕话说得难听得罪他。

可现在,关于留不留在京市,她有点儿动摇。

想到那点儿比纸还不经戳的同宿舍情谊,何曼琪估计会跟这人说自己的现状,钟弥还真有点儿后怕。

京市说大也大,说小也小,万一她在哪儿转个弯就碰上了,这人不会放过她。

这夜,何曼琪没回来。

晚上快十二点时,钟弥熄了灯,躺在床上,脑子虽在胡思乱想,却有一个有名有姓的禁区,死活不去想某个人。从听了何曼琪那句"这种人凭什么一心一意跟一个小姑娘谈恋爱呢?",钟弥就开始这样了。

有失眠的兆头,她在床铺上来回翻身,有点儿担心何曼琪。

但这担心也就刚刚冒头,很快被"大家都是成年人了,对自己的行为负责,旁人没责任也没资格去干涉什么"的想法熨平。

她意识到自己短时间内可能真的睡不着了,便拿来手机。黑暗里,眼睛不适应屏幕光,她眯着眼,瞧见微信有新消息。

消息是靳月发来的。

这圈子真小,这才多久,连靳月都知道何曼琪跟彭东新挂上钩了。

"她怎么会认识彭东新啊?"

钟弥:"徐凝介绍的吧,何曼琪去了她朋友开的模特公司。"

靳月:"徐凝又是怎么认识彭东新的啊?她不是做什么礼仪中介人吗?"

115

钟弥:"她有本事,现在混的圈子不一样了,能接触到彭东新也正常。"

靳月:"徐凝真的好会害人。"

钟弥想,谁也不是傻子,是利是弊都是自己掂量出来的。

靳月:"估计何曼琪还拿徐凝当恩人呢。"

钟弥打趣了一句:"你这是经验之谈。"

靳月:"血泪教训好吗?我现在想想她扣我的钱我都觉得好肉疼!"

钟弥已经自我规避,不去想某个人了,偏偏靳月话题一转说道:"对了,那家私房菜怎么样?除了贵,应该还可以吧?"

也不是我付钱……她刚这么一想,那人坐在桌对面给她夹菜的样子就浮现在脑海里了。

钟弥:"还行,就是菜名起得像诗。"

靳月:"他们家就是这种文化人风格。"

靳月:"弥弥,国庆节你还在京市吗?"

钟弥一滑屏幕,去看日期,离国庆节长假也没有几天了。

钟弥没答,问她有什么事。

"我在外地试镜,过两天就回去。我好久没逛街了,我的经纪人说这次进组前给我放几天假。你知道的,我大学也没有什么朋友,进圈之后更不可能认识什么可以来往的人。"

钟弥也不知道靳月背后那位是谁,没必要问,方便说的话,靳月会告诉她。

靳月说过他人很好,挺有幽默感,靳月不明白他们现在是什么关系,他管自己叫天使投资人。

钟弥:"他还限制你交友啊?"

过了一会儿,靳月发来一串字:"不是啊,他不管我的,我们见面也少,大多时候是我的经纪人在跟他的助理对接。我的经纪人比较严,我有时候想干什么事,她管我,我微信加个人都得跟她汇报,她经常说我怎么样怎么样会给他添麻烦,我想想就算了,就听话吧。"

"我跟她说了你是我大学最好的朋友,也说了想跟你逛街的事,没问题的。"

钟弥回复:"好啊,那等你回来。"

似乎冥冥之中多了一个留在京市的理由,她也不是不想走了,要等朋友回来一起逛街嘛。

天际隐隐泛白时,钟弥才睡去。

早上八点的闹钟响了,她直接关掉继续睡,随后做了一个噩梦。

她破天荒地梦到了彭东新。

梦里,她在街上遇见彭东新,这人嘴上咬着烟,还是印象里前呼后拥的纨绔模样,掐着她的下巴,熏人的烟味直往她的脸上喷。他说:"你不是很厉害,说不待在京市了吗?你不是不想看到我吗?没走啊,舍不得我?后悔了?既然你自己送上门来,那我就不放过你了。"

他不顾钟弥的反抗,死命地把人往车后座里塞。

钟弥在梦里使尽浑身力气,一只脚死死地蹬着车门不让合上……

一阵不知道响了多久的电话铃声,将她从冷汗直冒的脱力状态里解救了出来。

窗帘闭合的宿舍很昏暗,连空气都有沉寂一夜的味道,但中间合不上的帘缝里透出一道刺眼的强光。

钟弥睁开眼睛,脑海里的画面逐帧淡去。她睡在宿舍床铺里,人木木的,摸来旁边还在响的手机。

来电没有备注,是一串属地为京市的电话号码。

她躺着接通电话,人还在缓冲状态,声音含混地对着手机问:"喂,哪位啊?"

那边的人声音似乎带了点儿笑,那种温情又不缺秩序感的男声像被檀木熏透的软布,柔而暖地磨着耳朵:"都中午十二点多了,还没睡醒吗?"

钟弥猛然瞪大眼,神思瞬间变得清明。

像从标清切至蓝光状态,周遭一切纹丝不动,却顷刻间地覆天翻。

"沈弗峥?"

"醒了。"听出钟弥的语气里的震惊和疑惑之意,对面的人声音很轻,"看来我连个备注都没有。"

他说得好像他备受冷落。

但事实也的确如此,他没有备注。

钟弥从床铺上坐起来,睡蓬松的长发垂在脸颊两侧,窗帘缝隙间照进来的一束强光伸到床铺上,人更清醒了一些。她解释说:"我还没来得及备注,昨天不是才见过吗?"

备注的作用是方便电话来往中知晓对方的身份,最初钟弥也曾新建联系人,名字打到一半,删除退出了。

她不觉得以后和这人会频繁地电话来往,徒留一个电话号码躺在联系人列表里,是为自己日后淡忘了又想起平添风险。

今天这通电话,也完全在她的意料之外。

"是昨天才见过,所以今天就不能给你打电话了吗?我没有联系小姑娘的经验,要是做得不对,你直说。"

他问得坦诚,反倒叫钟弥咬住了唇,有点儿难以应对。她手指抠着床单上的花纹,语气装作大大方方的:"可以打,找我有什么事吗?是画的事吗?"

钟弥只能想到这个稍显合理的原因。

对方比她简单粗暴,连"稍显合理"都不考虑了。

"除了画的事,我就不能联系你了?"

这话要怎么翻译?

不合理难道就不能是原因了吗?

钟弥心口一跳。

门窗闭合,中午的宿舍里空气很闷,她正尴尬得想不到话,怀疑自己是不是还没睡醒的时候,沈弗峥再度出声:"天蝎座是有什么讲究说法吗?"

钟弥朝被面弯了弯腰,还是没忍住溢出一丝笑。她没办法想他去了解了自己的星座,然后再给她打电话的样子。

她想,如果世上有这样温柔耐心的猎人,让他落空,也不太礼貌吧?

"那你是吗?"钟弥问。

"是。"

不必她再提问,他提前一步回答了供她验证。

"十月二十七。"

钟弥对星座了解不多,半瓶子水晃荡够唬住门外汉:"天蝎男比较高冷理性,你还蛮……符合天蝎的。"

还有另一个特点钟弥没讲,天蝎男好像公认欲望最强,由于脑子里开了小差,她没听清他的话。

"你说什么？"

"我说，你既通中式算命，又懂西方星座，业务范围挺全能。"

这次钟弥听清了，这人在调侃她。

"你就是打电话来问这个的吗？"

"本来是想问你晚上有没有空一起吃个饭，现在改变主意了。"

钟弥的心情一起一落，随着他的两句话跌宕："那你有事先忙。"

"没有什么事，就是想见你，跟你吃顿饭。改变主意是指，不想等到晚上了，你不是才刚睡醒？睡到现在，不饿吗？"

"可是——"

她朝自己穿睡衣的身体看去，脑子里立刻计算出从现在的状态到打扮出门大概需要多长时间，有点儿超出正常约饭等人的时长范围。

"我是真的才刚刚睡醒。"

"我也是真的听出来你刚醒了。"

她怀疑他说这话时在笑，事实也是。

她那种有分寸的待人礼貌，在他类似宠溺式调侃的话里，终于被消磨干净。

她顺着这种纵容，说话底气都足了好多："那你等吧！反正我会很慢的！"

"不要紧，多慢都行，大不了就挨到晚饭，你慢慢来。"

乱拳打到棉花上，大概就是这个效果。

钟弥应了声，正准备挂电话，忽然从他这句"挨到晚饭"想到他之前说的"改变主意"。

下床的动作顿了顿，她腿悬空在床梯上，问："你是不是已经吃过中饭了呀？"

"遇到对胃口的人，多吃一顿又怎样？"

那种甜意，像舌头上化开的糖粉，她猝不及防地咽下口水，甜味突如其来，几乎溺毙嗓子，需要很长很长时间才能从味蕾中淡去。

钟弥好半天憋出一句话："那我去洗漱了。"

这顿饭，在下午两点半两个人才吃上。考虑到要是往远的餐厅折腾，可能三点多才能拿起筷子，钟弥的饥肠辘辘已经不能接受舍近求远。

她真的饿了。

从学校跑出来,见到沈弗峥停在路边的那辆黑色A6,她上前弯腰敲车窗,玻璃窗降了下来。

车内的男人看着她:"比我想象的要快。"

钟弥还没说话,肚子先"咕咕"叫了两声,他的目光盯过来的时候,钟弥先一步拽开他的车门,请他下车:"你也听到了,我有点儿着急吃东西了。"

所以她建议用餐的地方就在学校附近的饭馆,那地方离学校不远,只隔一条商业街,开在老居民区外圈的底商。

"虽然面子工程一般,但味道很不错,你要是从没来过这种地方,那今天就委屈你体验一下了。"

"你为什么觉得我没来过这种地方?"

钟弥甚至真情实感地生出期待之意,扭头想听他讲一段富家公子体验生活的俗套故事:"你来过?"

"的确没来过。"

这种开在拥挤的居民楼底下,以"某某家常菜"当招牌的小饭馆,因错过饭点,他们进店时甚至不用问包间就享受了包间待遇。

两个人往楼上走着,逼仄的室内楼梯两侧都是严严实实的墙,只有转角处的一盏吸顶灯为上下两端提供光亮,显得昏暗,连墙纸上的暗纹都瞧不清明。

店是老店,屋子也是老屋子,转角处的踩脚毯没垫牢,钟弥踩上去,朝前一踉跄,膝盖磕到放花盆的方凳,手被身后的人及时搀握住,她才险险稳住身形。

缺少慢动作解剖,她慌着愣着,以至不知道那是怎样的动作。从被他握着手腕,变成托住手心,动作那样亲密,她却不觉得被冒犯。

他甚至还轻轻捏她的手:"当心点儿,饿急成这样?早知道你说一声,我带点儿吃的东西在车上等你。"

多体贴的情人行为,可他是吗?

甚至,他可以是吗?

这虚无又心慌的感觉让钟弥想到高中参加短跑比赛,拿了所谓的入场券,检录过了,她已经站在起跑点上,知道要开始了,那声枪响却迟迟不来。

她如临大敌,每秒似都被拉扯如一年长。

此刻的紧张心情更胜高中短跑,因为她不晓得什么能代表那声枪响,是上次他搭着她的手背说慢慢来,还是现在他托着她的手心叫她当心点儿?又或者是下一次?

她被动在猜测,而他似乎才是发令的人。

钟弥不高兴地抽回手,加快步子踩完剩余几级楼梯。沈弗峥跟在她身后,小姑娘说来就来的小脾气也不叫他恼。

服务生紧跟着过来上热茶,钟弥立起比A4纸还大的菜单,一副回避姿态,半挡住自己快速翻阅,好似一心扑在吃饭上。

沈弗峥在她对面不疾不徐地烫洗碗盏筷子。

"辣子鸡。"钟弥对服务生说。

沈弗峥把她那份清洁好的餐具推过去:"这么饿,不要吃辛辣刺激的东西,伤胃。"

钟弥坚持,抬起眼皮盯着他:"我有时候就是喜欢吃一些不健康的东西。"

他说:"这样也不好。"

"你放心吧,我会为此付出代价。"这话说得摆烂丧气,却暗暗有一丝撒娇意味。

她点了两个重口味的菜,才象征性地把菜单递给对面的人:"你要看看吗?"

他接过菜单说:"原来我也有点菜权。"

钟弥小声嘀咕:"你不都吃过了吗?我当然要点我爱吃的菜。"

沈弗峥望她一眼,对服务生指了一个绿叶菜和一个素小炒,点了清淡又滋补的山药玉米排骨汤。

服务生边记录边确认,然后说稍等,拿着餐单离开。

钟弥听到那两个菜名:"口味这么清淡吗?"

"我看着像荤素不忌的人?"

钟弥在讲好听话和说大实话之间反复犹豫,最后遵从后者:"看着挺讲究。"

"弥弥,你对我的误会有点儿多。"

"我那是不了解你。"

"我不是说了,想知道什么你可以直接问我吗?"

钟弥看着眼前的玻璃杯,那一刻的心情像没遇上滚水的茶包,苦涩滋味化不开,冲不淡,不上不下地浓烈团聚着。

她回味着沈弗峥的话。

他说过,他清清楚楚地说过两遍,想知道什么她可以直接问。

可她要怎么问?问即所求。

她不擅长赌钱,也一直默认自己赌运欠佳,但熟知一些规则。譬如同一场赌局中,选择明牌的人需要双倍加注,没有任何一点儿有效信息是不需要付出代价的。

这时候,服务生将打印出来的小票单子送来,放在桌角,钟弥拿过来,从旁边抽来一支铅笔,手指灵活地转着,然后她唰唰写下一行字,将单子推了过去。

沈弗峥拈起单子来,翻至空白面看,随即笑了。

——你有多少钱?

"你还真问了一个我答不出来的问题,"他想了想说,"这样好不好?以后我送你个礼物作为回答。"

钟弥没管礼物,也不答好不好。

"我并不关心答案,只是想表达,其实你并不能回答我的所有问题。你或许当惯了不需要为他人提供原因的人,你就是答案本身,但我不喜欢走夜路,哪怕这条路是去寻宝。"

出声那一刻,钟弥就在心里提醒自己克制,少流露情绪。或是因为这些话已经积了太久,她不受控地讲完了,其中甚至有她自己都惊讶的意气用事。

可说话如泼水,她说出口就收不回来了。

好在菜上得快,辣子鸡果然下饭,她鼓着腮大口塞米饭,用力咀嚼。桌面的暗褐桌布上压了一层淡绿玻璃,擦得干净,隐隐照见了她的样子。

她心中庆幸,在宿舍兴致盎然地将妆化到一半后就去卫生间卸了,素面朝天地过来,不然精致妆容配此刻不淑女的吃相,大概会更狼狈。

她的视线里突然多了半碗汤。

她想这种伺候人的活儿他一定鲜少做,因为没有人会用托碗底的姿势给旁人盛汤，放下来时会非常不方便，一点儿也不殷勤老练。

那碗汤受震，淡淡的油花散开又缓慢汇集。

钟弥谢谢都没说一句，捧起碗就喝。

"慢一点儿。"

"你现在就管我啊？"钟弥抬起睫毛，在碗沿看他。

他好一会儿没说话，就仔细瞧着她："有没有人说过你生气的样子很好看？"

钟弥放下碗："我没生气。"

"那就是不生气也好看了。"

钟弥小幅度地磨着牙，不理会他，一时间不敢流露表情。生气中招，不生气也中招，她索性垂着眼不看他，等汤凉些，一口气喝完半碗，抽了纸擦嘴："饱了。"

沈弗峥看了看桌上的菜，钟弥没吃多少。以她上来就扒饭的架势，她像能吃下一头牛。

"是平时都吃这么少，还是不喜欢跟我吃饭？"

钟弥很想赌气说是后者，但不想撒谎："平时都吃得少……我是学跳舞的，要控制体重，都习惯了。"

钟弥不说他差点儿要忘了她是学舞的："很喜欢跳舞吗？怎么不去学国画？"

钟弥低声说："字画都是外公教的，我学国画也太作弊了吧。"

其实也并不全然是这个原因。

外公早早封笔匿迹，她学国画难免触及外公以前的圈子，有些影响不好，所以写字画画只当兴趣，她从没打算深入发展。

就像高中那会儿有人说她适合去拍电影，她也曾心动过，最终还是放弃一试的机会。

怨言不曾有，但她也会有如弃鸡肋之感，食之可能也觉得无味，但失之难免可惜。

她试一试又怎样呢？

可她不能试。

她看似无拘无束的人生里，有一些鲜为人知的枷锁。

她是那只笼子里翅羽光鲜的雀。

第六章

红豆饼

　　京市秋季下午三四点的日头已经开始偏西，倾斜的日光透过玻璃方窗照进室内，有折中的温和感。微风拂动将落的黄叶，街道上有炒板栗和烤红薯的叫卖声，近了又远。
　　沈弗峥结账回来，就看到她在对着窗发呆。
　　那种表情漂亮又年轻，有种自顾自地清冷感，因人到一定年纪一定位置，可以流露迷茫神情的机会就会越来越少。
　　其实成人世界并不复杂，相比无菌环境的无数种可能，它的规则简单粗暴到一眼望得到头，叫人百转千回的是结果往往不尽如人意，但大家也只能接受。
　　钟弥转过头来看向沈弗峥。
　　他对她而言，是另一部错过就再没机会体验的电影。
　　她不知道搭上这个人有什么后果，是获得自由，还是进入一个新笼子里。

　　下楼的时候，沈弗峥伸手给她："怕你摔了。"
　　钟弥本来想着就象征式地搭一下他的胳膊。
　　她是很矛盾的人，被彭东新为难，毫无抗争精神，卷了包袱就打道回府。
　　可面对沈弗峥，潜意识里明明也有危险提示告诉她不该向前走，但她仍有逆反心，偏偏想证明自己是不怕的。
　　就比如此时，快要落到他的腕骨上的手向前一移，滑入他的手心。

"那你要扶好我。"

室内楼梯陡窄,却不长,两个人转过弯就能瞧见门口街道上灿烂的阳光。

钟弥与沈弗峥第一次牵手,一级级阶梯往下走,由暗至明。

她脚下谨慎,不敢出错,好似由前辈领着初登场,因为是新手,越发想演出游刃有余的身段来,与之相配地接稳对方的戏。

出了小饭馆,沈弗峥接到一通电话,单手滑屏接听,另一只手没松开钟弥。

甚至与电话那边的人说话时,他也没有干晾着身边的小姑娘,而是侧过来,轻轻垂眼看着钟弥,分一些心与电话那边的人沟通。

而钟弥趁着这近距离又无须出声的时刻,肆无忌惮地仰头打量他,就是单纯欣赏男色的打量目光。

沈弗峥被她盯出嘴角弧度,露了一丝奉陪的笑。

钟弥有点儿怕跟他这样对视,又低下头,装作对他的掌心好奇,专注研究,给他的视角里只留了一个发顶。

他那通电话不长,很快结束,原本松松地摊着任钟弥揉捏的手掌忽然被平平地抻开。

随即话声从钟弥的头顶上方传来。

"你那回送我的小桃木无事牌只说能辟邪,命犯孤星,要怎么解?"

听他忽然提到先前她胡说八道的话,钟弥面上一灼,柔软的食指指腹顺着他干燥的手纹长长一滑:"这个——比较难解,要慢慢解。"

"能解就好。"他一本正经地配合着她的胡说八道,"不然我担惊受怕死了。"

钟弥实在没忍住笑,将他的手用力甩开,发现这人比她还厉害:"你少胡说八道了。我的小桃木无事牌你没扔哪?"

"怎么会扔?"

钟弥抿了抿唇:"那又不是什么贵重的东西。"

"那你得再送我一样。"

钟弥不解:"为什么?你嫌弃它不贵重?"

他回答说:"因为我需要比较,别人送的东西再好,无法跟你送的东西比较贵重程度,我目前只有这一样贵重的东西,可你说它不贵重。"

钟弥忍笑望着他，仔细琢磨，随后歪头，拿眼梢觑着他说："大、奸、商！你都不付出，只想收礼物吗？"她故意这么说。

话音落地，薄薄的眼梢皮肤倏然感觉到一小片稍有压力的温热气息。

沈弗峥掌心虚虚地笼着她的侧脸，拇指指腹按在她觑他的眼角上，小幅度地轻轻蹭着："我怕拿出来的东西，你不肯要。"

这话似乎比他的指温还烫人。

钟弥偏头想躲开，西斜日光猛然晃进她的眼底，她眯了眯眼睛，心与视力仿佛一同陷入突如其来的模糊状态。

沈弗峥把她往身边拽了一步，借着身高替她挡住了强光。

钟弥静下来想，或许不是不肯要，而是她要不起。

她不愿在这种低落的情绪里辗转多留，便状若轻松地问起他刚刚那通电话，好像是有人约他见面，或是公事，或是一些琐碎应酬。

不知道是不是自己的原因，他刚刚在电话里说往后推半个小时。

钟弥本来想说：如果你有事你就先去忙。

沈弗峥说："先送你回学校，晚上来接你一块儿吃饭？"

钟弥不知道他原来是这样安排的，仗着那一点儿心头热意，找事一样企图扣莫须有的罪名："是不是你待会儿要见的人，我不能见哪？"

沈弗峥说不是，还真坦坦荡荡地带上了她。他说里头还有一个人，钟弥也见过的——旁巍。

上了车，司机老林跟她打过招呼后，喊了一声钟小姐，随即启动车子，往一处闹中取静的酒店开去。

这家酒店挺有意思的，两个人进入挑高的大厅，穿过后现代风格的回廊，最近搭了场地，有一场小型装置艺术的展览，立意还蛮高的，中西方文化交流。

旁边一条曲径通幽的细长走道，绿植掩映着入口，据说后面有一家店，专做西装。

地点偏到九曲回肠，没人领着，步行导航都进不来，开在这种地方的店，好像生怕被人找到，自然不追求门庭若市。

看完装置展，沈弗峥问她对那家西装店有没有兴趣。那店也有些年头了，现在的店主从一个意大利布商手上接过来的，跟州市的宝缎坊有点儿像，一西一中，一个做男装一个做女装。

钟弥说去看看,却在心里想,宝缎坊可不是什么会员制。

中国人讲究来者是客,VIP是外国人喜欢划分客人的东西,就不说这种私人定制了,连各大奢牌也酷爱饥饿营销抬身价。

两个人这会儿过去时间有点儿紧,那家老店光是袖扣可搭配的材质就有一百多种,布料更是丰富到能看得人眼花缭乱,两排古董成衣隔着玻璃讲述西装发展史,不亚于小型博物馆,草草看不完。

他问是待会儿见完人带她去看看,还是他现在找个经理过来带她去。

钟弥说:"等你带我去看。"

后面的一波三折钟弥不能预知,不然这会儿她就应下后者,跟着经理去参观西装店了,也不会碰见不想看见的人。

两个人往商务区走去,钟弥回忆起他并不常穿西装,甚至她从没见过他穿西装。州市晚宴那次,他也只是穿了件稍挺括正式的衬衫。

她唯一见过的他的西装,还是他送她去宝缎坊取旗袍那次,她淋了雨,拿他的西装往自己身上穿。

钟弥问他:"你是老主顾吗?"

"谈不上,家里一个亲戚开的,每年总得去个一两趟,照顾人家的生意。"

想到京郊那家园林一样的私房菜馆,钟弥失笑:"沈先生需要照顾的生意真多。"

这是调侃。

沈弗峥却笑着偏头,从容地应和:"所以有时候会觉得很累,也觉得很没意思。"

钟弥稍稍动了一下嘴唇,没发出任何声音,只是看着他。

他身上少见奔波感,以至很难让人想到他累不累这种问题。

在无数拼命转的小齿轮面前,大齿轮拨动一格是否不易,物力维艰,似乎不在常人思考的范围内。

在人生是否有意思这一问题上,不同世界的两个人会缺乏共同语言,钟弥没办法轻飘飘地接一两句话,装作很懂他的样子。

她本来就不懂。

视线放回室内,钟弥远远看见转角高高立着的瓷瓶那儿走来两个男人,除了旁巍她认识,旁边那位殷勤地跟旁巍说话的男人,她也认识。

钟弥皱眉。

她对这个圈子知之甚少,以至旁巍会和彭东新认识,她不晓得该说情理之中还是意料之外。

甚至……沈弗峥跟彭东新认识吗?

一想到这个可能,钟弥立刻坐立难安,喉咙口仿佛有一股灼意在干烧。她握住杯子,喝下一大口花茶,没能压下这股凭空生出的燥气。

眼见他们要走过来了,钟弥仓促地起身跟沈弗峥说:"我去一趟洗手间。"

沈弗峥是什么反应她都没来得及看。

钟弥步子很快,走到稍远稍隐蔽的地方才回头观察。旁巍跟彭东新快走到沈弗峥面前时结束了对话,旁巍在沈弗峥的对面坐下,看了看桌面上的茶,招手喊服务生过来,问了两句点了些什么。

而彭东新跟沈弗峥打了招呼。

钟弥对这人有几分了解,晓得这位彭少爷不是对谁都能有这躬身作揖的姿态。

可沈弗峥对很多人是这副不冷不热的态度,很难看出他待人的差异,甚至他不认识、不记得彭东新这个人,看在旁巍的面子上,可能也会微微颔首应一下。

钟弥听不到他们的对话。

彭东新走了又回来,从一个女经理手上拿来一瓶酒放在桌子上,笑着说了两句话,再度离开。

也不知道他还会不会回来。

钟弥越发心慌。她怕事情会弄得复杂,也不想沈弗峥这么快知道彭东新曾经逼她就范的那些糟心事。

他如何反应都不好。

他如果替她撑腰做主,会让她在这段还没明晰的暧昧感情里陷入更大的被动状态,但如果他没有任何反应,她的心情估计也轻松不到哪里去。

钟弥一时头疼,胡思乱想了许许多多事。

她权衡不出来什么最优解。

可能她离开太久,这时手机响起,沈弗峥打电话过来问她是不是出了什么事。

酒店的淡淡香氛此刻叫人头晕，钟弥靠着冰冷的墙，心头忽生本能一样的退意。

她轻轻出声只喊了他的名字，却没有准备好下文："沈弗峥……"

听筒里还有旁巍的声音，他正讲到什么地产政策，说那块地皮现在限高，估计不好处理。

沈弗峥似乎只在听她说话，听出不对劲，可能是起身了，旁巍的声音便消失。

"怎么了？要我现在去找你吗？"

明明不是面对面，钟弥还是稚气地摇了摇头："不用——"

"我没事的，就是……"她顿了半天，似逃避又似胡言乱语，"我好像……有点儿困了，很困，我想睡觉。"

他在那头低低笑了一声："怎么跟个小宝宝一样，吃饱了就要睡？"

钟弥耳根发烫，本想顺着话说回学校了。

沈弗峥先说："我在这儿有间房，你去前台让人带你去楼上休息，等我处理完手头上的事就去找你，去吧。"

她要去他的房间？

钟弥忽地神经紧绷，说话都支吾起来："不用了，你的房间我——"

沈弗峥轻笑，打断她的话，说："弥弥，别紧张，不用怕啊，我不是那种人。"

什么哪种人？她说什么了吗？钟弥更加手足无措了，好像只有恭敬不如从命这个选项。

"那我去休息一下。"

沈弗峥说的是他在这里有间房，却没告诉钟弥这是比平层豪宅还阔的大套间，夸张到什么程度？会客厅旁边还有一间会议室，里面有十几张椅子，连投影仪都有。

机子看着怪先进，极简风的按键她弄不明白，大幅的光影数次变幻，机械声很复古，像胶片电影更迭放映，她一时不知道是在投影，还是在录像。

她先是在投影前用手指比了一会儿老鹰和兔子，很快就觉得无聊。

看见旁边搁置了一台唱片机，她试着去放歌，居然是《何日君再来》。她大学用这首伴奏编过舞，参加比赛还拿过非常好的名次，听到旋律，四肢就像肌肉复苏一样自然而然地舒展开来。

乐声慵懒，舞姿也微醺一般。

一曲毕，肌肉也稍稍有点儿酸，跳舞这么多年，其实钟弥挺喜欢这种韧带、骨肉被抻开的感觉，但她坐在中央的转椅上，上半身趴在桌上，盯着前方投影孔里投射出的光，完全开心不起来。

如果没有彭东新，她现在应该在剧院里跳舞。

落在她身上的光，不该是酒店套房里的投影仪照出来的。

越想越气，钟弥把眼前的光想成了恶势力进行唾弃。

"垃圾！去死吧！"

跟沈弗峥说困了是借口，但一个人在套房里参观完，钟弥还真哈欠连天地生出困意。

高层落地窗外已经能远眺到天边的赤金晚霞。

钟弥掏出手机拍了一张风景照，在窗边又站了一会儿，实在撑不住了才躺到长沙发上，眼皮越来越沉，很快睡去。

透过整面玻璃，昼夜接替的光影变化，分分秒秒、一寸一寸在室内完成交替。

钟弥熟睡着，干净眼皮上微暖的霞光渐渐退去失温，京市的夜晚，在嘀一声细小的声响里，被一层淡黄的室内灯光覆上。

钟弥没听见声音。

再往前，开门的动静她也没听见。

她很久没有不做梦地睡上几个小时了，以至被人轻轻喊醒时，睁开眼看见陌生的夜晚，人都蒙住了。

他可能是怕灯光太亮扰到她，只有玄关那里的灯开着。

"弥弥。"沈弗峥喊她，见她慢慢抬起眼皮，抬五分落三分地适应着光亮，说，"你睡很久了。"

钟弥朝后撑了一下胳膊，半坐起来。

"几点了？"

她想去摸手机，还没摸到，沈弗峥先回答了："快八点了。"

"我睡了这么久吗？"

她往自己脸上抹了一把，沈弗峥的手代替她的手，贴了上来，光线昏暗，他看着她，声音也有种夜话一样的缱绻意味。

"嗯，最近很累吗？"

无法与人说的心事太多，这算一种累吗？

钟弥没法跟他说，因为眼前这个男人也是她的心事之一。

他肩膀很宽，伸手贴她的脸颊的姿态，像敞开怀抱一样，或许是还没醒，她心底生出一种渴望的感觉，她想将自己的身体嵌进去，体会一下或是虚无的安全感。

不甚明亮的光将他好看的五官轮廓镀得很深沉，平直的唇线也漂亮，钟弥久不说话，却鬼迷心窍一样，不自禁地朝前靠去。

她想吻一吻这夜晚。

距离已经近到她能感受到对方的呼吸，偏偏心头一怯，她想退回原位置，可来不及了，后脑勺忽地被一只宽大的手掌按住向前一送，断了她的退路。

男人的唇贴了上来，触感温热，钟弥眼瞳稍稍睁大，周身紧绷，落在沙发上的五指抓过绒面纹路，紧紧蜷缩，如被飓风扫过的一朵皱花。

好在沈弗峥没有深入，只是吻了吻她。

唇瓣分离寸许，那只大手从她的后脑上滑向纤细的脖子，掌控着距离，钟弥仍然没有退缩的机会。

可她脸颊发热，只好低垂眉眼。

小小的声音，像温过的低度酒，又或者像香薰蜡烛里的一点儿暖光，有种微醺的烘热气息。

"你不是说，你不是那种人吗？"

她的脸颊边被抱枕硌出了一道红痕，沈弗峥抬手抚上去蹭了蹭。

他说抱歉。

"我以为我不是，但在你面前，收到一点儿提示，我好像就会变成那种人。"

他的指腹在钟弥的脸上那红痕处停着，他瞧着她，拇指从她的眼下滑过："脸红了。"

钟弥偏头躲开他的手："睡觉睡的。"

他弯起唇，什么也不揭穿。那种近距离看人的模样，仿佛将人架到火上烤，叫人无法坐以待毙，又叫人在这种无法坐以待毙的状态中，稍有举措便错漏百出。

钟弥将目光迎上去:"你对人都这么好吗?请人吃饭,让人住你的房间。"

他露出一种苦恼的神情问:"我之前是不是哪儿做得不好,惹着你了?"

"没啊,干吗这么问?"钟弥也困惑。

只是他的不解,可能更偏向于猎人的无害伪装,钟弥的困惑却如栽进陷阱的小鹿,实打实是突如其来,一头雾水。

他握住钟弥的一只手,说:"我在想,我是不是得罪你了?怎么你总把我往很坏的地方想?"

原来他是在以退为进地控诉。

钟弥也装作单纯无知地问他:"那你是很好的人吗?"

这种幼稚的小女生问题,一旦他想绕弯子回答,搪塞起来有千百种方式。

再难听的话,花前月下都有不难听的讲法,水袖似的,舞得缱绻,一摊开,不过是张换了说辞的免责声明。

她都知道的。

可沈弗峥捏了捏她的手心说:"对别人,不好讲,对你,总不会太坏。"

明明能把话说得顺耳悦心,他偏不,她一时不晓得该怨他吝啬,还是赞他坦诚。

"总不会太坏是什么意思啊?你不能对我好吗?"

"能啊。"

他笑起来,不散漫,眼神反而更聚焦,有种冷淡却灼人的意味。

"可弥弥,我对你也不够了解,不知道你想要的是哪种好,也不知道那种好我能不能给。就像你之前说的,我并不能回答你所有的问题一样。"

这话是钟弥说的,由他再复述,像验证,一种说不上好的验证。男女之情里,越是决绝的否定说法,往往越期待被推翻,就像争吵中抛出"你根本不爱我"的人,没有一个是希望对方回答"对,我不爱"的。

钟弥的恋爱经验不多,她曾以为自己反感这些口不对心的试探和猜测,可真的遇上半点儿糖衣炮弹也不给的回答,居然也会惦记甜言蜜语的好。

"不会太坏的意思是——"

"弥弥,我可以给你我能拿出来的最大诚意。"

因为不知道界限在哪里,气球被吹大后,每添一口气,易爆的风险都会高一分。

钟弥越想越烦。

此时此刻,她不太清醒的脑子反感再添负荷,她也不愿去细想这个"最大诚意"是什么。

这个夜晚太像玻璃杯里晃动的酒液,流光溢彩,混混沌沌,及时行乐教人微醺时不要思考,太浪费。

人嘛,该醉的时候醉一醉,没什么大不了的。

钟弥没说话,成全了几分钟前自己心底的渴望,将自己当成一块错位的拼图,嵌入沈弗峥的怀里。

她双臂环过他的肩膀,侧脸一半贴着他稍硬的衬衣领,另一半贴着他脖颈的皮肤,交换私密至极的体温,也闻到了比想象中更深刻温暖的男性气息——浅淡烟味混着清冷木香。

之前在州市酒店露台上"狐假虎威"被他揽进怀里那次,钟弥闻过,但人是情绪动物,此一时彼一时,心境不一样了,就什么都不一样了。

钟弥闭上眼睛,放空思绪,完完全全享受这如愿一刻。

她非常喜欢这样的自己,肯放下瞻前顾后的心态,想做什么就去做。

此刻沈弗峥的想法或许也与她一致——喜欢这样的钟弥。

他的手臂环过她的后背,她比他所以为的还要单薄一些,像只收拢尖刺又露出软软肚皮的小刺猬,此刻安安静静,又鲜活有温度。

感受到她小幅度的蹭动动作,下颌和耳根被她的头发蹭得有些痒,沈弗峥在她的后颈上抚拍了两下。

"很累?"

钟弥睁开眼,"嗯"了一声,拖着疲音说:"但你不要问我为什么。"

他天真地发言:"为什么呢?"

没想到这种八风不动的人,故意使坏居然有一股少年气的顽劣感。

钟弥直起腰,不禁笑着在他的肩上捶了一拳:"你这个人真的很没意思呀!"

沈弗峥手掌扣在她那只打人的小拳头上,轻轻扬起嘴角:"原来我没意思你才肯笑。"

钟弥闻声怔了怔,忽然脑子回顾,好像从今天那顿中饭开始,她就把忧心忡忡摆在脸上了。

他不可能没瞧见。

可他一句不提,现在还变着法儿地来哄她。

她脸上那点儿笑弧收了起来,那种愁云散开的开心感觉却像印进了心里一样,手还搭在他的肩上,钟弥喊了他一声。

"沈弗峥。"

"嗯?"

她抿了抿嘴说:"没什么,突然想喊你。我饿了。"

他先起身,继而拉着她从沙发上起来:"带你去吃饭,你要先洗一下脸吗?"

听到后一句话,钟弥立马警铃大作地捧住自己的两侧脸颊,偶像包袱颇重:"我现在看着很乱吗?"

她已经开始摸眼皮,担心自己是不是睡肿了眼睛。

沈弗峥招手,要她靠近帮她看。

两步迈到他跟前,钟弥才反应过来,并不需要他这么体贴,这样只会叫自己尴尬。

沈弗峥并没有体贴,垂首凑近看着。

过近的距离,叫心脏体会到了无形压迫感,钟弥梗着修长的脖颈,口舌一阵阵发干:"你近视吗?要凑这么近看?"

他又被她直率的话逗笑,没忍住捧着她的脸揉了揉。钟弥佯装不乐意地扭着脸说:"干吗呀,过分了吧?"

"我们弥弥是真的可爱。"

那种高兴之色几乎从眉眼间的神情里溢了出来,钟弥第一次看见这样的沈弗峥,就像天上的月映到水里,虽仍是虚的,但忽然离她很近了。

虽然捞不着,但她好像可以伸手去碰一碰了。

他的高兴情绪由她而生。

这月为她而来。

钟弥说:"真的吗?很少有人夸我可爱。"

"很少？"

沈弗峥半是疑惑，钟弥的眉梢却悄然舒展开，明媚无畏，有慧黠的灵气。

"对啊，很少，因为我太漂亮了。"

能在她身上落地生根的溢美之词太多太多，泛泛而规矩的可爱形容，排不上号。

"嗯。"沈弗峥看着她，颔首认同，"是太漂亮了。"

两个人坐电梯上行，直达酒店顶楼的餐厅。

高层临窗位置，市中心的夜景如蓝色幕布上撒了一把星火。

浮华处，连灯光都显得争奇斗艳。

九月、十月正是吃蟹的好时候，季节菜单随手一翻，两页都是肉肥膏黄的螃蟹，一道清蒸，一道避风塘。

"没有海鲜过敏吧？"

钟弥摇了摇头。

吃螃蟹适合配清爽的白葡萄酒，点酒的时候，沈弗峥叫人把下午存在这儿的那瓶酒拿出来。

通常白葡萄酒不需要醒，稍稍冰镇即可饮用。

服务生很快将冰桶和酒送了过来。

那瓶子钟弥还隐隐有印象

心弦一鸣，钟弥的脑海中自动浮现彭东新从女经理手里接过一瓶酒，放在桌上献殷勤的样子。当时远远看，也听不到声音，她不能确定酒是给谁的。

钟弥托着腮，装作什么也不知道的样子，自然地好奇："你不是说下午要见几个朋友谈事吗？怎么还存了酒啊，旁先生送给你的吗？"

沈弗峥转回视线说："别人送旁巍的，说是很多女孩子喜欢喝这种起泡的白葡萄酒，我说巧了，我这儿有个女孩子，旁巍就送我了。"

那就是彭东新和沈弗峥不熟，最多是认识，毕竟圈子就这么点儿大。

可能彭东新和旁巍关系不一般。

钟弥继续问："你们这个年纪的人来往，关系好的话，很喜欢送酒吗？"

她这时的好奇心超出了沈弗峥对她的认知范围，但夜色、气氛都这样好，她两手托腮睁着漂亮眼睛的样子，又不施粉黛，满是小女生的天真烂漫气息。

沈弗峥没往其他地方想，手贴在瓶身上感受了一下，怕太凉，随即就将酒拿出来，倾身给钟弥倒："喝一点点？"

钟弥点头，说好，心却悄悄悬着一部分。如果他略过她刚刚的问题，她再问，会显得太刻意吧？

她正这么想着，对面的人放下酒瓶，坐下来朝她看来："刚刚你说什么？"

钟弥唇刚动，还没发出声音，沈弗峥先笑："我这个年纪的人？我是什么年纪的人？"

他的故意为难叫钟弥脸颊微微发烫。

她怀疑是刚刚那口葡萄酒下腹，立即起了反应。

"你自己几岁你不知道吗？"

"三十岁怎么了？很老了？跟你有代沟？"

钟弥抿着一口酒，摇了摇头。

他问了三个问题，她这无声的动作也不指明在否定哪个问题，又或者都否定。

"我还要再喝一点儿。"

钟弥把杯子推了过去，等沈弗峥动作。

浅淡的琥珀黄液体，在暖光下似晶莹流淌的黄金，散开发酵的甜香气，的确当得起旁巍说的很多女孩子喜欢。

好像女孩子们天然地喜欢这些轻盈甜蜜、带着梦幻色彩的东西。

钟弥晃了晃酒杯，稚气地睁大眼，观察细小的气泡一颗颗破裂。

所以——粉红税从天而降，像镰刀一样从女性身上收割暴利。

乖女爱坏男，白纸一样的姑娘最适合演青春疼痛电影。

两个人很好很好的时候，就会好得像在透支未来。

这种居安思危的思维叫人不开心。

钟弥主动展开话题，就由手里这一杯酒开始。她问沈弗峥："你知不知道，螃蟹不可以和葡萄一起吃？"

"知道，螃蟹和葡萄一起食用，容易腹痛不消化，葡萄含酸，柿子和山楂也不能跟螃蟹一起吃。怎么了呢？你误食过？"

钟弥摇了摇头，一手托腮慢慢咽酒，另一只手轻晃空空的杯子："那为什么吃螃蟹可以喝葡萄酒？"

谁能想到这家五星级的餐厅，夜景最佳的临窗位置，正在进行一场科普问答？

"葡萄酒能杀菌去腥，配海鲜类的东西不容易食物中毒，白葡萄酒清爽，也比红酒杀菌作用更好，跟海鲜是绝配。"

他耐心地回答，又问："这有什么关系吗？"

"有啊，"钟弥点头，这回自己起身去拿酒来倒，仰脖喝下一口，弯起嘴角说道，"这说明——两种不适合放在一起的东西，如果有一天适合放在一起了，一定是其中一种发生了巨大的变化。

"这是绝配的代价！"

沈弗峥看着她脸上泛起的笑容，觉得她是不是已经有醉意了。这时候清蒸螃蟹随另一道时蔬一并被送了上来，他适时提醒："不要喝太快了，你酒量不好，容易醉。"

钟弥故意笑着说："我喝醉了不好吗？"

他不痛不痒地把问题抛了回来，纵容着，好像全听她的意思："你希望我怎么回答？"

"说实话就好了。"

"实话就是那先别醉。"

钟弥扑哧一声笑了："你这个人看着很好讲话，但其实——"

内心的感受不好形容，她觉得这人身上有一股不动声色的强势威压，表面从容，不计较，内里却掌控欲十足。谁进入了他的地盘，就得按他的行事风格来走，如果不能，就会被淘汰出局。

这是渡河小卒的起始规则。

身边都是肯听调遣的人，这样的人，何必有厉色？

他看着自然很好讲话。

"但其实怎么？"

他身后是遥远的灯火夜景，梦幻而璀璨，不切实际，衬得他近在咫尺，触手可及，好似是唯一能把握的真实存在。

钟弥看着他，好半天说出一句："也不是很好讲话。"

沈弗峥抬了抬下颌提示她："吃蟹，趁热吃，凉了会有点儿腥。"

钟弥敛下目光，长长的竹编盘里斜放着四只橙黄的大闸蟹，视线一挑，她对沈弗峥说："那我也跟你说实话吧，其实我不会吃螃蟹。"

"不喜欢？"

"不知道喜不喜欢，反正不会剥。"

钟弥跟他讲起自己小时候的一桩事。

那时候太小，她也不记得是不是第一次吃蟹了，反正是她记忆里的第一次。

好像是哪年的中秋节，不少亲戚来家里吃饭，那会儿她才多大，剥个螃蟹都费力，就捧着胡啃，咬到蟹腮，觉得不好吃想扔到碗里。

表姨瞧见，先说她一个小姑娘怎么吃相这么不斯文，死活把她拽到小桌子旁，然后颇得意地讲给一屋子人听，叫她学学表姐，教她先剥哪里再除去哪里，得像表姐那样规规矩矩地坐着，有个淑女的样子。

她不想学任何人。

日后桌上有蟹她便说有点儿过敏，吃了皮肤痒。

其实她没有过敏，只是不喜欢，又不想听人来劝，索性把话说绝。

听她说话时，沈弗峥已经净了手，慢条斯理地拆解着螃蟹，将壳放在碟子里，肉和黄剥进小碗，抽空看了她一眼，评价说："年纪不大，脾气倒是挺大的。"

钟弥夹了茶树菇放到自己碗里，也不否认："你才知道啊。"

她好似在劝人早认清。

"小姑娘脾气大一点儿，有时候也不是坏事。"几只蟹腿被剥干净，他端起小碗，微微起身靠近过来，将小碗放在钟弥的手边，"吃吧。"

虽然他剥蟹的时候，钟弥就有过猜想，但猜想被他的行动证实，她还是顿了一下。

好歹这是第一个给她剥螃蟹的人，还是个男人。

沈弗峥察觉她的怔然，坐回原位，用湿毛巾简单揩着修长的手说："不是不过敏吗？这个季节的蟹应该挺不错的。"

钟弥捧起小碗，这只被拆解完毕的蟹，袒露的是一只蟹的全部可食用部分，却也代表着沈弗峥愿意袒露的部分——他肯为她做到这步。

于是，钟弥便心安理得地享用起来，吃到第三只时，他还在剥。

吃得总比剥得快，钟弥也不嫌腥，手上开开合合地折一根细长的螃蟹腿玩。

她有点儿好奇，按他中午空腹吃辣的东西都说伤胃的养生论调，这会儿他不是应该说螃蟹寒性太重，吃太多不健康吗？

沈弗峥听了她的问题，露出淡淡一个笑。

"我没那么追求健康，你真拿我当老年人了？我烟酒都嗜，大概率也不会戒掉了。"

"你好像很少抽烟，我以为你没什么烟瘾。"

"社交场合喝酒很难免，除了酒，其他会让人上瘾的嗜好，我不喜欢让人知道。"

抽烟他也喜欢独处的时候抽。

钟弥还在想他的话里的意思。

他将第四只蟹给她："我大学时参加过一场辩论——清醒地屈服于欲望算不算一种失控。"

"你是正方还是反方？"

"正方。"

屈服于欲望是一种失控。

所谓清醒，只能说这种失控已经很严重了。

"赢了吗？"

"赢了。"

钟弥点头，一副意料之中的样子。

有些人，从不上赶着冒头，看着像是被动于顺风顺水，可偏偏好命，一生都少有败绩。

这种人往往也情感淡薄，因为什么都有，所以什么都不爱。

钟弥忽然有点儿懂了，他之前说的"最大诚意"是什么意思。

沈弗峥问她："还吃吗？"

一碟四只螃蟹，都进了她的肚子里。

"还可以吃吗？"

沈弗峥闻声，抬手招来服务生，又要了一份清蒸蟹。

钟弥有点儿不好意思，一个是需要人家剥，另一个是……

"会不会吃太多了？"

139

她正后悔，打算说不用再上了，连说辞都想好了，搬他刚刚的话，说人不能屈服于欲望，食欲也是欲。

沈弗峥先开了口，说："不算多。补给你小时候的。"

这句话具有怎样的魔力？

钟弥立马想起六七岁时对着螃蟹束手无策的自己，那老旧画面里，没有大嗓门地喋喋不休的表姨，没有绷直腰板做淑女楷模的表姐，忽然多出一块来——

小小的她齐刘海细软，穿着蓬蓬的裙子，安静乖巧地趴在桌上玩布娃娃，桌边是隔着遥远年月，替她剥螃蟹的沈弗峥。

那顿饭结束，沈弗峥问她吃不吃生腌的东西，之前去过的那家园林私房菜馆有一道醉蟹，没写在菜单上，是季节限定。

钟弥问："那之前怎么没点？"

"哪里有第一次吃饭约女孩子去吃螃蟹的？"

男生第一次吃饭请女生吃醉蟹是有点儿冒昧。

钟弥失笑，挑了挑眉毛说："沈先生要是约的话，女孩子大概也会同意吧。"

两个人从酒店里出来，夜晚温度降了不少，车子往学校开去，车窗里灌进来的风有点儿凉，但在微醺的夜里吹起来，像醉意浊气被一丝丝吹散，又很舒服。

这样昼夜皆适宜的好天气，在京市秋天的日历里薄薄几页，撕一天少一天。

身边的人说："你这么说，那我下次约你要是被拒绝了，我会很没面子。"

钟弥忽然想到一个词——饮食男女。她听过很多次，一直不太明白男女之间怎么同饮食一挂钩，就成了一种俗常欲念？

今夜她初初体会了其中的含义——饮食男女，人之大欲。

人如何能不屈服于这样的欲望？

沈弗峥试探的玩笑话，钟弥装作听不懂，下车前她耸肩说："下次的事下次再说喽，谁知道下次是哪一天？"

回宿舍时，钟弥抄近道走了小径。地灯间隔远，昏昏暗暗，三五盏坏掉一个，能见度低，却又不至于不能通行，这些基础设施报修流程总是烦琐，凑合着用。

每一届都如此，学校都在凑合着用。

很多事也是这样，初时眼不容沙，拖一拖，磨一磨，好像也就没什么可计较的了，要怪就怪人是钝感生物。

钟弥开了手机里的手电筒功能，短短一束光照着她足前两步的路。看着亮起的屏幕，她点进最近通话里，给沈弗峥打了一个备注。

夜风里，有桂花浓郁的香气。

那晚何曼琪还是没有回来。

钟弥用钥匙打开宿舍的门，里头空气寂静沉闷，有两张床位都属于搬空状态，何曼琪的桌子上昨天摊散的化妆品和工具刷仍保持原样。

钟弥本来不想管别人的事，临睡前刷朋友圈，看到一个小时前何曼琪发了条显示定位的酒吧小视频，那是京市很有名的夜场，自动播放的视频里人头攒动，灯光迷幻。

她和何曼琪的共同好友不少，视频下面一串眼熟的名字点赞。

钟弥没有兴趣点进去，手指往下一刷，心思却没有翻篇。

她担心别人走钢丝，自己却也没有踏上什么四平八稳的康庄大道，五十步笑百步，这担心，仔细想起来都有些荒谬可笑。

钟弥按灭了手机，不愿再思考，不太想深夜里硬浇自己一盆冷水，微醺的夜来之不易，上头了应该先睡一觉，做个好梦，莫负良宵。

第二天是个阴天，季节性降温的前兆，钟弥被闹钟闹醒，关了铃声，躺在床上缓了几分钟，微信里躺着一条十分钟前靳月发来的消息。

靳月告知钟弥，她已经落地京市，说明天有事，想约钟弥后天出去逛街。

钟弥回了"好"，起床洗漱。

已经过了早修时间，午饭时间还没到，这个点，食堂里没什么人。

再好的螃蟹也不能多吃，过了一夜，钟弥隐隐觉得胃里有点儿不舒服，像灌了两碗凉水，既空又胀，具体也说不上怎么难受。

她在冷清的早餐窗口要了一碗白粥。

早饭点剩下的大锅粥，胜在稠，败在凉透，看着也没什么食欲。

想着食堂角落有自助加热的微波炉，她正四处看，东西没找到，手机先响了。

来电显示是个属地为京市的未知号码。

钟弥接听，那头的人喊她钟小姐。

那碗凉粥到底没进钟弥的肚子里，交待在贴着"珍惜粮食，杜绝浪费"的餐具回收处，她看了一眼手机上的时间，匆匆往校南门赶去。

下课铃遥遥打响那一刻，她出了学校，因看见沈弗峥的司机慢下了步子。

他的司机好像也随他，待人不冷不热的，从始至终见钟弥都是微微颔首淡淡地笑，话也少，既不拿乔，也不殷勤。

老林一早下车等着，见着人，迎了上去，交给钟弥一份餐，过手时提醒：“里头有汤，您稳点儿拿。”

"哦，谢谢。"

刚刚在电话里没多说，这会儿钟弥纳闷又尴尬，上回有人给她送饭，已经是小学的事：“他叫您来送的吗？干吗这么麻烦呀？”

"沈先生说您昨晚吃多了螃蟹，胃可能不舒服，这两天最好还是多注意饮食，不然容易闹肚子。晚上我也来，我还是在这儿等您？"

一听到晚上他还要来送，钟弥拎袋子的手都攥紧了，她连忙说："啊？不用了，不用了，我觉得好奇怪啊。"

这会儿校门里已经陆陆续续拥出吃中饭的学生，周边声音嘈杂起来，晚上南门口还有学生摆夜摊，到时候人会更多。

大概是她说话太直，老林也笑，神情里不由得多了一分亲近之意："这事儿我也是第一回做，这也是我的工作，您理解一下吧。"

钟弥晓得，再说就是为难人了。冤有头债有主，两国交战还不斩来使呢，没有为难办事人的道理，齿关咬着内唇的一小块软肉，绞着磨着，她想着那个没露面的人。

"他今天在干什么？"说完钟弥才反应过来，淡淡地补了一句，"我能问吧？"

老林说沈弗峥的小姑姑今天过整岁生日，沈弗峥今早回家里了。

钟弥猜这个家应该不是餐单上写的那个地址，于是问："那我现在方便给他打个电话吗?"

老林抬了抬手,叫钟弥请便:"我从那边过来,沈先生刚上牌桌。老宅那边一贯吃饭晚,这会儿他应该还在打牌呢。"

电话不打了,人家家里过生日热热闹闹,凑趣打牌,她打电话过去也不太合适。

钟弥拎着餐回了宿舍,隔着门听到了熟悉的声音。

"我到宿舍了,脚酸死了。我们学校当初不知道谁设计的,女生宿舍到正门横跨整个校区,跑毒也没这么累的,早知道我也搬出去住了。"

何曼琪凳子上放着一个logo显眼的纸袋,她在阳台上打电话打得投入,没察觉钟弥回来了。钟弥看着那个英文商标,提了一路觉得还好的袋子,忽有一刻感到坠手。

她放下食袋,先去卫生间洗了手,由于望着镜子走神,挤了两回洗手液,长呼一口气出来时,何曼琪的电话已经结束。

何曼琪正在拆那只包装精致的包。

软布包着娇嫩的小羊皮,经典黑金的戴妃三格。

D家的包,钟弥最不喜欢的就是这款。

何曼琪把包捧在手上,笑眯眯地看向钟弥:"弥弥,我刚刚在南校门看到你跟一个男人说话,谁啊?你家亲戚吗?"

沈弗峥的司机怎么可能是她的亲戚?

可她又能怎么回答?

多一事不如少一事,钟弥"嗯"了一声应付过去,心思浮了起来,不然这会儿该想想,何曼琪在南校门口看见她,是谁送何曼琪回来的。

何曼琪看她坐在椅子上拆袋子,没多瞧,有些心虚,拿起自己的手机给人发信息。

"我问了,那是她的亲戚。"

拆包那一刻的喜悦心情仿佛随着这几个字发出去,瞬间消减了大半。

那头的人没及时回复消息。

她忍不住又发过去一条信息。

"就是因为得不到你才这么惦记她吧?"

隔了几秒,屏幕里跳进一条新消息:"知道就给我想办法。"

那一瞬的恶心感超出了生理承受范围,她死死盯着手机,不敢相信这是昨晚脱她的衣服说喜欢她的男人。

他一点点真心都没有吗？

怎么会有人坏得这么心安理得，连做样子哄人都懒得应付一下？她愕然、发冷，心理畸形扭曲产生的声音，仿佛一部机器从最内里开始崩坏。

她试图继续去想一些人间清醒的话来安抚自己，力证自己也没选错什么，但耳朵里有巨大的嗡鸣声。

钟弥没食欲，喝了半碗汤，胃里舒服些才挑了点儿菜吃，都是清淡口味，难得这份羊肉汤半点儿膻味没有。

她翻看着盖子上的惊鸟器图案，这家的菜虽然做得很合钟弥的胃口，但那个盘核桃的中年老板实在没给她留下什么好印象。

那人临走前看她那眼神，她此刻想起来，依然像某种尖锐的警铃一样叫她身心不适。

钟弥不是那种稀里糊涂就会让自己沉进负面情绪里的人。那天下午她去练功房出了一身汗，大多时候随着旋律放空大脑，席地坐着喝水休息时，抱着膝盖，想想事情。

好几次她都有冲动拿手机给他打电话，说什么都想好了，问他这么会照顾人，是不是照顾别人得来的经验。

毕竟乘凉了，她问问这么好一棵树是谁栽的，也是情理之中的事吧？退一万步说，不是情理之中的事又怎么样，不是他说她可以随便问的吗？那她就装天真无知随便问好了。

内心戏好足，但她没打电话。

外头天黑了下来，钟弥再次接到老林的电话，去取了餐。在校门口她没有第一时间看到老林，一是晚上校门口人多，二是她没看到那辆A6，老林是从一辆红色出租车上下来的。

钟弥还当沈弗峥的车子出了什么事故，更担心是某人出了事故。老林听懂她的旁敲侧击，笑着说："沈先生下午吩咐我去机场接了个人，换了车，说怕开那车过来给人看见了，给您添麻烦，叫我把车停在饭馆门口，打车过来的。"

钟弥心里笑，他还真是又懂又贴心。

这棵树是自己长得这么好的吗？

老林说："您要是不乐意，明天我就不来了，您自己注意点儿饮食，沈先生很关心您。"

钟弥绷着嘴角，露出一个生硬的笑，礼尚往来地抛出一句话："托您转告，我也很关心他。"

两手空空也不合适，钟弥叫老林稍等，自己就近去小吃摊上扫了码，买来一份红豆饼，纸盒装，月饼大小，十元一份，一份三个。钟弥吃过，口味还不错。

她将纸盒外头套着的透明塑料袋扎好，递给老林。

"我的关心。"

回去的路上，钟弥隐隐后怕。一个男人让她这么烦，她不怨罪魁祸首，居然只怪暧昧伤人脑筋，真没道理。

他是天蝎，又不是天仙，她何必这么护他？

那天，很晚钟弥才接到沈弗峥打来的电话，晚到要不是何曼琪先进卫生间洗澡磨蹭了一个多小时还没出来，钟弥这会儿估计已经换上睡衣躺在床上了。

来电显示在手机上一亮，她扫到，接起电话就说："忙到现在才闲下来吗？可真是日理万机。"

那头静了好几秒，好似只有微小的风声，隔着电波也把人吹醒，钟弥这才察觉，自己刚刚的声音里满是恋爱小女生的那种嗔怪之意，跟撒娇无异。

她乍然清醒，便陷入自铸的困局中。

她咽了咽口水，脾气散了，取而代之的是一种小心翼翼的试探语气："你……怎么不说话？"

那边的人含混着拖长音，叹气似的"嗯"了一声，又停了两秒，才说："今天听了一天的废话，弥弥我好累啊。"

不设防地收到他这样的深夜弱态，钟弥一瞬间大脑皮层发麻。她没见过他这样，也没想过他会这样。她不受控地去想，那该是什么样子？一个看似永远不动声色、大局在握的男人，叹息累了，是什么状态？

他是合眼靠在车座里，一边通电话一边在揉眉心吗？

"你累了，就休息，干吗给我打电话？"

沈弗峥说："不是你让老林转达，你很关心我？我现在就很想要你的关心。"

她起身往楼下走去,似乎觉得热,想要去吹风。

"关心不就是口头一说吗?我要怎么关心你啊?"她紧张到有点儿开始胡言乱语了,"你是……你是今天打牌输钱了吗?"

"嗯,输了。"

钟弥站在宿舍楼前的玉兰树下,已经开始用指甲用力抠自己的手指,才能保持声音如常了。

"输了很多吗?"

钟弥想着如果不算多,自己可以发个红包安慰他一下,聊作情趣。

气氛到了,她花点儿钱也无所谓。

沈弗峥回答:"没有,就输了一点儿。"

钟弥鼓起勇气追问:"那具体是多少啊?你的电话号码是微信吧?"

沈弗峥听出她的意思,笑了一声,那种疲态里溢出一声笑的音调,模糊又酥麻,像树叶的背光绒面蹭到皮肤上,使人心痒。

钟弥不懂他笑什么。

那头的人停了笑,一本正经地说:"输了……差不多半台车。这样吧弥弥,我给你个银行卡号?"

钟弥立时脸色闷红,还好隔着手机对方什么也看不到。她强装镇定,指名道姓:"沈弗峥,你不会就是靠这招在小姑娘这儿发家的吧?"

他笑着说:"没,第一次用,对方就聪明地识破了,这条致富路走不通。"

刚刚钟弥还想着,气氛到了,花点儿钱也无所谓,现在明白,别说是气氛到了,气氛炸了也不行。

"半台车,你好意思说,你怎么不说半个我呀?"

话脱口而出,通话语音没有撤回功能。

两个人一时安静。

钟弥紧紧地皱眉懊恼。

他不故意调侃了,又是原来那副敲金击玉的嗓子,泛着疲意,如金玉落一层薄絮,显得沉闷,喊她的名字,却比调侃更勾人:"弥弥,半个不够。"

那是怎样一个夜,很久以后钟弥想起来仍记忆犹新。

九月的最后一天,夜风很凉,她匆匆下楼忘了穿件外套,没拿手机的一侧胳膊拢着自己,但不觉得冷,有一股陌生的热意从心头蹿起,与这冷风对冲,不知胜败。

"红豆饼还不错,就是凉透了,豆沙有点儿硬。"

那份红豆饼她就是随手买来糊弄人的,他居然真吃了?

钟弥一边心动,一边又觉得这跟自己想为他填赌资一样,不过是气氛到了的好听话。

"你今天那么忙,还抽空吃了我买的红豆饼吗?"

沈弗峥想起那盒红豆饼,透明塑料袋扎着,闷了热气、水汽,又搁置到凉,拿出来的时候纸盒都有些发软了。

第七章

冬日白

半百生日不易张扬,五十岁生日要在四十九岁过。

沈弗峥的小姑姑平时就很讲究,生日更甚。他二伯被调任外地多年,还在往上头走,平时能回京一趟不容易,小姑姑又是独女,难得回娘家过一次生日。

今天算是近半年来,老宅里最热闹的一天。

老爷子兴致好,谁也不敢在这个时候败兴。

那前厅后院的热闹场面,处处是笑脸,瞧着像是人人都在过生日,不过仔细看,还是数穿一身宝蓝裙装的小姑姑最红光满面。

沈禾之今天高兴,连亲儿子前几天闯祸的事都不计较了,把蒋雅寸步不离地领在身边,逢人介绍,嘴上说着没出息、不成器,嘴边的笑却是骗不了人的。

众人也捧场,说阿雅跟着他四哥怎么会没出息。

蒋雅听烦了,也笑累了,得了话茬立马想脱身:"我去找四哥。"

沈禾之一把将人拉住,使了个眼色过去,一边拽着蒋雅往别处走,一边压低声音,小幅度地动唇说:"你四哥现在在忙。"

蒋雅跟他亲妈说话,就没有不唱反调的时候:"今天四哥能忙什么啊?我刚刚还看到他被女的拉去分蛋糕了!"

沈禾之狠狠瞪他:"跟谁学的坏毛病?说话斯文一点儿,一身匪气,我叫你少和盛澎那帮人打交道你当耳边风?什么女的,她跟你一个姓,是你堂姐。"

蒋雅本来皱着脸,忽然神情展开,醍醐灌顶般念着这两个字:"堂姐？我就说你今天怎么非把她带到外公面前来，合着你一个生日宴办得半个京市的人都知道了，这么大阵仗，是在为我爸那边保媒拉纤呢？我爸托你办的？"

说完蒋雅自己都不信。

"不会吧，我爸应该不会跟你开这个口，那就是大伯家托你办的这事。"蒋雅想笑，也真笑了一声，"妈，你可真是爱得深沉，你都快五十岁了，一个男人爱不爱你真的很重要吗？你还想着往他身上使力气？"

蒋雅在角落处扭头，满场热闹场景里找他亲爹，终于在另一个角落里看见蒋闻跟一个搞民乐创作的白发老头相谈甚欢。

他心情复杂，对爹对妈，都是。

但复杂很多年了，他早麻木了，便透着一股伤人心的漠然感。这是富贵人家的常态罢了，讲出去都不新鲜。

他转过头，看着绷着脸，但面上神情已经凉下来的沈禾之。

没有人被泼冷水还无动于衷，尤其这个泼冷水的人还是从她自己的肚子里生出来的亲儿子。

临走前，蒋雅说："真不行，我给您提个建议吧，您做两身旗袍，去学弹琵琶。"

旗袍、琵琶几乎成了沈禾之几十年人生中的禁词，听到、看到，她都会想到特定的人。

蒋雅见她变了脸色，又装出一副唯母命是从的样子，摆了摆手："您自个儿招呼客人吧，我去给您看看我那堂姐。"

他在偏厅寻到人时，戏已经没的瞧了。

亭亭玉立的堂姐捧着一块蛋糕铩羽而归。

沈弗峥站在走廊边，手上捏着一只小盒子，蒋雅走近才瞧出来那是一盒小吃摊上常见的红豆饼。

"生日蛋糕都不吃，哪里来的红豆饼哪？"

蒋雅伸手，越过缺了一角显然被咬过的红豆饼，快速偷来一块尝。

"怎么凉了？"

沈弗峥说："放久了自然凉了。"

老林回来时，沈弗峥还在跟家里的几个叔伯聊天，脱不开身。刚刚那位蒋家小姐喊他去给小辈分蛋糕，他才抽身从书房里出来，看了手机消息,意外钟弥还有东西给他,便打了电话叫老林送进来,就是手上这份红豆饼了。

蒋雅从窗里往屋内看,他那位堂姐瞧着挺心情失落的。

蒋雅不晓得具体缘由。

本来沈禾之给蒋小姐消息,说沈弗峥这会儿在书房里,他这人打小出类拔萃,在长辈面前瞧着别提多恭顺得体,拿放大镜端着瞧,都寻不出一丝错。

可实际呢?

他早不耐烦,内心蔑然都是有的。

越狡猾的狐狸越会藏尾巴。

这会儿她要是喊他出来帮忙,他必定肯。

蒋小姐捏好由头就去了。

沈弗峥的二伯沈兴之常年在外地,对沈家一些远点儿的亲戚,脸对不上人,经人介绍才知道对方的身份。

沈兴之老套地说着,哪年喜宴见过,对方好像还是个小丫头,一转眼长这么大了,变得这么漂亮,婉婉有仪,有大家闺秀的风范。

"还是京市的水土养人哪,看看阿峥他们,真是个个都好,哪里像我家那两个,大的小的都不省心,他妈妈一天到晚给那两个小子操心,头发都不知道白了多少。"

长辈对下,总是有说不完的虚赞话语。

这不稀奇。

偏偏这时候沈弗峥说:"二伯,封建迷信可要不得啊,您别今天看见了蒋小姐就说京市水土养人,您在京市待一阵子就知道了,像蒋小姐这么知书达理、宜室宜家的女孩子,满京市可养不出来几个。"

沈兴之便多打量了蒋小姐一番,眼神渐渐透着满意。

蒋小姐还不察,仪态拘着,只用余光看沈弗峥,耳根都不由得在发热。

她跟沈弗峥不熟。

她家也不与沈家常来往。

家里教她当淑女,重名声,她也不能像蒋雅那个女朋友那样到处参加宴会开派对,一年到头就指着要紧的红白事两个人才有偶然碰见的机会,

150

见了也就是简单打个招呼。

她不知道在沈弗峥心里,她居然这样好。

他就这么起了个头,满屋叫她敬畏的长辈忽然都夸起她来,叫她更加不好意思了。

她红着脸对沈弗峥说:"那几个小孩儿还在等着分蛋糕。"

他们这才从书房里出来。

她以为,沈弗峥或多或少对她有些好感,不然刚刚怎么那样夸她?

给小辈分完蛋糕,她一转眼,他就去了外头,不知道给谁打电话。她犹豫了一会儿,捧起一份花形最好看的蛋糕端到了走廊上。

"你要不要也尝尝,这个奶油不是很腻。"

沈弗峥的司机送来一个很廉价的透明塑料袋,他刚打开到一半,转头看了一眼她手上的蛋糕:"我不爱吃甜的东西。"

纸盒上有字,她瞧见了,不死心地说:"红豆饼也是甜的,这个跟红豆饼其实差不多。"

沈弗峥说道:"是吗?"说着,他垂眼从盒子里拿起一块红豆饼,咬了一口说,"是挺甜的。"

她便知道,他不会尝这份蛋糕了。

被人拒绝,再礼貌委婉,失落也是难免的,好似他不久前才夸她知书达理、宜室宜家是一种错觉。

蒋雅对这位堂姐的印象不差,她从中学就开始读寄宿女校,听话乖巧,但凡女性长辈聊到,没有一个不夸的,真是会养会教,以后谁娶回家也是有福。

收回目光,蒋雅说了一句:"其实她挺适合当老婆的,属于就算老公在外头有私生子,她都能帮着体面地瞒着,面子工程做得滴水不漏的那种人。真的,我没乱吹,她妈就是这种人,虽然家世次了一点儿,但娶回去绝对省心。"

沈弗峥看着蒋雅异常认真的样子,淡淡地应和着:"我也觉得,但我没有私生子啊,用不上这么好的老婆。"

提到私生子,沈家人估计都能想到沈兴之的大儿子沈弗良,沈家的长孙。沈兆之的儿子沈弗永早夭,沈弗良算是家里这一辈中年纪最大的。

那是真的不成器了。

151

早些年正值婚龄，沈弗良在外头没谱地花天酒地，最后在一个凭校花身份走红的小演员身上栽了大跟头，孩子被送回沈家的时候已经会叫爸爸了。

一张亲子鉴定换走了一张支票。

因这事儿，老爷子动怒，沈兴之虽在南方任职，早年妻儿还常回京市，自那事后，老爷子放话了，说自己很好，叫他们没事不必回来看望。

整个沈家人都知道，老爷子生平最厌蠢人。

那不成器的二哥，至今婚事还没定呢。

在沈家，蠢人还是少见的，像沈弗良那样拖累一家的人也是稀有品种。

论聪明，大家都聪明，沈兴之的二儿子沈弗禹、沈兆之的女儿沈弗月，包括沈兆之夭折的大儿子沈弗永，偶有人提及，也惋惜他几岁大心算就了不得。

大家都聪明，聪明得不得了。

其中数沈弗禹最像老爷子，从外貌到作风，私底下大家都说他最像老爷子年轻的时候。

可也数他最不受老爷子喜欢，没人知道为什么，也没人敢问。

沈家人起名讲究，迷信的要说这一辈行字不好，沾一个弗，弗永不永，弗良不良，禹字做王，偏也没那个拔尖的命。

沈承之排行老三，原来在兄弟三个里是最没存在感的，娶了个好老婆，更是生了个好儿子。

大家都说沈弗峥的名字起得好。

所有人的名字都是独体字，老爷子起的，嗜权独势之人，身旁容不下其他人。

本来第四个孙子出生，老爷子已经起好名字，沈弗正，那年章载年还在京，说身正不在名，改取了一个"峥"字。

远山峥嵘，当有凌云志，在途不在眼下，一个弗字，峥与不峥都是好的。

后来，沈弗峥独受器重，这名字又有另一番解读——依山才好傍水。

他是真傍着独一份的器重在沈家拔尖了。

沈家上一辈人都知道，章载年给沈弗峥的，可不止一个好名字。

提起沈弗良，想到沈弗良的私生子，蒋雅便算了算："那小孩儿今年上小学了吧？那女的跟二舅家还有联系吗？"

"上小学了，听说是没断。"

毕竟有了孩子，两边怎么可能断得干净。

可沈兴之的老婆不是软柿子，这么多年，拖着大儿子不结婚，也不让外头那些妖精进门。她清楚得很，沈弗良得娶个老爷子满意的京市闺秀，否则再放纵下去，哪怕沈兴之任期满了被调回京市，他们这一家子人怕也入不了老爷子的眼。

"四哥，你看你上头的这两个，结婚的结婚了，有孩子的有孩子了，就你没着没落，外公和三舅不催你吗？"

沈弗峥扫视他一眼："怎么这么八卦？你自己的事弄清楚没有？要给我介绍？"

蒋雅笑道："我哪里有什么人能给你介绍？满京市还真不好找配得上你的人。彭家那个嫁过旁巍，你总不能娶个二婚的，还是兄弟的老婆；孙家那个好像才刚刚读完博士回国，还有……"

"停——"沈弗峥打断他的话，诧异又好笑地望着他，"你这都是怎么配的？"

蒋雅说道："按门当户对配的啊，你总不能随随便便娶个贩夫走卒的女儿回来吧？"

"贩夫走卒的女儿怎么了？人家真求女儿一生顺遂，未必瞧得上你这点儿富贵，一日三餐，什么东西吃久了都会腻，吃什么不是吃？你妈天天吃山珍海味，过得开心吗？"

他这话说得很淡，没什么嘲意，似乎只是为了点醒蒋雅。蒋雅那么不喜欢沈禾之，但到底是她的儿子，潜移默化间还是受了影响。

蒋雅却当局者迷，只盯着沈弗峥看，然后说："四哥，你知道你跟我们为什么不一样吗？"

不等沈弗峥回答，他自己说，"你不像外公，沈家人才不会说这种话。你小时候学字，外公是不是说你像章载年？说你有章老先生的风骨？上次去州市章老先生我没见着，真的很想看看，你和这位章老先生是不是很像？"

这话熟悉，又勾起了一段有关州市的回忆——

153

路灯坏掉的一段青石路，昏暗的车后座，淡淡的花果香，女孩子用紧张到语无伦次的声音，说跟外公说话才会故意这样撒娇讨他开心。

他便问："我像你外公吗？"

她是怎么回答的？

"是有一点点像的。"

九月底刚过中秋，月正圆。

沈弗峥站在檐下，抬头看月，又低下眉眼，望着手里捏的这一盒凉透了的红豆饼。

他嘴角稍稍一弯，回答蒋雅："可能，是有点儿像吧。"

蒋雅叹了叹，自顾自地说着："唉，没钟弥的联系方式啊，也不知道她开学没有，现在人还在不在京市，要是能联系上钟弥就好了。不知道能不能托她的面子，去见一下她外公。欸，四哥，你那时候在州市——"

似乎预料到蒋雅要说什么，沈弗峥先一步扯他的领口，瞥他衣领下遮住的一处伤口，将话题岔开："这伤几天了？为小鱼跟人打架了？"

话题一下转到自己身上，蒋雅脑子短路一样，忘了自己刚刚要说什么，只愣愣地眨着眼睛说道："你……你怎么知道是因为小鱼？"

随即他反应过来，那天在场的还有谁，下一秒嗤了一声："盛澎真没意思。"

"帮他保密"这四个字，得打括弧，不包括不告诉沈弗峥，他就说四哥怎么偏偏那么抬举盛家呢，盛澎真是忠心耿耿。

沈弗峥问他："因为跟小鱼门当户对，你才护着她？"

蒋雅鼓着腮说："那当然不是。"

"人家跟你青梅竹马这么多年，你不要总表现得叫人误会。"

什么叫误会呢？蒋雅自己也解释不清。

"我不喜欢她，是因为我妈喜欢她；我喜欢她，是因为我自己喜欢。"

"难得你妈在老宅过一次生日，小鱼也是第一次来沈家，今天人多，她又不熟，你应该带她逛逛。刚好阿月下午回来了，你可以介绍她们多认识。"

"我不，搞得我马上要娶她似的，那么多人看着呢。"

"你不娶？"

蒋骓迟疑："我……还没想清楚。"

"今天等你想清楚，明天等你想清楚，永远等吗？"沈弗峥拍他的肩，"你这样子，耗时费力，讨不到好。"

蒋骓也不乐意多聊自己的事，试图扯开话题："这种时候，你又特别像外公了，一针见血，半点儿无用功都不做，付出就必须得到回报。"

"付出当然需要得到回报。"

蒋骓问："四哥，你这个策略永远有效吗？"

"永远有效。"沈弗峥拈起那块红豆饼，豆沙凉了，一点儿糯性不剩，口感不好，又补了一句，"只要我乐意，也是一种回报。"

关于这棵好树是不是被人栽出的，那晚钟弥没问出口，说完红豆饼，好几次话到嘴边，都觉得太煞风景。

人与人之间，好戏码讲究的是一唱一和，自己的词要唱，旁人的戏也要接。

沈弗峥说想见她。

钟弥握着手机，愣在玉兰树下。

下晚课回来的小情侣在女生宿舍门口依依惜别，她就这么瞧着别人又亲又抱，直到手机那端的男声在几秒的通话空白后，带着歉意说："我太唐突了吗？"

停了一秒，那端的人又说："可想见你是真的。不做别的，我只是想见你，一面也好。"

她一直警觉，很晓得花前月下的戏文经不起现实嚼味，只当自己是翻折子戏的红尘看客，有幸在风花雪月里体会一遭，真动情了，至多鼓鼓掌，也不吃亏。

可那一刻，她是真信了。

他说想她，她就觉得他爱她。

情爱幻觉像一层薄膜，有半点儿风声便舞得铺天盖地，猎猎作响，好似很有分量。

只差一点儿，只差一点儿钟弥就要做出开学以来第一次夜不归宿的决定。她刚开口想问他现在的位置，偏偏这时候妈妈的电话切了进来。

章女士一贯作息规律，这个点应该已经早早睡下，钟弥担心家里有

155

事,便先将沈弗峥这边的电话结束,说待会儿再打电话给他。

钟弥刚悬起的心,很快落地。

章女士说:"没什么事,做梦梦到你了,醒来眼皮一直跳,不放心,给你打个电话。"

钟弥应着声:"哦,没事就好,我也没什么事。"

章女士却像不信:"真没什么事吗?之前你怎么也不肯待在京市,这回要不是因为外公的事要去拿画,估计你连开学都不会自己去。弥弥,你是不是在京市遇着什么事了?你是长大了,不要家里操心了,但你不要什么事都自己一个人扛着,妈妈真的会担心你。"

一番话听得钟弥眼酸,连带着喉咙都有些发哽。

她还是之前那副云淡风轻的样子说:"真没什么事啦。就是本来我要去舞剧院实习的,但没去成嘛,我很爱面子的啊,你也知道,没法儿出类拔萃了,那就装作闲云野鹤,不然在同学面前多丢人,就想回家了呗。"

章女士被她说笑,乐了一声,想想女儿也的确是这个性子,只柔声问:"那怎么就没去成呢?是什么原因,结果还能转圜吗?要不然我明天早上去你外公那儿——"

钟弥连忙打断她的话:"啊别了!之前我不想说就是怕你跟外公操心,你别告诉外公!他身体本来就不好,一发愁心脏又要出毛病,他连智能手机都不会用,你跟外公说这些干什么啊?"

"弥弥,你太逞强了,我和外公不替你操心谁替你操心?"

钟弥嘟囔着:"我自己去找一个大靠山!就不让你和外公操心。"

"又胡言乱语。"

"我没。"钟弥有点儿赌气,"妈妈,你是不是不能接受我是一个平庸的人?"

章女士痛心:"你怎么会这么想呢?"

钟弥说:"我或许是有一点儿能挤出来的本钱和底气,可是妈妈,人如果只想靠着一点儿关系、一点儿姿色、一点儿小聪明,往某条路上钻,这条路是走不到头的。我当然知道外公疼我,他不在乎什么虚名,也无所谓低头求人,可我会贪得无厌。今天托外公的关系进舞团了,明天我就想当领舞,越是不费吹灰之力,越是不加珍惜,总有更好的东西在前头吊着我。我不想因为这些并不重要的事,让我们一家人都活得很累。"

章女士听出来了:"弥弥,你很累是吗?"

"也还好。"说完钟弥又小孩子气地改口,"就一点点吧。"

说了过于严肃的一番话,钟弥不想让这一通深夜电话以太沉重的气氛结束,便改了口吻说:"妈妈,我不想当一心扑在事业上的女强人。"

章女士好笑道:"没有人要你当女强人哪,你怎么忽然把话说得这么怕怕的?"

钟弥犹豫着问:"那你接不接受我以后就是一条没有志向的咸鱼?你想要一个咸鱼女儿吗?"

章女士答得干脆:"不管你是什么样子的,妈妈都会想要你这个女儿。弥弥,妈妈只是担心你过得不开心,担心你表现出来的开心样子是假的。"

"怎么会?!"想到最近,钟弥是发自内心地觉得很好,抿起的嘴角微微朝上,她跟妈妈说,"其实撇开实习的事,京市也……还好。我知道你想让我留在这边,多见见世面,那我就先不回去了。"

章女士担心道:"你一个人留在京市那边可以吗?"

"怎么不可以?"钟弥叫她放心,小声说着,"京市又没有怪兽,难道还会把我吃了啊?"

"那身上的钱够用吗?"

"你忘了你给了我一张卡?里面好多钱哪,根本花不完。"

章女士这下是真笑了。

钟弥哄她早点儿休息,别乱操心。

跟妈妈打完电话,看着最近通话的页面,她指尖空悬,正准备点"沈弗峥"这三个字回拨电话,忽然想到刚刚跟妈妈说的话。

手指一蜷,仿佛电话那头真有个裹着漂亮人皮的怪兽,会一口吃了她。

她差一点儿就要自己送上门去,供他一时寂寞下嘴。她想到沈弗峥的大学辩题,他赢得有理有据。果然,人再清醒,屈服于欲望也是一种失控。

这种失控,既危险又迷人——没有失去自我,也仍存理智,只是因为被人需要,催生一种究极浪漫的自我物化情绪,让人想当雨天的伞,想当露肚皮的猫,想当冬天的围巾和手套,想当救命的药,不想当人,想被人需要。

电话接通,钟弥简单讲了一下妈妈半夜给她打电话的缘由,随即主动谈起刚刚搁置的话题。

——他想见她。

"今天太晚了,你应该早点儿休息。"这是婉拒,但钟弥也有一份真诚之心,"我加你的微信。"

"怎么,要给我转半台车?"

他似乎也不计较她的退缩,那种温和又疲倦的声音,让钟弥想到自己臆测他一时寂寞,顿生一些愧疚感。

钟弥低声说:"才不是,半台车没有,一张照片,要不要?"

后来他们之间有很长一段时间断联,沈弗峥很多次想起她,都在夜里点开钟弥的微信聊天页面。寥寥几句话,最上面,她发给他的第一条信息,就是这夜她随手拍下的一张照片。

闪光灯亮度有限,楼道光透过层层树影,朦朦胧胧地映着一张脸。

她看着镜头,眼角下横来一缕细长发丝,滑在她的鼻梁骨上,动态的画面捕捉得不清晰,颗粒感很重,素颜下隐隐有一点儿黑眼圈,临时露的一丝笑也生硬。

只眼里一点儿星子一样的亮光,把所有坦然暴露的不自然、不完美,都衬得其来有自。

她真的像星星,亮或不亮,都永远好看的星星。

黑色的GMC停在京舞西侧门门前。

西侧伸缩门平时只开三分之一,供学生日常通行。钟弥白裙搭深蓝色牛仔衣,踩着一双暗红的浅口小皮鞋,一身清新简单又不失亮点的打扮,挎着链条包,从门里出来。

车里的人一直注视着她,一见她走近,就叫司机快把车门打开。

钟弥站在敞开的车门前,往里瞧见了靳月。

白色勾淡金的粗花呢套装,短裙下并着一双舞蹈生的细腿,枣红的真皮座椅很衬肤白。

靳月看见钟弥,露出腼腆的笑:"好久不见了,弥弥,快上来。"

"是好久不见了。"

荒腔

158

算算她们得有小半年没见了。

之前因为彭东新，钟弥状态最差的时候，靳月在剧组里拍戏，被武术指导带着从早练到晚，只能挤出时间打电话安慰钟弥。

她很抱歉，因为帮不上钟弥什么。

她不是不愿意为钟弥开这个口，是经纪人不让，给她的警告非常严重，说彭家的人，她最好沾都不要沾。

"否则不只你的朋友，连你自己也得搭进去，到时候就算旁先生肯为你出面，你也捞不到好结果。旁家和彭家现在的关系多紧张，还需要我跟你说吗？弄没一个你就跟玩儿似的，知足吧我的大明星，一人得道已经难得，你就不要再想着捎鸡带犬了。"

那话难听，又充满嘲讽意味，靳月本来就是容易情绪内耗的人，在心里怄了很久。她为朋友担心，为自己难过，却也知道话糙理不糙。

她和旁先生的关系里，没有吹枕头风这个环节。

每次她想要什么、想做什么，都是无成本地提要求，他越是件件应允，她越是觉得自己不该横生枝节地给他多添麻烦。

钟弥上了车，靳月随即吩咐司机将车子往商场开去。靳月侧着身子，迫不及待地拉着钟弥的手，打量着她今日的穿着："你怎么穿得这么素啊？"

"这不是想着跟明星出门，容易被狗仔拍，要低调一点儿吗？"

靳月笑说："你想多了，就我这种娱乐圈新人，顶多算刚有姓名，还不是我自己的姓名，不会有人拍我的。"

还有一句话她没说，真被拍到也无所谓，没人敢乱扒。现在的娱乐记者都是人精，哪些人身份敏感不能见报，他们比当事人还拎得清。

许久未见，靳月感觉钟弥的状态比自己想象中的要好不少，晃着她的手说："你穿得再素也好看。"

钟弥弯起嘴角："少商业互吹了。"

靳月提起画的事，问拿回来没有。

钟弥忽而被点了一下，在心里快速算了算时间。消档又不是什么复杂流程，好像画早就应该回到她手上，按照杨助理的办事效率，不应该到现在还半点儿消息没有。

想到某人曾经问她什么时候离开京市，她回答大概等拿到画。

159

神思骤然清明，她匿住笑，心想原来瞧着光风霁月的一个人，背地里也会有小动作。

钟弥和靳月说："拿回来了。"

就看之后什么时机下，沈弗峥会拿给她。

这么一想，她倒很期待那个场面。她要用他朋友的话调侃他，就这么爱不释手吗？

两个人逛完女装，去看鞋包。

刚刚在扶梯上，钟弥就看出靳月欲言又止，这会儿一边试鞋，一边分心瞧了她一眼："你有话就说啊，干吗忽然心事重重的？"

靳月往她对面一坐，咬着唇，好一会儿才出声："就是刚刚看到那张海报，想到下部戏了，就是她当女主角。"

R家的鞋子钟弥之前买过两双，上脚率极低，其中有一双想想，好像只在镜子前搭过两回，日常不好配衣服。

热衷用羽毛缀珠、绸缎蕾丝、珍珠水钻这些宫廷元素来装点鞋履的意大利品牌，是晚宴鞋界的翘楚，拿捏死一个"仙"字。

在绝对美貌面前，考虑实用性是对美的不尊重。

华而不实，钟弥已经接受，没想到尖头高跟鞋这么挤脚，她用了一点儿力才踩进去，抬头望着靳月问："那你是？"

周边有导购，店里还有其他客人。

靳月没说话，手上比了个"二"字，钟弥便知道了。

这家的鞋码一直很谜，钟弥之前穿过36码半，也穿过37码，一看手上这双白缎面缀珠的，是36码的。

靳月问："小了吗？"

钟弥说："有点儿……"可能是鞋太好看了，这两个字她说得相当勉为其难。

销售顾问帮忙调码，钟弥微微蜷着脚趾，脚跟搭地，不敢落到实处，怕足尖疼。

靳月跟着欣赏，说她穿这双鞋真好看。

钟弥差点儿忘事："你刚刚说新戏怎么了？"

靳月手肘撑在腿上，托着脸问："弥弥，你在车上说你不着急回州市了，现在也没有确定下来的实习工作，你要不要来剧组玩一下？顺便帮我一个忙——"

话刚说到这儿，SA来通知，这款鞋国内专柜现货只剩这一双36码的，去国外总店调货，也说不好什么时候才能拿到。

靳月随着钟弥一齐起身，建议说："真的很不舒服吗？有的鞋子穿一穿就会大一点儿，反正也穿进去了，要不就买这双吧弥弥？"

钟弥愣愣地看着眼前的画面。

大概就在三秒前，她刚站起来。喜欢能提高人的容忍阈值，她想再感受一下这种局促挤压的不舒服感是不是可以接受的，偏头往镜子里瞧去时，猝不及防地看见了沈弗峥。

她还是第一次看见他白T恤外搭浅咖啡色开衫的打扮，一身疏朗优雅的气质，乍看平平无奇，又贵气得不费力气。

她正想笑这无处不碰头的缘分，就见他身边走近一抹高挑的裙装身影。那人年轻靓丽，与他登对，挽着他的胳膊，自然地举着两只鞋，要他帮忙拿主意。

他在这一刻发现了钟弥，挑眼看来，两人之间隔着亮堂如水晶世界的半个门店。

对视一瞬后，钟弥迅速扭回了头。

靳月看她表情不太对，柔声问："弥弥怎么啦？"

钟弥脱下鞋，低声说："不舒服。"

这种不舒服，犹似踮脚踩在刀尖上，鲜血淋漓，她一刻也忍不了。

靳月顺着她刚刚的视线方向看去，低低地"咦"了一声。

钟弥自然地问："怎么？遇见熟人了？"

"也不算熟人。"有些人你就算多打过两回照面，也不敢说和对方是熟人，靳月心里清楚得很。

她忽而感慨地跟钟弥说："就是这种人吧，好像天生用来让别人感到自惭形秽的，你认识她，好像只是为了感受一下这个世界上人与人的差距有多大。"

钟弥还以为她说的是沈弗峥，再偏头看去，沈弗峥不见了，只剩那道裙装身影，似全方位展示一样，她这回给钟弥露的是正面。

"你是说那个？"

靳月似乎不敢多打量那人，鞋子都不买了，她拉着钟弥一边往外走，一边"嗯"了一声说,她跟着那位天使投资人这么长时间,也见过不少所谓的京市名流,少见他对一个女的那么客气殷勤。她那时候还不经事,无知无畏地问过一句:"她是谁啊?"

"她爷爷没退下来的时候……"她用手挡着,贴在钟弥的耳边说了三个字。到顶的副职,似闷雷闪过,钟弥眼底一震,体会了现实版的开了眼界。

快走远了,靳月顺势朝身后看了一眼,看到那位千金身边站了一个身形高大的男人,男人单侧面就足够出尘:"两次碰巧看见,我都觉得她好傲气,不过人家也的确有傲气的资本。听说她有未婚夫,还是第一次见,她未婚夫这气质还挺能压她的。"

未婚夫?

钟弥只觉得芒刺在背。

喜欢时有多拉扯缠绵,放弃时就有多干脆果决,电梯朝下一沉,带来轻微的失重感,她闭了一下眼,想到刚刚在店里看到的画面,很快睁开。

如此贵又不合脚的鞋子,她没什么好纠结的,这本来就不是她能驾驭的。

她不知道和沈弗峥还有没有机会再见面。

本心里,钟弥不是打破砂锅问到底,非要撕破脸皮不欢而散的那种人。

可她也想了,真有当面对质这一天,沈弗峥要怎么跟她解释?或许他也没有什么好解释的。

未婚妻要找得力的,心上人是自己喜欢的。

这种情节俗也不俗。

哪怕他真拿她当一时兴起的消遣,也能讲得体面,这怎么不算是最大的诚意呢?

钟弥捂着脸,盘着腿坐在宿舍椅子上,人伏在膝头,骨头缝里发冷,真切体会到京市难得几日的好秋天过去了。

她一直自认清醒,这一记当头棒喝算是给她的自视甚高上了一课。从认识沈弗峥开始,她就不受控地在美化这个人。

连人家有没有未婚妻都不问一句,她多信他。

她以为他是外公的客人,他尊敬外公,至少不敢对外公的外孙女胡来。

可这份所谓的尊敬，由何而来，是真是假，她从没有去想过，也没有去问，无根浮萍一样，不过是肤浅地、自以为地觉得他应该是一个好人罢了。

一切都是感觉。

感觉是虚的，来得快也去得快。

她再一想，那什么是真的？那位漂亮千金的身份是真的。人家的爷爷，显赫到不能妄加谈论。

钟弥冷笑，又忍不住夸他。

他做事干脆，不拖泥带水，秉持事不过三的原则，往她的手机里打了三个电话被她接连挂断后，他便没再打来了，还彼此清静。

男女来往，都奉行及时行乐了，聚散离合哪里需要那么多理由，遑论大伤体面地对质？沉默已然是最好的台阶，大家该怎么退场就怎么退场，都各有余地。

跟她之前遇到的那些死缠烂打的男人相比，沈弗峥可真是高级多了。

可她没想到，隔天下午她收到了一份快递。她以为那是杨助理给她寄来的画，下楼梯时还觉得乌云尽散，一身轻松，心里想着，很好。

因何而始，因何而终，她拿到这幅画，幻梦一场也算有个完美句号。

她没看到句号。

回到宿舍，钟弥将快递拆开，何曼琪糊着一脸泥膜凑到钟弥桌前惊叹："哇，这鞋好好看，弥弥你眼光真好。"

钟弥的指尖落下，滑过白缎面的缀珠，轻轻笑了一声。她眼光好吗？但这鞋穿上不合适，已经是她不想要的了。

谁会送她这双鞋，除了沈弗峥，钟弥想不到第二个人。她胸口堵着一股恶气，在心里给沈弗峥扣了分。

这可就不高级了。

人被情绪左右时，思路再偏，也总觉得自己仍清醒。钟弥打开衣柜，从一件小鸡黄的帽衫口袋里翻出一团纸，是餐单小票。她抻平褶皱，上头有两个地址。

酒店套房她已经去过了。

还有一个住址。

五位数价格的鞋，被她像大卖场的两棵白菜一样丢在纸袋里拎上，上了出租车，钟弥才想起来给他打个电话。

那边的声音会意外吗？还是这全然在他的意料之中？他知道送出这双鞋子，就必有她这通电话？他又想怎么拿捏她？虽然他陪在旁人身边，但心思都在她身上？

她很不想问"你拿我当什么？"这种自取其辱又幼稚至极的问题，但那种被骗、被戏耍的愤怒情绪一刻不停，在和她死命按住的冷静情绪交战。

钟弥的脑子里的信息很多，她想得切齿扪心，怨气冲天，一时没法儿去分辨其他东西，只听他在电话里一如往常地问她："吃晚饭了吗？"

她一句废话不多说："我去找你，你在家吧？"

"在，是之前告诉你的——"

钟弥打断了他的话："我知道。"

说完，她就单方面地将电话挂断了，手机被紧紧地攥在手里。

京市的出租车司机爱聊天，今晚这位师傅好几次拣着红灯空当儿，在后视镜里瞥后座上的客人，一路没敢吱声。

她大概也不晓得自己此刻的状态，瞧着像去赴一场恶战。

沈弗峥城南的这套房子，钟弥之后一直不大愿意来，一是因为太大，没半点儿烟火气，二是她第一趟过来，留下的初印象实在烂到顶。

后来有一阵儿，刚好碰上沈弗峥在城南办公，在这儿小住过一段时间，沈弗峥哄她过来，真找了好几个设计师戳在客厅里，说她看哪儿不如意就改，再不行将房顶掀了也成，随她高兴。

可钟弥偏偏就是不高兴，说改不了，改了也不成，不喜欢就是不喜欢。

有时候她就是这样，不知道在跟谁较劲，不清醒、不负责地犟。

初印象定生死。

而她对沈弗峥的初印象太好了。

晦雨返晴的傍晚，风帘翠幕后的侧影，外公摆满兰花的院子，他从檐阴下伸来的手……她甚至都不敢再往后想宝缎坊的事……

这个人，点尘不落，知礼识节，好得像一个假人。

进门前,她不客气地在心里骂沈弗峥欺骗无知少女是罪,欺骗不无知的少女,更是大罪!

可进了门,真见到他本人,钟弥反而冷静下来了,手上提着名牌纸袋,攒了一路的腾腾杀气,像细菌被消毒扫杀一样,半点儿不剩。

她穿得不够隆重,不然会似锦衣夜行,得体得仿佛应邀来他的住所做客。

钟弥凭本事装的。

她就近在半环形的棕色皮质沙发上坐下,朝前倾身,将纸袋搁在玻璃矮几上一角,正要说感谢他记挂,但自己并不需要,沈弗峥先一步开口,比钟弥还不避讳。

他问她那天遇见了,怎么连个招呼都不打。

小幅度的表情变化如同冰面崩出裂纹,钟弥不许自己因对方一句话就垮下来。

她挤出一丝笑,从嘴角弯到眼梢说:"沈先生有佳人相伴,我怎么好打扰?"

沈弗峥从烟盒里抽出一支烟,一个说不喜欢让人知道上瘾嗜好的男人,在她面前毫无顾忌地取火点烟,目光落在她身上,好似她才是那一截亟待烧掉的欲望。

他微微后仰身体,瞧着钟弥鼓气沉声的样子,笑了,说:"没,佳人生气呢。"

烟雾弥散。

那一刻,钟弥的心也乱了。

她得承认自己道行太浅。

她再装不来刚刚进门时的冷眼淡漠样子,攥拳攥到无力可施。受他一句话撩拨,她忍不住悸动,又实实在在地恼恨,咬着牙说:"我都看到她了!"

桌上有茶,这边的用人按沈弗峥的生活习惯泡的,透明茶壶,搁在原木的隔热垫上。

他将烟靠在一旁,手背轻轻往玻璃上贴,感觉温度还适宜,便倒出一杯,放在钟弥面前。

"你那天走早了,不然除了我堂妹,还能看到我妈和我大伯母。"

钟弥瞠目,视线从杯子上移到沈弗峥的脸上。

连解释他都不着急澄清,只是平淡地摊开事实,一句废话没有,随她信或不信。

此时对视,沈弗峥也看不懂钟弥。他以为解释清楚就行,却并没有在钟弥的脸上看到此事翻篇的迹象。

他不知道她在怎么想他。

周遭安静、空旷,繁复水晶灯华丽到摇摇欲坠,这挑高的客厅大得吓人,落地玻璃窗外似困着无边的夜,衬得偌大的别墅如一座孤岛,上岸者生,离岸者死。

钟弥呼出一口气,盯着某个虚晃的光点。

沈弗峥的心倏地揪紧。

那种短促得甚至无法辨别是不是痛感的情绪,随着钟弥眼底浮现的水汽,分秒不差地朝他袭来,像被鱼线或者新纸划到手指一样。

痛感细微,甚至不能被立即察觉,总要过段时间盯着细细的一道血痕,他才恍然知道,原来那么小的东西也有威力,按一按也是疼的。

"弥弥。"

她因他这一声回神。

靳月口中的傲气千金是他的堂妹,他们有同一个显赫不可言的爷爷,而蒲伯说这位沈四公子是沈家最受器重的孙子。

她瞧着他,又像不认识他似的。

他最开始说的是什么?那天遇到她怎么不打个招呼?

钟弥此刻却忽然清醒,他的妈妈和大伯母,也不是她应该见的人。

打个招呼?

她用什么身份打招呼呢?

说是沈弗峥的朋友,她自己都会先笑。她甚至开始庆幸那天自己对号入座,走得飞快,自己生气总比当众丢脸好。

他起身走近,将被潦草丢进去的两只鞋子取出来,并在一处,屈身蹲下,放在她的脚边。

鞋跟纤细,缎面缀珠更是美得不牢靠。

他抬起头看着钟弥说:"不是很喜欢吗?"

人生第一次,钟弥如此痛恨一语双关。他在问什么?

荒腔

她终于剥开那被暧昧粉饰的天平,看清了对面的人,也看清了自己。她得承认自己是沈弗峥不堪匹配的对手,他都需要一路放水照顾她,她才不会输得太惨。

她觉得他爱她,像做梦。

可他问她不是很喜欢吗?这问句礼貌得让人想落泪。

那股从心口辐射出的难受感,叫她稍稍动唇,下颌就跟着发抖。她抿唇,吞咽,将这沉默气氛拉得又长又生硬,以至她说出"不合适"的时候,像在赌气。

她猜是这样,不然沈弗峥怎么会哄她再试试?

"弥弥,试都不试,你就说不合适吗?"

那声音里的遗憾之意,真到日月可鉴。

钟弥垂下的睫毛忍不住颤动,她不信也没办法,有些人仿佛有在娘胎里自带的本事,看什么都深情,说什么都显真心。

"我知道你的意思。"

钟弥拿起一只鞋子,看到沈弗峥支在烟灰缸旁的一根烟,袅袅散着一丝烟气,好似一支预示着倒计时的香,越烧越短,时间所剩不多。

喉咙朝上泛酸气,她的声音微微哽了一下,但她很快调整好状态,语气平平地喊了他:"沈弗峥。你无数次在我的世界里风光出场,可要是我接受了你,以后未必有本事体面离开。我不是全然不知世事的小姑娘,看得清我们的站位,这鞋子不适合我穿,我再喜欢,削足适履,以后也只会难受。"

"弥弥,你想得太远。"

他的声音很淡,别说是讲理,仿佛她此刻扯开嗓子骂,他都不会同她吵起来。

看似纵容,他却仿佛没纵容。

那根烟的积灰落下。

不知怎么的,这叫钟弥想起在州市,那支曾被他随意夹在指间,自燃尽的香烟。

她曾好奇他待人是否也如此,如今仿佛有了验证。

能说出刚刚那段话,已是钟弥的极限。

听到他叫她不要想得太远,她忽然无比难过,眼底一瞬间涌起雾气,像一堆陈旧、杂乱的颜料猛地糊向整个世界。

或许有一丝恨意夹在其间，可她太难过了，有些恨不起来，也不知道怎么去恨。

"我不配和你想得很远吗？我不能想得远吗？"

两句话几乎没有间隔。

可这话不管怎么说，都过于幼稚，又显得自取其辱，她阵脚全乱，忘了所有告诫。

沈弗峥那一刻是什么反应她都没有细看，仿佛眉头微收，他是心疼她的鲁莽，还是不解她的愤怒？她不想，也无法计较其中的意味。

钟弥只觉得缺氧，像鱼缸里吸吐呛食的小鱼一样，被周遭水压挤得腹部凹陷，不得喘息。

她一秒都不能再在这个空间里多待，丢了鞋子跑了出去。

钟弥没走多远，身后就开来一辆车。

黄色的大灯灯光照着窄窄前路，高级住宅讲究私密性，黑暗的路仿佛走不到头。

钟弥对这辆黑色A6印象深刻，初见只觉得这人低调，现在想想，以他的身份，他真是低调到没法形容了。

驾驶位的车窗降下，出现的是老林。

那一刻，钟弥也不知道自己在期待什么，愣愣地站在路边，贴身的毛衣裙不隔风，降温欲雨的夜风吹得人通体发凉。

老林很担心她："钟小姐，您去哪儿？我送您吧，待会儿可能要下雨。"

她已经不介意自己再俗一点儿了。

"沈弗峥叫你来送我的？"

老林下车，替她拉开后座车门，说："是啊，沈先生很关心您。"

喊。

老台词了。

可这一回，钟弥嘴角连一丝生硬的笑都挤不出来，更别提礼尚往来地调侃回去，说自己也关心他。

"不用了，替我谢谢沈先生吧，他真是一个好人。"

钟弥不上车，老林也不敢走。

一身在丰宁巷七进七出毫发无损的本事，用来龟速行车，不远不近地跟在钟弥身后，老林一直把她送到门口，看着她打车坐上去了，这桩差事才算完。

老林回来得太快，问都不必问，沈弗峥就了然他没送成人。

"车上有件外套，拿给她没有？"

老林面露难色："我没想起来……"

实则是沈弗峥刚刚在电话里也没提，他只说钟弥从家里出去了，叫老林跟上去送。

老林这么回答，是给人当司机的语言艺术。

沈弗峥站在窗边，夜风灌进来，夹着几点儿冷雨，他手上端着一杯热茶，有一搭没一搭地递到嘴边喝着。

雨势渐渐大了，他就将窗户关上了。

一转身，沈弗峥就见老林还站在客厅里，正看着那双被钟弥丢下的鞋。

沈弗峥的疑问有了落脚处，他问老林："现在这些小姑娘，怎么这么难懂哪？"

老林给沈弗峥当了七八年司机，沈弗峥身边来来往往都是些什么人，老林比谁都清楚，大差不差能瞧出沈先生平时心情好坏，也深谙什么时候该说话，什么时候该装哑巴。

"以前那些小姑娘，您也没搞懂过，您这不是没接触没经验吗？难懂也是情理之中的事。"

沈弗峥觉得这理由荒谬想笑："我还得多接触接触，多练练手？"

"我没这么说。"老林连忙证明清白，"我的意思是，您没什么可烦的，慢慢来，这也不是能急的事。"

"慢慢来？"沈弗峥垂眼，瞧着那鞋子，"人都被吓跑了。她不愿意，哪里能强求？算了吧。"

那晚两个人不欢而散。

钟弥也清楚沈四公子是什么样的人物。他已经肯俯身为她穿鞋，哄她入这眼下的一朝风月，而她这样捡着台阶都不肯下的人，实是不懂规矩。

山不肯转，水总要转。

人与人之间本来就是缘如纸薄的，花难重开，人难再逢，都是同一个道理。

169

第八章

昌平园

夜雨下得酣畅。

断崖式降温,仿佛换了季节,所有饶有余温的迹象都随着凄清风雨彻底了断。

那晚从城南回来的出租车上,钟弥两手空空,赶巧遇上个不爱唠嗑的司机师傅。堵车间隙,司机师傅望着后车镜,朝后递来一张纸巾,半句话也没有。

她摸了摸脸,才反应过来脸上挂了湿痕。

不想浪费纸巾,她低着头,将纸巾仔细对齐边角折起来,攥在手心里,指腹随意地往眼下一揩,继续瞧着窗外的霓虹灯发呆。

过往种种,如同拉片子一样在她的脑海里反复播放,她像一个审片苛刻的导演,将无数个或心动或拉锯的瞬间定格,隔着时间差和认知差,试图去置评对错。

钟弥扪心自问在求什么,那答案她自己都不敢认。

她要沈弗峥爱她。

仿佛一个人早就吃饱了,各色甜点被端来面前,都是可尝可不尝的,某一道或凭几分特色脱颖而出,叫他肯动叉了,这甜点忽然跳出来说:我虽然瞧着像甜点,但我要当一盘菜!

这多荒谬。

她这样有志向没错,但非要人家忽略客观事实,也没道理。

买卖谈不拢是常事。

谈拢的是……她要搬出宿舍了。

晚上钟弥从练功房回来，何曼琪已经把东西收得七七八八。现在流行说"断舍离"，何曼琪也曾经把选择困难症挂在嘴边，一件物品是留是去，仿佛天大的难题。

可现在瞧瞧，人如果提上了戴妃包，将那堆也曾赶着电商平台节日打折才舍得下单购入的"小众原创""平替轻奢"的东西打发进垃圾袋里根本不是难事。

弃如敝屣，不仅是成语，也是一种能力，但奇哉，这世界风水轮流转，乱丢东西的人，也会有被人乱丢的一天。

大概是约了人来搬东西，何曼琪完全没有着急的样子，跷着腿坐在宿舍椅子上玩手机，见钟弥回来，跟领到主线任务似的神情一凛。

"弥弥回来啦。"

钟弥放下运动包，淡淡地应了一声。

何曼琪起身走过来，钟弥礼貌地伸手挡了一下，格出彼此间的距离，抽了一张湿巾擦着脸说："我淌汗了，味道不太好闻。"

何曼琪知道这是生分了。

虽然之前她跟钟弥关系也好不到哪里去，可那会儿看着钟弥不冷不热的样子她无所谓，想着反正钟弥高冷嘛，跟谁都关系一般。

现在大概是自己心虚，何曼琪总觉得钟弥是刻意在疏远自己。

房子就是这两天找的，何曼琪要搬出去了。彭东新搂着她，说晚上给她开个乔迁派对，想在哪家夜场开随她定。

"把你想喊的姐姐妹妹都喊上，玩嘛，就是要热闹、开心，别忘了你宿舍的那位。"

当时她浑身别扭，又不得不挤出笑："弥弥好像不怎么喜欢来这种地方玩。"

彭东新冷淡又暧昧地往她的脸上轻轻吹烟，捏了一把她的腰。何曼琪吃痛之际，旁边有常跟彭东新搭伙一块儿玩的男人哈哈大笑说："她不喜欢来这种地方玩？娜娜，看来你跟钟弥关系真不怎么样哪，就今年上半年，几月份来着？就在这地儿，钟弥生喝了一瓶人头马，咱们彭少才放人的。她挺喜欢玩的，跳舞还特好看，对吧？"他问周边人要了一声认同，随即下了结论，"她现在是不敢随便出来玩了！怕了！哈哈哈。"

那些男的女的都在笑。

何曼琪不知道他们在笑什么？这有什么好笑的？好像把一个姑娘逼得束手束脚是件多了不起的事一样，他刚刚喊她娜娜，她都没有笑。谁是娜娜啊？

彭东新拍了拍她走神的脸："乖乖，懂了吗？"

她生硬地点了点头："嗯，我会通知弥弥的。"

"好好通知，知道吗？"

此刻，何曼琪站在钟弥面前，话到嘴边，欲言又止。

身边戳着一个大活人实在挡手挡脚，天气阴湿，毛巾晾不干，钟弥从柜子里新拿了一条干净毛巾准备洗澡。她侧过身，与何曼琪正面对上："怎么了？有事？"

说着她从何曼琪身边走过。

何曼琪跟着转身："就是……我不是要搬出去了吗？你之后又要回老家，咱们以后估计见面的机会也不太多了，晚上有个派对，弥弥，你要不要过来一起玩？"

"都有谁啊？"钟弥应得自然，仿佛还拿她当一个值得送别的同宿舍同学。

何曼琪喉咙一滚："彭……彭东新……"

钟弥停在卫生间门口，里头的暖灯灯光把人的身影照得仿佛立于浓郁黄昏之中，暖光融融，钟弥却觉得后背冷了一下。

钟弥转过身来，在何曼琪的脸上看到了明晃晃的尴尬和心虚表情。

"弥弥……对不起，你还是别去了吧。"

对人的期待一再放低会有什么后果？

得到一丝心软，钟弥居然都想下意识地感谢。

"曼琪，只要你坚定，你觉得你得到了自己想要的东西，不管别人怎么说，对你而言其实都是无关紧要的。"

说完，钟弥进入浴室，关上了门。何曼琪怔在原地，倒不是为自己，而是想到曾经的自己。

那时候她们大二，靳月的经纪人来校帮她办休学手续，顺带清空了宿舍的桌位和床铺上的所有东西。

那晚，整栋女生宿舍的人几乎都在议论。

荒腔

172

何曼琪和郑雯雯也不能免俗。

她们站在象牙塔里看名利场，就像站在春天看冬天的花木，猜测对方的萎靡，指责对方的衰败，事不关己的时候，分析得头头是道，什么道德与堕落，什么人性与诱惑，洋洋洒洒，出口成章。

那晚她探出脑袋问："弥弥，你觉得是不是？人哪里有那么多苦衷啊？还当是以前吃不饱穿不暖呢，说到底，还不是不自爱。"

那时候，钟弥好像就是这么回答的。

"人为自己活，别人怎么说、怎么认为，都无关紧要。"

何曼琪咽了咽口水，没再说话，回到自己的椅子上。没过一会儿，她的手机响了，几分钟后，宿舍进来一个染金发的女生，陪她一起把简便的行李拎走。

当晚钟弥就点开了租房软件。

她不能低估人性里的恶，为了安全起见，还是搬出去安心一点儿。

不考虑租金问题，找房子其实是挺轻松的事，她很快就挑中了一套一居室的公寓，约了中介人员看房子，当天就定了下来。房东见她爽快又是个没养猫狗的小姑娘，给租金抹了零头。

钟弥是宿舍里最后一个搬走的人。

带上门的一瞬，她俗套地感慨光阴飞逝，大一开学的画面仍鲜活，仿佛就在昨日。

开学钟弥是宿舍里最后一个到的人，那天阵仗很大，章女士、淑敏姨，还有一个戏班里的青衣姐姐。青衣姐姐是约了来这边的医院做激光美容，跟她们的车子过来，预约还在第二天，当天就一块儿来送钟弥进校报名。

青衣姐姐和淑敏姨都是勤快人，大包小裹一个不让钟弥拎，进宿舍挥拖把拧抹布，擦这儿洗那儿，忙前忙后。

章女士一身藕色缎面旗袍，显年轻，显贵气，人抬衣，衣抬人，就是电视剧里都难找到她这样有韵味的旗袍美人。

她端端坐在柜子前，一边替钟弥收拾衣裳，一边叮嘱钟弥军训别被晒伤。

连隔壁宿舍都有人伸着脑袋来看，当钟弥是什么了不得的大小姐。

晚上聊天，钟弥说自己是小地方来的，其他三个人还不信。

173

钟弥说真是小地方:"我家在州市。"

她们都面露茫然之色,连州市在南在北都没概念。钟弥说到陵阳山,她们才恍然大悟。

那会儿天真犹在,热络尚存,大家还说以后有机会要一起去拜佛烧香,愿望都拟好了,钟弥不记得那晚她们说要去菩萨面前许什么愿了。

或许,她们自己也不记得了。

新地址钟弥只告诉了靳月,隔天快递员按门铃送来了一束香水百合,小卡片上写着四个字——喜迁新居。

公寓很新,家电家具也齐全,钟弥没再往里添东西。

她对京市好像永远缺一份归属感,也不觉得自己以后会留在这里,要不是前脚刚跟妈妈说了自己留在这里不回去了,搞不好这会儿又卷铺盖回了州市。

最近跟胡葭荔聊天,她得知闺密又在爱河边缘摇摇欲坠。钟弥提醒胡葭荔,找男人得擦亮双眼。

男人就像应季的水果,烂的很多,又具有伪装性,有的熟得过快,说烂就烂了。

恋爱脑闺密本次闯荡爱河,自我感觉依旧良好:"是吃席的时候家里亲戚介绍认识的,也没有熟得很快,就……还天天聊着呢,我觉得他挺好的。要不弥弥你下次回来再帮我看看?"

钟弥说算了,声音恹恹的:"我看男人的眼光不好。"

胡葭荔夸张地吹捧道:"你看男人的眼光还不好啊?我感觉你的眼光是最好的了!高中那会儿好多女生迷徐子熠,富家子弟嘛,又帅又有钱,但高中毕业,你偏偏选了周霖。事实证明,徐子熠就是一个徒有皮囊的'妈宝男',周霖就是好啊,不愧是你看中的潜力股,斯文正经长得帅,名校出身,现在一堆女友粉。"

"等等——"钟弥没反应过来,"什么女友粉,谁的女友粉?"

"周霖啊,那么火的综艺节目你都没追吗?"

胡葭荔说的是一档科学类竞技真人秀节目,汇聚了一堆高智商选手上节目烧脑子,让作为普通人的观众大开眼界,叹为观止,最近热度挺大。

而钟弥的那位前男友,名校、颜值加成,在节目里人气颇高。

荒腔

钟弥说自己最近没空，没关注那些东西。

胡葭荔紧跟着问："那你最近都在忙什么啊？不是说京市舞剧院的实习去不了吗？你重新在京市找实习工作了？"

"找了一个，不在京市。"

靳月之前拍打戏肌肉拉伤，医生建议多休养，现在新戏角色是个舞女，一舞动京城的设定，舞蹈戏份很重，有些高难度动作需要找一个舞蹈替身。

钟弥和靳月大学入学就一起跳过《并蒂花开》，浓妆彩裙一换，同样纤细和柔软，再找不出身形更相似的了。

钟弥去了要跟组一段时间，实习证明的事也能迎刃而解，她想想，觉得这样也挺好的，不然干干留在京市里，也不知道自己该干什么。

那天她跟大学社团的几个朋友吃饭，散场路过广场旁边的兴趣班，干净明亮的教室，十来个小女孩儿跟着老师在学动作，七八岁的样子，软萌又认真。

她想起了自己在州市的那份实习工作。

如果没有沈弗峥，她现在可能也在州市的某间教室镜子前教小朋友跳舞。

十月二十七晚上，离这天结束还剩三个半小时，钟弥打车赶回京舞女生宿舍楼下，从杨助理手里取走了一份东西——镏金绿的长盒子，里头是一幅辗转归来的佛头青牡丹。

玉兰树下夜风钻骨，钟弥望着旁边一辆挂京牌的轿车："你开车……进来的？"

"旁先生的车，之前办事来过几趟，跟门卫打了声招呼。"杨助理随口一说。

钟弥抿唇，稍点头配合着，仿佛这真是一件云淡风轻的事。

"麻烦您跑这一趟了，谢谢。"

中国人说话很有艺术的，再次感谢，不一定是多感谢的意思，更多时候像在提醒，谢都谢过了，就到这儿吧，充作告别。

杨助理不是不知礼数的人，这点儿话外音都听不出，特助也别干了。

他领命办事，过来之前老板盼咐了，得通知钟小姐一声，沈先生今

175

晚庆生，人不多，都是圈里常来往的朋友，问她要不要去，话说好听一点儿，小姑娘嘛就是要哄着来的。

这话也是很有意思的。

不说那位沈先生，单是今晚到场的人，哪一个不是身贵名显，寻常人想见一面都得排号等着？

这位钟小姐年纪不大，本事不小，居然哄都哄不来。

杨助理被钟弥婉拒，得了一句"您路上开车注意安全"，解了西装的一粒扣子，上车对司机纳罕道："这学校是真出奇人。"

那幅画的消档流程早走完了，杨助理很上道地问自家老板，画是寄给钟小姐还是寄给沈先生？

旁巍说不用寄，留着当贺礼。

画还给钟弥，最后估计也是到沈弗峥的手里，那不如他自己直接将画送给沈弗峥，不贺生辰了，沈弗峥都多少年没谈过恋爱了，挺值得庆贺。旁巍没想到，满场找遍，没看见钟弥。

旁巍本来以为沈四公子玩金屋藏娇那套，没等他调侃完，沈弗峥远远同门口另一位来客举杯示意，随即碰了一下旁巍的酒杯，发出清脆一声响。

"她不会来，记得把画还给她，玩开心。"

旁巍不信，小姑娘哪里有那么倔的，便吩咐助理去办事。结果杨助理形单影只地回来汇报情况，小姑娘真有这么倔的。

十一月份靳月已经进组，跟钟弥视频时单薄古装外裹着宽大棉袄，说这边特别冷，一定要带羽绒服。

京市迎冬这半个月，钟弥没怎么出门，对外界骤冷的气温缺乏感知。

附近就有商场。

天黑后来了觅食欲，她将自己为数不多的厚衣服一件件摊在床上，比较保暖程度，然后换了其中一身，蹬上靴子，决定去商场吃饭顺便购物。

白色的牛角扣大衣最有学生气，茸茸的毛呢贝雷帽斜压在额头上，露出的淡妆眉眼，笑起来毫不让人设防。

"这个是阿姨丢的，可以还给阿姨吗？"

眼睛溜圆的小男孩儿茫然地看着钟弥，跟妈妈牵在一处的小手紧了紧说:"可是……你……你不是……"

钟弥在心里笑自己演技拙劣,连小朋友都骗不过,可又想,那本来就是她的东西,她为什么会说得心虚?

小男孩儿仰头看着妈妈,不确定地问:"这个是不是姐姐?漂亮的要叫姐姐,对吧妈妈?"

钟弥和那位妈妈同时笑了,小男孩儿的妈妈弯着腰说:"嗯,那你把这个东西还给姐姐吧,姐姐丢了东西也很着急的。"

小朋友软软暖暖的小拳头搭在钟弥的掌心上,一摊开,上面是一枚小桃木无事牌,挂绳上还多了一个紫色的小兔子,小兔子还没一根食指长,小得像是儿童餐里会赠送的小玩具。

她不认识,没见过。

但这枚无事牌钟弥不会认错,高中她和胡葭荔在民俗店里买的,胡葭荔一下就替钟弥过滤掉了这个,说这个有痂,再找一个完好的。

钟弥就拿了这个有树痂的,小桃木辟邪,有伤又愈合的料子更有寓意。

钟弥的手指碰了碰旁边的兔耳,谁挂的?无事牌又是怎么丢掉的?

附近的失物招领处设在儿童乐园里,泡泡海洋和象鼻滑梯都是活泼暖色,建得童真温馨,走失的小朋友被领到这里也不会哭闹。

钟弥从电梯里出来遇到刚刚那对母子,他们本来就是要把东西送到这里。

钟弥走进去,柜台里穿着工作服的年轻女生礼貌地问她:"您是丢东西了吗?"

钟弥愣住,抿了一下微干的唇,没发出任何声音。

她丢东西了吗?当然没有,这个无事牌本来就是她的,是别人弄丢了她送出去的东西。

很小的东西,丢了也就丢了,好像也没有失物招领的必要。

钟弥摇了摇头,呼出一口气:"没有,逛累了,想坐下来休息一下。"

女生对她微笑,还告诉她供应热水的饮水机和一次性纸杯就在旁边:"那您在那边坐一下吧,不过我们商场马上也要打烊了。"

钟弥收起腿侧的大衣,坐在卡通的蘑菇凳上,抬手看一眼腕上的细表,快到十点了。

她看着掌心里的小东西，陷入走神状态。

进行时往往失重，很多事情只有变成回忆，那些一闪而过的片段，才会像河床沉底的沙石显现出分量。

泡泡海洋里的最后一个小朋友也被家长领走了，分针越过数字十二，柜台里的女生接到电话，神情一变，匆匆跑出去看了一眼。

这个商场负一楼的美食区最有人气，通常过了晚上九点，楼上顾客就很少了，清算盘点，到十点门店陆陆续续关灯，人走楼空。

灯火辉煌的商场打烊，如京市夜景里灰暗下的一颗星。

可今晚有人不许这颗星暗下去。

商场办公室那边发来通知，说有客人丢了东西，不具体到哪家店。柜台里的女生往外头一看，目力所及处不少于四个穿着黑西装的安保人员居然连儿童玩具店也不放过。

对临时加班的痛恨情绪一瞬间被旺盛的八卦欲取代，女生往商场的员工闲聊小群里发了消息。

"这是干什么？来我们商场拍综艺节目吗？好夸张啊！在抓谁啊？"

"总裁在逃小娇妻，哈哈哈——"

"总裁在哪儿啊？为什么我只看到一堆黑衣男和一个中年男人，穿得也不像总裁啊？"

"脑补别太离谱啊，哪里有小娇妻，好像是他女儿丢东西了吧，刚刚来过我们店，问的是一个小玩具。"

"呜呜呜——总裁有女儿了，滤镜碎一地。"

钟弥见女生从外面回来，手机里一局解压小游戏也刚好结束。钟弥起身准备离开，随口说了一句："你们要打烊了吧？"

女生皱了皱眉说："本来是，但今天恐怕要再等一会儿，我们商场——"

话音被门外一句"钟小姐"打断，钟弥和柜台女生同时看过去，老林身后带着一个高个儿安保人员。

女生在群里已经了解情况，主动说："我们这边好像没有人送过来什么小木牌和小兔子。"

钟弥攥着东西的手指猛然收紧，青白筋络立时显露在袖子下，她慢慢松开力道，把手伸了出去，用平静自然的声音问老林说："是在找这个吗?"

老林面露惊讶之色:"怎么在您这儿?"

"捡到的。"

老林将东西接过来说:"沈先生——"

像应激反应,她打断了这个称呼后的内容:"商场要打烊了,我就先走了。"钟弥提着今晚的购物袋,越过老林和那位安保人员,走到店外,一边走,一边往楼层扫看了几眼。

察觉自己下意识地在找人,钟弥立马警铃大作,似犯错一般,将自己的思绪连同目光一并约束回来,目视前方,步履仓皇。

扶梯停运,她从电梯下到一楼,轿厢打开时,手机刚好响了。

外头的镜面墙照着她面无表情的样子,熟悉钟弥的人会了解,她这个样子并不是在扮什么生人勿近,仅仅是在放空发呆。

钟弥从大衣口袋里拿出手机,来电显示是靳月。

"华姐回京了,我让她的助理帮你去开实习证明,现在去你家拿资料,你应该在家吧?"

"她到我家了?"

"应该已经在路上了。"

钟弥脚下步子加快:"好的,我马上到家。"

及腰的青丝乌黑又柔顺,被帽子固定在脸颊两侧,一出大门,夜风凛凛,她在门口停着的车窗玻璃里窥见了自己长发被风吹起的样子。

车窗一片漆黑,深沉扭曲,衬她这身冬日的白色装扮,不素寡,反有浓烈之感。

此时车里腾起一点儿猩红火焰,舔吻过烟草,又熄灭。

钟弥对高档商场门口会停着迈巴赫见怪不怪,擦身一瞬,朝车尾方向走去,逆着风,倏然吹来烟草气息。

她走着,回头瞧了一眼。

刚刚她草草照面的车窗已经降下去,搭出来一只男人的手。

黑色的毛衣袖口,将腕骨和手背都衬得极白,掌心朝下,指关节错落隆起,修长手指捏着一根烟,连不讲文明地弹弹烟灰,都有种落雪的消沉韵味。

目光带到车尾红灯,亮得刺眼。

这车钟弥见过一辆挂州市车牌的，在某个并不遥远的夏夜里，沈弗峥同她站在街边，她调侃他今天的宝驹够气派，他则淡淡地说是酒店给他配的。

路边来了一辆空车，钟弥招手，车子减速停在她身边，她钻进车里，利落地带上车门，报了回家的地址。

冷风将车里的烟气吹散。

老林走近车窗边，那支烟刚刚烧到尾，挂着小兔子的无事牌被递进了车窗里。

"找到了。"

沈弗峥神情满意。

烟头火星被摁到一半，他接来东西，又听到老林低了一分声音补充："是——是钟小姐捡到的。"老林摸了摸鼻子，声音更低了，"还挺巧。"

老林跟在沈弗峥身边这么久，不只做一份司机的活这么简单，平时话不多，却很有眼力见，有时候沈弗峥不必说话，使一个眼神来，老林就知道是什么意思。

"钟小姐把东西给我就走了，也没说上话。"

深夜的出租车从旁边开过。

老林从车尾绕去驾驶座，坐进车里，从后车镜里悄悄看后面的人。

本来钟弥刚出去，老林就想过给老板去个电话说明情况，但想想，还是算了。

因为沈先生之前已经说过算了。

自己现在着急忙慌地打电话过去说见到钟小姐了，这样替老板着急欠妥当。沈先生说算了翻篇的事，自己不翻篇，这不是打沈先生的脸吗？

"沈先生，咱们现在去哪儿？"

沈弗峥手指间开开合合地拨弄着一只金属打火机，明明他刚刚已经抽过一支烟，但仿佛只是平息掉那层遗失物品的烦闷情绪，此刻的燥气完全崭新，不是抽一支烟就能解决的。

"这车开得惯吗？"

好半天等来这一句话，老林连忙应着："开得惯。"

老林从A6开到库里南，中间档的迈巴赫，没什么开不开得惯一说。

荒腔

"那以后就开这车吧。"

老林朝后点头:"好嘞,您喜欢就成。"

这句话不知道怎么让沈弗峥笑了,他眼皮一敛,瞧着掌心里跟无事牌绑在一块儿的紫色小兔子,想起一句无忌童言。

这玩意儿是汉堡亲子套餐里赠送的小玩具,旁巍的女儿今天给他绑上去的,奶声奶气地说:"送给沈叔叔,可以跟这个挂在一起。"她用小手指向他的车钥匙的黑皮套,上面单单挂着一个无事牌,"这样它就不会是一个人了。"

小孩子天真烂漫,也最能感受孤单。

能被豪门收养,小小一家孤儿院,十年也难出一个这样的幸运儿,小姑娘穿金戴银被打扮得像公主,五岁的生日愿望居然是来吃垃圾食品。

跟她的脸一般大的汉堡,先叫她惊喜到双眼发光,捂住嘴巴,捧起后她又耷拉下小小的眉,束手无策起来。

吃个饭都会被人盯着指点这个提醒那个的淑女教养,让她下不去嘴,没人教过她怎么斯斯文文地吃汉堡。

照顾她的用人阿姨最常说的就是:你这样像个外头捡的野孩子,妈妈看到了会不高兴的。

旁巍已经给她戴上了儿童餐的透明小手套,这会儿看小孩儿可怜巴巴的样子,问怎么了。

沈弗峥手指随意一滑,指给她看:"大家都是这么吃的,你不想和大家一样吗?"

小姑娘点了点头:"想。"

她非常希望自己可以和其他小朋友一样。

沈弗峥摸了摸她的小脑袋:"那吃吧,可以浪费,不要吃撑了,小朋友浪费不可耻。"

牛肉饼和面包都被啃秃一角,小姑娘抬起头,旁巍拿起一张餐吧纸巾折成半角,给她擦去嘴角的面包屑和酱渍。

"爸爸,我可以吃那种白色的山楂吗?"

"可以啊,萍萍想吃什么都可以,过生日小寿星最大。爸爸去买,你跟沈叔叔在这里等着可以吗?"

小姑娘露出不情愿的样子。

181

离婚后，彭家力争抚养权，孩子归了彭东琳，旁巍平时能跟孩子见面的机会屈指可数，可小姑娘好像更喜欢爸爸。沈弗峥能看出来她对旁巍的那种依恋感情，便起身说："叔叔去买，你跟爸爸在这里等可以吗？"

小姑娘开心了："可以，谢谢沈叔叔！"

卖霜糖山楂的店附近就有，沈弗峥提着纸袋回来时，汉堡还剩老大一个，桌椅边只坐着旁巍一个人。

萍萍背来的毛绒书包也不在了。

"什么情况？"

彭东琳带着两个用人来，把孩子抱走了，过来就怒火冲天的："我跟你说过很多遍了，你见萍萍，必须通过我！你为什么不给我打电话？"

旁巍心平气和地说："离婚了，有些见面，我认为能免则免。"

"你就这么不想再见到我？"

虽然坐的是露天餐吧，但店里还是有人看过来，小姑娘吓得不轻，弱声解释："是我想吃汉堡。"

彭东琳瞪向她："我不是说了，不许碰外头那些不干不净的东西？！我说的话你为什么从来不听？你不是他的种，倒真是很像他！"

再好的脾气也忍不了她这副样子，旁巍护着瑟缩的女儿，冷下脸色喝止："彭东琳！你想骂谁可以直接骂，没必要这样指桑骂槐地吓孩子，没有意思，真的。"

所谓的不干不净都是她定义的，她也只能接受别人遵从她。

婚姻不和，离婚是双方的决定。

旁巍是想清楚了，她是完全想错了。她以为旁家岌岌可危，但凡看清利弊，旁巍用不了多久就会回头来求她。

离婚是为了复婚，是一种变相的警告和惩戒行为，是落鞭子前手臂要朝后蓄力，你以为那是远离？彭东琳只是想让这个苦头更深刻而已。

可旁巍离婚没多久后在外头养了个女明星，砸钱捧戏子这种脏手的低级事，他也做得出。

他果然亦如初见时一样叫人惊艳，不走寻常路。他起先在旁家不受重视，就几个不起眼的文化收藏公司在手上，卖二手家具，他当年都能卖得自得其乐，也算本事了。

彭东琳一度恨旁巍没有事业心，旁人虎龙相斗，他演人淡如菊。他怎么不像他那个发小沈弗峥？不然他应该明白，彭家现在是她在挑大梁，他为什么不肯低头跟她示好？他有她这样的老婆，拜托去烧香吧。

旁家从他们离婚那会儿就开始闹分家，旁老爷子吊着一口气，事情也拖到如今。

旁巍的父母那边也希望他们能复婚，旁家很传统，婚姻在他们眼里一直是最便捷有效又一劳永逸的避险策略，所以这几家里头，也是旁家衰落得最快。

最近他们跟旁巍说的话已经很难听，叫他至少在前妻面前装装样子。

"她再疯，起码对你一片真心，掌控欲也是爱，你三十几岁的人了，怎么不明白呢？你现在外头养的那个，除了年轻漂亮，有什么好的？"

这是肺腑之言了。

旁巍不听，也不是图外头养的那个年轻漂亮，什么年轻漂亮的人他以前没见过？他觉得可能是离婚后迟了十几年的青春叛逆期到了，安分守己的楷模当够了，就想干一些这些人不许、这些人瞧不上的事。

这些人越失望，他就觉得自己越从壳里挣脱了一分。

他手上已经没什么钱，前阵子又投了一部烂片，这感觉并不坏。

小姑娘的经纪人到他跟前小心翼翼地提着这角色挺适合她，她从小学舞，有这份气质，没准儿就能出一部代表作，以后戏路就好走了。

旁巍听了就点头，东抠一点儿西凑一点儿，先拿了两千万，往出品人里添了个名字。

从商场出来，旁巍仰面，看了一会儿团了霾的天，长长一叹，像是悲极反笑，跟沈弗峥说："你看看我，二十出头家里安排结婚，我就结了，她生不了孩子，说领养一个，也养了，什么都妥协过了，现在呢？"

楼要倒，人再添多少瓦都是多余的。

风云突变、大厦将倾是常事，能力挽狂澜的人又有几个？

沈弗峥打趣着安慰好友："现在是个二手男人，倒腾二手货，越活越滋润了，下次春拍预展记得喊我，去给你捧捧场。"

旁巍苦笑一下，从纸袋里拣出颗霜糖山楂球，酸里尝出甜味。

两个人在附近的清吧喝酒喝到天黑，沈弗峥听旁巍倒苦水，也没什么可倒的，除了那个小明星沈弗峥半点儿不了解，其他早就知情。

旁巍喝多了，被司机架着，脚步虚浮着往外走，忽想起沈弗峥的车钥匙还在他这儿。他从兜里掏出钥匙来,丢给沈弗峥,醉里不忘损人一把:"开什么迈巴赫呀,没品位。"

买车的事,是从州市回来的某一天,沈弗峥忽然想起,交给盛澎去办的。京市当时就有一辆顶配的,车漆颜色不对,沈弗峥也不要,指明了就要这一款,最近才等到。

沈弗峥摆了摆手:"你懂什么是宝驹?赶紧回去吧。"

旁巍对他说:"那你别自己开车啊,叫老林来。"

"知道——等等!"沈弗峥忽地扬声喊住他,"我钥匙上的挂件呢?"

脑子喝晕了,旁巍跟跟跄跄地又坐回来,酒气烧喉,灌了两杯柠檬水,趴在台子上,缓了半个多小时,才寻到一点儿头绪。

"好像……应该……掉商场里了,她妈妈非叫用人抱她走,萍萍当时吓哭了,彭东琳哄着去给她买别的礼物,好像……扯掉了,也不确定……"

沈弗峥没喝多少酒,送走旁巍,吩咐老林去商场里找东西。老林一看时间,担心地说:"这个点商场快打烊了。"

沈弗峥蹙起了眉。

老林知道,他这是很不高兴了。

之后商场灯火通明,直到寻回那么个小玩意儿,车子往夜色深处开去,这一天的人仰马翻仿佛才堪堪安静下来。

说静也不静,那是一种静默之上的喧嚣,无声胜有声。

就像沈弗峥之前说的那句"算了吧",老林现在才悟过来,那不是翻篇的意思,也半点儿没有翻篇的意思。

那句"算了吧",更像是遇到了生僻词,搞不明白,先卡在这一页,他没打算看别的书,书还像那小挂件一样被攥在手里,搁在腿上,他还是要往下读的。

京市冬天气候干冷,不宜居。

十一月末,京市下了第一场雪,雪停的头天,沈弗峥的母亲和大伯母准备坐私人飞机飞国外,去看看沈弗月的婚房。

她那位未婚夫是留学读书时认识的,但沈老爷子不满意。那人是华

荒腔

— 184 —

裔,还不太会说中文,徒有新贵的噱头,说难听了就是在金融街混口饭的资本掮客。

老一辈最瞧不上风口博食,不安稳、不富贵,总之是不好。

老大这一门,先是沈弗永夭折,后是沈兆之病故,大媳妇儿本本分分孀居这些年,带着一个女儿也不容易。

沈弗月虽是孙辈里唯一的女孩儿,但性子傲,除了对她四哥肯露几分好颜色,跟谁都说不到一块儿去。

婚事上再不如她的意,她怕是要跟家里人再生龃龉。

这场恋爱两个人谈了不少年,沈老爷子岁数也大了,杖朝之年还有心力去管的事越来越少,最后听之任之,两个人磨到去年才订了婚。

往年冬天,家里这些女性长辈也爱去国外度假,短则半月,长则待到年前。

外头的雪还没化干净,何瑜走前收着衣服,还问沈弗峥要不要同她们一起去。

沈弗峥说忙。

何瑜看着儿子,"哼"了一声,指着一件牵牛紫的羊绒套装,提醒用人熨一遍再收进箱子里。

外头有个脸生的小男孩儿疯跑过去,年轻的保姆在后头追着哄着,叫他慢点儿跑别摔着。

脸虽生,但这小孩儿昨天才喊过她一声"三奶奶"。

何瑜包上一封厚厚红包,她保养得好,皮肤白皙,菩萨似的面孔,瞧着就善,笑着夸:"哎哟真可爱。"

扭脸跟沈弗峥从茶厅里出来她就换了脸色,再多一分笑都懒得给。

沈弗良的那个私生子,果然是外头野路子养出来的,年纪才多大,小聪明不少,半点儿纯真样子没有,厌得像个野猴子。

何瑜喝过洋墨水,嫁进沈家这么多年也拗不过来爱茶胜过咖啡,这会儿看着小孩儿和保姆跑过去,捧着薄薄的骨瓷杯子,心里嫌着野路子上不得台面,转念瞧着沈弗峥又格外满意。

还好她的儿子有本事又不叫人操心。

谁敢操他的心?

上一个往她儿子身上打主意的人,气得昨天的家宴都不来了。

何瑜说:"我有个老同学的女儿,还没结婚,跟你年纪差不多大,本来想有机会介绍你们认识,想想算了。你小姑姑之前想给你介绍蒋雅的堂姐,还特意去老爷子跟前说什么亲上加亲,人家拜月老,想拴的是你啊,你倒好,转手把红绳丢到你二伯家去了。他家倒是乐意接,蒋小姐好好一个黄花大闺女,现在嫁过去要给人当后妈,你小姑姑跟姑父之间关系本来就差,现在蒋家要恨死你小姑姑了。"

她说完,养尊处优的纤细手指点了点沈弗峥:"你小姑姑现在也要恨死你了。"

"小姑姑和姑父怎么就关系不好了?她平时不是很顺姑父的意吗?"

"表面和睦罢了,谁知道关起门来都怎么吵?"家家有本难念的经,何瑜露出一个没的计较的表情,"而且你姑父这么多年,心里都是有人的。"

"据说当年你小姑姑答应了,只要那位章小姐回头,就放你姑父自由身,你姑父才肯和她结这个婚的。

"你小姑姑既聪明又笨,捏准了章家人宁折不弯,章小姐是不可能回头的。就像你爷爷,这么多年,沈家人一年又一年地去州市看望,什么礼数都做全了,那位章老先生也从没回过京市一趟。"

何瑜放下杯子起身,拂了拂衣褶,笑盈盈地跟沈弗峥说:"做人呢,一定要面善心狠,那些闹得张牙舞爪的人,都是被捏着痛处的软柿子,成不了气候。"

她没察觉说这话时,沈弗峥脸上的一丝异样神色,错身从他身边走过去看行李收得怎么样了。

人进了衣帽间,声音又传了出来:"你不跟我们去也好,这场雪下的,旁家老爷子去世了,你爷爷多少心里难过。旁老爷子以前还是跟章老先生一块儿舞文弄墨的,唉,今年昌平园的戏不知道还会不会唱。"

何瑜一走,戏帖就被送来了沈家。

初雪一过,昌平园开戏,照惯例,一连唱三天。

论资排辈,各家领着老老小小,坐哪儿都有讲究,今年前排空了一张椅子。

戏上来就是一出《生死恨》,说什么花好月圆人亦寿,山河万里几多愁,悲悲怆怆,应了岁末衰雪的景,起了故友长辞的头。

说是听戏,现在年轻人几个能一坐几个小时,从早到晚,听这些吊着嗓子的婉转花腔?年轻人附庸风雅,点卯陪坐罢了。

昌平园那么大,水榭回廊,梅园小径,人来人往,碰头都要打招呼,说白了跟京市大妈的公园相亲角也没区别。

何瑜从小教他,面善心狠,沈弗峥有些愧意,三十年了,学不来十成十。

他碰见了蒋雅带着女朋友小鱼过来,身旁还有那位蒋小姐。跟沈家结亲是大喜事,蒋小姐嫁给沈弗良却是个噩耗。离上回在沈家见,不到两个月,这位蒋小姐眼见着憔悴不少。

小鱼是个喜鹊样儿的人物,叽叽喳喳老半天,蒋小姐也只是勉力笑了一下。

"四哥,你不知道,我刚才出了一个好大的糗!刚刚见到沈爷爷,我特别紧张,他忽然说女孩子抽烟不好啊,我心想我不抽烟哪!我还以为蒋雅不想娶我,背地里造谣说我的坏话呢!"

蒋雅立马撇清:"我可没啊,你少赖我!"说着捏她脸上的一点儿婴儿肥,嫌弃道,"你可真丢人哪虞曦!多大了,兜里还放擦炮,还被我外公误当成烟盒了。"

"我哪里知道?!不是你说你二哥家有个小男孩儿也过来吗!我想着——"

小鱼嚷着,猛一下捂住嘴,瞪圆的眼睛里满是歉意地看着蒋小姐。

蒋雅也露出头痛的样子。

沈弗峥淡淡地笑了一下,缓和气氛:"你们玩,我出去抽根烟。"

蒋小姐抿着唇回头目送他。

这人气质冷,得称霜雪,更孤高出尘了。

昌平园开戏的第二天,人通常比第一天多,那些生脸也不必一一认识,各家八竿子打不着的亲戚朋友也塞过来玩,凑个热闹,开个眼界,真认起来也费劲。

这两天旁巍都没过来。

沈弗峥倒是和彭东琳打过一次照面,她身后跟着的保姆抱着穿粉袄的小姑娘,萍萍扭过身子甜甜喊他。

"沈叔叔。"

187

彭东琳便看过来。她受西式教育，又一贯是铁娘子做派，气势压人，皮笑肉不笑地动了一下嘴角："真没想到，沈先生这么讨小孩子喜欢。"

沈弗峥手上戴着黑色的羊皮手套，他走近，自然地脱出右手，用温热的手指拨了拨萍萍被风吹乱的细软刘海，没看旁边的女人，只淡声回着："小孩子什么都不懂，只要谁真心对她好，她就很容易对谁有好感，没什么好奇怪的。"

园子里三餐都有安排，冷餐热食厨子都能做，戏到晚上还有一场。沈弗峥很忙，打招呼的，搭话的，仿佛应付不完。

天黑得早，他刚出饭厅，又遇到那家园林私房菜的老板。

对方点到为止地探听了一句："我那鱼缸沈四公子现在还瞧不瞧得上？我是真心想送哪，难得见你喜欢。"

沈弗峥这几天忙成这样，却没有一天不在想钟弥，半分刻意没有，总有各种各样的人，拐弯抹角地提起有关她的事来，真体会了一把什么叫才下眉头又上心头。

他脸上的笑容很淡很不费力，无任何错漏，一眼就叫人能看出这是沈弗峥。

他答的话也很四两拨千斤："留着吧，也难得您真心想送，哪天好日子，我派人去取。"

脱了身，夜深人静，他听着杳杳传来的戏曲声，循声而去。晚上换了花样，水榭上搭的戏台唱的是一出《胭脂宝褶》，水面寒气化作缥缈烟波，同夜色纠缠，台下没几个人。

沈弗峥斜倚在临水走廊的朱红柱子旁。周遭无人，他低头取火点烟，隔着第一缕散出的袅袅烟雾，远远瞧着台上一张花旦面孔。

他一时出神，那张脸就变了，变成钟弥在馥华堂拍杂志那天的样子。她闭着眼睛，桃红眼线勾得清冷冶艳，美得惊心动魄。

她不知道，那时候他就在看她。

水榭的射灯投来放大的戏影，拂过白纸似的廊壁，他站在其间，一双静然眼瞳被照得时明时暗，明时如平湖浮光，暗时又似深涧积雪。

很长一段时间里，光一分分暗下，雪一寸寸消融，周而复始。

旁巍这时候打电话过来，沈弗峥接起，呛了风，轻咳了一声。

"又在抽烟？"

荒腔

188

沈弗峥将手伸到栏杆外,食指屈着,朝湖面弹了弹烟灰,目光朝走廊一侧看去,以为旁巍过来了,但没寻到人影。

"你怎么知道的?"

旁巍说他每年看戏的时候最爱抽烟,看不惯这种生生死死、情情爱爱的调调,也烦来来往往、没完没了的交际活动,最常用的理由就是出去抽根烟。

好友打趣结束,切进了正题。

"这两天忙昏头了,有件事忘了告诉你。"

沈弗峥问是什么事。

旁巍说着起因经过:"沛山前几天也下雪了,我投的那部片子在沛山取景,好像是现场威亚出了事故,靳月跟我视频聊天时,我见着了一个人。"

关键时候他卖起了关子。

沈弗峥却莫名其妙来了一种预感,呼吸一时变得沉重。

"你好歹问一声,你现在一点儿都不关心钟弥了?那前几天老林干吗还问我的助理钟弥离校没有?你管人家在哪儿?"

沈弗峥确定了,思路清晰地说:"你见到钟弥了,她在剧组里。她在剧组里干什么?"

"当舞蹈替身,她是靳月的朋友。"

沈弗峥记忆力好,还没忘记旁巍说的前情,声音一时如尘沙扬起:"她当舞蹈替身吊威亚出事了?"

旁巍立刻澄清:"我没说啊,我真的不清楚,要不是意外看见钟弥了,我压根不会关注剧组的事。"

为防沈弗峥不信,旁巍又说:"我家现在白布满天,一堆破事,你给我送来的这两个律师加班加点地在交涉情况,我这几天连眼都没怎么合,这件事差点儿都要忘了,真没逗你。杨助理过去了,你要是有什么想法跟他联系,叫他安排,兄弟我也是仁至义尽了。"

旁巍这通电话结束,沈弗峥还没来得及喊老林过来吩咐事情,水廊一侧就有个男人身影模模糊糊地走过来。

那人没到跟前,声音已传近,烟抽多了的声音,不仅听着哑,连说话都夹着碎碎的咳声。

待那人走近了,到了亮处,沈弗峥看清了来人,是沈弗良。

酒色浸得拉满红血丝的眼球微凸,笑容夸张,沈弗良整个人显得有些醉酒疯癫。

"你说我这难得回京市一趟,东道主,你不招待——喀喀——招待招待?我问了一圈人,你躲在这儿,怎么,没听说啊,阿峥什么时候爱听戏了?"

沈弗峥闻到了酒气。

或许是心神不宁,他此刻特别疲倦,这种倦怠不显山不露水惯了,少了脆弱做筋骨,从外瞧着,只显得他十分漠然,即使说着客套的话,眼底都如冰湖,没什么情绪波动。

"昌平园没意思?"

沈弗良按了几下脖子,嫌弃地说道:"这麻将打得我犯困,昌平园太正经,这太正经的地方我就待不住,你给我换个地方娱乐娱乐,我真得放松放松了。"

沈弗峥本来准备打个电话叫蒋雅过来,沈弗良不肯,连所谓兄弟情义都扯出来了,叫沈弗峥今晚一定赏光,难得他回一趟京市,这点儿面子也要不来?

那晚怎么说,也很像冥冥中注定。

车子一路开到要去的地方,盛澎披着外套迎出来,说都安排好了。

这种场合的溜须拍马那一套,盛澎最会,最知道喜欢玩的人爱听什么,三两句话就能把气氛烘到点子上。盛澎手臂搭着沈弗良的肩,嘴上应着沈弗良的话,相见恨晚的声音一听,少说要玩到天亮。

这地方不是那种挂着金光招牌,短裙白腿的姑娘夹道迎着,稍稍经营不善就被罚款贴条上新闻的夜总会。

青天白日外面的人隔着玻璃往里瞧,像个高消费的茶座,木案竹椅,檀香幽幽,很有几分水墨意境。

后头就不是茶座了,也不讲究什么意境。

这种地方的经理都是人精。

盛家靠沈老爷子一路提拔的事,没多少人知道,这儿的经理自然也不会知道这等内情,但清楚一件事,姓盛的是老板,眼前这位沈先生,是老板背后的老板。

沈弗峥从包间里出来透气,食指与中指并着按揉着太阳穴。他明显能感觉到这两年自己的耐心越来越差,很多戏,现在做不全,也懒得做全。

有人说面具戴久了摘不下来,到他这里好像相反,这面具迟早得破,新皮肉也迟早会长出来。

经理见着人,立马放下手头上的事躬身迎上去,随着沈弗峥的步子,问他是不是不舒服,现在是帮忙喊司机,还是去给他泡杯茶。

沈弗峥解开一颗衬衣纽扣,捏了一把喉咙。

洗手间门口有男女起争执,男的打女的,耳光扇得很响。女的大冬天穿着露腿的连衣裙,长发遮脸,往墙面一跌才没被掀倒。

男的收回手,攥了攥拳,皱了皱眉,仿佛他才是这大场面里最受累的那个。

服务生端着盘子从旁边路过,不敢多看,又见怪不怪,只屏息加快了步子,像是担心扫了这位彭少爷动手的雅兴会祸及自己。

经理则是怕影响了这位沈先生的心情,伸手往旁边引路:"您从这边去茶座吧,能少走几步路。"

像是忍气吞声许久终于爆发似的,前方那女人忽然喊着:"我都说了我联系不上!钟弥早就搬出宿舍了!你打我有什么用?!你不是很厉害吗?现在你干吗要靠我啊?!又不是我想要钟弥啊!"

"啪——"

"你再说!"

第二个巴掌带了怒气,比第一下更重,那姑娘就跟一片叶子一样摔到了地上,又被踢了一脚。

身边的经理正要说话,只见身边的沈先生目视前方,还没喝茶,人就已经透出一股子冷意,没表情,只稍抬了抬手,不许经理出声。

气急败坏的男人走了,被打的姑娘一时起不来,伏在地上小声抽泣,背很薄,瘦得有点儿不健康。

钟弥也是这样,他抱起来,摸到后背的骨头,那一瞬间闪过的是一丝心疼。

沈弗峥从经理的西装口袋里抽出手帕。

深蓝色手帕一角绣着大牌logo,何曼琪盯着那块丝质手帕,先是愣了愣，随即慢慢朝上抬起头，看见了一张男人的脸。

她在彭东新身边忍气吞声，来来回回自我洗脑的话就那几句。她也总想着，那些消遣美色的男人，年纪大就不说了，往往半点儿姿色也无，好歹彭东新稍微打扮打扮，年轻帅气又多金，她站在他身边都体面。

可眼前这个男人，彭东新不能比。

跟着彭东新开了一些眼界之后，她越发明白什么叫富贵抬人，气质衬皮相。这个圈子里有的人比画报上的明星还要有吸引力，明星还需要人设包装，这些人，真金白银，坏得坦荡。

她将手帕接过来，低低说了句"谢谢"，站起身来，擦着手肘和膝盖。

"你是不是读舞校？"

何曼琪愣了愣，狼狈里蹿出一股灼热感："嗯……"

她下意识地想多，那些男的好像都对艺术院校出来的女孩子兴趣格外浓厚。

"我读京舞。"

这是很硬的一块招牌。

沈弗峥颔首道："看来你是真认识钟弥。"

何曼琪瞪大眼，露出茫然之色："钟弥？我认识钟弥怎么了？"

第九章

欲雪夜

沈弗良很久没见沈弗峥回包间,上完厕所洗了手出来,甩着手上的水珠,拉住一个路过的经理问沈弗峥是不是提前走了。

经理说:"沈先生在茶座里跟人聊天。"

"跟人聊天?"沈弗良稀奇了,"男的女的?"

"女的。"

沈弗良又笑了笑,仿佛应该是这样。

他跟他弟弟沈弗禹常年在南市,兄弟俩不怎么受老爷子待见,这几年也少回京市惹不痛快,跟沈弗峥来往不多,对沈弗峥了解也少。

他大沈弗峥四岁,沈弗禹大沈弗峥一岁,大家都是同辈人,偏沈弗峥独得青眼,出类拔萃。一门子荣辱全凭老爷子的意思,大家不会撕破脸皮,可面和心不和也是很正常的情况。

他去茶座瞧了一眼,回来往软包沙发里一靠,乐着跟盛澎说:"没想到啊,我们家老四这眼光也挺俗,我当他好什么阳春白雪呢。"

说着他接过旁边的女人递来的酒杯,女人的下巴被他掐着,朝盛澎那边转了一点儿:"也就这样的。"

盛澎一时没听懂:"什么意思啊,良哥?"

"他领着个女的,估计是在等司机过来了。"

沈弗峥刚刚出去时,不想多待的意思,盛澎瞧出来了。

但女人?哪里来的女人?

他们都当沈弗峥要走了,没想到这一晚,沈弗峥还有再推开这扇包间门的时刻。

193

盛澎往嘴边递烟的动作顿了顿,烟头沉在酒杯里的动作,几乎和他起身的动作同时完成。

沈弗峥逆着走廊明亮些的光,盛澎看不清他的样子,只觉得他身边的气压不太对劲,然后就见他朝自己勾了勾手指。

盛澎立时走过去,嘴上问着:"四哥,怎么了?"

刚刚那趟沈弗峥出去的时候,人看着还有点儿倦,这会儿把盛澎喊出去,眉压着眼,叫他现在就去查钟弥和彭东新,说自己需要确定一些事情,越快越好,越细越好。

沈弗峥那样子,倦意不存,看着像是要叫整个京市今晚都别睡了。

盛澎想不到这两个人能有什么牵扯。

"彭东新有什么好查的?彭家一个没本事的纨绔,被彭东琳姐弟俩压着,除了不务正业也只能不务正业了。"

盛澎对这种京市的二流少爷特别了解,这种人喜欢跟那些小网红、小明星在一块儿玩,身边养着一帮米虫,男的女的都有,成天被围着捧着,就这么点儿乐子了。

彭东新逼钟弥喝过酒,她酒量不好,那晚胃出血进了医院,彭东新才放过她。

这是沈弗峥刚刚听来的事。

盛澎的表情一时很微妙,脸上同时浮现两种不同的惊讶之色,一是彭东新居然对钟弥做了这种事,二是沈弗峥怎么这么在意钟弥?从州市回来后,还有什么故事是他不晓得的吗?

盛澎那一晚都没睡,一个人恨不能掰成八瓣用。后半夜沈弗良说昨天打麻将打得腰酸,盛澎还得陪着去楼上的水浴城做按摩,手机一刻不离手,就跟个锦衣卫头子似的,把朋友圈里能用的人全拎起来"加班"。

这一夜,京市的纨绔圈子里跟过年似的热闹,众人都捎着熟人在四处问消息,这钟弥是谁啊?

大家只听说她惹过彭少爷,怎么她又得罪盛澎这尊大佛了啊?

朋友把这话带给盛澎,盛澎身上一件衣服没有,就盖着条大毛巾,手机按在耳朵边上,一脸怨相。他哪里是享受按摩,白毛巾往上扯扯,盖着脸能把他送走。

"我算大佛了?你进过几间庙啊?你当摆谱的都是大人物呢,少扯犊子了,我要消息!"

哈欠连天的时候,盛澎是真恨彭东新,死尸一样躺着,嘴里忍不住骂:"小崽子,得罪谁不好?"

天色蒙蒙亮时,盛澎给沈弗峥发了微信,该汇报的消息都汇报上了。

末了,盛澎立场坚定地说了句心疼话:"弥弥给这货欺负惨了,胃出血进医院不说,原来的实习工作也丢了,纯粹是被逼回了州市。怪不得那会儿逛庙街,她说她不喜欢京市,我还当她跟我开玩笑呢。"

沈弗峥昨天晚上就从她的室友口中知道,她是因为彭东新才回的州市。

她说她不喜欢京市,这个"不喜欢"不是那种小姑娘显个性,喜欢这个不喜欢那个,不喜欢,是因为厌恶,是因为恐惧,是因为有人压得她喘不过气来,随随便便使点儿手段就能让她的生活不安宁。

那晚在城南,她知道他的身份后,忽然情绪收不住,是不是也有这个原因?

他开始反思,之前相处是不是表现得太高高在上了,没照顾小姑娘的感受,让她觉得他跟彭东新本质上是一类人?

"车备好了。"佣人来通知。

沈弗峥往外走时,遇见了精神不济的沈弗良从外头回来。沈弗良很惊讶,好像沈弗峥昨晚不应该睡在老宅这边一样。

今天吃完午饭,大概下午二伯一家人就要回南市,按理大家都要到场送别。所谓团圆,也就讲究这么点儿仪式感。

沈弗峥却要出门,按不了理,也懒得讲究。

今早,沈弗峥跟旁巍的助理打电话沟通过,钟弥没有受伤,被架子砸到的是一个武指老师。

"武术指导和舞蹈替身不是同一个人,旁总对剧组的事情一窍不通,可能搞混了,以为是钟小姐受了伤。不过这部戏拍得有点儿赶,工作强度挺大的,像什么磕碰啊瘀青啊的情况就在所难免。不过还好,钟小姐一点儿都不娇气,我过来这几天,瞧着她挺开心的。"

杨助理将一番话说得滴水不漏。

沈弗峥倒记着那句"不娇气",心想她是一点儿不娇气,哪个娇气的姑娘能这么忍?怎么说她外公也是章载年,彭东新,非婚生子,她居然能忍着被一个上不得台面的纨绔这么欺负，也不肯讲出这事来。

何瑜说章家人宁折不弯，一点儿都没有夸张。

沈弗峥应着："她开心就好。"

"那沈先生，您今天大概什么时候到沛山？飞机只能落到省会机场吧，我安排车去接您？"

"下午一点半吧。"

"好的，时间我记着了。"说着，杨助理客套起来，"您看您，这么大方请剧组的人吃饭，结果您自己赶不上来吃这顿中饭，还挺不好意思的。"

沈弗峥笑了一下："有什么不好意思的？怎么，旁巍没去探过班吗？"

杨助理回答，不排除其中有跟谁聊天就阿谀谁的成分。

"旁总没来过，他是真拿靳小姐当小孩儿看，靳小姐在他那儿就跟萍萍差不多。您别看我们旁总结过婚，这方面不太开窍，没您会。"

沈弗峥觉得有意思："没我会？我会什么？"

沈先生具体是用什么情绪说这话的，杨助理隔着手机琢磨不透，也不敢再往下说。他不可能说"您挺会欲擒故纵的，前脚把人家的画还回去了，后脚把自己千里迢迢地送过来了"。

电话里得知钟小姐今天的舞蹈戏份就要结束，沈先生立马慷慨解囊请全剧组人吃饭。杨助理之前就拍过旁巍的马屁，拍完自家老板，现在也能拍一拍老板的好友。男人嘛，为女人花钱的时候是最帅的。

再说了，钟小姐就是来剧组帮朋友当个替身的，前后拍了一周，不露脸的戏份最后剪到正片里，都不知道能不能有一分钟，他真没听过哪个替身还有杀青宴的。

钟小姐自己也闻所未闻。

上午补完几个镜头，钟弥体力消耗得所剩无几，她一大口吸掉三分之一的果茶，喉咙冰爽，但胃里传来缺食的"咕咕"抗议声。

她按了一下发瘪的小腹，在现场人群里找靳月的助理的身影："今天中午吃什么盒饭哪？我好饿。"

戏服单薄，从镜头后出来钟弥就裹上了羽绒服。靳月递暖手宝给她，目光在杂乱的现场里晃了一圈："中午好像要去酒店吃。"

钟弥问："哪个酒店？之前那个？"

她来沛山的第一天，靳月请她去酒店吃了一顿饭。

武侠题材的电影，拍戏的地方离市中心开车要两个小时，附近除了树就是山，周围仅有的两家民宿都被剧组包了下来，充作落脚点。

靳月说："好像不是，但应该挺远的。弥弥，你先把衣服换了，吃完再回去洗澡吧。"

冬天出汗跟夏天不一样，衣服裹得厚，热气散不出来，总感觉衣服湿软，贴着皮肤，叫人很不舒服。

钟弥吃到了来沛山最好的一顿饭。

她忽略出汗没洗澡的难受感，吃饭时那些圈内话题她也参与不进去，只埋头苦吃，直到胃部充实。

这么多人，一家海鲜酒楼完全塞不下，连隔壁羊蝎子火锅和江都烤鱼的生意都一并照顾，这笔开心费应该不少。

见到杨助理，再得知靳月和旁巍的关系，钟弥一度缓不过来，以为自己活在什么狗血剧里。尤其靳月表情配合，她看看杨助理，再看看钟弥，恍然大悟似的说："弥弥，你和杨助理认识啊？"

狗血程度立马加倍了。

杨助理是见过风浪的人，三两句话交代了钟弥和旁巍因为一幅画结缘的事，其中省略了诸多沈弗峥的戏份。

杨助理微笑着看着钟弥，那种眼神仿佛在跟钟弥打暗语：我知道钟小姐你在想谁，你放心好了，我不说他。

靳月领的是傻白甜剧本，听完后感叹缘分："好巧啊！不过想想也合理，旁先生好像有好几家公司是搞什么文化收藏、古董拍卖的，字画应该也在其中吧。"

由此钟弥知道，靳月对旁巍是真的不太了解，不然应该知道，像旁巍这样眼尖的行业人，不可能平白无故买一幅假画。

她和旁巍能有杨助理口中的"结缘"交集，是因为她有一手跟沈弗峥一模一样的字，都像极了外公的字。

饱餐一顿后，钟弥才知道这顿饭，请客的不是旁先生，是旁先生的朋友。

"旁先生的哪个朋友？"钟弥警铃大作。

靳月摇了摇头说："不知道，我只听说他有个朋友今天来剧组探班，他的朋友除非吃饭碰见过，不然我都不认识。"靳月也开始猜想，"可能也是投资商之类的吧，会不会是看好我们这部电影哪？对方追加投资，过来实地考察？"

这次，杨助理没对钟弥再露那种贴心微笑了，很快解释来探班的这位沈先生看好的并不是这部电影。

钟弥用一种匪夷所思的表情看着杨助理：你知不知道你在说什么鬼话？看好的并不是这部电影，你敢再把话说得更绕一点儿吗？

吃完饭，钟弥回了落脚的民宿。来沛山这几天她在这里有个单独的房间，住在这儿，每天出行去片场方便。

洗完澡，那一身的难受感并没有随着香氛泡沫流进下水道里，钟弥顶着一身湿热水汽出来，吹干头发，换上一身干净的衣服，居然有一种进入战斗状态的错觉。

她甚至还想化个妆。

就算现在开始收拾行李，最早她也得明天才能离开沛山，今天和沈弗峥见面，仿佛在所难免。

钟弥不知道这个人为什么要来找她，也不知道见了面要说什么话。

她没穿袜子，洗澡的那点儿热气早就挥散干净，一只脚心搭着另一只脚的冰凉脚背，脚趾都蜷着，像瑟缩取暖。她抱着腿坐在床上，将下巴磕在膝头，目光失焦地盯着地上的毛绒拖鞋，脑子像临时突击一样在复习过去的事。

她想到了那晚在城南不欢而散的情形，又想到更近一点儿的时间，十一月的事，在商场捡到小桃木无事牌。他那么大阵仗地派人去找，老林应该会告诉他，那天晚上见到她了吧。

她和沈弗峥之间没有过节，没有误会，也没有真正意义上的开始。

只因他们不是同一个世界的人，距离远得发虚，即使喜欢，她也不知道该怎么面对这样的人。

她活在很多很多的担心情绪里，怕她拿出手的爱，是他那样的人所不需要的，他会觉得幼稚，觉得累赘。就像那天晚上，她在他家客厅里说了一长串话，他忽而皱眉，她就乱了，忍不住去猜测，他是不是觉得她有点儿可笑啊？

人家只是觉得橘子甜，想买，结果她立马拿出一棵橘子树叫人家回去用心栽。

人家没那么多时间的。

喜欢吃橘子的人不一定爱种橘子树。

而且他游刃有余,波澜不惊,钟弥自知不可能是他的对手。

一直胡思乱想到门外传来声音,钟弥本来打定主意就缩在乌龟壳里,不出去,没想到房门直接被敲响。

隔着门,那声久违的"弥弥"她可以装作没听见,但杨助理的声音除非她聋了才能继续自导自演。

"钟小姐,沈先生来了。"

钟弥瞬间焦躁起来,脚放到床下去穿拖鞋,脚尖都对不进洞里,于是开始无差别攻击,低声吐槽着:"要你说!他来了就来了,是怎么样?他难不成是仙女下凡,我们所有人都要出去列阵欢迎吗?"

钟弥打开门,声音无精打采,目光落在地上:"欢迎。"

门外站着一米八几的男人,就算她不抬头看,也很难忽略其存在感。

"你看起来像不太欢迎的样子。"

他低低笑了一声,是那种温和的气音,钟弥熟悉,但并没有因为熟悉就对其免疫。

她说话带刺:"我的欢迎很重要吗?"

"当然,不然我怎么会出现在这里?"

钟弥一下又陷入过去那种情绪里。好像挺长一段时间没见面,她也没有对这个人陌生,他一旦开放那种纵容的磁场,她就像一尾入水的小鱼,立马活起来。

她享受着这种纵容待遇,但游一会儿,又会因为察觉身边没有他,他不是和她同游的另一尾小鱼,他是鱼缸外的温柔投饲者,而觉得不公平。

钟弥抬头看着他,有些意外,居然在这个仿佛永远都八风不动的男人身上看到了风尘仆仆。

转瞬她又想,沛山是机场都没有的小城市,飞机只能降落在省会机场里,他再转车过来,少说要三个小时。这一通忙下来,除非是自带坐骑的大罗神仙,否则是个人都会风尘仆仆的。

钟弥来的时候就体会过这种累。

那他呢?他从金堆玉砌的京市跑到遥远偏僻的沛山来受这份累是为什

么?这问题似乎有答案,但钟弥仍然不满意。

她不想说"你过来挺辛苦的吧"这种虚假客套话,谁来不辛苦啊?也没人逼着他来,"苦情"这两个字放在沈弗峥身上有喜剧效果,最好别刻意渲染。

这个人永远不会狼狈,即使是此刻。

不想说客套话,所以钟弥看着他,只动了一下唇,什么声音也没有。

他倒先出声,往里眺:"里面有洗手的地方吗?"

钟弥点头,领他进去,还一路送他到卫生间门口。这边的房间陈设都很基础,水龙头上暖冷都没标识。

"这边是热的。"

房间里进来一个男人,仿佛这房间就不是她的了,钟弥不知道站哪儿才能显现自己状态十分自然,不被看出破绽。

她看了一眼正运作的25摄氏度暖风空调,再看了看直灌冷风的门口。

她犹豫着,走过去,刚把门关上,沈弗峥就从洗手间里出来了。

他不仅洗了手,应该还洗了一把脸,额前有几缕黑发沾了湿气。钟弥猜他用的是凉水,因为此刻,他那张脸线条紧收着,有种既冰冷又通透的感觉。

晶莹剔透不适合用来形容长相,但这种感觉非常适合他。

钟弥扭了一下脖子,不知道要不要解释自己关门的举动。两秒后,她选择解释:"风太大了,吹进来很冷。"

沈弗峥将擦过手的纸巾丢进垃圾桶,眼一低,皱着眉说:"怎么连袜子也不穿?"

这话有一种逾矩的亲昵感。

钟弥不由自主地朝后退了一小步,脚趾在毛茸茸的拖鞋里蜷起,雪白脚背绷起青筋,好像不该给他看到自己的脚。

沈弗峥从柜子上拿起遥控器,将空调温度往上调了两摄氏度。

"嘀嘀"两声响,把房间衬得更安静了。

他好像也不介意她不作声,放下遥控器,淡淡地扫了一眼房间的布局:"这边条件不太好,来拍戏,还好玩吗?"

钟弥如实说:"一般般,也没什么意思。"

"能让你觉得有意思的事,大概是很少的。"

她试图拿回对话的主动权,便以无中生有的废话提问:"我听说你这次过来是考察,投资拍电影吗?"

"我没有女主角。"

他这话像在说旁巍和靳月,又像在说她和他。

情绪来得莫名其妙,她有摊牌的架势:"你说话太绕了!为什么你总让别人猜?!"

他带有歉意地解释:"说直接了怕会吓到你。"

得不到想要的回答,人会立马不高兴,钟弥说:"你的聊天方式太暧昧,我有时候真的分不清你是在克制还是在迂回。"

沈弗峥还是那样,态度温和,游刃有余,钟弥觉得自己也毫无进步,还是既控制不住沉沦又抗拒自己下陷,有点儿迷恋他的清醒,又有点儿讨厌他永远理智。

她往他身边走的时候,有一刻脑海里闪过他在城南别墅里的水晶灯,摇摇欲坠,仿佛不受控的本身。

"弥弥,你现在状态不对,就像在城南那晚,你说着看似很理智的话,实则你内心恐惧,又拒绝沟通。你把事情往坏的方面想,这样的你,看到的我有失偏颇。"

钟弥知道他在说话,但完全不愿意思考他说的内容,他越理智,她越想和他反着来。她站定在他面前,很近的距离,仰着头,忽然跳出现下的沟通问题问他:"沈弗峥,你现在想亲我吗?"

她故意的,见他怔了怔皱眉,也预料到一样。

沈弗峥叹了一声气,掐腰抱起她,让她坐在柜子上,仿佛她太不规矩,他试图固定她,从固定行动开始。

他低头耐心地说着:"弥弥,我们要把事情聊清楚,你也需要有人帮你理一理思绪。"

钟弥冷笑,有些赌气:"我就知道你是这样!可是我不喜欢!你太清楚了,我想要的是一个不清楚、一个会为我发疯失智的男人。"

沈弗峥闻声,脸上的表情仿佛被按了一下暂停,怔然一瞬后,是突如其来的困惑,又好似突破限制后顿悟,情绪非常微妙矛盾,两者交织,有一种震慑人的压迫力。

钟弥被空调吹到喉咙发干,空咽了两下口水,没压住预警一样的寒战，就在她想从柜子上自己跳下来时，沈弗峥猛地把她按回了原位。

钟弥后背贴着墙，嘴上贴来男人冰凉的嘴唇，他吻得又深又重，辗转深入，叫她感受冰凉之下的火热温度。

钟弥从反抗到被他攥着的手腕慢慢松下力气。

这一个吻，漫长汹涌到仿佛用尽世间所有的氧。

他终于慢慢停下来，和钟弥分开一些距离，像是演示完毕，很认真地看着她的眼睛，试图教育："弥弥，你确定想要被这样对待吗？"

钟弥脸和脖子都红了，脖子红有一部分原因是她刚刚挣扎，沈弗峥用手按的。

他将力度控制得很好，既让她真被吓到，又没让人真受伤。

他太有张力，好似最优秀的话剧演员，临场发挥，以假乱真。前一刻吻她的人，如同他身体里的另一重人格，皮囊完美，笑起来蛊惑人心，既粗鲁又脆弱。

钟弥蒙得彻底，哪儿哪儿都红了，像只被煮熟的小虾，心脏跳得特别快。

沈弗峥看着这样的她，忽而笑了笑，食指抬起她的下巴，拇指按在她嫣红微肿的唇上，轻轻摩挲着，说："看来是真的喜欢。"

手一挥，钟弥将捏自己的下巴的那只大手挥开，匆匆朝一旁别开脸，不敢看他。

唇上似乎还有厮磨残留的热度，她想不明白，他进房间不到半个小时，怎么就变成现在这样了？

她试图出声，却更将慌乱情绪暴露无遗。

"谁……谁说喜欢了？是你……是你太突然了。"

想起那句导火索"沈弗峥，你现在想亲我吗？"似乎出自她口，她现在怪旁人突然，好像显得倒打一耙，站不住脚。

可钟弥不管。

我就是随便一说的，你怎么还真的乱来啊？我几岁，你几岁啊？你跟我计较，这不就是仗着年纪大欺负人吗？

她不去看沈弗峥。

这人却盯她盯得紧，瞧她脸上细微的小表情跟放电影似的有趣。忽地，带着那种清冷淡香，他垂首靠近她："在心里骂我呢？"

说话时淡淡的气息不设防地拂在耳际，钟弥缩了一下脖子，侧过脸去看他，那种下意识的草木皆兵反应，像隔着透明玻璃，鱼缸里的小鱼猛然发现有个人类正凑近在欣赏自己。

小鱼哪里懂人类的喜欢？

"怎么，不能骂？骂你要被抓去坐牢吗？"

他笑了一声，真在哄她："是你的话，就随便了。"

钟弥睨他，"哼"了一声。

不清不楚和暧昧很像，她甚至分不清，好像开心的时候就是暧昧，不开心的时候就是不清不楚了。

沈弗峥将她的脸转过来，好声好气地说："你体谅体谅我，年纪大了，实在不知道你们小姑娘喜欢什么。"

钟弥才不管他自贬，恼怒地噘着嘴："你太知道我喜欢什么了！所以你才有恃无恐。"

"我要是真有恃无恐，会来这里？我的确知道你对我有好感，但也知道你年纪小，可能只是图一时新鲜，会喜新厌旧。"

天降黑锅，钟弥立马往外甩："我才没有喜新厌旧！"

说完她才发现自己是丢了黑锅，进了罗网，他全知道了！

田忌赛马都是有先后讲究的，就像牌桌上出错一张牌，后面每一步都不好走了，走一步错一步，越错越离谱。

钟弥陷入了更大的怒气里。

那种怒，像沸腾的糖浆，瞧着挺有气势，实则炸出来的小泡都是透着甜味的。

钟弥"呼呼"出着气："你——你——"

刀兵相接的较量一刻，他双手捧着钟弥的脸，低头吻了下来，平息一切，似风口里承住方向的那面猎猎而动的帆，深重庞然。

亦正亦邪的角色，邪往往只是一层表面张力，那种更切合他伪装的正派和温柔，实则才有最大杀伤力。

这是钟弥在这前后两个吻里得出的感悟。

唇与唇分开，她再看他，眼里柔得仿佛要落雨。

男人的指腹一下下蹭着她脸上柔软的皮肤，如一种无声的安抚力量，他也告诉她："弥弥，你不要把我们之间想成相互角力，那样你会很累。

我们之间怎么可能是相互角力的关系？这不成立。"

"怎么不成立？"

男女之间，你来我往，互相试探，不就是强与弱的角力吗？

"因为我是倾向你的。"

那声音似寒冬暖风，叫钟弥一瞬怔住。

他继续说着："就像你那天说，你看得清我们的站位，可是弥弥，你真的能看清吗？你甚至连我都没有了解。

"你说你怕以后不能体面，这么不相信我吗？我还不至于连一点儿体面都给不了你。我跟你说不要想得太远，让你很难过吗？"

钟弥静静地听他说话，到这里，又看见他眉头微皱的样子，与那夜她泪眼蒙眬瞥见的神情几乎一模一样。

那种被水压挤得要缺氧的感觉，就快要重新钻回到她的身体里。

她抿住唇，像缩住自己一样，"嗯"了一声。

那一声短音，低颤如一截风里的小火苗，叫人连继续说话都不舍得，半点儿动静不敢有，他只将温热的手掌落在她的额头上，往她的耳朵边轻轻抚着。过了一会儿，他才出声："弥弥，你不妨问问自己，你想从我这里得到什么？真的是连反悔都没有半点儿损失的口头承诺吗？"

钟弥屏住一口气，没有说话。

"弥弥，我从没有，也早过了给人开口头支票的年纪。我是一个生意人，无须成本的付出，在我这里是最没有诚意的奸计。我希望你明白一件事，你如珠似宝，能取悦你的东西，也应该有与你相匹配的分量，懂了吗？"

阴雪天气，白天室内也开着灯，顶灯洒下一片碎碎的亮光，钟弥的眼睛里，笼着一个确确实实的沈弗峥。

此刻她的心脏猛跳到与刚才激吻时无异。

钟弥觉得自己拨开了一层雾，人们总把云开雾散比作一种好结局，但实际雾散了会是一片更广阔的天地，路好走了，却并不指示终点，去哪里仍是一种选择。

在这一刻，她选择了坦诚。

"我想要的，是你喜欢我。"

沈弗峥忍俊不禁，低声说："还不够明显吗？"话音落地他手臂一收,从激情深吻到温柔环拥,谁能招架?

唇瓣动了动,钟弥本来还想说要什么的,但抑制住声音,觉得很够很够了,不要太贪心去求一个梦。她告诫自己,贪心不好,美梦终要醒。

视线越过他宽阔的肩,她瞧着墙上的一幅雕刻画,刀功古朴,刻着鱼游莲下的纹样,接天莲叶,清池小鱼,自然雅趣。连动物都知寻一处庇护,人又怎么会例外?

她依恋地,在他的肩头蹭了蹭。

他一只手抱着钟弥,另一只手贴在她白嫩的脸侧,忽而指尖温温一潮,看着那点儿透明的湿润痕迹,他捻了捻手指。

沈弗峥低头,望着怀里的小姑娘问:"为什么哭?"

钟弥小幅度地摇了摇头,只是落了一滴泪,声音却像在温水里泡久了一样软:"不知道,你总把我弄得很奇怪。"

沈弗峥摸了摸她薄薄的眼皮说:"那说点儿你不喜欢的事吧。"

"嗯?"钟弥一下皱住眉,怀疑自己听错了,"什么?"

脑子太活,她一下惴惴不安起来,怕会是什么丑话说在前头那样大煞风景的话。

"你不是不喜欢京市吗?"

钟弥眨了一下眼,没明白这是什么意思。

沈弗峥凑近她的脸,他的眼睛非常亮,却与清澈这类词无关,似积雪返照的寒光,是一种无须表露原貌的干净感觉。

钟弥在他的眼里看见了自己小小的身影。

沈弗峥对她说:"我让你喜欢它一点儿好不好?"

钟弥还是没明白,但这会儿门外有声音传来,打断他们之间的后续对话。

杨助理说这边离市中心有段路,得提前过去吃晚饭。

钟弥笑了一下:"你的接风宴呀?"

沈弗峥也笑了,食指轻轻勾了勾钟弥的鼻尖:"你见过什么接风宴是自己掏钱的?"

"那我来!"钟弥很潇洒地大手一挥说道。

沈弗峥将她从柜子上抱下来:"那就谢谢我们弥弥小姐招待了。"

钟弥微抬下巴,挺可爱的晃了一下脑袋:"小钱而已,多了我可没有。"

非常默契地,那一瞬间,他们都想到了之前那夜在电话里说输了半台车的事。

钟弥比较藏不住情绪,挠了一下眼角,把人往外请:"那个……你出去一下,我要换衣服了。"

沈弗峥看了一下手机,叮嘱她今晚沛山会降温,穿厚一点儿,说着仰头扫视了一眼正在运作的空调。刚刚他已经将温度调高,此刻风声呼呼响,吵得很,但没什么热气。

钟弥也随着他的视线看去,解释了一句:"这边的民宿开很多年了,但旅游不太行,平时没什么游客,这些电器都是老设备了,制暖有问题也没及时修。"

空调运作声音也大,每天晚上睡觉前,钟弥都得把空调关了。

她催着:"你出去呀。"

沈弗峥将她往怀里一拉,用手臂圈住:"再抱一下。"

他一低头就能闻到她蓬软头发上橙花味的香波气息。

钟弥没忍住嘴角往上翘,乖乖被抱着,又觉得这种黏糊行径跟沈弗峥本人有反差感。

她贴在他的胸口,忍不住问刚刚没听明白的话:"你说我不喜欢京市,你让我喜欢它一点儿,是什么意思啊?"

沈弗峥揉了揉她的后颈说:"希望你开心的意思。"

晚上这顿饭吃得比较简单,就靳月、杨助理、沈弗峥和钟弥四个人,也算破了沈先生过来考察投资的流言,因为他对电影以及有关电影的其他人一点儿不感兴趣。

制片人里有一个京市人,好像认识沈弗峥,但在钟弥看来很可能是单方面认识。

给他人引见也是一项技术活,就比如有些人你说他是谁,哪儿的人,做什么的,跟谁谁谁有什么关系,是怎样的人中龙凤,这类当众恭维的话是在提醒其他人。

但有些人,说难听了你连提鞋都不配,阿谀奉承都轮不到你干。没有乞丐会给其他乞丐介绍,这个国王特别富有,他只需要说这是国王就行了。

"京市的沈先生。"

那位制片人介绍完,其他人纷纷说着"沈先生好"。

沈弗峥点了点头。

钟弥在他身上发现了平易近人这个词的妙处,这个词真就适合形容那些其实一点儿都不好接近的人。

制片人热络关心着:"早上就听旁总的助理说了您要过来,我们这边太乱了,条件不太好,您这一路过来真是辛苦了。"

"也还好。"

杨助理察觉这位沈先生的耐心即将告罄,适时出声说:"沈先生中饭都没吃上呢,再不走,到市里更晚了。"

制片人立马不敢再多言,笑着说那赶紧去吃饭,路上开车小心,晚上要降温,车里空调提前开,别感冒了。

话特别密,特别殷切。

沈弗峥也习惯了这种人,没什么感觉,一回头,走廊灯下钟弥正拿着围巾和包包。

"站在那儿笑什么?"

钟弥便迈出光圈,朝他走去。

杨助理跟制片人和导演打完招呼,在前领着路往民宿的停车场走去;靳月在中间,边走路边玩手机;钟弥和沈弗峥殿后。

没走多远,钟弥纳闷地回了一下头,人已经散了。

"不用喊导演他们一起吗?"

沈弗峥说:"不用,给你省钱。"

在市里吃完这顿饭已经很晚,街口刮起降温冷风,杨助理给沈先生安排了市里星级最高的酒店下榻,沈弗峥问她:"要不要留下来跟我一起住?"

钟弥瞪圆了眼睛。

"再给你开间房。"

钟弥也没松下气,摇头说:"我的行李都在那边,明天走,东西都还要收拾呢。"

话虽然这么说,但钟弥其实也不想现在就跟他告别,这一天总像没完，就像一段话写了大半，还剩个结尾。

她说不清这结尾是什么。

好似高中写八百字作文，动笔的时候不能预知最后一句话会写什么，但有条线在卷面上标着，她知道不该停在这里，得再往下写。

"那我送你回去。"

钟弥闻声觉得心往下定了定，听见他又问杨助理："我的行李送去酒店了吗？"

"还没，在后备厢里，要现在先送去吗？"

沈弗峥说："不用了，先送她们两个回去。"

夜深了，但民宿里依旧吵闹，因为这部分取景结束，很多器材要被运走，人员调动还需要分配，几个人从停车场过来，一路上哪儿哪儿都是人声。

钟弥听到有人催进度，说待会儿可能要下雨夹雪。

她和沈弗峥一前一后进了房间，白炽灯先闪了闪，然后在头顶之上亮起。房间里很冷，钟弥按完灯又去开空调。

沈弗峥从风口下走过，空调制暖效果非常不行。

"你这几天在这儿睡不冷吗？"

钟弥将椅子上的衣服收起来，以便待会儿让他有地方坐，说着："还好吧，我一般回来就缩进被子里，有时候半夜会觉得冷。之前沛山下了雪，很小，落地就化了。"

"那你快去床上待着吧，我出去一趟。"

钟弥点了点头，以为这句出去一趟，只是给她留出洗漱换衣的时间，免得两个人挤在小小的屋子里会尴尬。

没想到她洗漱完，甚至把行李都收得七七八八了，沈弗峥还没有回来。

钟弥等了一会儿，光着的脚很冷，撑不住就缩进了被子里。被子里也冷，她正团着身体，就见窗户外走过一道高大身影，随即房门就被敲了敲。

"进来。"

她看着门被打开，他穿着那身风尘仆仆的咖啡色大衣，米色高领毛衫衬得脖颈修长，手里拿着一个带绒面的暖水袋，暖水袋鼓起的形状像已经装满了水。

钟弥目光跟着他："你去哪儿了？"

床尾的被子忽地被掀起一角，露出一双白皙的脚，灯下如玉色。钟弥觉得脚踝被一只大手掐住，皮肤贴皮肤，浑身激灵了一下，想缩想躲，可被攥着，没法儿动弹。

下一秒，钟弥脚底一暖，暖融融的东西垫着她的脚心，是那只暖水袋。

"去问人要了这个，水是早上烧的，不够热，又等了一会儿水开。"

他说着，将被子重新盖下来，往里掖了掖，望了一眼灯，灯光明晃晃地照下来，人躺着会被这光刺得很不舒服。

他去开桌上那盏台灯。

夜深人静，飘雪冬夜，昏灯一盏，构成了所有吐心吐胆毫无保留的氛围。

"你以前的女朋友一定很喜欢你吧。"

听到突兀的问题，他回过头看向她："你说谁？"

钟弥的语气立即变得含混："你有过很多女朋友吗？"

房间的主灯熄了。

"以前在国外读书时谈过一个。"

光似乎影响了声音，让他的回答显得很有穿透力，钟弥不知道是不是自己心理作祟，才有了这样的影响。

"就一个吗？"

沈弗峥就笑了："那照你看，我适合谈几个？"

钟弥不说话了，过了一会儿又回到原话题："那她很喜欢你吧？"

他坐在床边钟弥为他收拾出的椅子上："怎么说？"

脚底的暖水袋踩着又热又软，钟弥半拥着被子说出了自己心里最真实的感受："你很会照顾人。"

沈弗峥看着陷在软枕里的一张小脸，淡淡地说以前年轻，有很多事看不明白，好像也不是很会，起码前任女朋友没有用"很会照顾人"这样的话评价过他。

钟弥问："那她跟你说过什么？"

"你需要的是一份我无法提供的语录集吗?"他有点儿想笑的意思。

钟弥恍然,自察急迫,一时窘然,改口道:"那她最后跟你说的是什么呢?"

他想了一会儿,说:"好像是'谢谢'。"

这个答案实在出乎钟弥的意料。

他没有回避前任女朋友的问题,很坦白地说:"在英国留学的时候,联谊会认识的,不同校,谈了一年,没吵过,最后也是和平分手。"

这话有种蒙太奇式的体面妥当意味,或有几分假,或有几分真,是他的立场里的实话。

钟弥非常明白,和他这样的人在一起,情分尽了,除了和平分手,似乎也很难有第二个选项。

钟弥不想猜,也没有猜的余地。

"她现在还在国外?"

"好像已经回国了,没什么交集。"他略显思索状,答得不确定。

钟弥觉得自己此刻身心愉悦欠缺道德感,他不关注前女友,叫她暗暗高兴。她不许自己翘尾巴,当头一棒骂自己真俗。

钟弥鼓起勇气问他:"那你现在确定要交一个新女朋友了吗?"

这话有点儿过分直接,明明她可以更旁敲侧击的,但嫌烦琐了。说完烧脸,钟弥立马想扯被子把自己藏起来。

椅子发出一声微响,旁边伸来一只手,他说民宿的被子不干净,小心闷坏了,往下扯了扯被子。

就那么小小的动作,他闻到了被子里散发出来的一缕温暖又清新的香气,是她身上的。

钟弥咕哝着:"你之前送我鞋,我没答应你……"

"弥弥,到我这个年纪、这个位置,别人的意愿其实已经不那么重要了,我尊重你,你愿意与否,能为你做的事,我都可以做。"

钟弥愣了愣,却也明白这是好话。

如果她得不到尊重呢?愿意与否,也是同理,他想做什么事都可以,她挡不住他丝毫。

一时之间,她不知道该害怕还是庆幸。

"我之前是为你留在京市的,可是,后来你跟我想象中的有点儿……

不一样……"

他是很不一样。

他从京市来拜访外公,又姓沈,她猜他应该是一个有身份的人,可不知道他居然那么有身份。

玻璃窗上映的月,已经是虚妄,可一走近她才晓得,月不在窗上,月在天上。

钟弥低声说:"知道你的身份后,我有点儿……"

她想为这复杂的情绪找一找形容词,却不知道怎么讲才不至于太处于劣势。

沈弗峥也不急,只说:"那你再看看。"

他说得好像他是什么铺子里的寻常商品,允许她货比三家似的。

钟弥问:"你不问问我想象中的你是什么样子的吗?"

可能夜深了,他淡淡一笑,揉着高挺的鼻梁骨,眉眼间有些许疲态,更显玉质温润。

"就算知道了,我也不能天天演给你看。弥弥,我也会累。"

那最后四个字,叫她心弦猛然跳了跳。

翻手为云覆手为雨的人物,偏在她面前这么一副示弱姿态。

她当然会忍不住心疼。

她舍不得他累。

钟弥曾经以为,自己做不到穿一双不适合的鞋,削足适履,走到沈弗峥面前。

但事实是,如果他需要人陪,而且是只要她来陪,原来她可以光着脚飞奔到他身边。

夜雪忽降,电压不稳,灯芯短促地闪了一下光。

外头剧组还没消停,大批器材、道具要在明早前搬运完,东西磕磕碰碰,人声突兀地涌过来,一阵嘈杂。

而室内,钟弥敛下长长的睫毛,钨丝灯的昏黄光亮在她眼下照出两片小小的灰影。

她的脚心踩着被窝里的暖水袋,那里热得不像话了。

钟弥睫毛低低地敛着,沈弗峥以为她起了睡意,便起身说着明天的行程安排:"那我先走了,明天早上——"

钟弥见他起身，手指抓着被沿，眼睛又抬了起来："你能不能，先不走啊？"

房间安静，即便话音如落针，也可闻。

沈弗峥先是俯视着她："怎么了？"

他眼底有淡淡的一丝愉悦之色，瞧人清明，他再说这话，好像是已经知道她的心思，随着她，配合着她。

钟弥很想拿一面镜子来照照，此刻自己是不是什么情绪都写在脸上。她不由得面颊发烫，听到外面机械落地的声响，开口道："外面有人，我现在闭眼会有点儿害怕，你能……你能等我睡着了之后再走吗？"

沈弗峥用行动回答，将台灯亮光调至最弱，坐回床边那张椅子上，分着腿，向前弓着腰，握了一下她搭在被沿上的手指尖，让她安心。

"睡吧。"

那晚的入睡体验非常神奇，她以为有沈弗峥在身边，自己会很难睡着，但说希望他等自己睡着之后再走的话已经放出去了，本来她打算闭着眼装睡，听着他的脚步声离开。

可一想到装睡被发现会更尴尬，她装得特别认真，心无杂念，放松呼吸，没想到很快真的把自己装得睡过去了。

窗帘没拉严，小小夜雪后是晴日，明亮阳光刺进来，增加了整个房间的亮度。

钟弥睡到自然醒，在被子里翻身，悠悠地睁开眼，正在舒展的纤瘦身体随着映入眼帘的画面，紧急按下暂停键，整个人直接僵住。

她看着某个方向，目光又转去看窗外的晨光，证明一夜真的已经过去。

那盏微弱的台灯依然尽职工作，昨晚照房间，此刻静静地在男人的脸侧亮着，给那副本就好看的五官添上出尘光影。

钟弥屏息般静望着男人。

不知是感知到了目光，还是门外路过的人声吵，趴睡在桌子上的男人有苏醒的兆头。

有人说，睡醒时最无遮掩，最能反映一个人的本心。

他大概是跟温和一点儿都不沾边的，眉心下意识地冷冷皱着，眉眼间的蔑然之感叫钟弥陌生。

他转动脖子向钟弥看过来,见她呆呆地睁着一双大眼,脸上还是睡蒙的状态,鼻音浅浅溢出,更比以往低沉。相比于笑意,钟弥更愿将其理解成一种轻松懒散。

"醒了?"

那种陌生感从心头快速闪过,不留痕迹,钟弥看着眼前更为熟悉的沈弗峥,点了点头:"嗯。"

想到什么,她起身下床趿上拖鞋,去翻行李箱,"你……怎么没走啊?"

"昨天外面的动静一直没停,怕你半夜醒了,身边没人你又会害怕。"

她蹲在箱子边找东西,声音从她背后传来。胸腔一颤,钟弥像被当头击中,翻到洗漱用具的手麻麻的。

有脚步声走近过来。

"在找什么?"

"牙刷和毛巾。"钟弥正想起身,肩头忽然有了重量,她的毛绒外套落下来,覆着她的双肩。

她抓起衣服拢了一下,另一只手伸出去:"给你,都是新的。"

从沛山坐上车去省会机场,车程长,途中钟弥拆开临行前靳月塞给她的一盒蛋糕,迷你的肉松小贝,一口一个,她一手往自己嘴里塞,另一只手递去给旁边听电话的人。

他低头用嘴接蛋糕。

钟弥转过头,看着他提着一瓶水闲闲喝的样子,一时憋闷无话。他真的很有本事,顺手分享变成暧昧投喂这事如果钟弥提出来了,会衬得是她自己想入非非。

他真的就是天生一副没空儿女情长的样子。

这真的是天生的吗?

钟弥又开始好奇,不由得想到昨晚的对话。

相亲节目里,灯亮灯灭代表心动与否,可人在恋爱里的情绪如波浪起伏,从不是非明即暗,更像是一个不正常的灯泡,忽然上头的时候爱生爱死爱到一瞬间就要想到地老天荒,灯泡亮得像随时要爆炸,除了眼前这个

213

人，什么都不想管了，另一些时间里又似电压不稳，时闪时灭。

爱欲是风中火炬，风时涌时静，火形状不明。

两个人到机场时，天已快黑，上了飞机，飞机起飞不久，头等舱内很安静。

钟弥声音平静地问："你留学的时候，会经常回国吗？"

"不是很频繁，那时候不是很喜欢国内的环境。"

"原来还有你不喜欢又没办法改变的东西啊？"

钟弥那双笑眼太傲慢，弯着的时候少，肯费力弯起来，无论真心假意，都讨人喜欢，好像能让她笑是一件很了不起的事。

"很多。"

钟弥对这回答不怀疑。

她只是会想，令他烦恼的东西，可能常人很难共情，也不必问那是什么烦恼了。

何不食肉糜？

在州市，他说过他本硕都读的哲学。

"所以你回国也才四五年吗？"

"八九年了。"

钟弥面露疑惑之色："八九年前，你才二十刚出头呀，跟我现在差不多大。"

沈弗峥看着她说："我读书早。"

钟弥歪头："多早？神童吗？"

他忽地笑了一声："那恐怕要让你失望了，我是很懒得动脑子的那种人，只是小时候——"那点儿轻松感仿佛被烧过的纸，稍一碰就碎得彻底，他恢复平静温和的样子，自然地折回最初的问题，"我二十一岁硕士毕业，所以回国八九年了。"

她轻轻哇了一声："世界的参差，有人二十一岁硕士毕业，有人二十一岁还没拿到本科毕业证。"

他伸手过来，食指屈着，指节轻敲了一下钟弥的额头："好好读书。"

钟弥冲他纠正："我是舞蹈生，而且大四了，没那么多书要读。"

恰好空姐这时过来送饮料，蹲在他们旁边服务。钟弥瞥见对方收着下巴偷偷抿嘴笑，想着在外人眼里，刚刚她和沈弗峥聊天的样子应该挺甜的吧，一个俏皮漂亮，一个矜贵稳重，放在一起都像电影。

可她知道这是装的。

她在装，他也并非完全真实，就像风抖了火，不想火熄灭，就得用手去护一下。

她从舷窗往外看，夜还没有黑到彻底，城市被笼在黑丝绒一般的夜色和无数灯火碎星里，地平线尽头却仍有一丝橘辉没有燃尽。

将夜之时，钟弥忽然有一种感觉，他这次来沛山找她，他们同归，并不是一个结果，只是刚开了一个头。

黎明尚远。

"那应该要实习了，之后你打算做什么？"

钟弥正要回答，却察觉自己的手被人拢住了，很暖的掌温，沈弗峥将问题搁置在一旁。

"手怎么这么凉？"

上飞机脱了外套，钟弥也不觉得冷，只是被这么一握，对比之下才发现手是冰的。

"我好像一到冬天就这样，四肢都很容易冷。"她开玩笑说，"大概是手长脚长，血液循环很慢吧。"

他用掌心裹着钟弥的指尖，搓了搓，替她生热。

人一定会在事后某一刻清醒，甚至是后悔。

再思及昨夜种种，那氛围太好太好，钟弥便有了一点儿品物皆春的意思。她明明提醒过自己，镜花水月不当真，却还是忍不住沉沦。

航程过了大半，钟弥从舷窗外移回视线。周遭安静，一点儿细响都能清楚听见，她昨晚睡得很好，所以这会儿没有睡意。

而昨晚那套临时组合的桌椅，完全违背人体工学，大概让沈弗峥睡得非常累，这会儿他已经在一旁轻合上眼，疲态里呈现一种静默之感。

钟弥稍稍低下头，去看他的手，修长指节分明有力，有种天然叫人亲近的安全感。

她动了动指尖，触碰到他的食指，一点点勾住。

他眼皮没动，指骨轻轻屈了屈，有些下意识地回握的意味。

钟弥抿着唇，慢慢弯起来，脑海里那些浮杂的思绪忽然有了静止的时刻，她不再急迫于厘清，混沌也是一种浪漫体验，什么都看清了，也就没什么意思了。

悬空便悬空。

能握这只手，她甘愿受这一程的风雨飘摇，不想去管未来会在哪里降落。

第十章

宿命感

老林将车停在机场门口，夜晚的京市比沛山还要冷些，风太干燥，嗖嗖地刮在脸上像小刀子似的。从大厅出来，钟弥看见路边停着一辆眼熟的迈巴赫，老林站在车边。

沈弗峥领着她走过去。

"你的车？"

沈弗峥将手上的两只行李箱递给老林，回头揽着她的肩膀："这回怎么不说宝驹了？"

钟弥钻进车厢，里面有股很新的皮革味，四处打量了一下："新买的吗？"

沈弗峥坐进来带上车门，"嗯"了一声。

钟弥实在好奇："不会是因为我说这是宝驹……你才买的吧？"

"怎么不行呢？"他往前微抬下颌，示意她，"跟老林说你要去哪儿，我顺便听听你的新地址。"

钟弥扭过头，与驾驶座上的老林对上目光。

她真的很好奇沈弗峥所在的是怎样一个世界，为什么那些跟他有关的人，好像永远都不会有尴尬感，怎么样都是一副平淡又理所应当的样子。

只有她孤孤单单地觉得有点儿不好意思。

跟老林报完地址，钟弥将视线转回来，手撑在车座上，探身凑近沈弗峥，继续问："真的是因为我才买这辆车的？"

"弥弥小姐都夸的宝驹当然要支持一下。"

他说得好像他是她的粉丝一样。

钟弥既觉得甜蜜，又很苦恼："可是，我当时就是随便一说的，迈巴赫得给我打广告费！"

不只沈弗峥，连老林都忍不住笑了一声。

这是京市十二月的一个平平无奇的夜晚，应了文殊兰的花语——与君同行。

钟弥总觉得需要用什么纪念一下，等红灯的时候，拿出手机问他："你讨厌拍照吗？"

或许他是不喜欢的。

但有时候"不喜欢"没有"愿意"重要，他伸出手臂示意她靠近过来，说自己不上相。

钟弥举着手机，看着镜头里的他："太谦虚了沈先生！放心吧，我会把你拍得艳光四射。"

新年第一天，这张艳光四射的照片随着一则微信消息切入，亮在钟弥的手机之上。

她伸手将手机摸进被子里来看，眉眼很痛苦地皱着。适应光的几秒，她在心里想，以后还是少跟盛澎、蒋雅这帮人厮混。

昨晚跨年，闹得太晚，连坐车回家的工夫钟弥都不愿花，她从酒吧出来后，就栽进附近酒店的大床上，一觉睡到此刻手机显示的下午时分。

沈弗峥发来的是："还没睡醒？"

上面还有一条间隔五个小时的消息："睡醒了没有？"

钟弥回他："刚刚醒。"

从沛山回来没多久，沈弗峥就飞去美国处理事情。昨晚在酒吧，蒋雅的女朋友跟她透露了沈弗峥具体是去忙什么。沈弗峥的堂妹那个未婚夫好像有隐藏的债务问题，沈家女眷这次去那边度假发现了端倪。

这婚还能不能结，一下成了未知数。

沈弗月只信任她四哥，在电话里哭着要他过去主持大局。

跨年夜，钟弥跟蒋雅的女友才第一次见，不过这姑娘好像对她自带恶意。

她告诉钟弥这些事当然不是好心分享。

"所以说门当户对是很重要的，知根知底才万无一失。就比如我和蒋雅，自己在外面瞎找的，谁知道是人是鬼啊？现在骗婚男和'捞女'很多

218

的，就像美国那个，还有——"她做着延长甲的手在场内一扫，快指到钟弥身上的时候，随便挥了挥，笑着打哈哈，"嗯……反正，就很多。"

钟弥想笑，又忍住。原来傻白甜千金瞧不起这么多人，也拿她当"捞女"一个，明嘲暗讽。

但很奇怪，钟弥对虞曦很难生出恶气，大概是圆脸功劳，小猫再野也可爱。

虞曦一副猫系长相，长得像小猫，名字叫小鱼，多可爱。

钟弥握着酒杯，随着音乐节奏轻晃，配合着朝虞曦点了点头，贴在她耳边喊着："那你要看好蒋骓哟！"

"我会的！"

钟弥攥起小拳头："加油！"

小鱼很不爽，觉得自己在被当猫逗。

盛澎昨晚开的是套间，睡到迷迷糊糊，钟弥察觉外头有声音，但懒得起来看。

她洗漱完出去，看见客厅里躺着两只厚底小皮鞋，复古红绿的装饰配色，一眼可辨。包包躺在房门口，估计人睡在里面。

钟弥懒得管，把挡路的鞋踢到一边，等客房服务来送餐，打算吃完就走。

送餐的小推车一进门，她的手机也响了。

沈弗峥打来电话，估计是看到了她刚刚回复的消息。

钟弥得知他刚从美国回来，不知道事情处理得怎么样。

由于他并没有把家里的事告诉她，她是从小鱼那儿随着嘲讽才知情，所以这会儿不好问。

她往嘴里送着海鲜粥，说着她以前不愿意讲的废话："那你应该挺累的吧？要倒时差吗？"

"在飞机上睡了一觉。"沈弗峥问她，"你有小礼服吗？"

钟弥咬住勺子愣了愣："没有。"

这是她的生活里用不上的东西。

"那我去接你去商场，还在酒店里？"

钟弥问："需要小礼服做什么？"

他沉默片刻，随即用轻松的声音说："带你去要广告费。"

后来这件蜜桃粉的缎面流光裙，钟弥一直挂在衣柜的显眼处，那年元旦夜的深刻程度，也在她的记忆里超越所有事。

在裕和里10号举办的沙龙活动，临晚还一心扑在找裙子上，钟弥挽着沈弗峥的手臂进了小洋楼，看见里头别有洞天，才知道是品牌的新年分享会。

以珠宝起家的法国顶奢品牌，在其他奢牌已经往美妆、服饰高歌猛进时，始终保持高格调，专注于珠宝和钟表，产品线虽单一，但毫不妨碍高珠系列贵到让人咋舌。

那位车企高层也是今日受邀人之一，他过来跟沈弗峥打招呼时，钟弥正在看一场小型的新品预展。

因为是主题沙龙活动，在场男士打扮得都偏休闲，有个别吸睛的，一看就是穿搭高手。而那些西装革履、领带系得板正的人，都是品牌方安排的高颜值SA，随时提供优质服务，会专业地讲解这一季度新品的设计理念，邀请来客稍后去一旁的贵宾室试戴。

那对满钻的羽毛耳环太闪了，十字光点在明灯下直照得人眼晕。

钟弥今天穿得也太闪，流光缎面裙，系脖露背，像玉瓷碗里蜜桃搅拌醴酪，衣粉人白，格外娇嫩，是冬夜温室里提前冒头的那一点儿春色。

这样的衣着，配小颗的珍珠点缀才优雅秀气，大面积的宝石装饰会把蜜桃粉衬得艳俗。

她一转头，就看见一个梳着背头、黑皮衣打扮的成熟男士正在跟沈弗峥聊天，对上目光，沈弗峥示意她过去。

聊天时她才发现对方是港城人，口音明显。

她连一个迈巴赫的零件都没买过，收到"谢谢欣赏""感谢支持"之类的话，也能稳住得宜的笑容。

男人朝旁边一抬手，钟弥就看见他的助理提着礼物朝这边欠身微笑。他给钟弥准备了一个联名潮玩。

这便算是过目了。

钟弥也算长了见识，原来收礼物连自己拿一下这种功夫都不用费，对方贴心地说助理认识沈先生的车，直接送去车上，交给司机。

但这一晚，钟弥还是亲手收到了一份礼物。

两个人从摆满晚香玉的洋楼院子里踩着迎宾毯出来，上了车，沈弗峥让老林等一会儿。车子静静停着,夜很深,车内外冷暖似两个季节,外头有其他来客驱车返程的声音。

钟弥上车后踢掉一字带的高跟鞋,将腿缩在裙子下,专心致志地拆她的"广告费"——一只少女心满满的bearbrick(积木熊,一款由日本MediCom玩具公司设计和生产的收藏玩具)。钟弥对潮玩不太了解,但这价格不菲的熊这两年在网上很火,造型特别,所以她认得,没买过。

联名款能被炒到六位数的装饰玩具,满足收集癖的烧钱游戏,买一个两个没有意思,也没什么用。

"挺可爱的。"她这样评价,又开玩笑说,"这勉强算是我打工赚来的第二份工资吧。"

第一份她是在剧组拿的。

她累死累活七八天,身上好几处瘀青的卖力活儿,到手的报酬,还没有这只熊的半个身子值钱。

钟弥正想问现在在等什么,玻璃被人从外头敲了敲。车窗降下,外头有人递了一只盒子进来。沈弗峥接过盒子,又合上窗,吩咐老林开车回去。

车子启动,钟弥抱着熊,见他将一只墨蓝色的丝绒方盒放在了她蜜桃粉的裙子上。

"第三份工资。"

钟弥低头看着盒子,猜到里头可能是珠宝。她高中逛精品店,即使没有特别喜欢的东西也不好意思空手出来,沈先生腰缠万贯,空手而归多失了大气,随随便便买个一两样同房子一样贵的珠宝,也是情理之中的事。

钟弥完全能理解。

但她不知道这盒子怎么就算工资了。

"这又是我做什么得到的工资?"

沈弗峥瞥了一眼车毯上那双四仰八叉的高跟鞋,可想而知鞋子的主人踢鞋时的讨厌程度。他抬起目光看向钟弥,说:"难为弥弥小姐肯受累出来玩。"

钟弥凭定力紧绷住嘴角不往上翘,一本正经又很给面子地说:"也不是特别累,一点点,就是昨晚跟盛澎他们跨年有点儿熬过头,需要时间缓缓。"

说话时,她将盒子打开。

微弱的路灯灯光透进来,都能令它璀璨如粼光,颗颗钻石亮得仿佛加了特效。

钟弥看着这对羽毛耳环,心想:常言诚不我欺,由俭入奢易,由奢入俭难,一份实习工资买不来半只熊,现在一车子的熊也买不来一只耳环了。

"这样我以后就很难体会到打工的快乐了吧。"

沈弗峥一语点醒她:"你打工就是为了钱?"

钟弥想想也是。

提到打工就不免说到钟弥之后的工作安排。

沈弗峥说知道了她之前在舞剧院被人为难,钟弥只惊讶了一瞬就觉得这也是情理之中的事。

"还想去舞剧院吗?"

钟弥顿了顿,摇了摇头。

沈弗峥捏着她的手,目光不动声色地在她的脸上分辨着:"是不想,还是不要?"

"不要。"

"理由呢?担心我不好处理?怕给我添麻烦?"

钟弥闻声笑了:"你会有什么麻烦啊?我才不担心你呢!"

"那是为什么?"

他发现自己是真的很喜欢看她笑,那种不走心,还有点儿没心没肺的笑,好像取悦到她了,又好像就那样,她根本不会记挂在心上。

沈弗峥拉她过来,要抱她,钟弥被拽得面朝他,肩上披着的白兔绒厚毛衣掉了下去,落在车座底下。

车里忽然就响起升挡板的声音。

钟弥半跪在他的腿边,愣了愣,直接问出口:"这是什么暗示吗?"

她那副表情太可爱,沈弗峥笑得胸腔微震,手臂稍稍用力,让她跌在怀里。

他的手绕过她的肩膀,落在她的后颈系裙结的地方,手指绕了绕丝滑的缎带,随即一路往下,顺着她的皮肉下的一节节脊骨,稍用力地刮过,如扫过一排琴键,听觉与触觉有差,却同样美妙。

他快摸到腰时,钟弥觉得痒,身子朝前挺了挺,贴他更近了。

沈弗峥在她耳边说:"是露得有点儿多。"

所以老林是从后视镜里看到她的后背,才避嫌地升挡板,还是以为他们要做什么事?

沈弗峥问她:"还没告诉我为什么不要?"

他们就保持着这样亲密的姿势,钟弥觉得自己说什么都有点儿变味。

她身前就一层裙布和胸贴,刚刚朝前一挺,都感觉到自己的轮廓在那一瞬挤出了变化,虽然不是故意贴上他的,但这仍然让她觉得有点儿羞耻。

钟弥小声说着:"这是正常谈话吗?"

"你想让它不正常也可以。"

钟弥结巴起来:"先……先正常一下。"

沈弗峥轻笑,在她的话里挑刺:"先正常一下?先?你这么会控场吗?"

钟弥立马瞪他。

适可而止是好品格,沈弗峥松开她一些,让她适应。

钟弥受限于车厢空间,保持跪姿只能稍稍直起身,手指挽了挽耳边垂落的头发,耳垂润白的珍珠像被剥去一层黑纱,在沈弗峥的视线里晃动闪光。

刚刚贴到零距离感受体温、四目相对都只是玩闹,这一刻,她离他半臂距离,低垂眼帘,拨弄头发的样子却让人想脱她的衣服。

他依然是闲散靠坐的姿态,甚至没有太大的表情变动,可眼眸深沉,喉结暗暗滚动了一下。

弄好头发,钟弥倾身,一手搭在他的一侧肩膀上,把不要的理由讲给他听。

"我不是怕给你添麻烦,我知道你会提就代表这对你而言不是麻烦事,我是怕给别人添麻烦。舞团曲目的人数是固定的,沈先生打了招呼的人,进去起码得当个主舞吧?那要踢开谁呢?我体会过那种莫名其妙失去机会的感觉,并不好。我不想空降,让另外一个人也体会这种失去机会的滋味。

"舞团每年都会招新,只要我不荒废学业,以后还可以递资料。其实,还有更重要的原因,就是我现在有另外一件想做的事。我高中曾经有机会去拍电影,我没有去,虽然也不是那么喜欢,但大概就是得不到,所以成了遗憾。上次去靳月那里体会了一下,我完全清醒,也不剩遗憾。我一点儿也不想当明星,当明星也不适合我,然后我就决定了,以后想做什么就去尝试,不喜欢就算了,不要留这种望梅止渴的遗憾。之前我在州市找了一份离家近的实习工作,是教小朋友跳舞——"

说到这里,钟弥才发现沈弗峥有点儿不对劲,眼神像灰烬堆里的火焰,既暗又灼人,不是听人讲话的样子。

"你在不在听我说话?"

"听了一半,有点儿听不下去。"

钟弥刚露出一丝不解之色,后颈就覆上来一只宽大手掌,将她朝下压去,猝不及防地,直到贴上男人的唇。

他不管循序渐进了,吻得很凶。

钟弥闭着眼,渐渐也动了情,原本搭在他的肩上的两只手伸到了他的脖颈后面,交叠在一处。

相贴的身体让胸前的活动空间很小,钟弥觉得不舒服。

她收起纤细的手臂,侧脸贴侧脸,热吻余潮里的话声微喘,甜得拉丝,带着烫人的气息,毫无保留地拂来,成了一瓢冷水。

"我……我那个还没走,不方便,"绵软拖着的声音里,钟弥的歉意和无辜之色日月可昭,天地可鉴,"我刚刚,是不是不该那样回应你?"

沈弗峥一时很复杂地看着她,伸手替她刮了一抹唇边溢出的红色痕迹,随即想到自己,收回手,拇指揩着嘴角,指尖也蹭得红透了。

那副欲气的样子让钟弥想到之前在这车里,说沈先生艳光四射。

那会儿的恭维是假的,现在,他是真的很艳。

钟弥凑过去,在他的脸颊上亲了亲,企图装乖了事,刚靠上他的肩膀,手还没来得及搭到另一侧,就被灼热有力的手掌一把攥住腕骨。男女之间力量与体形的悬殊,让钟弥猛地朝后倒去。

车厢里的世界猛然颠倒。

她的后脑勺沉沉地跌到了车座上,又朝沈弗峥回弹。

那一段路有密集的路灯,她的视野里,欺压上来的沈弗峥变成迎光状态,一切都变得清晰,她看到了他的衬衫领口朝下垂落,看到了他的喉结、锁骨以及衬衫里面暴露的皮肤。

钟弥觉得有点儿晕,晕得口干舌燥。她用力吞咽着口水,换着气说:"我没有说谎,我不害怕也不讨厌这件事。"

相反,她很期待和沈弗峥一起体验。

他似乎一个字都不想说,吻下来,所有情绪都在唇齿缠绵里。

钟弥的呼吸乱了,好像吐出去的气再也吸不回来,胸前起伏的弧度越来越大,连带着鼻息都升温了,像沸水上的热雾。

那晚是钟弥第二次去沈弗峥在城南的那栋别墅,脑海里尚余第一次来时的深秋记忆。

森森夜色里,那栋别墅依旧煌煌似一座塞满灯火的孤岛,偶见楼上落地窗边有用人经过,似一面皮影,灯光越是照顾到每个角落,就越以明亮显空旷。

车子徐徐开近。

钟弥只是隔窗静静瞧着别墅,并不会扭头告诉身边的人,她不太喜欢这里。

没有什么好计较的,她只当这是个顶级的下榻酒店。

沈弗峥站在车外,将车毯上的那只bearbrick和放钻石耳环的墨蓝绒盒都捡起,扔进原本装bearbrick的硬纸袋里,动作自然到像柜员扫码过的两件小商品被快速打包了起来。

钟弥还坐在车上,一边看他做这样的事,一边慢慢地把胳膊往外套袖子里塞。

他提起纸袋,望向车内,跟正穿衣的钟弥对上目光,眼帘向下一压,看向她那双还光裸在裙边的脚丫子。

钟弥意识到自己发呆磨蹭如乌龟,立马弯腰捞来一只鞋,收起一只脚半踩在车座上穿起来,说马上就好。

那纸袋内价值不菲的两件小商品,第二次受到不够尊重的对待,就这样被人随手搁置在车外空地上。

沈弗峥腾出手,捡起钟弥的另一只鞋子,她细白的脚踝被男人的手掌抓住,拉了出去。他在车外微微躬身进来帮她穿好鞋,然后伸手给她,扶她下车。

因这良好的服务，钟弥愿意给这"酒店"的内心评分再多加半颗星。

起码从表面看，她是高高兴兴地被沈弗峥牵着手走进屋子的。

笑一笑也好，新年的第一天，一切都是最好的开始，这样浓墨重彩的一晚，她不忍心破坏。

管家打扮似的中年妇人迎了上来，接下沈弗峥手里的袋子，替钟弥拿了一双室内拖鞋，未知姓名，先温和礼貌地冲钟弥欠身微笑。

沈弗峥吩咐她准备客房。

钟弥已经换了鞋，解放了双脚，正在看那盏水晶灯，闻声转头问："这里经常有人过来住吗？"

沈弗峥的表情很值得细看，钟弥要检讨自己一直以来是不是把不安多心表现得太明显了，导致现在随便问他一个问题，都像话里有话。

而他透过现象回答本质："不经常，我第一次带女孩子过来。"

中年妇人补充："之前只有沈夫人和沈小姐来住过一两次。"

钟弥微微牵起嘴角："那我想住没有人住过的房间，可以吗？"

沈弗峥松开她的手，示意管家道："带钟小姐去挑，随她住哪儿。"说完提醒钟弥，需要什么东西都可以跟这位叫慧姨的管家提。钟弥点了点头，应了声"好"，随着慧姨引路，同慧姨先往楼上去。

房子大到让人没有安全感。

钟弥走上楼梯，还忍不住回头看去，想去寻沈弗峥的身影，先是心惊了一下。自己身后不知道什么时候多了一个人，那人站在几级楼梯下，提着纸袋沉默跟随着她。

视线一放远，她看见了沈弗峥，他正冲她浅笑。

她匆匆把头扭回来，认真看路。

等沈弗峥洗完澡，从上楼的女佣手中截下一杯滚热的红糖姜茶，送去钟弥的房间门口时，他才知道她选的房间有多偏，甚至跟主卧不在同一楼。

钟弥也是第一次见沈弗峥穿睡衣的样子，睡衣有领，丝质的，浅咖啡色，外面搭着一件又松又薄的暖白色线衫，衣襟敞开着，很居家。头发洗净吹得七八分干，发丝乌黑，藏住了大半额头，面部留白减少，眉眼间的锐利感相对也变淡，身上充满潮湿又慵懒的热气。

钟弥也才刚刚洗完澡，头发还没吹，只用毛巾擦至不滴水，随意披散在身后。

房门一打开,她以为是刚刚问她要不要吃点儿夜宵的慧姨,即使客人拒绝,也要象征性地来送些关心,没想到外头站着沈弗峥。

她先是快速将他看过一遍,然后舞蹈生的脚尖稍一用力,脚后跟便轻盈高悬,减少他们之间的身高差,手臂搭在他的肩膀上,将自己挂在他的身上,又说喜欢他现在的温和模样。

沈弗峥一手搂着她裹着浴袍的腰肢,端杯子的另一只手朝外递远,怕盘中热茶晃出来,烫到怀里的人。

她闻够了他身上的浴后香气,越是冷调的木质香混起滚烫的体温,越似动情的气息,像蜜蜂一头撞进被阳光晒开的花蕊里。

钟弥从他那儿两手接下放着红褐色茶汤的小木盘,帮他完成"任务"。稍辛辣的姜味已经能闻到,她问这是不是给她的,在他点头后,手指比着数字"1",请求说:"我可以给你派一个新任务吗?"

于是,钟弥收腿坐在沙发前的长毛毯子上,吹着手中的热热姜茶,小口啜饮着,沈弗峥坐在沙发上,腿分开,留一片空地给她靠,骨节分明的一双手,一手顺着青丝,一手拿着吹风机轻轻晃动,吹着她的长发。

晚安道别的仪式是今夜第三次的吻。

沈弗峥粗暴深重地对待着钟弥的唇,从脖颈咬至胸口,像发泄不能发泄的欲望,叫她呼吸再度全乱。

沈弗峥扶起从她的肩头滑落的浴袍,落在她的额头上的吻格外温柔,同她说着明天的安排。

他要回一趟老宅,大概会起得很早。钟弥这两天都没休息好,他让她好好睡,走的时候就不过来喊醒她了,这边的厨房还可以,叫她吃完饭再走。

他说到这里时,宽大手掌搭着她的细腰,隔着厚软的浴袍捏了一把,嘱咐她多吃饭,长一点儿肉。

等吃完饭,她想去哪里,打电话给老林让他来送。

沈弗月的事情还不算解决完了,电话里说通知大家都回来吃顿饭,明天过去,大概老爷子要表明态度。

两个人说话这会儿工夫,沈弗峥搁置在茶几上的手机又响了一次。

刚刚手机也响了,钟弥分心回头,他说不要管。

这次钟弥也回了头,来电显示依然是刚刚的沈弗月。钟弥伸长胳膊将手机拿来,递给了他。

电话接通,钟弥听他的声音,大概会以为真没什么事,因为从头到尾,他只说了"嗯""知道了""早点儿休息",表情平静得有些麻木。

靠得太近,他毫不回避就这么让钟弥坐在他的腿上,她自然能清楚地听见对面的人的每一句话。靳月嘴里旁人望尘莫及的傲气千金,听声音像是哭了或者是哭过了,求着沈弗峥明天一定要早一点儿过去。

"你一定要先过来跟爷爷说,小姑姑已经跟我妈煽风点火了。干吗呀?不就那么点儿钱,计较来计较去!我自己掏还不行吗?四哥你一定要帮我!他就是知道我们家已经不满意他了,才不敢说这事的!"

他声音温和,无波无澜,但不由得蹙起的眉间泄露出一丝情绪,是疲于应付,还是不耐烦,钟弥分辨不出。

钟弥想起小鱼说,沈弗月只信任这个四哥。钟弥当然下意识地以为他们兄妹关系特别好,此刻却有动摇之感。

如果他的家人都这样信任他,但凡出事都必要他来主持大局,那么他势必会被架在那里,成为最稳定的存在,跟人爱死爱活、痛哭流涕这种事根本轮不到他。

战场可以少成百上千的士兵,但不能失去将帅。

他的心力早就被打散了。

你不能指望这样的人还有很浓烈的爱。

沈弗峥结束通话,将手机抛在一旁的沙发上。

钟弥玩着他的睡衣上的纽扣问:"你堂妹是要你回去帮她做主吗?你说话很管用、很厉害吗?"

这是钟弥第一次问到有关他家里的事。

沈弗峥垂眼看着她,一时没说话,似乎这不是一个能轻松回答的问题。过了一会儿,他将脸低下来一点儿,凑近钟弥问:"你觉得我很厉害吗?"

钟弥想了想,然后摇头,很诚实地说:"我不知道,对能让你为难的事,我还没有概念。我如果说你很厉害,这好像也不是一种夸奖,会让你真的面对困难的时候,很难以启齿吧……"

她越说声音越小,看着沈弗峥的目光却越来越专注了。她也察觉到了他的神态变化，是一种无言的意外之喜。

虽然他也没有笑，但刚刚那层因他家里的事皱起的眉心褶痕，无声无息地被熨开了。

钟弥有点儿受不了被这样一双含情又勾人的眼睛近距离地盯着看，有种在浴缸里泡着热水，手脚飘浮的感觉。

她都不能确认，此刻在这个房间里说话的人是她自己。

"我时常觉得——"

她声音一停，静然地与眼前的男人相望。

他低声问："觉得什么？"

钟弥亦低声答着："我时常觉得你应该没有烦恼，但我感受不到你的快乐。"

话音刚落，他侧着头，低下颈吻住了声源。

钟弥原本在他的睡衣扣子上缠绕的手指，猛一下捏紧实物。相较于前面那些吻，这一瞬间，唇与唇相贴，显得格外温柔，甚至不像亲吻，像对来之不易的所有物，拿在手里时的珍爱和占有。

"感受到了吗？"

唇瓣上的触感离开后，钟弥还没回过神："什么？"

沈弗峥抵了一下她的鼻尖。

"我现在很快乐，因为你。"

她出生在繁盛香火供诸天神佛的州市，小时候是爸爸信佛，他一直觉得自己能娶到章小姐，是佛前磕头的虔心换来的。后来他走了，章女士便替他去敬拜菩萨。

钟弥不信佛。

从小到大，她进寺庙的次数几只手也数不清，但没有一次是正经许愿的。

此刻她却很想回州市，举高香匍拜，求菩萨显慈心，让这个世界缩到就只有这个房间这么大吧，她和沈弗峥都出不去，就一直被困在这里做一些耳鬓厮磨的事。

恋爱脑上头的一瞬，她自己都被自己吓到，身体轻轻抽了一下，很快清醒过来。

沈弗峥低低地笑了一声，问她这是怎么了。

229

钟弥说没什么，两手撑在身体两侧的沙发上，拳头下陷，身体往后，跟沈弗峥拉开一些距离。

过了几秒，想到刚刚聊天的话题，她歪着脑袋，忽然又俏皮地问他："那你能给我做主吗？"

手臂勾着钟弥的腰，将人拉回来，这一刻的沈弗峥仿佛才是他的最常态，不费力气，又强大到不容抗拒。

"你想翻天都可以告诉我。"

后来盛澎吹她艳冠京华，身上有种祸国殃民的美，钟弥不认，但会想到这一晚，如果是，沈弗峥要负全责。

睡前钟弥没设闹钟，厚重窗帘阻绝白昼光线，一叶蔽目，将昨夜的气氛在这个房间里延伸。

钟弥按亮床头小灯，握来遥控器，拥着雪白的鹅绒被从床上坐起。

昏暗中，"嘀"的声音响起。

轨道轻声运作将窗帘拉至两侧，阳光刺穿玻璃，直直扑入眼底，眩晕两秒后，在钟弥的眼里奉送大片苍翠整洁的园林景观，有种梦幻般的游戏世界终迎来天光大亮的感觉。

钟弥闭着眼，往后重新倒进松软床铺，手脚松松瘫着，似意犹未尽。

在哪里投币啊？她好想再玩一次。

洗漱时，钟弥刷出满嘴泡沫，对着那条蜜桃粉的系脖露背裙发愁。

她要穿什么回家？

昨天她在门店换下的冬衣好像还在车上？拿进来了吗？

钟弥打算吃完饭问问的，用完已做午餐的第一餐，用餐巾象征性地擦了一下嘴角，她昨天的衣服就被慧姨送来了。

两手将衣服接过来钟弥才知道贴身的线衫和呢裙，都已经被洗净熨好，散发着浅淡温暖的香气。

她对慧姨道谢，暗暗叹着他家里的用人的细心程度。

换好衣服，钟弥没着急给老林打电话，而是礼貌地询问："我可以在房子里逛逛吗？"

"当然。"慧姨问她，"需不需要我陪同？"

"如果您方便的话，那再好不过。"

虽然已经算得上是第二次过来，但钟弥对这里完全不了解，路线不熟,也不知道这里是否有什么不该进的地方,有人陪同最好不过。

这栋别墅上下五层,负一楼一半是停车场,一半是储藏室,总体来说,都是用作摆放陈列的空间,无论是车还是酒。

钟弥看到了整面墙通顶的藏酒架、一张棕色皮质的单人沙发,扶手边配了一张小小的黑色置物台。

那台子乍一看是矛盾空间的几何造型,钟弥被吸引住目光,很想凑近看看这种三维世界不可能存在的结构,是用了怎样的障眼法才得以在视觉感官上成立。

"那里可以进去吗?"

慧姨微笑着说可以,说沈弗峥偶尔会叫老林过来拿酒,有时候是送人,有时候是跟朋友在外聚会。

钟弥点了点头,顺着慧姨推开的玻璃门走进去,看着那单单一张的沙发,似乎能想象到沈弗峥靠在这里轻轻晃着酒杯的样子,还挺孤独。

除了这张皮沙发,钟弥环顾空旷四周,再没找到第二处能坐的地方。

"他不会请朋友来这里吗?"为了让这问题不显得那么唐突,钟弥装作已经了解他的朋友圈子的模样,自然地举例说着,"就比如,旁先生他们?"

慧姨摇头:"从来没有,沈先生非常看重个人空间。"

钟弥研究明白那张几何台子是什么障眼法了,在错误中添加错误,使错误不合理却能成立。

这会儿她才真切感觉,撇开生意人的身份,这人是本硕都读的哲学,多少有点儿影响。高高在上的人,可能用不着俯身拾铜臭,但或许会像沉思者雕塑那样蜷身求索。

钟弥转头问:"那你今天带我进来,他知道了会不高兴吗?"

"怎么会?这是沈先生交代过的,在这栋房子里,您想去哪里都可以。"

原来是这样。

负一楼中央做空,下沉如天井,将负一层和负二层在空间上连成了整体。钟弥趴在栏杆上往下瞧,在俯视视角看见了一间非常壮观的玻璃房子,玻璃里头套玻璃,视觉效果奇特。

里面的物品,大大小小……

231

"是瓷器吗？"

身边的慧姨解答："对，大部分是瓶樽，也有一些杯碗盘和笔洗之类的，有两百多件。"

"两百多件？"钟弥张了张嘴，仿佛瞬间对数字失去概念，"都是真的吗？"

慧姨笑了起来："怎么会不是真的呢？"

钟弥已经不想问贵不贵之类的幼稚问题了，低声自语着：原来他的爱好不止钓鱼，他还热衷在家里建博物馆。

不爱收集瓷器的生意人不是好的哲学家。

那种介于荒谬与不真实之间的情绪，叫钟弥一时无法正常说话，她开起玩笑："怪不得他不带朋友回来。"

慧姨在旁边解释他不带朋友回来的原因。

他不会带客人来这里，是因为他还有另外的房子，但对他而言，那些都不算是住所，只是一个买下来替他一个人服务的茶座或者清吧，甚至是偶尔招待朋友聚会的度假屋。

钟弥只微微点头微笑着，像是理解了一样。

慧姨问她要不要下去负二层看看。

"只是那个玻璃房需要指纹加密码才能一起解锁，现在进不去，但通体玻璃，也可以在外参观。"

钟弥说不用了，想找老林来送她回家，慧姨便说："那我现在去帮您通知老林。"

钟弥点头道谢，又一个人靠在负一楼的栏杆边待了一会儿，才挪步离开。

从昨晚他接沈弗月的电话的样子，想到今天慧姨说的这番话，钟弥越发觉得，沈弗峥这个人把什么都分得很清楚。

大概也只有这样的人，站在高处才不会太累。

起码从表面看，他不会有疲态破绽。

撇开感情处理事情，永远都是最高效也是最正确的。这样看，他是很懂利弊的生意人，又一点儿都不像学哲学的人了。

钟弥觉得他很矛盾，也并非今日之感。

就如先前在州市不太熟的时候，她曾经觉得沈弗峥身上有和外公类似的气质,但越了解越觉得,那种相似是阵雾气,走近吹一吹就散了。

车牌没做登记进不来,老林只能将她送到小区门口。钟弥拒绝老林下车送她进去。

她提了提手上的两只袋子,一只放的东西,一只放的衣物,说:"很轻的,我自己拎可以,这点儿东西还不至于累死我。"

老林对她笑:"好嘞,那您快点儿进去吧,外头风大,别被吹感冒了。"

"好,那您路上开车注意安全。"

钟弥一转身,寒风兜面,差点儿把宽大的围巾下摆直接掀到她的脸上来。她皱着脸,腾不出手,只能偏偏头找方向,让风再把围巾吹回原位。

她在心里给京市扣了大分,除了一个人,她喜欢的样子,这里一点儿没有!

我早晚要走,早晚!

还剩一个月到春节,这个时间点,就算钟弥想清楚如何安排未来,年关将至,也不太好找工作了。

但她还是试着在招聘网站上投了几份简历。

要不怎么说偌大京市,人才济济,卧虎藏龙呢?这地方最不缺的就是牛人,没户口、没房子,她想凭大学拿的几个奖就当香饽饽,一路畅通无阻,在州市或许还有可行性,在京市,就成了天方夜谭。

那些专业资深的舞蹈培训机构,要么给艺考生集训,要么是教小朋友的兴趣班,在要求技巧身韵之前,HR先考虑的是稳定。

钟弥也实话跟人说。

本来也是,她渐渐已经没有了要在这里扎根的念头,水土不服,可能大二那会儿还做过梦。

看到前辈在舞台上的光鲜样子,她也曾想过一定要努力站在聚光灯下大放异彩。

她的颓丧想法,有一部分是受彭东新那件事影响,还有一部分,是那位她曾经欣赏的前辈私生活被媒体曝光,也不是多不堪,可也算是一盆凉水浇下来,盖灭了她所剩不多的美好滤镜和年少热情。

没有人能真当一尘不染的仙女。

前辈不能,她也不会是例外。

把自己拨得太高的下场是拖着空壳子越活越累，她想明白了，也就回州市了。

说到底，她既无宏图大志，也缺拼劲狠心，物伤其类的敏感心思倒是有好几箩筐。

没有谁能做她的方向，靳月不是，前辈也不是，于是失了方向，她就成了一只刺猬，装作刀枪不入地缩成一团，谁敢乱碰她，她就扎谁。

她对什么路是好的，什么路是坏的，已经失去判断力。

她只记着外公从小教她的：万事再难，不过"情愿"二字，这一份高兴，你是想给自己，还是想给别人，只要你情愿，咱们就不论对错。

之后两天都有面试，钟弥抱着了解情况的态度去见了HR。人家问她怎么这么迟才出来找工作，又看了看她打扮得不像缺钱的样子，自动省去后话。

明明有各种理由，可一想到彭东新，钟弥立马生理性反感，更不愿给被他耽误的时间编什么好听的理由，可真实情况也难以启齿。

她缄言半晌，HR大概有所察觉，没让气氛进一步尴尬，又简单问了一些其他问题。

隔天，老林将那辆颇显眼气派的黑色迈巴赫停在小区门口，看见钟弥不是从小区里出来，而是从楼下一家咖啡店推门而出，一手提包，一手拿着一本暗红封皮的厚书。

等钟弥上了车后，沈弗峥问："在学什么？"

暖气充足，钟弥脱了外套，露出一件里面的小翻领兔毛裙，再拿起书，晃到他眼前："小说！谁要学习啊，最讨厌学习了。"

孩子气的抱怨语调听起来毛茸茸的，小表情有种说不出的可爱感。

沈弗峥看清了书名："喜欢日本文学？"

钟弥露出些许个人主义的嫌弃之色，摇摇头说："不太，甚至我之前一直有点儿偏见，我妈两次去日本问我要不要一起去，我都没去，世界上的樱花又不是只在一座小岛上。"

"喜欢樱花？"

钟弥点了点头，又把话拉回书上："这几天，我下午都在楼下那家咖啡店消磨时间，今天翻到这本书，觉得很有意思。我没读完，所以就去问店主能不能把这本书卖给我。"

说完她将书放在一旁，一转过头来，沈弗峥的手就覆来她的脸颊上，温热指腹轻轻抚着她眼角薄雪一样的皮肤，熨帖得像在熔化什么。

钟弥看着他的眼睛，看着他出声的样子。

"别读太多这种书。"

她不明白："怎么了？"

"容易不开心。"

他还真说对了。

钟弥之所以对这本书感兴趣，就是因为无意间翻到了一句忽然让她不开心的话。

书中这样写道："令人类感到绝望的不仅仅是必须承认爱有局限，而是即使心碎一万遍，失望一万遍，对人类之爱这件事竟然还抱有希望。"

她继续翻阅，试图去书中找这种不开心的解答。

她还没有翻到，沈弗峥就打电话给她说要带她去吃饭，心思一瞬间如久压水底的泡沫板，失去压制地浮起来，再没法儿沉下去。

他是不开心的原因，也是钟弥还没翻到的那个答案。

钟弥不愿意承认自己最近不开心，只说还好："我只是最近比较无聊。"

沈弗峥问："不是叫蒋雅、盛澎他们带你玩，不喜欢？"

这两个人还真尽职尽责地联系钟弥了，只是接到电话，钟弥通通找理由拒绝了。盛澎玩得太疯，蒋雅就更算了。

"蒋雅有女朋友啊。"

跟聪明人聊天不费劲的原因就在这里，沈弗峥问："小鱼让你不高兴了？"

"那倒没有。"

大概是钟弥让小鱼不高兴了。

那傻白甜千金半点儿城府都没有，一视同仁地讨厌所有蒋雅身边的年轻姑娘，生气跟河豚鼓腮一样，谁都能看出来。

钟弥想了想说："我还挺喜欢她的，就是她好像不喜欢我。"

沈弗峥捧着她的脸，一本正经地说："那可不行，谁敢不喜欢我们弥弥小姐？"

钟弥扑哧笑了一声，笑意如春风染绿，从嘴角一路染到眉梢。她扭过

235

身子,搭了一下驾驶座,甜甜地跟老林说:"麻烦升一下挡板。"

等她转过头,沈弗峥的神情不对劲了,那种来者不拒的挑眉动作,且痞且雅,坏得明目张胆。

钟弥就扮起天真无邪,扑过去,笑着用双臂搂着他的脖子说:"吓一吓你,不行吗?"

他很配合,只是唇边迷人的笑弧,让这句"可以,我被吓得不轻"毫无可信度。

钟弥很开心。

下一秒,她发现自己的小腿正被人抓着,往他身体另一侧挪。他用动作示意她坐上来,换面对面的姿势,嘴上说了一句很可怜的话,受害者需要一点儿安慰。

钟弥一边顺着力,慢慢移动重心,一边享受他很慢很柔的吻,小腿一扫,放在车座上的书掉下去发出了声响。

本来没想管,沈弗峥忽然停下来,从钟弥身边弯腰伸臂去捡东西。

等他将东西拾起来,钟弥才知道,不止一本书,书里还有一张印着咖啡店名称的硬卡片,一面白纸,一面彩页。

钟弥完全不知道书里还有这个东西,不知情的表情也明晃晃地挂在脸上。

沈弗峥两眼扫看完毕,将卡片递给了钟弥。

几行字,钟弥越看,手指捏得越紧。

那家咖啡店主说她一连三天来喝咖啡,他第一眼就注意到她了,是crush(网络用法,指怦然心动、乍见之欢、短暂但又热烈的迷恋)的心动感觉,附带了微信号,问钟弥愿不愿意给彼此一个互相了解的机会,他想请钟弥以后都来免费喝咖啡。

看完内容,钟弥咳了一声,自然地将小卡片塞进书里,自然地说着:"咳——其实,我还是更喜欢付费服务,我外公说人情债是最难还的。"

沈弗峥很满意也很认同:"你外公把你教得真好。"

说到外公,钟弥有一件很想确认的事情。

"你之前说过我外公对你有授业之恩,可我外公说,他只在你启蒙的时候教过你写字,时间也不长,你——"

沈弗峥忽然打断她的话:"你外公还跟你说过别的吗?"

钟弥摇了摇头，以为这个"别的"是指他，随即又问："你说的'别的'是什么？"

沈弗峥停了两秒，声音慢慢地在密闭车厢里响起："比如——告诉你，他为什么离开京市？"

钟弥答得特别干脆："因为外公不喜欢京市。"

她听淑敏姨说过，当年外公也不是非离开京市不可，只是外公这一生太刚正清肃，宁愿到此为止，也不肯往歪路上多走半步。

"我外公很少提过去的事，说一时辉煌都是过眼云烟，没有追逐的必要。"

沈弗峥点了一下头："这像你外公会说的话，他是真的拿得起又放得下。"

钟弥问："所以从我有记忆开始，每一年你家里都有人来州市看我外公，是什么原因呢？"

"章老先生是我爷爷这一生唯一的挚友，也是他最信任、最欣赏的人。"

这话说得太高，钟弥心思凝重，卡在信与不信之间，可她从沈弗峥的神情里看不出任何夸张成分，话语淡淡，像仅仅在平静陈述一个他早就知晓的事实。

"所以……是因为尊重，你们才来看望外公的吗？"

沈弗峥面色如常，又点了一下头。

不知道为什么，钟弥感觉自己像被堵在某种未知隔膜外，正在毫无头绪地靠近当中。

久久望着眼前的人，钟弥终于理出一个问题："那为什么你今年才第一次来呢？"

这似乎是一个很关键的问题。

因为沈弗峥不再轻松作答，目光深远，那种思考神情，具有不知从何说起的年月感，好像试图在一本脉络复杂的书里找一行并不存在的、需要自己来总结的答案。

最后，他轻轻扬起嘴角，跟钟弥说："因为我对你外公不仅仅是尊重，他对我的影响非常大，我之前一直有些抗拒来见他，但每年都送礼过去了。"

说到这里,他伸手轻轻捏了一下钟弥柔软的面颊。

"你大概不知道,你学棋的那套围棋是我送的,你知道那套棋子有多贵吗?听你外公说你很不喜欢,当场打翻,还哭着说不学。"

钟弥像被定格一样顿住。

她从没想过,有一天宿命感这种玄而又玄的东西,会这样突如其来地将她贯穿,好似一阵狂风掀过,将岁月做纸的旧书翻得凌乱,只为在她的过去,找他隐晦的姓名。

小孩子学棋,通常四到七岁最好,钟弥小时候磨磨蹭蹭到九岁才开始启蒙,还一千个一万个不愿意。

小时候的钟弥,谁见了都要夸一句活泼可爱,要是让她唱歌跳舞,那她能蹦蹦跳跳个没完,跟朵小花似的讨人喜欢,对谁都是笑脸。

可要是谁不许她动,要她规规矩矩地坐着动脑子,那能难受死她,要是再碰上点儿什么不顺心的事,她当场生小脾气,哭出来的情况也是有的。

钟弥不爱动脑子学棋,但不妨碍她聪明。她晓得外公最疼她,只要哭着挤两滴眼泪出来,外公见了一准心软。

所以那回她故意撒了棋子,章女士虽然口头说了她一句不像话,但外公做主又哄她,以后便不学棋了。

之后她受不得淑敏姨的激将法,还大言不惭——飞行棋也是棋。

想到小时候的这些事,钟弥难免不好意思,就如在外公的小院子里初次见面,沈弗峥就打趣她:钟小姐琴棋书画样样精通,怎么会没有可讲之处?

沈弗峥这会儿看她的眼神太软,仿佛透过此刻的钟弥想象着她小时候的淘气模样,这让钟弥能特别切实地感受到两个人之间的年龄差距。

她还赖在外公的怀里顽皮哭闹的时候,他已经芝兰玉树,通人情知世故,会给人送礼了。

"我九岁的时候,你大概在干什么?应该在读高中吧?"钟弥推算着时间,朝前凑去,抿着嘴笑得不怀好意,"有……跟什么姐姐早恋吗?"

沈弗峥一副拿她没办法的样子:"你九岁,我应该在准备留学,我十七岁上的大学,没跟什么姐姐早恋。"

他条理清晰，说话不疾不徐，连所谓的回敬话语听着都充满陪她胡闹的宠溺之意："弥弥小姐上大学前应该就谈过恋爱吧？"

一下被猜中，钟弥难为情地鼓了鼓两腮："恋爱怎么了？"

沈弗峥神情淡然，瞧她可爱，屈着食指往钟弥的鼻尖上轻轻敲了一下："喜欢他什么？"

他的过分坦然，让钟弥心头滑过一丝异样感。

如果她是和同龄人恋爱，对方不说介意她有前男友，也一定会很耿耿于怀她之前那段恋情，一早就把周霖的个人消息问个底朝天吧？

而沈弗峥给钟弥的感觉就像……

举一个不太恰当的例子，就像他在问拍到手的一块地皮，上一个老板是出什么价才拿到的，他或许有兴趣知晓内情，但绝不会再拿对方当对手。彼此根本不在一个层级，没有不和的必要。

钟弥有点儿摸不清成熟男人的想法，但还是团着这种棉絮一样的心思，如实回忆着同沈弗峥说，末了，还夸了夸前任，说他不仅成绩好，性格也很沉稳，非常像潜力股。

说完沈弗峥夸她眼光好，小小年纪就很务实。

车子到了餐厅门口，缓缓停下。

钟弥穿上外套下车，沈弗峥从她的书里将写着微信号的小卡片抽走，晃了晃。

"这个没收。"说完他将卡片喂进旁边的银色垃圾桶里，"以后换一家店喝咖啡。"

钟弥有点儿恍然，不知道他是真介意，还是知道自己其实很吃他吃醋这套，总之，她的开心不假。

她故意表现出反抗精神："为什么啊？"

扎着领结的服务生询问完预约情况，替他们引路。

沈弗峥揽着她的肩往里走去："对男人来说，第一眼就喜欢的人，非常难放弃，可能就是无法放弃，只要你再出现，他就会想再试试，甚至不需要你出现，只要能再找到你，什么死灰都能复燃。"

钟弥入座时侧头看着他，他刚把话说完，等他坐至对面，她的眼神也跟随了过去。

沈弗峥问："怎么了？"

钟弥摇了摇头，端起刚刚上的气泡水凑到唇边喝，长长的眼睫垂下，藏住情绪，心里想着：他看似在说那个咖啡店店主，也好像在说他自己。

放下杯子，钟弥随口说："没什么，就是刚刚在想，公寓楼下环境不错，还能静静看书的咖啡店好像就那一家。"

开胃小菜是鳌虾和裹满奶油酱汁的扇贝，无功无过，倒没有让人胃口大开的本事。生牛肉薄片是现场制作，口蘑片、火箭菜、擦成碎的柠檬皮，最后再刨下厚厚一层木屑一样的芝士，属于视觉给味觉加分了。

主厨遇上她和沈弗峥这样对制作过程不感兴趣的客人，大概也会觉得热情受创。

用餐时，他们聊着一些无关痛痒到事后回顾都不一定记得起的话。

钟弥食饱，开始怪刚刚的车程太短，不然她也能很自然地问他，他喜欢他的前女友什么。

只是，她大概难有他那份从容大方的气度。

这份"不大方"让钟弥在回州市过年前，干了另一件不大方的事。

那天蒋雅说他有个发小恋爱三周年，在酒吧订了包间，喊了一堆朋友来玩，特热闹，问钟弥要不要一块儿玩。

钟弥本来推说也不认识他那些朋友，蒋雅说："你来了不就认识了？来吧，我和小鱼都在。"

有时候钟弥觉得这位蒋少爷脑子很活，有时候又很想怀疑蒋少爷其实没脑子。

"你不是看不出来你女朋友不喜欢我吧？别把沈弗峥的话当圣旨好不好？少管我，你多顾顾她吧。"

或许是青梅竹马的情分对彼此太了解，蒋雅完全不将这话放在心上："没事，她一直就那样，小孩子护食一样，没坏心的。你来啊，我叫人去接你。"

因为想打听一下沈弗峥的前女友的事，钟弥那晚才有了化妆出门的动力。

到了地方，九点多才刚刚热闹起来，钟弥拣空问了，蒋雅的反应完全出乎她的意料，他笑着说："你不说我都快忘了我四哥还谈过女朋友。他留学那会儿的事太早了，我倒是听我妈说在英国分手的时候，我四哥送了那女的一份仁至义尽的大礼，我们家没有人把这事儿当事儿。不过那女的还真是挺不一般的,你知道她现在——"

那晚是庆祝蒋雅的一个姓贺的发小恋爱三周年,在场其他人心里想的什么钟弥不知道,但开场一齐举杯时,小鱼心里想的肯定是沾这份喜气,和蒋雅长长久久。

话刚说到这儿,有人着急地跑来跟蒋雅说:"小鱼跟一个女的吵到打起来了!真的开眼界,女的扇起巴掌来真猛!"

蒋雅一瞬间坐不住了,手里杯子差点儿被捏碎:"谁打她了?"

那人露出一言难尽的表情:"你老婆谁敢打啊?小鱼打别人!快,快,快,快去拉!"

那晚除了小鱼出事,钟弥也碰见了不该碰见的人。

洗手间一条走廊,旁边的电音节奏震得墙壁都在晃,她和彭东新冤家路窄地碰上了。

相隔几步路,彭东新瞧见她,眼睛瞬间亮了,舔着唇,惊喜地笑起来,往前走着说:"弥弥,你看京市这么大,还是咱们俩有缘,是不是?你说我们都多久没见了,我是真想你。"

那种不适感像灌了一肚子发酵的酒,难受得钟弥扭头时都下意识地弯了弯背。

彭东新"欸"了一声,追上来抓她的胳膊,叫她别走。钟弥越挣,他就掐得越紧。

"别走啊,弥弥,你说我这热脸贴你多少回了?你总不能次次不给面子吧?你现在在哪儿上班呢?京舞剧院那门你还想不想进了?弥弥,我是真喜欢你,就你说你那个室友,烂货一个,要不是看你的面子,我能和她在一起?"

那一巴掌是怎么扇出去的,钟弥后来完全没有记忆,她只记得那只恶心人的胳膊她怎么也挥不开,恶心人的话一句接一句地往她的耳朵里灌。

怒气冲到顶了,直接炸开。

她打完胳膊都在发抖,面上是冷的。

彭东新往旁边跟跄了一步,捂着一侧脸,不可思议地瞪着她,随即眼里的意外之色被怒火取代,要把钟弥烧成灰似的。

走廊尽头有间杂物室,钟弥狂奔过去,一秒没停顿,进门反锁上门,下一秒贴着门的背就感到猛烈地震了震。

外头追来的彭东新拳打脚踢着门，骂声一刻没停。

"给老子开门！给你脸了！敢打我？！"

里头没灯，黑得彻底，钟弥强行镇定下来，蹲在门边拿出手机打电话。蒋骓的电话她拨过去后没人接，可能他还在处理小鱼的事，手指只停了一下，她立马将电话拨给盛澎。

她知道这两个人在夜场里不分伯仲，这边一整条街都是酒吧夜场，他们经常串着场子玩，上半夜、下半夜不在一个地方的情况都是有的。

电话一通，盛澎那边的音乐声就传了过来，他笑着喊说："弥弥，那边还好玩吗？他们那边今晚没秀，你要不要——"

呼吸里是杂物沉积的霉味，门还在被人一脚一脚地踢，门外的人也在打电话喊人过来。

每一秒钟弥都觉得格外漫长，她根本来不及等盛澎说完话，就出声打断了他："你能不能现在就过来？你来——"

一时急到连酒吧名字都忘了，钟弥脑袋空空："你来……蒋骓的朋友这边，二楼，洗手间走廊尽头，我被人堵在杂物室里。"

盛澎已经听到那边隔着门的吵嚷声，有个男声骂着，叫人来开门，说不行就把门撞开，今晚这事没完。

那一脚力太大，又或者钟弥蹲到发虚站不稳了，往前一跌，膝盖磕在地上，地上不知道有什么杂物，痛感瞬间从骨骼处、皮肉上毫不客气地蔓延开来，叫她皱眉。

"嘶——"

盛澎在那边急疯了："等着！等着！马上！马上就去！谁啊？谁敢堵你？蒋骓呢？蒋骓死了？"

"彭东新。"

盛澎闻声在那边爆了句粗："弥弥，我先挂电话，我马上就过去！"

电话里的声音消失，也同时让钟弥陷入茫茫黑雾中。她摸不清这些人之间的关系，沈弗峥让她重新进舞团或许是小事一桩，但为了她得罪彭东新，或许……

不知怎么的，她这一刻反而冷静了下来，以至门被盛澎打开的时候，她看着比在场所有人都要淡定。

彭东新站在盛澎身后，虚伪地笑着问："澎哥，这是什么意思啊？抢女人不至于吧？"

盛澎把钟弥扶起来，回头骂道："抢你祖宗！等着死吧，你家里没给你提醒，叫你这阵子别在外头招摇吗？"

彭东新愣了愣。

他靠肚皮上位、没权没势没名分的妈还真苦心叮嘱过，叫他别再跟什么女大学生来往，他当说何曼琪呢，踢了就踢了，也没多心想。

彭东新露了怯，见盛澎扶钟弥出来那股小心翼翼地伺候劲儿，跟上去问："澎哥，什么意思啊？"

盛澎看着钟弥流血的膝盖已经够闹心了，彭东新还不依不饶的。

今晚这么大动静，经理早就过来了。

盛澎吩咐经理找个药箱送来。

不知是不是后怕，彭东新自顾自地把今晚的起因经过讲了一遍，话里话外把自己摘得干干净净。

"我真的没干什么，她直接给我来了一巴掌。"

钟弥没说话，接过服务生递来的手帕，弯腰屈腿，去擦往下淌的血。

盛澎问："弥弥，咱还能走路吗？"

钟弥点了点头。

盛澎又说："你等我一会儿。"

钟弥还当他有事要和彭东新说清楚，没想到盛澎直接上去揣了彭东新一脚，这一脚比钟弥那一巴掌厉害多了，彭东新当场倒地。

他喊来的那些朋友此时站在他后面，一动不敢动。这些人平日陪着彭东新欺软怕硬可以，恭维吹捧话张口就来，可现在，就是一百个人站在这里，也没一个敢替彭东新朝盛澎还手。

盛澎俯下身，跟彭东新说："你是真敢拿自己当彭家人。你跟我称兄道弟就算了，到沈弗峥面前，你算什么？装孝子贤孙给他磕头都轮不到你，彭东琳姐弟俩最近要搭沈家在南市的关系投一个大项目，她这条大船，你要是敢毁了，你跟你妈就等着被扫地出门吧。"

盛澎看他捂着膝盖，轻蔑一笑说："这一脚就当是帮你了，不过肯定不够，赶紧回家叫你那个中风的爹想想办法吧。"

盛澎说完，药箱也被送过来了。

盛澎接过药箱，跟钟弥说："弥弥咱们走吧，伤口到车上去处理。"

刚刚的话，钟弥都听到了，这会儿她缓慢地迈着步子，跟慢了拍子似的问盛澎："他知道了？"

"那肯定哪！我哪里敢做你的主，四哥今晚在附近的乾华馆应酬，他二伯来京出差。"盛澎看她走路的样子，估计伤口不是一般疼，毕竟是膝盖位置，走一步都要扯一下伤口，白色丝巾绑着，都洇出红色血迹来了。

"弥弥你说你也是，你怕他干什么？受这份罪，你提四哥啊，别的不说，就脚下这片地，'沈弗峥'这三个字就没有不管用的时候。"

当时是想到了，但是她不想说，那一刻犹豫的心境已经很难剖析，是怕给他添麻烦，还是担心真撕破脸皮到了权衡时刻，自己会不够分量，她已经很难讲清楚。

或许也是她不愿讲清楚。

盛澎说她厉害，就这种事，换别的小姑娘大概早被吓哭了。

钟弥一滴眼泪没有，瞧着也情绪稳定。

好在没赶上散场高峰时间，门口车不多，他们没等几分钟，那台迈巴赫就划破夜色而来，稳稳地停在眼前。

盛澎上去拉开车门，她裹着长外套，纤细萧索地站着，与车里的沈弗峥对上了目光。

不晓得他今晚有没有喝酒，钟弥只觉得他的眼波被霓虹灯灯光映着，很浓很沉。

他没说话，朝钟弥伸来了手。

她无比确定那是直接越过思考的鬼使神差反应，她就将自己的手搭了上去。听到他低沉的声音说慢一点儿，钟弥才恍然发现自己想靠近他的那种急切心情。

盛澎把药箱递到车上，跟老林挥了挥手。

车子缓缓开动。

大概是刚刚的夜风吹得太冷，她很想要他抱抱自己。

但是沈弗峥没有工夫抱她，他的全部注意力已经被她膝盖上的伤占据，他一边轻轻拆丝巾的活结，一边担心地问："伤得这么重，要去医院看吧？"

老林握着方向盘，确认道："是去附近医院吗？"

钟弥摇头："不用去医院，我也不想去医院，伤口不深，就是皮破了

荒腔

一块,流的血有点儿吓人,其实还好。"

"还好是怎么好?不痛?"

沈弗峥投来的目光,像是生气她逞强,又像心疼她撒谎,既有威严又分外柔和,既是掌控又是纵容,种种情绪杂糅,如同夜色里的斑斓旋涡,看得钟弥一阵阵心悸。

这种悸动,跟那种神经一跳一跳的痛感极度类似。

钟弥轻轻出声:"痛……"

话音落地,丝带已经散开了;他握着钟弥纤细白皙的小腿,低着头,垂着眼,往她的伤口上轻轻吹气。

细微的安抚热气落在红白分明处,钟弥不由得绷紧脚趾,他的手掌察觉到她的小腿肌肉在用力,便偏出两分视线过来说:"不要用力,伤口又开始出血了。"

目光越过钟弥,沈弗峥看向她身后:"把药箱递给我。"

钟弥就看着他给自己处理好伤口,贴上防水的创可贴。

老林问现在要去哪儿。

钟弥说:"我很想……睡觉。"

沈弗峥往车外看了一眼,转头问她:"那去酒店?"

他的住所、她的住所,都没有那家后面开着老西装店的酒店近。

这是钟弥第二次来这里。

第一次过来,那时候她完全不知道沈弗峥跟彭东新之间有什么关系,今晚她从盛澎口中知道了一些联系,心情却也没有平静到哪里去。

她一想就会觉得太复杂,整个人像一片顺着水流的落叶,一点点靠近,一点点被圈进漩涡中央。

钟弥洗完澡出来,坐在沙发上由沈弗峥检查伤口有没有碰到水。窗帘没拉,繁华京市,红尘夜色一览无余。

钟弥扭头看了一眼,想起第一次来这房间里,睡了一个由昼入夜的好觉。

那天沈弗峥也是在这样的夜景之中,俯身在她旁边将她喊醒,和她说话,摸她的脸颊。

那次她想凑上去吻他,最后仍然被退缩心情击溃。而如今,她已经没有什么好担心的了。

她可以亲这个男人。

沈弗峥先是惊讶于她的主动，很快手掌微微用力，抬起她的下颌，让自己深入得更彻底。

听到女孩子喉咙里不自禁地发出的一声细软嘤咛声，他神经一跳，虽顾着她的膝盖，但还是握住她那只小腿，凭本能地将她压进沙发，笼罩在自己的身影之下。

钟弥的气息乱了，手被困在两个人的身体之间。薄薄一层衬衣下，他的体温烫人，气息无孔不入地将她包围。

连这一层阻隔她都不喜欢，手悄悄攀移下去，攥住他的衬衫的些许衣料，试图往外提。

一阵风进来，沈弗峥察觉，朝下看去，腹部也在那一瞬因用力显出紧实皮肉下的腹肌纹理。

随即，他抬头看了钟弥一眼，视线相对，两个人再没说话。他俯身更投入地吻上她的唇，辗转深入，再流连往下。

他的手太忙，正一颗颗解着衬衣纽扣，没空去腾出两只来雨露均沾，为了不让一侧备受冷落，便换唇去专心致志地照顾。

钟弥眼眸半睁着，开开合合，仿佛置身迷幻世界，只觉得眼前的光线渐渐模糊和扭曲，湿热感一阵接一阵袭来。

沙发对两个人来说太逼仄，侵占似一种拉锯战，钟弥渐落下风，本能地想要将自己缩起来，平坦的腹部因紧张吸气朝下陷去，如一面受击的鼓皮，奏乐之人正在为非作歹。

膝盖上有个小伤口，虽然不太严重，但到底有限制。

沈弗峥怕她不舒服，又担心她膝盖上的伤口会被扯疼，俯身轻轻拥着她，将人抱起，走进一旁的卧室。

钟弥开始浑身紧张，彼此感觉都不太好受。

但沈弗峥没有着急，只额角青筋绷着，用着温柔的耐心，若即若离地亲着怀里的人，星星点点的吻像编织幻梦，分散着钟弥的注意力。

钟弥渐渐投入其中，幻想自己是一张新纸，团卷着，闭合许久，终被人推上案台。他是那方紫檀镇纸，缓缓将薄纸地蜷缩姿态推开、抚平，叫皱褶处舒展成最易勾勒的模样。

她眼睛如蒙春雾。

他又做那个破雾而来的人，叫她溢出一丝低低的音，高高仰起头颅，瘦弱的身体一处紧绷，四处瘫软。

芙蓉面朝着琉璃灯，欲生欲死，缱绻发颤，眸子里先是春光乍泄，后又春情流转。

那晚他们都喝了酒，第一次结束后兴致又很浓，气息和体温相贴着、交织着，怎么纠缠好似都不会腻烦。

钟弥缓过余韵，面上仍有热浴般的红潮，枕着他的手臂，缩在他的怀里，抬手去摸沈弗峥的脸。

细如春葱的手指，落在他的眉眼间，指尖刚有作画兴致，半描过浓眉，就被他的手掌抓住，拖来唇边一根根亲完手指才放过。

两个人睡前相拥，他的手在被子下探索着她的脊背的皮肉骨骼，修长手指像弹琴一样感受她的反应，最后确认："从这里开始怕痒？"

钟弥点了点头。

那一夜温存，让人舍不得提任何事来破坏美好的气氛，没有比肌肤相亲更叫人沉迷的时刻，他们都心无旁骛。

沈弗峥本想等第二天醒来再和钟弥聊昨晚在酒吧的事，谁料她在吃饭时，毫无铺垫地说："我想回家。"

最初沈弗峥还没反应过来，以为钟弥的意思是要回自己的住所，便点头说："等吃完饭就送你回去。"

"我说的是，我要回州市。"

沈弗峥蹙眉朝她看了过去。

钟弥满脸愁丝地说："我突然好想我妈妈，我想回家。"

沈弗峥停下筷子："我让你不开心了？"

钟弥摇了摇头。

就在沈弗峥皱眉考虑如何问是不是谁让她不开心了，钟弥忽又出声了，那满脸愁丝化作纷纷情网，一瞬间仿佛有了意料之外又情理之中的落脚处。

"是你太让我开心了。"

沈弗峥笑着叹息，手掌扶住额，好似这辈子没这么头痛过。

回州市的高铁上，钟弥头倚着窗，车窗外的冬景飞速地在瞳面闪过，却难叫她欣赏。她在想沈弗峥的藏酒室那张矛盾空间的黑色小台子——在错误里添加错误，使得错误不合理却可以成立。

这大概也是她此刻的心理。

她说他让她太开心了，不是假话，可这份开心难落到实处，也是真的。

她对他的了解太少，少到连提问都无从下手。

对她而言，沈弗峥是一本超纲的教材，即使她有心学也会分外吃力。

明明她也很想了解他的，内心却始终有种潜在的抗拒感。她怕这样试探一次两次，终有一天她会在他身上看到自己不能接受的一面。

没有了花前月下的水袖做遮掩，图穷匕见，直刺人心，到时候，她既不能招架，可能陷得太深了，也会舍不得后退。

她不敢，也害怕将自己置于这种境地。

抱着逛游乐园的心态遇见想永久停留的居住地，这种事只是讲起来浪漫。

原本钟弥做好了打算，回到家便将京市的种种暂时翻篇，给自己一段时间清醒清醒，没想到刚进自己久别的州市房间，打开行李袋，瞧见一盒药，便又想起沈弗峥来。

分别时，钟弥能看出他有点儿不高兴。

换别的男人，女朋友这么想一出是一出，估计会连沈弗峥脸上那点儿淡笑都拿不出来。

老林将车开到高铁站，沈弗峥递了一盒药膏给她，叫她回家注意伤口，小姑娘身上最好不要留疤。

钟弥将写着凝胶字样的小盒接过来，棱棱角角攥在手心里，那一刻，她是有些舍不得的，舍不得与昨夜、与他就这样在距离上生生割席。

她也惴惴着，一时情热消退，距离让她清醒，也会让他清醒，他会不会觉得这小姑娘还挺没意思的？

有人把爱情比作游戏。

爱情才不是游戏，游戏总得加载到百分百，什么都显示明白了，才会进入下一关，爱情说不准的，大半画幅还是马赛克状态时，你就要开始进去闯关了。

她不自知地一胡思乱想，情绪就会通通挂在脸上。

沈弗峥俯身来抱她,温和声音格外纵容,说:"你想回去就回去吧,这阵子有点儿忙,等我闲下来,去州市找你。"

钟弥埋首在他颈间,闻着他混着体温的松雪气息。人为制造的离别,让人每一秒有一万次反悔的冲动,甚至她自己的身体里都有一个声音在不知死活地喊:我就要留在这雾里看花。

洗完澡,钟弥坐在床边屈膝涂着药。

淑敏姨敲门进来,抱着一摞钟弥冬天的厚衣服,已经一件件熨好,挂进衣橱。

钟弥的睡衣太宽,淑敏姨一转头便看见钟弥领口下有两点梅花一样的红痕。

钟弥抬头问:"怎么啦?"

淑敏笑笑摇头,说没什么,聊州市这边的八卦消息给她听,说她那位仰着脖子往上攀高枝的表姨终于给钟弥的表姐找到一位多金男,男方三十七岁,离异没孩子,做钢材生意的。

本来双方相看都挺好,最后表姨家跟人狮子大开口,算盘敲得太响,弹崩了一地算盘珠,闹黄一桩婚事。

"人要有点儿自知之明,得知道自己在别人那儿几斤几两。"

临走前,淑敏姨撂下这句话,瞧模样已经不想再说表姨一家,嘱咐钟弥半个小时后就下楼吃饭,厨房炖了她爱喝的汤。

钟弥"哦"了一声,门在一声轻响里被带上后,她都还在继续发怔。

她像被淑敏姨的话一下点中,知道了困住自己的情绪是什么。她不缺自知之明,可实在很难判断自己到底有几斤几两。

她想打电话给盛澎问昨晚彭东新的事现在是什么情况,摸起手机却又放下,立马自省,一心扑在这些事上,那她回州市干什么?她还不如待在京市,还能面对面聊。

想到彭东新,再想到何曼琪,钟弥不免感叹,但再没别的情绪了。戏中人难笑戏中人,谁敢说自己的戏就技高一筹?

本来不想管京市的事了,几天后的一个早上,钟弥晨起去护城河公园附近的老字号吃早点,看到古城区一带已经拆迁动土,胡葭荔家的老屋子已坍作一片废土尘埃。

附近公园锻炼的大爷们最关心时政,钟弥在早餐店里,一边咬着热气腾腾的蟹黄小馄饨,一边竖着耳朵听人聊天。

有一个大爷侃侃而谈,说这么大的工程可不好做,上头有好几个大老板呢。京市来的那个是一把手,早年在海城做船舶贸易起家的,特别厉害,但这个人八字不好,命太硬,克老婆,五十来岁,克死好几个了。

其余大爷闻言啧声。

钟弥一口热汤喷在桌上,收都收不住,连忙抽纸来擦,最后在几个大爷纳闷的眼神中,草草揩嘴,跑出店门。

从公园回来后,钟弥去了戏馆帮忙,说是帮忙,谁会安排事情给她做?她在二楼自己的专属位子上嗑瓜子,时不时剥一个喂给旁边笼子里馋食的小雀。

终于想起来似的,她把周霖那部综艺节目翻出来看,节目问答的倒计时设置得特别惊心动魄,钟弥看着都跟着紧张。

倒数三秒时,节目声音猛地切成手机铃声,屏幕上蹿进一个属地京市的陌生号码。

她接听电话,那边传来的声音倒不陌生。

"听说你那天晚上也打人了?"

钟弥听出来这是蒋雅那个傻白甜女朋友。

怎么,因为她们都在同一个场子里打了人,这人还隔空打出革命感情来了,还要来联络一番?

"打了,有什么指教?"

小鱼在那头没说什么,随即赏赐一样邀请人:"出来玩。"

"不去,也去不了。"

"这么不给我面子?"

钟弥笑起来,十分好奇:"你们这种含着金汤匙出生的人,是不是投胎的时候都被下过咒啊?"

小鱼像是担心自己会莫名其妙地挨骂一样,小心翼翼地问:"你……你是什么意思?"

钟弥自顾自地讲着:"下咒的人说,这趟胎投了就是人生赢家,以后谁要是敢拒绝你们,你们就给我把款拿出来!就说'这么不给我面子?'。"

这种人钟弥还真遇见过不少,她总结:"像这种张口闭口都是面子的人,往往活得很不要脸。"

"那还好,我今天才第一次说。"

居然还听出一丝没有同流合污的庆幸感,钟弥隔着手机,差点儿笑出声来,要不她怎么说这条小鱼又傻又可爱呢。

小鱼不仅真信了钟弥的胡说八道,还立马把自己撇得干干净净的。

拐弯抹角不在小鱼的业务范围内,才没说几句,她自己先烦起来,跟钟弥嚷着:"算了,算了,我实话告诉你吧,我因为打人的事现在被关在家里了,蒋雅还跟我爸妈说了好多我的坏话……"

钟弥察觉出对面的人声音一软,有点儿要飙泪的前兆,立马截过话问:"你那天打谁了?"

小鱼怀恨在心,咬牙切齿:"一个贱人!"

"是你们那个圈子的吗?就跟你差不多的那种有名有姓的某某千金?"

小鱼更咬牙切齿了:"是!不过她可比我差远了!"

是,比你强的人,也不至于挨你的巴掌。

多少胡思乱想都是空中楼阁,现在钟弥算是切身体会,有个不懂事的女朋友会有多累了。

真累啊,让着哄着,还要包容无理取闹的行为。

钟弥这会儿三观正,思想不偏不斜:"你都打人了,难道还要蒋雅给你鼓掌叫好吗?"

小鱼很委屈:"为什么不能?如果他真的很喜欢我,为什么不能?!"

原来人在感情里无度索求,真的会以爱之名胁迫对方变成自己期待的样子,来证明爱成立。

越可怕的谬论,越能逻辑自洽。

钟弥忽然有感,还没来得及说话,小鱼已经将这一页揭过去了。

"我不想提这件事了,反正他对我爱搭不理也不是一天两天了,就问你一句,你能不能来找我啊?"

钟弥纳闷:"我找你,你就能出来?"

"你当然不行哪,我爸妈又不认识你,你不是在四哥身边吗?你跟他一起来啊,顺便把我带出去,就说我们俩是好朋友。"

这份友情突如其来,钟弥得提醒她,第一次见面虞千金可就往她的脑门上盖过"捞女"的章。

钟弥静静地听着小鱼在那头诚心道歉,说那时候不知道她是章载年的外孙女，又听她一通撒娇，软磨硬泡。

最后，钟弥享受够了"傻白甜"的服软态度，很礼貌地告知她："好吧，我不计较了，但是不好意思啊，我人不在京市，已经回老家过年喽。"

在小鱼骂人之前，钟弥机智地先挂了电话。

结束这通电话，钟弥有点儿想沈弗峥了。

这几天，两个人没什么联系，他或许也忙，只问过钟弥有没有按时擦药，钟弥也没有找话题，说两句就挂电话了。

再没心思去看综艺节目里的淘汰结果，前男友是否成功晋级，钟弥也不关心。她切出软件，点开照相机，对着一旁的紫竹笼拍了张照片，给沈弗峥发了过去。

随后她恹恹地趴在桌上，看着茶厅里时不时进进出出的人。

楼下那些说话声像风从她的耳朵边刮过去一样，她一句听不进，只觉得心烦。

手机叮的一声，进了新消息。

她迅速直起腰，不用点开对话框，就能看到他回复的那条信息。

沈弗峥："这只小雀看着有点儿无聊。"

说雀又非雀，钟弥一瞬间被戳破心思，先是没忍住嘴角上扬，后又很快命令自己平静下来，打了一行字过去否认。

钟弥："才不是，吃饱了没事干而已。"

这次，那头的人很快回复："州市年底好玩吗？"

想起那次在沛山，沈弗峥去找她，开口也是问这边好不好玩，好像……他总拿她当个只图新鲜开心的小孩子。

钟弥反问回去："那京市年底好玩吗？"

沈弗峥回答："我这两天不在京市，在南市出差。"

虽然两个人之间的相处模式还没完全定下来，但钟弥觉得，他如果去哪儿、做什么事都要跟她报备一声，也不切实际，那些她完全融入不进去，甚至听不懂的事情，他如果总来跟自己轻飘飘地交代一句，只会让她更加不安。

这会让她觉得，这个人一直在她的世界之外。

钟弥随口问着："出差应该会有应酬吧？"

他反问回来:"担心我有应酬?"

钟弥笑了一声,手指飞快地点动:"才没有,我有什么好担心的?"

这话没有违心,钟弥是真不担心他在外面应酬的事。如果一个男人连这点儿安全感都不能给她的话,即使心动冲破脑袋,她也死都不会点头。

别看彭东新跟钟弥现在闹成这副难看的样子,刚认识钟弥那会儿,彭东新一副花花公子做派,打浪子回头的牌,很懂女孩子爱听什么,什么好听话都跟钟弥说过。

他说他是真喜欢钟弥,觉得钟弥跟别的女孩子不一样,保证钟弥跟他之后,他再也不沾别的妞。

他这话说得比珍珠还真,深情款款的样子叫钟弥发笑。

朋友问她是不是不信,大概是有点儿被深情戏码打动了,想劝一劝钟弥。

钟弥不愿多聊,当时只说,不是信不信的问题。

她并不想成为这种连下半身都管不住的男人的心头"白月光",谁爱当谁当去吧。

所以压根没到信不信这一步,而是钟弥不要。

她想买的是橘子,对面摊子上苹果烂没烂,跟她无关,她只想离得远远的,别果子早烂透了,滚下来砸脏自己的脚。

所以无路可走,她宁愿打道回府,也不想和这样的人多纠缠。

她并不是那种传统到恋爱就一定要奔着结婚去的人,正相反,她的家庭教育一直教她的都是过程大于结果,感受胜于对错。

就像一只手电筒,或许有一天这电这光都会枯竭,或许也曾照过别人,但我握在手里,这段夜路我来走,这光就要独属于我一个人。

这是情况钟弥能接受,也是最起码的真诚。

屏幕上的文字看不出情绪,钟弥不知道沈弗峥是不信还是故意在逗她,他发来四个字:"真不担心?"

她换了口吻,拿演技出来配合一时情趣:"好吧,我承认,我都担心死了,每天晚上都辗转反侧,夜不能寐,心里都想着你呢。"

消息发过去后,她回看一遍,才发觉这装吃醋卖痴的娇,有点儿过头了,自己看着都怪恶心的,抖了抖肩,"咦"了一声。

沈弗峥:"那我就放心了。"

钟弥盯着手机,一时不懂这六个字的意思。

她有点儿不高兴了:"什么叫你就放心了?你很希望看到我这样是不是?"

那边的人干干脆脆地发来一个字:"是。"

钟弥攥了攥拳,想吐槽他跟自己真的有代沟,一点儿都不会说话,字没打完,屏幕里跳了新消息。

沈弗峥:"你也这样想着我,会让我觉得这很公平。"

前天晚上,沈弗峥刚到南市,晚上应酬出来,看了看时间,想着钟弥应该还没睡,给她打了电话。

他就说了三句话。

"很想你。"

"记得涂药。"

"早点儿休息。"

钟弥在那头懒洋洋地说:"原来就是虚假关心一下啊?好吧,我收到了,你也早点儿休息啊,沈老板。"

电话匆匆结束,沈老板那会儿在想什么呢?记得涂药和早点儿休息或许都能归为虚假关心,但是很想她,实实在在是全部内容。

那晚去的地方很风雅,本来乐师进来弹琵琶只是一个小插曲,可沈弗峥感兴趣的意思在场人很明显能瞧出来,做东的那人便叫这位乐师留下,又问沈弗峥还喜欢听点儿什么曲子。

沈弗峥在应酬场合从来不为难这些人。

这话对也不对。

很多时候,根本轮不到他为难,例如他没表态,只推说自己也不是很懂,那穿旗袍的乐师依然被扣了下来,一曲接一曲,铮铮柔柔,弹到这场了无生趣的应酬结束为止。

他先按礼数把他二伯的车送走,随后自己坐上车,老林还没启动,台阶上碎步走来一道娉婷身影,裹着厚外套,敞开的领口依然能看见里头的无袖旗袍,贴身的薄丝,胸口随呼吸起伏。

她赶来他的车窗前气息不稳地问:"沈……沈先生,除了琵琶,我还会别的,不知道有没有机会给您单独表演?"

那是风月处的弦外音。

他隔着窗，微微敛目转头看过去，年轻漂亮的一张脸，妆面糅着紧张和期待之色。他以前对年轻漂亮没什么概念的，这会儿却忽然笑了，一副饶有兴致的样子，倒真报出一样来。

"胡琴会吗？"

窗外的人一瞬呆住，只张口不出声，应不下来。

沈弗峥没再说话，吩咐老林开车。

老林从后视镜里瞧见沈弗峥似乎心情不错的样子，气氛轻松，也搭着话说："这些小姑娘，年纪轻轻，学艺不精，心思倒是很多。"

沈弗峥唇边倏地生出笑意，半醉酒意酿得声音越发低沉悦耳："学艺不精？她那手琵琶不知道胜钟弥多少倍，你是没见过学艺不精的人。"

老林恍然，原来沈先生是想起钟小姐了。

但"钟小姐学艺不精"这句话，老林实在不敢应，只装作纳闷地陪老板聊天："钟小姐怎么忽然就要回州市了？年底您是有点儿忙，钟小姐不是挺清闲？"

沈弗峥轻叹一声，手指稍动，开了一点儿窗，透冷风进来吹酒热。

他叹着念着，心里想着："她啊，很有本事的。"

他以为她一手琵琶弹得烂，只有胡琴拉得还行，没想到，她最擅长的乐器是退堂鼓，说敲就敲。

他还只能由着她。

八岁半的年龄差摆着，他敢有一点儿强硬态度、拗她半点儿意思，都显得像欺负小姑娘。

沈弗峥手指抵着太阳穴，微微闭眼，不晓得酒劲和钟弥哪个更叫他头痛。他也想不明白，这才多久，怎么就由着她骑到自己头顶上了？

第十一章

苦艾酒

除夕当天，钟弥跟着章女士按习俗去陵阳山拜菩萨，除岁除厄运，迎新迎大吉。

年关底下，转山拜庙，这是州市人的传统。

春节前几天，即使下雪，上山道再滑，拜佛路上都寻不到空地。前后长队都看不到头，有三五好友结伴的，也有全家出行的，还有一些外地人，提前开车也要赶在这几天过来。

万古殊胜处，名不虚传。

钟弥怀疑今天一半的本地人此刻都聚在山上，还有另一半前两天已经来过。

转回视线，钟弥继续跟章女士说自己在剧组实习磕了一身伤的事，得了便宜还卖乖，有三分颜色就要开染坊，这事儿钟弥常在家干。

章女士前脚夸她从小到大性子里有一样最好，从不娇气，磕碰摔倒从来不哭，也不要大人抱，自己爬起来，自己拍灰，特别好，后脚就听钟弥"哼哼"着，翘起了小尾巴："是吧，是吧，上哪儿找我这么乖的小孩儿哪？"

章女士柔柔地睨钟弥一眼："你还乖啊？你淑敏姨前几天打扫卫生翻到你小时候的相册，还说我们弥弥不去拍电影当明星，真可惜了。"

有种不好的预感浮上心头，钟弥皱眉等着下文。

果不其然，章女士说："才几岁大，在你外公那儿说哭就哭，眼泪有就有，多厉害的小孩儿哪。"

章家人都是不信佛的，章女士每年数次来山上拜佛烧香，一开始是继丈夫遗志，虔心做久了也就习惯了，心安之处，仿佛真觉得举头三尺有神明。

钟弥问起爸爸，问她爸爸跟章女士在一起的时候是不是特别恋爱脑？恋爱脑这种时髦词汇，钟弥还得解释一下。

章女士听后，敛起眉，过了一会儿，颇有感慨地跟钟弥说："这怎么能叫恋爱脑呢？喜欢一个人，就能做到完全投入，这其实是一种很宝贵的能力啊，只是你们现在的年轻人讲独立，谈的恋爱也越来越复杂，越来越瞧不上奋不顾身这种事，可照你这么说，那戏文里唱的都是恋爱脑，哪里能那么偏颇？

"我跟你爸爸刚在一起时，也觉得他付出太多，我一度觉得累，因为觉得自己拿不出跟他对等的东西，但是你爸爸叫我放心，还劝我，说有些人是吸水的海绵，这样的人在感情里能挤出很多东西，可有些人天生是不吸水的料子，能做的事很少，但那也是那样的人能挤出来的全部了。

"所以弥弥，人这一生能遇见一个理解你、包容你的人，是很重要的，这比爱还要重要。在你爸之前，妈妈也跟别人谈过恋爱，那个叔叔也很好，我们青梅竹马，也算志趣相投，只是在一起的时候，我总怀疑自己，觉得自己不对，做得不好，总想要为了这段感情修正自己。"

钟弥接过话："我懂！开长途老停下来修车，这路就很难走。"

章女士很欣慰地点头。

钟弥又问："那妈妈，你应该是那个不吸水的料子吧？这么看，我比较像我爸。"

章女士噗的一声笑出来，似听了个大笑话："你还像你爸？你连你爸的十分之一都没有。你高中毕业谈的那个男同学，跟人约好了周末去图书馆，早上三请四催你都起不来，说不去就不去了，你还像你爸？你爸可做不出这种事。"

事实是事实，钟弥也被说得不好意思了，咕哝着解释："我那时候是舞蹈班临时加训练太累了。"

她这张脸生得漂亮，漂亮得好似天生是该得到偏爱的宠儿，她无形中得到过很多绿灯，有些她自知，有些可能她自己都没有察觉，习以为常。

钟弥在外，章女士经常会担心她，如果有一天，她遇到不可抵抗的红灯，她是否有能力处理好事情？

再有一天,她在感情里遇见什么人,又是否能正确地享受爱和付出爱?

"弥弥,累是很正常的,喜欢一个人,有时候就是累了,也要陪这个人走这段路,你要去试一试的。

"真的走不下去了,就停下来。但一累就停,只靠对方来走,那不是爱。"

话至此,山顶忽然传来钟鸣,沉沉一击,长音荡过满山松涛雪意。

钟弥在熙攘人群中仰起头,遥遥窥见矗立林间的金身佛像,宝相庄严,静度众生。

进殿敬完香后,没多逗留,钟弥寻了一角僻处,拍了一张山林积雪的照片,依稀可见络绎不绝的香客还在上山途中,这情况每年都会一直延续到除夕夜里。

天擦黑下山,在回程车上钟弥将那张照片发给了沈弗峥。

钟弥在丰宁巷吃完年夜饭,手机里亲朋好友的新年祝福信息都不知轰炸了多少轮,某人的对话框依旧毫无动静。

钟弥用一句"身体健康,长命百岁"从外公那里换来了一个大红包。外公是有酒瘾的,年轻时一度嗜酒如命,但这几年频频进医院,医生明令禁止,现在外公只能滴酒不沾,陪着女儿、外孙女喝烫热的饮料。

章载年捏着玻璃杯,笑说:"你小时候,外公还能祝你学习进步,现在你大了,大姑娘的心思不好猜了,那外公就祝我们弥弥天天快乐,好不好?"

钟弥脆脆地应下一声"好",举杯去碰外公的杯子。

"我会天天快乐的,外公也一定要身体健康,长命百岁!"

一顿年夜饭热热闹闹地吃完。

钟弥家里并没有守岁习惯,大家吃了年夜饭就算过完年,有住得近的亲戚,当夜就会送礼过来拜早年,陪老人家聊天。

亲戚问钟弥年后怎么安排,记忆力跟不上地想着:"暑假那会儿不是还听说弥弥在州市这边实习吗?怎么又去京市了,年后还回京市?"

钟弥答:"回的,毕业证还没拿。"

亲戚又问:"弥弥这么漂亮,年纪也到了,可以谈对象了嘛,谈了没有啊?"

钟弥干干地笑着。

章载年见她如坐针毡，放她回去，跟亲戚说："她不要人操心的，自己有主意。跟你妈妈一起回去吧，叫她开车主意安全。"

钟弥一直等消息的人，在车上给她打了电话。

人坐在副驾驶座上，钟弥正陪章女士一起等红灯，手机忽然亮屏，显示着沈弗峥的名字，她一时心虚紧张，差点儿把手机挥下车座。

章女士见她挂了电话，瞥来一眼问："什么电话，怎么不接？"

钟弥张口就来："朋友的电话，大概就是祝我新年快乐之类的，没什么意思，就不接了。"

等车子开到家，钟弥回了自己的房间，脱去外套，往床尾一趴，立马把刚刚挂掉的电话拨出去。

"刚刚跟我妈妈在车上，不太方便接电话。"

"跟你妈妈去哪儿了？"

那端的声音听着有点儿沉，远远听见一些宴席间的喧闹声音，想到他家人丁兴旺，钟弥怀疑他是不是喝多了酒。

他连问问题也不像往常那样咬字清晰，好似不在意问题的答案，只是想和她说话。

这让钟弥想到年前的一个夜，她在宿舍楼下接他的电话，他说他听了一天废话，现在很累。

钟弥此刻才恍然发觉，自己是一点儿都招架不住这人示弱。

就像凛冬里开春花，多罕见，多稀奇，多叫人喜欢。

钟弥这会儿很乐意讲废话给他听，说完从外公那儿吃完年夜饭回来，还要讲白天的事，说她给他发的照片，是下午跟着妈妈去陵阳山拜佛拍的。

陵阳山几十间庙，沈弗峥去过，但没敬过一炷香。那时候钟弥做导游，也不建议他们去，说随便拜个三五间，是瞧不起其他菩萨。

沈弗峥问她："几十间庙都拜？"

"不是啊，那怎么拜得过来？就拜最大的那个。"

"拜不过来，不怕其他菩萨有意见？"

钟弥这才反应过来，他是在拿她过去懒得带盛澎爬山的借口在揶揄自己，不过她一贯有本事，说黑是黑，说白是白，她站哪儿道理就站哪儿。

"菩萨能有什么意见哪？我还是小孩儿呢！"钟弥很是有理有据，"我妈妈带我去哪儿我就去哪儿，我只是听妈妈的话，菩萨怪不着我。"

沈弗峥在那头低声笑。

是吧，连菩萨都拿她没办法。

"原来还是小孩儿哪？看来我是造孽。"

明明他没说什么露骨的话，偏偏钟弥的脑子里立马浮现不该想的事，有动作、有声音、有画面地呼应他说的造孽，她的脸颊唰一下就腾起红热。

没拿手机的那只手攥着被角，拉扯着，试图来消磨这股羞臊之意。

这人简直造孽！实在造孽！

他一本正经，声音却带笑："小朋友今年几岁了？"

钟弥忍着，吐字回答："二十一岁，虚岁二十二。"

"书读完了吗？"

"还没，还有几个月才毕业。"

沈弗峥问："这个月底，你是不是要过生日？"

"没啊，我的生日还早着呢！"话脱口而出，钟弥正纳闷他怎么会以为自己这个月底过生日，脑子忽地一跳，浑身打了个激灵。

她自己胡诌过。

——你这车牌，是我的生日。

钟弥咬了咬唇，声音发虚，"我……我那时候……骗你的，你那个车牌，跟我的生日一点儿关系也没有。"

沈弗峥停了片刻，不知是在消化信息，还是他其实早知道，只是此刻再谈起，想起过去，又有了一些新感受。

他问钟弥："那时候为什么要骗我？"

千里外的声音传来，问着往日事。

钟弥心潮涌起。

还能是什么？

不过是那次分别，她感觉再见机会渺茫，不想和这个人也一点儿关系都没有，所以才硬编了一些东西牵扯罢了。

钟弥低下眉眼，拇指按着食指关节，手上的力很重，喉间发出的音却轻："因为，那时候……我怕你很快就会把我忘了，而我……忘不了你。"

沈弗峥坠进沉默。

甜言蜜语是很好说的,比情话更浓更深的部分,却唯恐沾上轻浮的甜蜜,失了本来的意思,三千次欲言,三千次缄口。

彼此间淌过一小段辞旧迎新的安静气氛,举国欢庆的日子,每一瞬间,都有无数朵烟花升空又熄灭。

钟弥趴在自己的床尾,悬空半翘的脚上还挂着毛绒拖鞋。

她听见沈弗峥的声音很轻很淡地说:"你哪里有那么容易忘?"

啪嗒一声,脚尖缩起,拖鞋坠地。

他只说了这一句话,再没别的了。

钟弥却想到白天跟妈妈聊天的话,他大概也是一块不吸水的料子吧,甚至本不情愿落进世俗爱欲里,他在其他路上走得很稳很好,不蹚感情这条水路也完全可以。

她曾经故意在扇面上赠了一句艳词给他,章台走马,风流不落人后。

谁承想呢?

这真叫马失前蹄,跌进红尘里。

沈弗峥在电话里问她:"正月家里很忙吧,你哪天会有空?"

钟弥知道问了这话,他大概要来找她,手心托住下巴,拖着慵懒的声音说:"沈老板才是大忙人,不如您先说哪天有空?"

"初七,或者十五,初七要当天走,十五——"他声音稍停了一下,"可以留一晚。"

隔着电话,钟弥装作若无其事地问沈弗峥哪天来,沈弗峥反问她:"我哪天去,你都有空吗?"

说实话,她就是都有。

但钟弥不说实话:"我家戏馆每年初六要唱开年戏的,当天老戴会请一些戏友和老主顾过来,初七就是正式对外营业了,嗯……所以,我初七那天会有点儿忙。"

她以为这已然算暗示,甚至为此暗暗耳根发红。

没想到他居然问:"有点儿忙,是忙到什么程度?"

钟弥噎声,耳根热度加剧:"就是有点儿忙,得帮着忙里忙外,你要是来的话,我可能就会有点儿顾不上你。"

声音越说越低,最后一句细若蚊呐,而物极必反,话音落地,钟弥清了清嗓子,又扬声起调,直接干脆拍板,还说得义正词严:"这样,我体谅你一下吧,你初七当天来当天走,太赶太累,就十五吧。"

沈弗峥从善如流,夸道:"还是弥弥小姐善解人意。"

这句"善解人意"一下又将气氛烘得暧昧起来,钟弥手肘不撑力,往旁边一倒,身体栽进松软被子里。

初七得帮着忙里忙外,这话是钟弥胡说的,即使是新年开业当天,戏馆里闹得沸反盈天、果屑满地了,钟弥也是闲的。

沾新年的喜,她的紫竹雀笼上也贴了一张小小的倒"福"字,她拿长羽毛探进去逗,翅尖雪白的小雀便上蹿下跳,叽叽喳喳地叫着,似给人拜年。

有个五六岁的小男孩儿不知随哪桌客人过来玩的,跑到钟弥身边扯她的桃粉色丝绒伞裙。

钟弥察觉动静,眼睛低下来,就见他献宝似的摊开肉乎乎的小手心,里头攥着十数粒瓜子仁,被手汗焐久了,薄膜似的种皮都被攥化,黏黏糊糊的。

大概是踌躇了很久他才鼓起勇气过来问:"姐姐,我能喂这个鸟吗?我都剥好瓜子了。"

小朋友渴盼的大眼睛像乌葡萄,谁看了也不忍心拒绝,鸟笼挂得太高,钟弥便拖来凳子让他踩,自己就在旁边扶着他。

鸟已经吃饱了,这十几粒胖圆的瓜子仁它吃得费劲。

小朋友实在热情,扒在笼子边给已经吃撑的小雀加油:"快吃呀小鸟。"

钟弥只好劝他,说吃不完了,再硬喂小鸟要撑死,把小朋友从凳子上抱下来,领他去洗手间洗手。

她本来想着洗干净了手就把他送回家长那里,谁料洗手泡沫冲到一半,他忽然扭头一脸难为情地跟钟弥说:"姐姐,我想嘘嘘,我忍不住了。"

钟弥措手不及:"什么?嘘嘘?"

他小声请求:"姐姐,你能不能帮我脱一下裤子?我穿了好多裤子。"

钟弥满头问号,阵脚大乱。

她没有帮人脱裤子的经验哪,像是为了反驳她的不自信,脑子里忽地蹿出少儿不宜的画面,好像……好像,她也帮忙过,但地点不同,性质完全不同。钟弥更乱了。

小朋友哇一声张嘴,急得说哭就哭:"呜呜呜——姐姐我要尿裤子了。"

钟弥连忙稳住他,余光一瞥见有人进来,是戏班里的武生,脸勾好了,扮相还没弄全,裹着黑棉袄过来上厕所。

钟弥一声喊住人:"等等!带他一起去!快,快,快!他要尿裤子了,千万别!千万别!忍一忍!"

这下,从钟弥一个人忙变成两个人忙,男厕所钟弥不方便进,就在外面等着。

隔间里,小朋友很害怕,"呜呜呜"喊着好可怕的大花脸。

武生是粗人,也服了,嫌弃地说:"你这小朋友也怪可怕的,怎么还一边尿尿一边号啊?尿得一阵一阵的,你就不能先专心干一件事吗?你这小东西以后要有问题,还有没有了?"

钟弥在外面听着,已经想要遁地逃走。

小朋友忽然喊她:"呜呜呜——姐姐,姐姐你还在不在?"

钟弥只好硬着头皮应:"在,在呢!等你出来啊。"

就在这么兵荒马乱的时刻,钟弥的开衫兜里的手机亮屏振动起来。

她拿出手机来看,屏幕上赫然显示三个字。

沈弗峥。

解决完人生大事的小朋友像死里逃生一样扑到她身边来,钟弥一边接听电话,一边用口型跟人道了句"谢谢",领着小朋友去找家长。

沈弗峥听着这边的声音,语气像是意外:"原来真的这么忙?"

送完小朋友,钟弥往自己的位置走去:"也不是很忙,就刚刚忽然有事,刚巧你又打电话过来。怎么了?因为初七没过来,你特意打个电话来检查——"

话没说完,那头的人已经轻轻一句话打断钟弥的声音。

"谁说我没过来?"

钟弥屏息了一刻,楼上楼下的闹声仿佛骤然放大。

戏音乐声,喧哗交谈,杂如一团乱墨,而他的声音似一滴清水,坠落其中,独独洇开一处留白。

钟弥不敢信:"你……你来州市了?"

那句"在你家戏馆门口"让后面的话钟弥都是跑着听的。

"路上堵车,没赶上,老林去问,门口的人说已经录票开场了。"

"我马上出去。"

沈弗峥在那边提醒:"慢一点儿跑。"

钟弥这才反应过来,急匆匆的脚步一瞬间缓下,甚至还有空拂一拂裙摆,故作从容。她往电话里很有道理地丢了一句:"有朋自远方来,这是待客之道!"

说完她将电话挂了,踩完剩余几级楼梯,裙角飞扬,往门口奔去。

冬树萧索,那辆熟悉的黑色轿车停在路边,车牌挂着她的假生日。还好他这次开来的车是这辆A6,不然换那辆宝驹来,摆在门口,实在太招摇。

钟弥上前弯身,拉开车门。

车内的人,相较年前分别时,头发修短了一些,鬓角干净,一身钟弥从没见过的深灰正装,衬领洁白,缎面领带在凸起的喉结下方系得严正,严正到越是不多露一寸皮肤,越是有欲盖弥彰的禁欲之感。

质地精良的黑色大衣裹在身外,更显拒人于千里之外的清贵疏离气息。

偏偏这样的人侧过头,看向车外的钟弥,俊朗面容上露出一丝温和笑意:"有朋自远方来,不亦乐乎到要这么发呆吗?"

钟弥藏赧颜,拢裙角,坐进车里小声说:"我是没见过你穿得这么正式。"

有些话还是要老林来说,味道才不一样。

"沈先生今早在南市开会,一结束就让开车过来了,本来中午能赶到的,今天路上太堵。"

钟弥刻意忽略他这一路的跋涉辛苦,不做任何感动样子,只专注于他的衣着打扮,调侃地问着:"开什么会需要穿这么好看哪?"

"对方是个很讲究的法国人。"他低一些头,问她,"好看?"

视线落在钟弥身上,他又觉得她目光古怪,盯着他的裤子像走神了。

"在想什么?"

钟弥回过神摇头:"没什么,刚刚你打电话给我的时候,我遇到了一个着急上厕所的小男孩,我今天不是很忙。那你堵车过来的,待会儿是不是就要走了?"

"嗯。"

南市的项目由他牵头,彭家出力,上午跟外国资方开完会,晚上他还得为彭东琳牵线,去他二伯沈兴之家里赴宴。

开春沈弗良和蒋小姐就要订婚,他二伯母很满意,要不是沈弗峥当初在沈兴之面前力赞蒋小姐,他们还想不到这桩能和蒋家亲上加亲的婚事。

因这件事,沈禾之跟蒋闻夫妻关系再度恶化,一直闹到春节。

蒋闻厌她这辈子算盘一刻没停过,现在他的侄女蒋小姐也要被她害一生。

沈禾之柳眉倒竖,掐着一个"也"字,冷笑着问他:"也?还有谁?是你和你那个青梅竹马也是被我害得吗?当年是她非端着清高样子,你又放不下荣华,怎么现在只怪我?"

蒋闻面色难堪,让沈禾之有种报复的快意,她更是火上浇油地说着:"她跟着章载年回州市,没两年就嫁人了,人家夫妻婚后可和睦得很,恐怕这么多年,我只害了你吧?"

那天两个人大吵一架,蒋雅连年都是在沈家老宅里过的。

老爷子出面调停沈禾之和蒋闻之间的矛盾,那也不算调停了,铁血人物,沈秉林一生都少有慈容软语的时候,适可而止的意思是不管问题解决与否,都不要再让这些话传到他耳边来。

于是,蒋家硬撑起和睦表象与沈兴之一家筹备起了订婚事宜。

二伯谢他,沈弗峥倒不揽功,说亲上加亲这事是小姑姑提的,要谢也该谢小姑姑。

人情也好,利益也罢,事情多了杂了,混在一起都是分得清,讲不清的。

他心思不顺,在会议室里频频转笔,不走心的样子被有心人理解成轻怠,他也懒得计较彭东琳数次投来的不满目光。

合作才刚开始,以后日子还长。

新的合作伙伴需要时间适应了解一下,现在能叫沈先生投入卖力的事情越来越少,三分薄面,旁人就得当十二分的盛情来感恩。

散会后,外资方单独请沈弗峥去办公室品雪茄,侍茄师进来不久,沈弗峥的助理也进来了,在沈弗峥的耳边说,彭东琳那边来确定晚上赴宴的时间。

沈弗峥没有抽雪茄的习惯,倒是对剪雪茄的双刃剪刀很感兴趣,漫不经心地把玩着,听对方说这盒雪茄的不凡来历。

他面上是最稀松平常的淡笑,修长的指骨有一搭没一搭地将银色薄刃翻转,闻声偏过头,眸色在眼皮微敛之间冷淡下来,对助理只说了三个字。

"叫她等。"

诸事繁多。

沈弗峥从商业楼里出来,老林打开车门问他要不要回酒店休息,沈弗良打了电话来说要做东请他晚上去娱乐。

那一瞬的心烦,让他想起钟弥的玲珑剔透。

等不到十五月圆,他要见她一面。

老林识趣,这车没挡板,便说下去买包烟。

沈弗峥抱着钟弥,问她:"想我没有?"

钟弥杏衫桃裙如一幅早春图景,单薄料峭,侧坐在他的腿上,嘴角已然弯成一道春风,偏笑着摇头不认。

年前一别的低落情绪,好似已经翻篇,钟弥此时才能坦然承认,自己的胡思乱想有些不合时宜。

"你当时有没有生我的气?"

沈弗峥应声,声音低沉地说:"嗯,你好不懂事。"

钟弥面色突变,像被从优秀打成了不及格一样,备受冲击。

"我随便问问的!你这人……你这人怎么还真的'嗯'哪?!"

沈弗峥笑着,伸手将她垂下去的嘴角以拇指和食指提上去,叫她再度展颜:"故意说的,怎么还真的信?"

钟弥拿不准了:"是假话吗?"

"也不完全是假话。"

钟弥悬着心问着:"那是什么意思?"

沈弗峥答:"你年纪小,容易冲动,做事拿不准就想先逃开冷静,也是明智之举。你把自己的感受摆在首位,我非常支持,我喜欢你这样。弥弥,我并不需要一个小姑娘用偷偷受委屈和忍着不高兴的方式来证明她很喜欢我。"

钟弥觉得自己像热水杯壁上那层水汽,在他面前温热又透明。她有点儿不确定地问:"真的吗?"

"大概我很庸俗吧。"他嘴角微弯,淡淡自评着,"我需要你的开心,来证明自己还有点儿本事。"

钟弥闻声,眼神倏地亮如放彩,矮身往他肩上一伏,故意在他的耳边吐热息,讲甜话:"沈老板很有本事的。"

钟弥能察觉到彼此都在克制,眼神屡次黏结交会,嘴唇却相敬如宾,仿佛都知场合不对,这一吻落下去很难休止。

她先让自己的目光逃开,抿了抿唇,与他闲话:"你今天过来了,十五还会过来吗?"

他干干脆脆答了一个字:"来。"

钟弥点了点头。

车里的气氛像在一触即燃的边缘反复跳跃,呼吸都成了蜡烛顶端最薄又最热的那一层焰。

钟弥的手被他握在手里都不敢乱动,屡屡咽津,脑子里飞快搜索着还有什么轻松一点儿的能和他聊的话题。

她要不问点儿累不累、忙不忙之类的废话?钟弥正犹豫着从何处开口,他先出了声。

"之后还有事要忙吗?"

钟弥望着他,摇了摇头。

他越是面容如常平静,越衬得瞳孔深处似有一股不动声色的暗火,幽绿色的那种,冷然,寡淡,像致幻的苦艾酒,以退烧之名,叫人上瘾。

钟弥几乎是被他的目光锁住,后颈的僵直感与麻醉感一致。他捧着钟弥的脸,一说话,下一瞬又叫人心跳瘫软。

"我带你走好不好?你去南市玩两天,我不在的时候,会安排人带你出门玩,不会让你无聊,好吗?弥弥,我想要你陪着我。"

267

原来坦然说出口的欲望是这样的。

她好似一台性能巨好的加热器，吸进身体的氧气迅速升温，传至四肢百骸，连头皮都跟着微微发麻。

她太想答应了。

胡葭荔的新男友钟弥还没见到人，此刻就在心里先给他扣了一分。这人太不会选日子了，为什么要定初八？！

"我跟朋友……约了要见面的，对不起……"

而且这么突然就要拎包走人去南市玩两天，她还得现编个理由应付章女士，这很难现编。

沈弗峥皱起眉："什么朋友？"

钟弥感觉他也要恨人了。

"我闺密，"钟弥想起他和胡葭荔之间的一桩联系，"她家的老房子好像……就是你拆的。"

沈弗峥一瞬失笑，握住钟弥虚虚指着他的手指头，攥在手心里："我怎么不知道我拆过别人的房子？"

钟弥一时真不知道怎么解释。

她并不清楚所谓古城区拆迁重建的大项目里，他在其中扮演的角色，但那次陪他去参加过宴会，从旁人的话里也可知他随便一句话都举足轻重。

"反正跟你有关系的！"

钟弥余光透过玻璃窗看见老林"买烟"回来，站在不远处，心想大概是时间所剩不多，沈弗峥得走了。

"十五见吧？好吗？"

钟弥俯身想亲他一下，聊作告别吻。

沈弗峥偏开脸，叫她的吻旁落。钟弥愣了愣，就听见他的声音在耳边说："我没那么好打发。"

他捏着钟弥的下巴，薄薄的眼皮抬起，打量人的眼神像用羽毛尖在皮肤上轻扫。

拇指一动，男人微微粗糙的指腹从她柔嫩的嘴角轻轻擦过，揩下一抹淡红痕迹，用食指两下蹭掉，又同她温笑着说："攒着吧。"

钟弥从他的车上下来，调整好呼吸，顶着细细冷风，快步往戏馆里走去。

明明他们什么都没做，甚至连个吻都没有，她却跟遇见妖精、撞了邪气一样，面庞红透，神思游离，像什么都做了一样不复寻常。

胡葭荔这次找的新男友还可以，请女朋友的闺密吃饭还知道要迁就两个女孩子的口味，把地方定在她们之前常去的一家烤肉店。

春节大鱼大肉吃得发腻，钟弥入座后，吸了一杯清爽的西柚汁，从头到尾只吃了一点儿蔬菜和菌菇。

除了聊天，她的目光频频从二楼窗边逃出去，看正月里车来人往的十字路口。

一顿饭吃得七七八八，钟弥起身去了趟洗手间。

胡葭荔的新男友不能吃辣，沾一点儿辣就整张脸冒火，虽然一直爱屋及乌地说着这家店味道好，但其实东西没吃多少，解辣的饮料倒是灌了一肚子。

见钟弥走远，他推了推黑框眼镜，忐忑地问旁边埋头炫肉的女朋友："你闺密是不是对我有意见？要是有什么误会，你跟我说，我可以解释。"

胡葭荔虽然也觉得钟弥今天出来玩的兴致不太高，但也没到"有意见"的地步，而且跟她的上一任相比，钟弥这回的态度已经算好了。

上一任贺鑫，她说男朋友是艺人经纪人，经常跟女主播打交道，钟弥当时嫌弃难言的样子，她至今铭记于心。

而她现在这个男朋友，大她四岁，学计算机的，公司除了前台和财务的同事，其他部门找不到一个女生。他大学没谈上恋爱，毕业后也一直没找到合适的对象。

虽然人没贺鑫能说会道，但钟弥倒是夸了他，说他这个工作前景挺好的。

胡葭荔从男友那儿接来一张纸巾，擦去嘴角油渍，安慰道："应该不会的，我回头问问弥弥。你别太担心，她其实就是这样的性格，跟不熟的人不太热情。"

男友点了点头，这才松了一口气。

等钟弥回来，胡葭荔的男友又主动问了要不要再添点儿菜，钟弥摇摇头说吃不下了，胡葭荔也说很饱，他才起身，叫她们稍等。

老夫妻经营的烤肉店，只能现金支付，正月人多，他去前台排队结账。

等人走后，胡葭荔朝前探身，使了使眼色问钟弥："怎么样？"

"挺好的。"钟弥点着头说，"工作稳定，性格看着也老实，跟你家一样是拆迁户对吧？"

胡葭荔点头："对！"

钟弥评价："很好，门当户对。"

胡葭荔笑了出来："这也能算门当户对啊？"

"当然了，你想想你前面那个渣男。"钟弥提醒好姐妹，"如果一个人在自己当前的生活状态里还有生存压力，跟这样的人恋爱，是非常忌讳'他贫我有'的，容易不纯粹，即使有爱都不行，因为爱有时候也敌不过人性。"

胡葭荔绕过来，扑在钟弥身边抱着她"呜呜"喊着："还好我有你，我的弥弥大军师！那你那个男朋友呢？什么人哪，刚恋爱就送你Boucheron（宝诗龙），他会不会动机不纯哪？"

钟弥开玩笑："没准是我动机不纯呢？"

视线越过窗，钟弥看见她曾和沈弗峥相对而立的夜风路口，她问他的名字是哪两个字，他一笔一画在她的手心里写了下来。那两个字也像是被刻进了生命里，不能割舍，也太难忘记。

"啊？"

钟弥又笑，解释说："恋爱和奔着结婚去处对象，是两码事，前者不需要了解那么多，即使想尽办法去了解了……也没有什么意义。"

就像她此刻不知道在沈弗峥的生活状态里，他面临的压力是什么，她也不去问。她很清楚，他的困难，绝不在她能解决的范畴内，她一时浮于表面的担心和焦虑情绪，是虚假共情，就跟男生和女生说多喝热水一样，是毫无诚意的废话。

胡葭荔说："可是人家都说不以结婚为目的的恋爱是要流氓。"

"只要双方都是流氓，没什么不可以的，你情我愿嘛。"

潇洒慷慨的语调一出来，钟弥自己都有点儿惊讶，她好像跟以前不太一样了。

胡葭荔听了这话后更是夸张:"你这相反真是超前又厉害!飒!"

　　胡葭荔夸赞,叫钟弥在十五那天出门赴沈弗峥的约时,想起来都一阵心虚。

　　她活回去了,一点儿都不飒了,现在出门约会还要跟妈妈编谎话,越活越纯情了。

　　沈弗峥已经到了酒店。

　　钟弥进酒店大厅后,坐电梯上去,去找到他发过来的那四位房号。

　　足下的静音地毯,厚软到她感觉似踩绵绵浮云来赴幽会,半昏暗的走廊壁灯,亦是情调十足。中式风格惯常含蓄,露三分留七分,就像艳词里的牡丹滴露,露不是露,牡丹不是牡丹,偏真有花开。

　　路过走廊,钟弥匆匆照了一眼墙面镜子。

　　镜子里的女人,脸上只化着淡妆,长发微卷,披散在肩头,穿一身燕麦色的及膝大衣,手里拎着小水桶包,包里放了不少东西,拎起来有分量。

　　确认了房号,她先按了按门铃,门开后,直接将自己的包包递了进去。门内的男人应该洗过澡了,虽然没穿浴袍,居家休闲的米色系打扮,清爽成熟,但脖根微潮的黑发和一身湿热水汽,让人看得清清楚楚。

　　钟弥脱掉大衣,走进去参观,将大衣抛到沙发背上,里面穿的是一身春款裙子,两件式,上衣短,裙子长,开衩却高,不束缚动作。

　　她扭头往男人身上跳,依然轻盈,只是大幅度的动作让她上衣朝上提,衣摆露出一截腰。

　　沈弗峥没托在她的臀下的那只手,搭上那片细腻皮肤,掌温滚烫似烙铁,衣料间的空隙供那只手自由地往上游走。

　　外衣里面,背部单薄得只有两条线,用指腹去刮,他才晓得,原来还有更单薄贴肉的一层蕾丝,细密纹路暗示花纹繁复,叫人开始盲猜是什么颜色。

　　心思不显,话也不露骨,沈弗峥高挺鼻梁抵着钟弥的鼻尖,说话的亲昵气息很热:"这么穿不冷?"

　　好高雅的一句话,让那只欲念丛生的手掌无论怎么抚揉白皙光滑的腰部皮肤,都显得像替人取暖一样好心。

　　他明明知道她哪里敏感,偏偏还频频作弄,钟弥一半真一半假地软下身子，扮柔柔弱弱的娇态："好冷哪。"

说完，她便再演不下去了，眼里闪着小狐狸似的光，靠近过去，停在近至寸许的地方，看着他的眼睛，同他轻声地说话，越轻越诱惑："很好看的。"

"哪里好看？"

他的眼神，从她卷翘扑闪的睫毛上，不露声色地移到她放慢话音的唇瓣上，像涌动暗流之下随着钩子在动的鱼，本来是钩子钓鱼，却因为鱼过分配合，让小小的钩子显得更像猎物。

大鱼在逗玩着一只小钩子。

她忍着羞，自信道："哪里，都好看。"

沈弗峥吻上去，稳稳抱着她往卧室走去。

窗帘紧闭，卧室主灯未开，光线旖旎。

蔽体衣物褪得一件不剩，床边和床上的狼藉景象，形成一静一动、一冷一热的对比。

随后她昏天黑地地睡了一觉，醒来看床头钟显示的时间，才刚刚入夜。

翻身的动作，让一阵细微的疲累不适感传来，身体像一块功能欠佳的记忆海绵，还没完全恢复，心里却黏黏热热地多了一部分亟待定义的新生。

钟弥看着闭合的窗帘，恍然记起，不久前是一场连昼夜都不顾的疯狂情事。

沈弗峥进来的时候，钟弥正坐在床上发蒙。他走过去，坐在床边，轻轻摸她的脸，问她睡饱没有。

喉咙脱水一样干，或许还有一点儿起床气，钟弥此刻不想说话，只发懒地往他的肩膀上靠，鼻音发出一声"嗯"。

沈弗峥扯来松软被角，裹住她一丝不挂的后背。

"喝点儿水？还是缓一会儿再起来？"

钟弥想到什么，往外面指："我包里有保温杯。"

那说是保温杯，其实是一个卡通茶壶，绒布的灰色袋鼠造型，袋鼠兜里塞着圆胖水壶，弹开袋鼠脑袋，里头还是与儿童水杯一致的软头吸管。

她含着吸管喝了好几口水，嗓子润了下来，朝沈弗峥伸手："你要喝吗？是梨子水。"

"怎么要喝梨子水？"

钟弥说："前几天跟我闺密出门玩穿少了，回家开始咳，嗓子一直不舒服，我妈妈担心我感冒，这几天都在喝梨子水。"

"原来你出门见谁都会穿得单薄又漂亮。"

他故意讲酸话可能是人生头一遭，演技不佳，惹得钟弥含着吸管发笑。

她险些要呛住，连忙吞咽梨水。

沈弗峥堵上她的唇，连甜味带呼吸全部夺去，一松开，钟弥立马剧烈地咳了两声。

他手掌又抚了抚钟弥的背，帮她顺气，坏人好人，一个人做尽了。

钟弥红着脸，睨他一眼，故意说："我的漂亮又不是为你一个人服务的，当然人人可见，喜欢穿漂亮衣服，是我对这个世界的尊重。"

"那我大概对这个世界不太尊重。"

钟弥正要夸他衣品很好，不必谦虚，出声前一秒，猛然反应过来。

不太尊重，大概是指他喜欢脱漂亮的衣服。

钟弥又一时哑言。

沈弗峥去外面提进来一只纸袋，放在床头，跟钟弥说："晚上出门不用穿那么漂亮的衣服。"

春衫的料子，腰腹都飘逸走风。

"容易感冒。穿这个，厚一点儿。"

钟弥翻来袋子看，里面是一件白色的毛衣裙，手感绵软厚实，长度大概过膝，款式、颜色都和她今天的外套很搭。

"你睡着的时候，我叫人帮忙去买的。"

袋子底下还方方正正地折了一条柔软的围巾，黑白菱格。

州市只有香家的化妆品专柜，沈先生再本事滔天，也不可能叫人在一堆彩妆里淘来一条保暖围巾。

"这个是什么时候买的？"

"年前，陪我妈和我堂妹逛街。"

钟弥将围巾摊开，想起之前那次和他在商场里偶遇的情形："你经常陪你妈和你堂妹逛街吗？"

他沉默片刻,露出头痛的神情:"每年总有那么一两次吧,逃不掉。"

她身无寸衣,只将围巾松松披着,遮掩胸前春光,圆润肩头半露不露的样子,慵懒又迷人,好笑地问着:"这么可怕,真的逃不掉吗?"

"是逃了不划算。"他如实说,"与其躲这一两次的闲,被她们一整年念叨冷情冷性毫不关心,不如做足无可指摘的样子,大家都好。"

钟弥心里有一瞬心惊,膝跳一样短促又深刻,就像第一次听见他说"只有小齿轮才会拼命地转"那时那样惊讶,如今更甚。

连他的妈妈和堂妹也只是他的人生中偶尔运作的一环,什么人在他那里才不算是小齿轮呢?

"发什么呆?"

钟弥回神,两手拢紧,似要留住一些围巾蔽体幻觉一样的暖意:"所以……这条围巾,也是你做给我看的样子吗?"

话刚出口,钟弥就有点儿后悔了。

她觉得这话扫兴,会败了小别重逢的好气氛,不料下一秒,她被男人的手臂环住。

沈弗峥将她搂到怀里,轻轻环抱着,声音贴在她的耳边:"我是想起你冬天总爱露脖子,替你冷。"

她感觉到周身实实在在暖了起来,因他的怀抱,还有他的回答。

钟弥在他怀里仰起头,俏皮嘚瑟地说:"我年轻喽。"

沈先生闻言,皱眉看着小姑娘扬扬得意的样子,精准又委婉地戳痛点:"现在年轻人体力不好,是通病吗?"

钟弥肉眼可见得像个气球一样鼓了起来,橡皮口却被捏住似的,闷得一口气都出不来。

沈先生进退有方,也不忍心,立时温柔地抚她的背,哄着说:"好了,好了,没关系的。"

钟弥洗澡的时候都在气,觉得自己落了下风,心口堵了一口未出的气,越想越郁结,冲去一身泡沫,衣服都来不及穿好,胸前裹着宽大浴巾就着急地跑出来,与他再议旧题。

她光着脚,水还没擦,地板被踩下一串湿漉漉的脚印,冲着站在窗边的沈弗峥忽地理论:"你知道年轻人为什么体力不好吗?因为我们只要懒惰地享受生活就可以了，不像你们，已经开始需要运动抗老！"

放完话，钟弥单方面结束战斗，重返浴室，擦身穿衣。

沈弗峥在窗边扭头听她说完话，没反应过来，又见她身影闪电般消失，耳边还举着正在通话的手机。

电话那头的人饶有兴致地探听："谁啊？敢冲沈先生这么吼？"

沈弗峥失笑说："小女朋友。"

钟弥洗完澡出来，换上保暖的衣裳，准备跟沈弗峥出门吃饭。

走到房间门口，沈弗峥替她查看遗漏："包不用带？"

"不带了。"

钟弥趿拉着酒店的室内拖鞋，低头专心系着大衣上的腰带。打好结，她转过头，冲沈弗峥眉眼灿灿地说："带着麻烦，反正我晚上还要回来呢。"

听懂暗示的沈先生稍一点头，不知道是满意还是知晓了，很贴心地问她："不用回家？"

钟弥没应，拐着弯说："我高中读书的时候都没有为了和男生夜不归宿跟我妈撒过谎。"他送的围巾没御寒，先成了打人工具，轻飘飘地挥落在他的肩膀上，"便宜你了。"

沈弗峥微微闭眼，修长脖颈稍稍往后让了让，脸上却是带笑的。他抓住围巾一端，拿过来折好，低着头给钟弥戴上，说着荣幸："我也是第一次遇到有女孩子为了和我夜不归宿跟妈妈撒谎。"

钟弥低头看他打的围巾结，意外地整齐好看，抬眼笑得不怀好意："有没有重返青春的感觉啊，沈老板？"

沈弗峥先是莞尔，将她的围巾里的长发拨出来，随后认真思考，配合道："起码——年轻了十岁吧。"

钟弥对州市比沈弗峥熟悉，就着夜色，领着他去了一家地道的本地菜馆。

菜馆对面是家大酒楼，他们上了二楼，坐靠窗位置，一偏头，透过玻璃就能看到门口几个工人正加班加点地拆着鲜花、气球，电子屏上还滚动着过时的喜庆大字，热烈庆贺某某与某某喜结良缘。

喜宴结束，越华丽的仪式散场就越是显得萧条冷寂。

275

草草收来的大波祝福,就像地上摞起的一堆无用红纸,卷一卷,团一团,往人生的袋子里塞,看似满满,实则毫无分量。

钟弥临时有感,本来只是想打趣地问一问他:你这个年纪,家里会催你结婚吗?话到嘴边,她一思量就变了味。

最后她只张了张嘴,提起筷子,咬住一根油麦菜。

清淡小炒,根茎有点儿苦。

沈弗峥挑眼看过来,看她一副已经恹恹无食欲的样子:"饱了?不吃了?"

钟弥趴着,两手交叠,垫着自己的下巴,点了点头。

桌上的小砂锅盛着原封不动的干笋冬菇煲鸭汤,底座小小的火已经烧干,其他两道荤菜也没怎么动。

"汤一口也不喝?"

钟弥说:"是点给你的,这是州市本地的特色菜。"

沈弗峥问:"你就陪着我吃几根菜叶子?"

"我习惯晚上少吃,有时候不太饿就不吃,有时候吃点儿酸奶水果就凑合了。"

沈弗峥闻声皱起眉:"你这样,身体要被弄坏。你一个人住在京市时也这么凑合,饥一餐饱一顿?"

钟弥本来没心情笑的,可话好笑,实在忍不住,所以笑得特别浅,短短一下,像粼粼水纹一样破碎。

"什么饥一餐饱一顿哪?把我说得这么可怜,我想起来就会吃得好吗?不会饿死自己。"

沈弗峥更不能认同了:"想不起来就不照顾自己了?已经胃不好了,还不多注意,等你回京市,我叫人安排一个营养师给你,好好吃饭。"

听到营养师,钟弥瞬间头大了一倍。她都忽略了前面话里的信息,沈弗峥怎么知道她胃不好的?她胃有毛病不是吃饭造成的,是喝酒胃出血留下的小毛病,她后来多注意已经差不多好了,甚至章女士都不知道她胃不好的事。

这会儿她没深想,只一心扑在营养师这个高级词上,想着自己年后去上班教小朋友跳舞一个月才能拿多少钱,估计连人家营养师的薪水的零头都没有。

"可是——"

钟弥刚出声,就被沈弗峥打断。

"不是在和你商量。你不会照顾自己,就让会照顾的人来。"

钟弥"哦"了一声,心里却有很多话在嘀咕。

她也不算不会照顾自己吧,只是他们对"照顾好自己"的定义不太一样而已,这个世界上多的是糊弄一日三餐的人。

可能沈先生不在其列罢了。

钟弥直起腰说:"那我也能不跟你商量,就命令你好好照顾自己吗?"

"说说看。"

沈弗峥眼睛泛起笑意,无声表示着,非常喜欢她这种永远不会甘心将自己放于被动位置的性格。

无关强势,只是这种小小的思索反击,具有生命力,是再金贵的笼子都无法困住的鲜活气息。

话是脱口而出的,他问了,钟弥也认真地答:"你可以不抽烟吗?我爸爸是肺病去世的,他从小待在戏班里,后台抽烟的人多,有时候唱夜戏,他就得靠抽烟吊着精神等上台,后来我妈妈让他戒,但也来不及了……"

难过是从已然克制的话里一点点溢出来的,沈弗峥看着她定定望向自己,说:"我希望你健康。"停了两秒她又说,"可以陪我久一点儿,很久很久。"

两句话,健康和长久,好像是一个意思,又好像不是。

小包间里一时寂静,木楼结构的菜馆隔音差,两个人更能听见外头热火朝天的推杯换盏声。

沈弗峥将视线转向窗外,那是一处喜宴酒楼,电子屏的红字还在动,钟弥吃饭的时候好几次看过去,眼神落得远远的,又像玻璃一样透着情绪。

他没说话,把手心伸了过去,无声地等着钟弥伸手来搭。

她刚懵懂地将手掌放上去,便被他握住,钟弥有点儿无措,低声问:"很难吗?"

是什么很难,戒烟求健康,还是陪她很久?

沈弗峥捏了捏她的手,看了一眼半冷的餐面,干脆起身过来,相握的手一提,将没反应过来的钟弥抱住。他面朝着窗外黑暗夜色下的灯火,倏然轻轻喊她:"弥弥。"

"嗯?"

"你怎么就知道我不能陪你很久很久呢?"

他的声音更低了,低得诚恳,低得温柔,似眼前纸面灯笼里的暖光。

她忽然觉得,自己或许没那么大的本事,无法成为沈弗峥的世界里的一盏灯,没办法替他照亮前路,但是他想握她的手,那么她愿意陪他走这一程。

从年前到此刻,不说脱胎换骨,起码她想清楚了很多事,也做好了一些选择。

爱或许不该是卑微地自甘渺小,但也不该轻易地放弃毫末。

吃完晚饭,从店里出来,想着从这里到陵阳山车程不远,钟弥提议去逛庙街。

元宵是大节日,官方会组织不少活动,比往常都热闹。

因为之前当导游带他去过,钟弥此时说:"旅游和约会感觉不一样。"

两个人故地重游,今非昔比。

路过石拱桥,钟弥看见有人打着金鱼灯从自己旁边笑闹着错身而过,往下走了两步,远远看见了玲珑十二扇的招牌。店门口依然游人如织,她忽地就想到了半年前的场景。

他站在墨影灯辉旁,拿着她赠字的扇子,转头看过来。

那时的钟弥还不知,往后多少罗愁绮恨,从这展扇的刹那,便有了开头。

胃真是情绪器官,心情差时几根菜叶就能填饱,心情一好,从街头到街尾感兴趣的小吃钟弥都要买来尝尝。

沈弗峥在旁边付钱,调侃她:"原来是要留着肚子吃这些东西。"

听这声音,沈先生对垃圾食品意见不小。

钟弥撕下一块棉花糖去堵他长辈似的声音,烂漫地眨眼:"不甜吗?"

他不喜欢吃甜食，此刻却甘心地将棉花糖咽下肚，点头首肯。

她那双眼肯露笑，就是最甜的了。

白至透明的糖丝既细又软，在他的唇边有一缕残留，钟弥想着，这多有损沈先生的英姿，便往旁边石阶上一站，趁软帘遮挡，四下无人，便踮脚在他的嘴角亲了一下。

沈先生很淡定，起码表面看起来是这样。

钟弥很意外，转着糖扦说："我之前这样干——"

声音紧急踩刹车，但没用了。

沈先生见微知著，从钟弥嘴角消失的笑容，反而在他的脸上看出变样的三分来，连话都不必说全，他点着关键字眼："以前？这样？跟谁？"

音调一点点抬了上去。

钟弥咬唇不语。

她不会怪自己的，有错男人背，要怪就怪当时的恋爱青涩，前男朋友不如沈先生淡定，反应过分强烈。

他之前丢过咖啡店主给钟弥表白的卡片，那时装醋的模样与此刻高下立现，虚张声势的东西都太假了，反而不敌他用指节轻敲钟弥的眉心，淡淡地说："你倒是什么都敢跟我说。"

钟弥用手心捂着额头，难为情地笑，记一笔老男人的好——吃醋不发火，吃醋很迷人，大人有大量，知情识趣……

她不能深想，否则这座方露一角的大冰山夸不完。

钟弥走在他身边，试图去找轻松的话题翻篇，隐隐听见乐声，想起元宵有戏台，是当地政府做旅游宣传特意请来的戏班，唱的是地方戏，便拉他往人群拥挤处去看。

沈弗峥纳闷："你家茶楼不就是唱戏的，还没听够？"

钟弥咬了咬唇，弯着眼睛，露出软软一个神秘笑容："这你就不懂了吧，家花哪里有野花香哪？！"

沈弗峥被她拉着手，瞧她兴头十足的样子，沉沉叹气，不由得担心道："你这个性格，倒是有点儿危险了。"

人声喧闹，钟弥没听到这话。

带方言的地方戏，别说是京市人，就是说惯普通话的钟弥也有反应不过来的时候，但热闹也是真热闹，毕竟正月假期也是旅游旺季。

往庙街门口走的时候，钟弥忽然想起来，今晚的沈弗峥似乎真的一心一意在跟她约会。

就连站在戏台下，听不懂唱词、看不懂情节的时候，他也没有把手机拿出来一次，只是低着头，听她在他耳边讲典故，台上是哪一出才子佳人的恩恩怨怨情节。

"你……今晚好像连个电话都没有？"

明明之前她感觉他很忙，像京市、南市、州市三个地方连轴转，有时候通电话都觉得他的声音透着疲意。

"关机了。"

淡淡三个字的回答，叫钟弥吃惊地望向他。

他连"你信不信"都不问，这人从来不爱解释，只从黑色的大衣兜里将黑屏的手机拿出来，丢进钟弥的外衣口袋里。

手机坠入袋底的一瞬，夜幕里传来轰然一声响，是元宵的烟火表演开始了。

沈弗峥站在街心，朝瞬间璀璨无比的天际看去，他深刻温柔的面庞迎着光，被满天烟火映亮。

"今晚除了你，全世界的人都找不到我。"

钟弥的手指在口袋里悄悄攥住，指尖碰到他的手机冰凉的屏幕，那是能隔绝他与另一个纸醉金迷的世界里所有联系的东西，能让他在这一晚，起码这一晚，完完全全属于她。

心间浮起久久难以消融的热气，将钟弥整个人无声无息地充盈。

他看着烟花的时候，钟弥仰头在看他。

她想起烟花是多么俗常的事物，所有难忘的意义，往往取决于那些灿烂的瞬间是什么人在身边陪着自己。

"沈弗峥。"钟弥轻轻喊他。

他转回视线，从她映着小小烟火的眼睛里，忽地瞧出一种天荒地老的东西。

他低头，钟弥踮脚、闭眼吻上的一瞬，他才知道那种美好的东西是什么——于世俗中，焚花烹锦，浪漫出逃的错觉。